THIEF – DER DIEB

EIN ROMAN AUS BOSTONS UNTERWELT

A. ZAVARELLI

Übersetzt von

GRIT SCHELLENBERG

GREY EAGLE PUBLICATIONS

1

Tanaka

Lass dich von ihm ruinieren. Es ist der einzige Weg.

Die Worte sprudeln mit einem gestohlenen Atemzug zwischen meinen Lippen hervor, und in meinem Kopf ist Vivis Gesicht immer noch so klar wie an dem Tag, an dem sie diese Anweisung gab. Sie war laut und unbeabsichtigt poetisch. Seidige Locken aus rabenschwarzem Haar, roter Lippenstift und Cat-Eye-Brille. Das waren nur einige der Dinge, die meine Mentorin und meine Inspiration ausgemacht haben.

Jede Tänzerin im Met heute Abend würde ihre Seele für eine Karriere wie Vivis verkaufen. Ich war eine der glücklichen Schülerinnen, die dafür ausgewählt wurde, bei ihr zu studieren, aber ich bezweifele, dass es etwas mit Glück zu tun hatte. Sie hatte ein Künstlerauge und suchte immer nach etwas,

was anders war. Und in einer Herde blasser Schafe war ich der einsame dunkelbraune Wolf. Vivi gefiel das. Seit Beginn unserer gemeinsamen Zeit sprach sie von ihrem Problem, kulturelle Vielfalt in einer Welt des Tanzes zu schaffen, die immer noch strenge alte Standards aufrechterhält.

Meine eine Hälfte italienisches Erbgut und ein Hauch der ebenholzfarbenen Haut meiner Mutter machten mich zum Aushängeschild für ihre Sache. Aber unabhängig von ihren Beweggründen ließ ich die Gelegenheit nicht ungenutzt. Ich hatte nicht die Illusion, dass ich etwas Besonderes sei, und Vivi würde mich schnell daran erinnern, sollte mir das in den Kopf kommen. Jede Ballettschülerin wollte denken, dass sie etwas Besonderes ist. Dass sie ein reines Talent und eine natürliche Anmut war. Dass sie die *Beste* war. Aber das Beste jeder Tänzerin war nur so gut wie die Tänzerin neben ihr, die darauf wartete, ihr den Glanz im Rampenlicht zu stehlen. Vivi erteilte mir diese Lektion, als sie einer anderen Tänzerin erlaubte, genau das zu tun. Ihre Art und Weise war brutal, aber effektiv. Mehr als Struktur und Timing lehrte sie mich, wie ich meine Kunst leben und atmen musste. Und vor allem gab sie mir eine Vorstellung davon, was passiert, wenn eine Tänzerin selbstgefällig wird.

Ich erinnere mich gerne an sie, wann immer ich meinen Körper durch die Hölle schicke, und ich weiß, dass sie stolz sein würde. Wenn sie hier wäre, um den verstümmelten Zustand meiner Füße zu sehen, würde sie mir sagen, dass ich in den Krieg gezogen bin und gewonnen habe.

Meine Augen schweifen über die trostlose Landschaft meiner Oberschenkel, während ich mich für einen meditativen Stretch nach vorne beuge.

Es gibt keinen Schmerz. Es gibt nur Disziplin.

Heute Abend werde ich als Solistin für die New York Ballet Company auftreten und die Ceres in Sylvia verkörpern. Es ist eine schwer erkämpfte Rolle. Eine Rolle, für die ich gekämpft und geblutet habe. Meine Studienjahre waren nicht nett, aber beim Ballett gibt es keine Gnade.

Die Haltbarkeit einer Tänzerin ist kurz – und für mich noch kürzer. Ich bin froh, dass das Ballett meinem Vater immer gefallen hat, denn es ist die einzige Unterhaltung, die er mir nicht verwehrt. Er sagte mir als Kind, dass eine Tänzerin alles verkörpert, was eine Frau sein sollte. Als er mich zu meinem ersten Ballett mitnahm, war ich sofort seiner Meinung. Diese himmlischen Kreaturen, die in Blassrosa und Weiß über die Bühne schwebten, waren der schönste Anblick, den ich je gesehen hatte. Im Alter von sechs Jahren beschloss ich, eines Tages eine dieser Tänzerinnen zu sein. Meine großen Pläne erheiterten das Gesicht meines sonst so strengen Vaters, und er erklärte, dass, wenn ich eine echte Ballerina sein wollte, ich auf jeden Fall eine Solotänzerin werden müsse. Als ich fragte, warum, erklärte er, dass in den alten Tagen nur die besten Tänzerinnen Ballerinen werden konnten.

Von diesem Tag an beschloss ich, mir das Recht zu verdienen, als echte Ballerina bezeichnet zu werden. Und achtzehn Jahre später bin ich meinem Traum näher denn je. Auch näher denn je daran, dass er mir entrissen wird.

Ein gedämpftes Flüstern reißt mich aus der Stille, und als ich die Augen öffne, löst sich die Ruhe vor dem Sturm auf.

Die Vereinbarung zwischen meinem Vater und dem künstlerischen Leiter der NYBC lautet, dass ich immer mein eigenes Zimmer zum Anziehen haben muss, auch wenn es nur die Größe eines Schranks hat. Mein Vater sagt gerne, dass man unter der Berufung auf seine Religion viele Dinge erreichen kann, aber die Wahrheit ist, dass es sein Name ist, der einen solchen Luxus ermöglicht. Der künstlerische Leiter zuckt nicht einmal mit der Wimper bei den Wachen, die mich bei jeder Bewegung beobachten. Zu meinem Leidwesen tun es die anderen Tänzer.

Ich werde von ihnen getrennt, werde versteckt, und es ist mir verboten, mich mit jemandem zu unterhalten. Meine Situation hat nicht für die herzlichste Aufnahme von meinen Kollegen gesorgt, aber ich bin an die Isolation gewöhnt. Deshalb ist es kein kleiner Schock, zu entdecken, dass Gianni in meine improvisierte Garderobe gekommen ist. Ich bin mir nicht einmal sicher, wie er sich hineingeschlichen hat, und als ich zur Tür schaue, vor der meine Wache wartet, bildet sich ein Knoten in meinem Hals.

»Was machst du hier? Mein Vater wird jeden Moment hier …«

»Tanaka.« Er begibt sich auf meine Augenhöhe, und als ich ihn anblicke, kann ich die Besorgnis in seinem Blick nicht übersehen. Gianni ist das perfekte Modell für jeden italienischen Gangster, der an Halloween in Serie produziert wird. Glatte Haare – tiefschwarz –, Ringe an den Fingern – golden – und der stereotype New Yorker Akzent. Ich konnte ihn an meinen besten Tagen nicht ernst nehmen, aber ich nehme ihn jetzt ernst.

»Was ist los?« Ich strecke meine Beine, stelle mich hin und habe das Dehnen vergessen. Er darf hier bei mir nicht gesehen werden, und das weiß er. Also, wenn er hier ist, kann das nur bedeuten, dass etwas nicht stimmt. Ich habe den plötzlichen Drang, mich zu übergeben, und es ist nicht wegen der bevorstehenden Vorstellung. Mein Magen ist ein Nervenbündel, und es ist alles seine Schuld.

»Du hast es mir versprochen.« Meine Wirbelsäule sackt nach vorne, als ich meine Hände auf meine Taille lege. »Du hast geschworen, dass alles gut wird.«

Alles, woran ich denken kann, ist, dass meine Träume in Rauch aufgehen. Ballerina zu sein wird keine Rolle mehr spielen, wenn ich tot bin. Nichts spielt eine Rolle, wenn ich tot bin. Die Jahre des Trainings, die unzähligen Hürden, die ich genommen habe, werden umsonst gewesen sein.

Gianni blickt auf die Tür. »Ich bin gekommen, um dich zu warnen.«

»Vor was?«

Das Gespräch wird abrupt beendet, als es an der Tür klopft. Das Klopfen, das ich seit seiner Ankunft fürchte. Ich wusste, dass es kommen würde, und wir haben keine Zeit, das zu beenden, was Gianni begonnen hat. Er flucht leise und rast zu einem Stuhl in der Mitte des Raumes. Ich winke ihm verzweifelt zu, während er sich durch eine versetzte Deckenplatte nach oben zieht.

»Principessa«, ruft mein Vater durch die Tür. »Bist du angezogen?«

Die Platte rutscht wieder an ihren Platz, und ich räuspere mich. »Ja, Papà.«

Die Wache öffnet die Tür, und mein Vater tritt ein. Als Zeichen meines Respekts gehe ich ihm entgegen, und er küsst mich auf beide Wangen. Das Ritual ist vorhersehbar und vertraut, aber das Unbehagen in seinen dunklen Augen nicht.

Makellos in Anzug und Trenchcoat, bleibt mein Vater auf seine altmodische Art und Weise standhaft. Er wird immer sein Bestes geben, und jeder um ihn herum sollte das auch tun. Aber selbst er kann den Schmerz in seinem Schritt nicht verbergen, während er mit einem konzentrierten Blick im Raum hin und her geht. Es könnte eines von zwei Dingen bedeuten. Ein Geschäftsabschluss ist schiefgelaufen, oder seine Schulden sind schlimmer, als ich es mir vorgestellt hatte.

Ich frage nicht, und er sagt nichts. Das sind keine Dinge, die ein Vater mit seiner Tochter bespricht.

Zumindest nicht in unserer Welt. Meine Tage, Wochen und Stunden sind Sklaven des Regimes eines Tänzers, und seine werden von kriminellen Aktivitäten aufgebraucht.

Auf den ersten Blick ist der Mann eine unwahrscheinliche Quelle für meine väterlichen Gene. Er ist mit seinen dunklen Augen und seinem pechschwarzem Haar ein Spiegelbild seiner italienischen Wurzeln. Mein Teint ist viel kupferartiger, und meine Augen haben einen wärmeren Bernsteinton. Er ist von stämmiger Statur, und ich bin gertenschlank wie meine Mutter.

Ich bin dankbar, dass ich ihre Gesichtszüge geerbt habe, weil ich glaube, dass sie so auf gewisse Weise durch mich weiterlebt.

»*Sei bella.*« Papà setzt sich auf den Stuhl, den Gianni vor wenigen Augenblicken für seine Flucht benutzt hat. »Heute Abend wird das Publikum einen echten Engel sehen.«

Ich lächele über das Kompliment, aber in seinen Worten ist ein Hauch von Verzweiflung, und das beunruhigt mich.

»Du weißt, dass du das bald aufgeben musst, Principessa.«

Mein Antwortnicken ist steif und gehorsam. »Ja, Papà, ich weiß.«

Bald klingt schneller, als ich erwartet habe, aber es kommt nicht ganz überraschend. Dante hat sich still und leise darauf vorbereitet, mich zu heiraten, und sobald ich zustimme, wird sich mein Leben völlig verändern. Auszeichnungen als Tänzerinnen haben in der Männerwelt keine Bedeutung. Eine Mafiafrau hat einen einzigen Zweck zu erfüllen, und der ist nicht außerhalb des Hauses. Ich weiß um die Herausforderungen, die auf mich warten, dazu wurde ich erzogen. Mein Leben ist nur so viel wert wie der Name des Mannes, den ich heirate.

»Dante würde gerne mit dir reden«, sagt Papà.

Ich stimme mit einem ruhigen »Okay« zu.

Ein kurzer Befehl meines Vaters, und Dante tritt pflichtbewusst ein. Er begrüßt mich mit einem respektvollen Kuss auf die Wange, und sonst nichts. Das ist der ganze Kontakt, den wir je unter den wachsamen Augen meines Vaters haben werden. Ich soll für meinen Mann rein bleiben, und erst in der Hochzeitsnacht wird mir meine Jungfräulichkeit genommen werden. Das ist der Weg meiner Welt und einer der vielen Gründe für meine ständige Überwachung.

»Du siehst aus wie eine Göttin.« Dante drückt meine Hand. »Ich bin mir sicher, dass du das ganze Theater in deinen Bann ziehen wirst. Ich bin enttäuscht, dass ich es nicht sehen kann.«

Mein Lächeln friert ein. »Du bleibst nicht hier?«

Dante schaut zu meinem Vater, bevor er antwortet. »Ich wünschte, ich könnte, aber die Geschäfte warten.«

Ich nicke, weil es mir nicht zusteht, zu widersprechen. Geschäft ist Geschäft.

»Die Sache ist die«, sagt Dante mit unverhohlener

Bitterkeit, »das Geschäft ist im Ausland. Ich könnte für ein paar Monate weg sein.«

Ein paar Monate? Das ist mir neu, und es ist das erste Mal, seit ich Dante kenne, dass er widerwillig einem Marschbefehl folgt. Ein Befehl, der zweifellos von meinem Vater erteilt wurde. In einer kühnen Geste von Besitzanspruch streicht er mit seiner Hand über meine Wange und beugt sich nach vorn, um mir ins Ohr zu flüstern. »Wenn ich zurückkomme, mache ich dich zu meiner Frau.«

Ein Schauer durchfährt mich, und Papà räuspert sich. »Zeit, zu gehen, Dante.«

Ein letzter Kuss auf meine Wange, und Dante tut, was ihm gesagt wird.

Ich schenke meinem Vater ein schwaches Lächeln und hoffe, dass er jetzt gehen wird. Es gibt nicht mehr viel Zeit bis zur Show, und meine Nerven haben sich nicht beruhigt. Ich brauche mehr Zeit zum Aufwärmen. Ich muss meine Gedanken ordnen und das Chaos beruhigen, das meine Konzentration auffrisst. Das angespannte Verhalten meines Vaters. Giannis unausgesprochene Warnung und jetzt Dantes schneller Abgang. Mit jeder Sekunde, die vergeht, breitet sich mehr atomare Energie in der Luft aus.

Ich zwinge mein klopfendes Herz, sich zu beruhigen, als mein Vater nach seinen Männern winkt und Gianni derjenige ist, der eintreten muss. Er ist heute Abend als Wächter hier, und sein Gesicht ist völlig frei von Gefühlen, als meine Augen die seinen finden. Er verrät nichts, und ich weiß, dass es wichtig ist, dass ich dasselbe tue.

»Tanaka«, sagt mein Vater schroff, »ich möchte dir einen meiner Geschäftspartner vorstellen.«

Meine Augen bewegen sich zur Tür, wo eine neue Bedrohung lauert. Der Geschäftspartner wird mir als Nikolai vorgestellt, aber er ist kaum ein Geschäftspartner, soweit ich das sehen kann. Dieser Mann kommt aus einer völlig anderen Welt.

Das Erste, was ich bei einem Menschen immer bemerke, ist seine Haltung. Ich wurde zu dem Glauben erzogen, dass eine gute Haltung gute Manieren und Respekt vor den Menschen vermittelt. Nikolais Haltung sagt ganz lässig: »Fick dich.« Mit seiner Lederjacke, den Jeans und seinen locker geschnürten Motorradstiefeln sieht er hier fehl am Platz aus. Alles, was er trägt, ist schwarz, aber die Haut, die darunter zum Vorschein kommt, ist ein Farbenrausch. Tattoos bedecken jeden Zentimeter seiner freiliegenden Haut, einschließlich seines Halses. Ich bin mir nicht sicher, was beleidigender ist – die Tinte oder der Pseudo-Irokese auf seinem Kopf. Das ist weder die Art und Weise, wie man ein Ballett besucht, noch ist er der Typ Mann, den ich in Gesellschaft meines Vaters erwarte.

»Tanaka.« Er greift nach meiner Hand und küsst sie so, wie es nur wenige Männer in der Gegenwart meines Vaters wagen würden. »Du tanzt wunderbar.«

Seine Worte haben einen unüberhörbaren Akzent. Russisch. Meine Gelassenheit schwindet, während ich mich bemühe, diese Situation zu verstehen. Mein Vater hat mich schon immer beschützt. Seine eigenen Männer wissen es besser, als mit mir zu sprechen oder mich anzusehen, aber bei diesen Fremden scheint das für ihn irgendwie in Ordnung zu sein.

Zumindest sind meine Manieren noch intakt, also antworte ich, wie ich sollte. »Sie haben mich tanzen sehen?«

»Ich investiere meine Zeit gerne in die Kunst.« Der Fremde schenkt mir ein jungenhaftes Lächeln, das im Gegensatz zu der Tiefe seiner Augen steht. Augen, so blau wie ein Eisberg und genauso rätselhaft. Sie verunsichern mich. Eigenartigerweise fühlt es sich an, als würde er sich über mich lustig machen.

Ich blicke zu meinem Vater, dem mächtigsten Mann, den ich je kannte. Alles hat sich verändert, als er plötzlich von Nikolai in den Schatten gestellt wird. Ich möchte den Grund dieses Treffens wissen. Nikolai ist kein italienischer Partner, und er hat kein Recht, hier zu sein.

Eine Assistentin steckt ihren Kopf herein, um mich auf die Zeit aufmerksam zu machen, und meine Gedanken sind schnell wieder auf den Punkt gebracht. Ich habe weniger als fünf Minuten Zeit, um oben zu sein. Papà entschuldigt sich dafür, dass er mich aufgehalten hat, und sagt, dass sie mich wieder meiner Vorbereitung überlassen werden. Aber Nikolai hört nicht auf die Worte meines Vaters. Er macht keine Anstalten, zu gehen, und seine Augen untersuchen mein Gesicht mit beunruhigender Neugierde.

»Tanaka?«

»Ja?«

Seine Augen brennen sich in mich. »Hals- und Beinbruch.«

»*Merde*«, korrigiere ich ihn. »Man wünscht einer Tänzerin nicht Hals- und Beinbruch.«

Er zuckt mit den Schultern, verlässt den Raum, und hat einen bemerkenswerten Eindruck bei mir hinterlassen.

Meine Finger zittern, als ich nach meinen Spitzenschuhen greife. Ich habe Stunden damit verbracht, diese neuen Schuhe vorzubereiten. Brennen, schlagen, nähen, verändern. Und wenn diese Vorstellung vorbei ist, werden sie bereit für den Müll sein.

Meine Füße sind zerschunden und geschwollen, schwielig und stehen am Rande einer Missbildung. Das strenge Training hat mir keine andere Wahl gelassen, als viele Spitzenschoner zu benutzen. Aber als ich mich im Raum umsehe, kann ich sie nicht finden. Ich weiß, dass sie hier waren und dass ich sie nicht vergessen habe. Ich bin nie unvorbereitet. Aber sie sind jetzt nicht hier, und ich habe weniger als zehn Minuten Zeit, bis der Vorhang aufgeht.

Die Entscheidung ist gefallen. Ich habe keine andere Wahl, als darauf zu verzichten, da nicht einmal ein Wattebausch in meiner Tasche zu finden ist. Die anderen Tänzerinnen und Tänzer hätten sicher welche zur Hand, aber sie zu fragen wäre wie eine Schwäche zu zeigen. Ich würde lieber eine Ewigkeit in der Hölle leiden, als zuzugeben, dass ich schwach bin. Eine

Solotänzerin würde alles tun, was nötig ist, egal wie sehr es schmerzt.

Und es tut gnadenlos weh, als ich meine Füße in die Zehenspitzen schiebe. Ich atme dreimal tief durch und drücke, bis mein Fuß in Position ist. Die schönen Schuhe nehmen mir den Schmerz nicht, aber sie verbergen die Hässlichkeit des Sports. Ich trenne mich geistig von den quälenden Schmerzen meines Körpers, bevor ich mich dem Rest der Tänzer anschließe. Meine Wache folgt pflichtbewusst hinter mir und schlängelt sich durch das Chaos des Mets. Überall in den Hallen ist die Struktur lebendig und pulsiert mit der Kunst in ihren vielen Formen. Im Untergeschoss probt das Met-Orchester Mahlers Sinfonie Nr. 1, während eine Handwerkerin auf einer separaten Ebene Hunderte von Blumen für Madame Butterfly malt. Irgendwo zwischen dem Perückenraum, dem Kostümgeschäft und der Klasse, in der uns unsere Ballettmeisterin früher in Form gebracht hat, werden Haare und Make-up gemacht, Stationen, die ich überspringe, da ich beides immer selbst mache. An einem Punkt kommen wir an einer Statue vorbei, die gerade für Tosca aufgestellt wird, und an einem Rapper und einer Dragqueen in Personalunion, die eher für ihre Rolle als Prince Coffee bekannt sind.

Als wir ankommen, vibriert die Bühne bereits voller Energie. Tänzerinnen und Tänzer in Kostümen wiederholen immer wieder die Bewegungen, mit denen sie am meisten zu kämpfen haben, und üben unermüdlich, während sie noch die Chance dazu haben. Auch der Dirigent, der Lichtmanager, der Tischlermeister und der Bühnenmeister haben noch ordentlich zu tun. Und sie sind nur einige der Zahnräder, die diese riesige Ballettmaschine zum Schnurren bringen.

Ich habe nicht mehr genug Zeit, um mich vorzubereiten. Das Einzige, was mich jetzt rettet, ist mein unerschütterlicher Glaube an mein hartes Training. Ich habe mit diesem Ballett gelebt, geatmet, gegessen und geschlafen. Meinen Vormittag verbringe ich mit der Gruppe. Aufwärmübungen an der Barre. Proben und Übungen gefolgt von mehr Training in meiner Freizeit. Yoga und Pilates zur Stärkung der wahrgenommenen Schwächen, die in mein Tagebuch eingetragen wurden. Ich habe mit der Absicht gelebt, dass dieser Moment die Vollkommenheit sein würde. Dass jede Chance, die ich nutze, durch Perfektion glänzen muss. Wenn ich zur Solotänzerin ernannt werden will, muss ich fehlerfrei sein. Jede Rolle, ob groß oder klein, ist eine Gelegenheit, mein Können zu beweisen. Die Zeit ist nicht der Freund einer Tänzerin, und wenn man die Tochter von Manuel Valentini ist, kann sie nur dein Feind sein. Ich habe einen Traum, so kurzlebig er auch sein mag. Solange Blut meine Venen erwärmt, werde ich dafür kämpfen.

Es gibt keine Ausreden.

Als ich also aufgerufen werde, gehe ich auf die Bühne und tanze. Manchmal ist falsche Tapferkeit alles, was man hat. Man kann nur hoffen und beten, dass man alles richtig machen wird. Ich hab neun

Stunden geschlafen. Ich habe etwas Leichtes mit vielen Proteinen gegessen. Ich habe mich gedehnt, wenn auch nicht so sehr, wie ich es mir gewünscht hätte. Jetzt habe ich nur noch meine Fähigkeiten, auf die ich mich verlassen kann.

Der erste Schuss Adrenalin, der meine Venen überflutet, puffert den Schmerz und schenkt mir falsches Selbstvertrauen. Aber als ich mich in meine erste *Croisé-Position* begebe, wird mir klar, dass etwas nicht stimmt. Die Spitze ist zu eng, und ich gebe mir die Schuld. Ich hätte besser vorbereitet sein sollen. Ich hätte die Schuhe noch einmal hinter der Bühne testen sollen, um sicherzustellen, dass alles in Ordnung war. Aber ich hatte Pflichten meinem Vater gegenüber. Ich muss immer das Richtige tun.

Die Choreographie lebt weiter, und ich auch. Trotz der Ablenkung sind meine Bewegungen makellos, aber ich erlaube mir kein Fünkchen Arroganz. Jede Stellung wird mit Sorgfalt, jeder Schritt präzise und leicht ausgeführt. Mein Vater schaut aus dem Publikum zu, daran besteht kein Zweifel. Ich kann ihn nicht enttäuschen. Jede Aufführung ist eine Rechtfertigung für die unzähligen Jahre, die ich meinem Training gewidmet habe.

Ich brauche das Ballett wie die Luft zum Atmen. Es ist mein Leben. Mein Herz. Meine Seele. Und was ich am meisten fürchte, ist, was aus mir wird, wenn ich keine Tänzerin mehr bin. Ich bin auf Kurs. Solange ich mich erinnern kann, bewegt sich dieser Zug in eine

Richtung. Ich werde es schaffen. Ich habe es in mir. Das ist das Einzige, das ich sicher weiß.

Aber Vivi würde mir schnell sagen, dass nichts im Leben sicher ist.

Der erste Schlag erwischt mich, als ich mich *en pointe* hinstelle. Quälende Schmerzen fahren ohne Vorwarnung durch meine Zehen, und warmes, klebriges Blut füllt die Spitzen.

Ich schließe die Augen und versuche, durch den Schmerz zu atmen, während ich mich mit einer unerschütterlichen Tatsache abfinde. Meine Schuhe wurden sabotiert. Es gibt nichts, was ich tun kann, außer mit der Vorstellung fortzufahren und zu beten, dass ich nicht auf den Boden blute. Was auch immer in mein Fleisch eingedrungen ist, ist bereits dort eingebettet, und es ist mir egal. Ich muss das hier um jeden Preis zu Ende bringen.

Ich darf nicht zögern.

Gerade als ich dieses große Vorhaben klar vor Augen habe, stürzt meine ganze Welt in Sekundenschnelle ein. Ein Sprung, eine fehlgeschlagene Landung, und alles ist vorbei.

Als ich auf dem Boden falle, mache ich mir Sorgen wegen des Knackens, das ich in meinem Knöchel gespürt habe. Logischerweise bin ich mir bewusst, dass ein ganzes Publikum den schlimmsten Moment meines Lebens miterlebt, aber ich habe mich losgelöst. Benebelt vom Unglauben versuche ich, aufzustehen, nur um wieder zusammenzubrechen. Mein Knöchel funktioniert nicht mehr. Es bewegt sich nicht.

Ich habe Zeit, mir tausend Möglichkeiten vorzustellen, wie ich lieber sterben würde, bis jemand endlich Mitleid mit mir hat und mich von der Bühne trägt.

»Hab etwas Gnade«, flüstert Papàs Schatten hinter dem Vorhang.

»Hattest du irgendwelche Illusionen, dass das hier anders ablaufen könnte, als du die Vereinbarung getroffen hast?«

»Sie ist meine einzige Tochter.«

»Ah ja. Da schmerzt einem das Herz, nehme ich an. Aber ich glaube, sie war auch deine einzige Tochter, als wir über Sicherheiten sprachen. Wenn du mit dieser Lösung nicht einverstanden bist, dann solltest du vielleicht die Schulden bezahlen.«

»Du weißt sehr wohl, dass ich es nicht kann«, sagt mein Vater. »Sie ist verletzt. Lass sie wenigstens gesund werden, und dann können wir uns vielleicht etwas überlegen …«

»Sie kann unter der Aufsicht meines Arztes genauso gut genesen.«

»Aber die Rechnungen«, protestiert Papà.

»Du wärst sowieso nicht in der Lage, sie zu bezahlen. Sie werden deinen Schulden hinzugefügt. Und wenn du sie einlösen kommst, was du mit Sicherheit tun wirst, wird sie so gut wie neu sein.«

»Ich kann das nicht ertragen. Das ist nicht die Art

und Weise, wie sie erzogen wurde. Sie ist ein gutes Mädchen. Ihr Ruf wird ruiniert sein …«

»Welche Wahl hast du?«, fragt der unnachgiebige Russe. »Du oder deine Tochter. Und ich fürchte, ich habe wenig Nutzen für dich.«

Es folgt Stille.

Meine Augen sind immer noch geschlossen, aber der Schlaf ist verflogen. Das Trauma dieses Abends hat mich meines Willens beraubt, zu denken, zu fühlen oder sogar zu atmen. Ich habe jede Gottheit angefleht, die mir eingefallen ist. Ich habe gebetet. Ich habe geweint. Ich habe zwischen Hoffnung und Verzweiflung geschwankt.

Prinzipiell hat mein Kopf verstanden, was sich gerade zwischen meinem Vater und Nikolai abspielt, aber ich kann nicht die Kraft aufbringen, mir darüber Sorgen zu machen. Was spielt das für eine Rolle, wenn das Einzige, was ich je wollte, mir so brutal genommen wurde?

Es fühlt sich immer noch wie ein Albtraum an, aus dem ich nicht aufwachen kann. Egal wie oft es sich erneut in meinem Kopf abspielt, ich kann keinen Sinn hineinzwingen. Sicherlich sind solche Vorfälle nicht unbekannt. Das Leben in der Welt des Balletts kann ein blutiger Sport sein. Eifersucht ist weit verbreitet, und die Konkurrenz ist rücksichtslos. Aber ich hätte nie gedacht, dass jemand in meinem eigenen Ensemble zu so viel Bösartigkeit fähig wäre. Das Schlimmste, dem ich je zum Opfer gefallen bin, war ein schmutziger Blick oder ein bissiger Kommentar. Eine so extreme

Maßnahme hat mich aus heiterem Himmel getroffen, und ich muss mich fragen, warum ich es nicht kommen sehen habe.

Eine Hand streicht über meinen Arm, und als ich meine Augen öffne, sehe ich meinen Vater mit einem grimmigen Gesicht neben mir. An seiner Seite steht nervenaufreibend ruhig Nikolai. Er gehört nicht hierher, und ich weiß nicht, warum mein Vater es ihm erlaubt. Meine Welt war schon immer klein, aber das Einzige, was ich immer wusste, ist, dass mein Papà mächtig ist. Seine Männer tun, was er ihnen sagt. Ich tue, was er mir sagt. Jeder gehorcht, wenn er spricht. Aber Nikolai nicht. In dieser neuen Kette von Ereignissen ist Nikolai derjenige, der Befehle gibt.

»Tanaka.« Papàs Stimme zittert nicht, aber sie ist weicher als ich sie je gehört habe. »Es gab eine Planänderung. Du musst ein gutes Mädchen sein und tun, was ich sage. Hast du verstanden?«

Meine einzige Antwort ist ein Blinzeln. Ich bin zu taub, um zu widersprechen. Ich bin zu ruiniert, um meine Antwort laut zu sagen. Etwas, wofür er mich zu irgendeinem anderen Zeitpunkt bestrafen würde.

»Nikolai hat gnädigerweise zugestimmt, dir eine Unterkunft zu bieten, während ich geschäftlich unterwegs bin. Aber keine Sorge, kleines Lamm. Es wird nur für eine kurze Zeit sein.«

Ich habe nicht die emotionale Kapazität, dies als meine Realität zu akzeptieren. Seit Jahren befindet sich mein Leben auf einem geradlinigen Kurs, der nie verändert wurde. Solotänzerin und Ballett. Das waren meine einzigen Ziele, und ich hatte so wenig Zeit, sie zu verwirklichen. Ich sollte Dante heiraten. Das ist es, was mir gesagt wurde. Darauf habe ich mich vorbereitet. Mein ganzes Leben lang war ich geschützt. Wurde zu Hause unterrichtet. Es war mir verboten, Freunde zu haben oder das Haus zu verlassen. Ich konnte nicht mit einem Mann allein sein, niemals. Das ist es, was mir beigebracht wurde. Das ist es, woran ich mich immer gehalten habe. Mein Vater arrangierte meine Ehe, und sie wurde in Stein gemeißelt. Aber jetzt sagt er mir, dass er mich mit einem Mann wegschickt, den ich überhaupt nicht kenne. Einer, der anscheinend keinen der Werte ehrt, die in mir verankert sind.

Für einen kurzen Moment frage ich mich, was Dante sagen wird. Und dann wandern meine Gedanken allmählich zu meinem Ensemble zurück. Eine Träne fließt mir über die Wange, gefolgt von einer weiteren. Ich weiß nichts, außer einer unveränderlichen Wahrheit. Ich bin eine Tänzerin. Das ist alles, was ich weiß. Das ist alles, was ich bin.

Als der Arzt zurückkehrt, um über meinen Zustand zu sprechen, ist sein Gesicht ausdruckslos. Losgelöst. Und er blickt mich kaum an, bevor er sich an meinen Vater wendet, wie es ihm aufgetragen wurde.

»Mr. Valentini, ihre Tochter hat sich zwei Bänder im Knöchel gerissen.«

»Nein.« Ich versuche, mich zu bewegen, aber ein Blick von meinem Vater hält mich auf.

»Es tut mir leid.« Der Doktor schaut jetzt zu mir.

»Ihre Verletzungen erfordern eine Operation, um die Bänder zu reparieren und das Glas zu entfernen, das noch in Ihren Zehen steckt.«

»Aber ich bin eine Tänzerin«, flüstere ich.

Seine Augen verraten die Worte, die sein Verhaltenskodex am Krankenbett nicht zulässt.

Nicht mehr.

2

Nikolai

Kosmos, der Club, der den Vory gehört, ist eine schnörkellose Einrichtung. Frauen und Alkohol sind die Hauptattraktionen vorne, und hinten führen wir Transaktionen durch. Heute ist der dritte Tag des Monats, was bedeutet, dass ich auf unserem monatlichen Treffen berichten soll.

Ich komme früh, um mich mit allen zu unterhalten, wie es üblich ist, aber der Mann, den ich wirklich suche, ist später dran als sonst. Alexei ist seit kurzem mit seinem neuen blonden Spielzeug beschäftigt. Ich denke, dass wir alle nachsichtig mit ihm sind, da er schon längst eine Frau in seinem Leben haben sollte und Talia zu ihm zu passen scheint.

Viktor nähert sich mir während der geselligen Stunde mit düsterem Gesicht und müden Augen. In den letzten Wochen haben ihn viele Dinge beschäftigt, und ich kann nur hoffen, dass ich nicht eine seiner Sorgen war. Viktor, der *Pakhan* unserer Vory-Bruderschaft, ist der Chef und unser Anführer. Er hat ein reifes Alter und einen rauen Charakter, aber ich halte ihn für einen fairen Mann.

»Kol'ka«, begrüßt er mich. »Wie geht es dir?«

»Es geht mir gut. Wie geht es deiner Familie?«

Er nickt und nimmt einen Schluck von seinem Scotch. »Gut.«

Es gibt einen angespannten Moment der Stille zwischen uns, in dem mir klar wird, was als Nächstes kommen wird. Trotzdem zeige ich keine Schwäche und erfinde keine Ausreden. Bei unserem letzten Treffen wurde ich an der Stelle meines Vaters in den Rang eines *Avtoritet* befördert. Das ist eigentlich eine Ehre, aber ich bin sicher, dass mein Vater es nicht so sieht. Besonders nicht, nachdem ich ihm auf Befehl von Viktor hin das Ohr abgeschnitten habe.

»Hast du von Sergei gehört?« Viktors Augen durchsuchen den Raum nach ihm.

»Nein, ich habe seit unserer letzten Begegnung nicht mehr mit ihm gesprochen.«

Viktors Augenbrauen ziehen sich zusammen. »Ich nehme nicht an, dass die Ereignisse, die an diesem Tag stattfanden, für ein gutes Verhältnis zwischen Vater und Sohn gesorgt haben.«

»Ich verstehe, warum es getan werden musste.«

»Ich werde ein solches Verhalten in unserer

Organisation nicht unterstützen. Sergei hatte sich in seiner Position zu viele Freiheiten genommen und verdiente den Titel, den er trug, nicht.«

»Das sehe ich genauso.«

Ich sage das nicht, um Viktor zu gefallen. Sergei hatte schon immer große Pläne, und die kommen ihm häufig in die Quere. Familie oder nicht, meine Loyalität gilt den Vory. Wenn Sergei nicht mit unseren Regeln leben kann, dann verdient er die Sterne, die wir tragen, nicht.

»Irgendwas Neues von dem Rembrandt?«, wechselt Viktor das Thema.

»Nein«, gebe ich widerwillig zu. In letzter Zeit war ich mit anderen Dingen beschäftigt. Vor allem damit, Tanaka Valentini in meinen Besitz zu bekommen. Die Zeit und Mühe, die ich aufgewendet habe, um das zu erreichen, hat mich abgelenkt, und meine Vory-Aufgaben sind auf der Strecke geblieben.

Es gibt viele Möglichkeiten, wie ich beschreiben könnte, was ich tue, aber die Wahrheit ist die einfachste. In meinem Herzen bin ich ein Dieb. Kunst ist meine Spezialität, ich stehle sie, ich erschaffe sie, und manchmal zerstöre ich sie sogar. Es ist ein einzigartiger Job für jemanden mit meinen Talenten. Vorbei sind die Zeiten, in denen Gangster lokale Unternehmen überfielen, um ein oder zwei Cent zu verdienen. In der modernen Welt haben sich die Zeiten geändert, ebenso wie unsere Praktiken. Unbezahlbare Kunst ist in kriminellen Organisationen ein großer

Nebenwert, und sie wird oft zum Tauschhandel verwendet. Mit Viktors Segen habe ich jedoch weniger primitive Methoden gewählt, um die in unserem Besitz befindlichen Gegenstände gewinnbringend zu nutzen.

Normalerweise handelt es sich bei den Stücken, mit denen ich handele, um günstige Gelegenheiten, aber manchmal habe ich nichts gegen eine Herausforderung. Irgendwann fiel Viktor ein, dass ein gestohlener Rembrandt ein schönes Geschenk für seine älteste Tochter sein würde, sollte ich einen aufspüren können, aber in letzter Zeit ist er hartnäckiger geworden.

»Ich nehme nicht an, dass sie sich mit einer Fälschung zufriedengeben würde?«

Viktor lächelt. »Sei nicht albern, Kol'ka. Sie würde den Unterschied nie erkennen, aber ich schon.«

»In der Tat«, antworte ich. Ich kann respektieren, dass er für sie nur das Beste will. Etwas Seltenes und Unbezahlbares. Und die Jagd hat mich immer begeistert. Etwas zu finden, was so viele Jahre lang verloren zu sein scheint, ist ein Adrenalinschub wie kein anderer. Meine Reisen waren umfangreich, und für meine Fundstücke stünde mir ein Ehrenmuseum zu. Aber meine Position erfordert, dass ich bescheiden bleibe, egal wie groß die Trefferquote ist. Unsere Kunden schätzen die Anonymität, und sie würden nicht so hohe Preise für etwas zahlen, was jeder haben könnte. Die dummen Reichen sind nur eine weitere Spezies von Gaunern, denen der Gedanke gefällt, dass sie auch gestohlene Kunstwerke besitzen. Im Besitz von etwas so Wertvollem zu sein, was sie nur mit ihren intimsten und vertrauenswürdigsten Freunden teilen können, ist ein Nervenkitzel, der sich nicht mit teuren Reisen oder auffälligen Autos vergleichen lässt.

Viktor blickt auf seine Uhr. Das Meeting soll in einigen Minuten beginnen, aber er ist mit diesem Gespräch noch nicht fertig, und ich habe jetzt schon keine Lust mehr auf das, was als Nächstes kommen wird.

»Ich bin mir sicher, dass es keine Überraschung sein wird, dass ich einige Fragen an dich habe«, sagt er.

»Natürlich.«

»Erzähl mir von dem Mädchen.«

Ich leere das Glas mit dem Rest meines Wodkas mit Limette und stelle es auf den Tisch. Ich bin erst seit einigen Wochen *Avtoritet*. Was ich tat, war mutig, und einige könnten sagen, dumm. Aber in meinen Augen habe ich mir meinen Titel und die damit verbundene Macht verdient. Das war keine spontane Entscheidung. Ich habe mein ganzes Leben lang auf Antworten gewartet.

»Sie ist die Tochter von Manuel Valentini.«

»Das weiß ich«, erwidert Viktor. »Er hat bereits mehrere Termine mit mir gefordert. Was ich wissen will, ist, warum sie bei dir ist.«

»Ihr Vater schuldet uns viel Geld. Ich motiviere ihn nur, es so früh wie möglich zurückzuzahlen.«

Viktors dunkle Augen richten sich auf die meinen

und schauen direkt durch die Halbwahrheit. »Spiel nicht mit mir, Kol'ka.«

Meine Augen wandern durch den Raum und landen auf Sergei, der endlich erschienen ist. Sein Kopf ist an der Stelle, wo früher sein Ohr war, immer noch verbunden, und er hat nicht mehr den selbstgefälligen Gesichtsausdruck, den er normalerweise zeigt. Man kann mit Sicherheit sagen, dass er mit eingezogenem Schwanz zurückgekommen ist.

»Hat das irgendeinen Bezug zu den geschäftlichen Beziehungen deines Vaters in der Vergangenheit?«

Ich lenke meine Aufmerksamkeit auf Viktor, weil mich seine Beobachtung stört. Diskretion ist eine Eigenschaft, auf die ich sehr stolz bin, und es kam mir nie in den Sinn, dass er meine Absichten so einfach erraten würde.

»Es gab im Laufe der Jahre viele Gerüchte.« Viktor holt eine Zigarre aus seiner Vordertasche und schiebt sie sich zwischen die Lippen, während er spricht. »Er sagte einmal selbst, dass deine Mutter mit einem Italiener durchgebrannt ist.«

»Das ist nicht wahr.« Mein Ton ist vorsichtig und beherrscht, aber es macht kaum einen Unterschied. Die Tatsache, dass ich meine Mutter überhaupt verteidige, ist die Antwort auf seine Frage. Als sie aus meinem Leben verschwand, war ich zehn Jahre alt, und mir wurde nur erklärt, dass sie eine Lügnerin und Hure wäre und ich nie wieder ihren Namen erwähnen sollte.

Viktor deutet auf mein Feuerzeug, und ich reiche es ihm. Er zündet seine Zigarre an und nimmt ein paar

Züge davon, während er nach den richtigen Worten sucht. »Die Wahrheit ist, dass ich mir nicht sicher bin, was mit deiner Mutter geschehen ist. Sie war ein gutes Mädchen. Zu süß, um sich mit Leuten wie deinem Vater einzulassen. Wenn du die Wahrheit herausfindest, Kol'ka, würde ich sie gerne erfahren.«

Seine Worte erden mich. Ich habe nicht um seinen Segen gebeten, aber auf seine eigene Weise hat Viktor ihn mir gegeben. Er ist sich meiner wahren Absichten bewusst, und ich kann das Notwendige tun, jetzt, da wir uns geeinigt haben.

Viktor überprüft seine Uhr und entscheidet abrupt, dass dieses Gespräch beendet ist. Er kündigt an, dass das Treffen gleich beginnt und das gemütliche Beisammensein zu Ende ist. Meine Brüder strömen in den Besprechungsraum, und ich gehe neben dem *Pakhan*. Bevor wir die Tür erreichen, fällt ihm ein letzter Gedanke ein, und er hält mich auf.

»Es gibt nur eine Sache, auf die ich bestehen muss.«

»Ja?«

Er rümpft vor Abneigung die Nase. »Das Mädchen ist keine Russin.«

»Ich bin mir dessen bewusst.«

Er schnippt sich eine Fussel von der Jacke, eine Geste, die eine Warnung bedeutet. »Also gewöhne dich nicht allzu sehr an sie.«

»GEFALLEN SIE DIR?«

Die russische Tänzerin beugt sich nach vorne, um mir ihr neues Paar Titten zu zeigen, während ich eine Zigarette rauche. Ihr Name ist Mara, und ich ficke sie dienstags. In letzter Zeit war sie wegen der Operation außer Gefecht gesetzt gewesen. Ich habe sie eine Weile nicht gesehen, und jetzt weiß ich, warum. Unter ihrem winzigen Bikini-Top sehen die Implantate aus wie Grapefruits. Sie bewegen sich überhaupt nicht. Ich weiß das, weil es mir aufgefallen ist, als ich sie vor zehn Minuten gefickt habe.

Mara fragt sich, warum ich sie nicht angefasst habe. Sie macht einen Schmollmund, und Ihre Lippen sehen auch ein wenig voller aus, wenn ich mich nicht irre.

Eine Rauchwolke entweicht meinem Mundwinkel. »Sie sind wunderschön.«

Manchmal ist es besser, zu lügen. Ich bin ein Mann, der fleischliche Sünden bevorzugt, nicht Silikon. Das ist das letzte Mal, dass Mara und ich uns treffen werden. Aber da sie gerade hier ist und es einfach ist, zeige ich auf meinen Schwanz, der wieder hart ist.

Das Schöne an einer Frau wie Mara ist, dass das alles ist, was man machen muss. Wir sind beide zu müde, um an die Liebe zu glauben. Sie benutzt mich gegen die Leere, die ihr Daddy in ihr hinterlassen hat, und ich benutze sie, weil es unkompliziert ist. Sie macht ihre beste Arbeit auf den Knien, und das ist keine Schande.

Lange, rote Fingernägel kratzen auf meinen Oberschenkeln, und als sie meinen Schwanz in ihren Mund saugt, lehne ich mich mit einem Seufzer zurück und rauche meine Zigarette, während sie sich zwischen meinen Beinen auf und ab bewegt.

Ich mag ein Zimmer mit Aussicht, deshalb habe ich heute um ihre Anwesenheit im Fitnessstudio gebeten. Ihre Arbeit wird von Spiegeln auf allen vier Seiten reflektiert. Aber meine Augen sind nicht auf die Spiegel oder gar sie gerichtet. Sie liegen auf der Tür. Und als diese sich um genau drei Uhr öffnet, werde ich nicht enttäuscht.

Honigfarbene Augen mustern mich, bevor sie auf Maras Kopf in meinem Schoß verharren. Tanaka schaut erst betont meinen Schwanz an und sieht dann betont unbeeindruckt aus. Sie ist eine Lügnerin und ein Snob. Als mein Blick auf ihre Brust fällt, sehen meine Augen zwei harte Brustwarzen, die sich unter dem dünnen Stoff ihres weißen Trikots abzeichnen. Rein wie ihre jungfräuliche Muschi. Ich wäre bereit, mein linkes Ei darauf zu verwetten, dass sie für mich nass ist, aber sie tut gut daran, es hinter ihrer Verachtung zu verstecken.

Die Frustration bringt mich dazu, Maras Haare in die Faust zu nehmen, und meinen Schwanz so tief in sie zu schieben, wie sie mich aufnehmen kann. Ich ficke ihren Mund, während meine Augen die verklemmte Ballerina am anderen Ende des Raums ficken. Meine Entladung ist explosiv, und sie geschieht früher, als ich es mir gewünscht hätte. Tanaka hat das Interesse an meinen Spielen verloren, bevor ich überhaupt mit ihnen anfangen konnte.

Mein Kopf fällt gegen den Stuhl zurück, während

mein Schwanz in Maras Mund zuckt. Sie versucht, noch mehr herauszuholen, aber ich bin wirklich fertig.

Am anderen Ende des Raumes schlägt Tanaka mit ihrer Trinkflasche und ihrer Tragetasche ein Lager auf, was deutlich macht, dass sie keine Pläne hat, in naher Zukunft zu gehen. Für ein so gehorsames italienisches Mädchen scheint sie keine Probleme zu haben, sich mir zu widersetzen. Ihr Knöchel ist mit einer Schiene bewegungsunfähig gemacht, und sie humpelt immer noch auf Krücken, aber trotzdem versucht sie, einen Trainingsplan wie den der Navy SEALS einzuhalten.

»Was macht sie da?« Mara runzelt verwirrt ihre Stirn, während sie mein neues Spielzeug beobachtet, das sein Bein auf dem gepolsterten Boden dehnt.

»Was soll's.« Ich ziehe mir die Hose hoch und werfe Mara ihren Rock zu. »Ich muss mich jetzt um meine Geschäfte kümmern.«

Tanaka ignoriert pflichtbewusst das Schauspiel, als Mara sich ungeniert ankleidet. Als es für sie an der Zeit ist, zu gehen, gebe ich keine falschen Zusicherungen für ein weiteres Wiedersehen, und sie fragt auch nicht. Ich hole etwas Geld aus meiner Brieftasche, nicht für Sex, sondern weil sie es gewohnt ist, dass sich Männer um sie kümmern. Sie dankt mir auf Russisch und geht.

Ich sollte auch gehen, aber ich fühle mich an Ort und Stelle verwurzelt, während ich Tanaka anschaue. Seit zwei Wochen haben wir diese Routine. Wir tauschen keine Worte aus. Ich verbringe meine Tage mit den Geschäften für die Vory, und sie verbringt ihre

Zeit damit, ihre unmöglichen Träume in diesem Fitnessstudio zu verfolgen.

Sie kam kampflos hierher, aber jeden Tag leuchtet ihre Entschlossenheit heller. Ballett war bisher ihr Leben, und sie hat noch nicht akzeptiert, dass ihr altes Leben vorbei ist.

Ich lehne mich gegen den Türrahmen und schnippe den Deckel meines Feuerzeuges zwischen meinen Finger hoch. »Warum suchst du dir nicht ein neues Hobby?«

Ihre goldenen Augen blitzen vor Wut, und zu meiner eigenen Irritation haucht das meinem Schwanz wieder Leben ein.

»Ein neues Hobby finden?«, faucht sie.

»Ja.«

»Sind Sie sich nicht darüber im Klaren, wie viel Zeit ich diesem ›Hobby‹ gewidmet habe?«

Ich deute beiläufig in Richtung ihres nutzlosen Knöchels. »Spielt das jetzt noch eine Rolle? Ich denke, dieser Zug ist abgefahren. Und nenn mich Nikolai.«

Ihre Brustwarzen sind wieder hart. Fast so hart wie ihr Kiefer, wenn sie wütend ist. Meine Augen wandern die Kurve ihres Halses hinauf bis zu der Stelle, an der ihr Puls im Stakkato pocht. Sie schaut mich an und strengt sich unbewusst an, sittsam zu bleiben, indem sie ihren Rock weiter nach unten und die Träger auf ihren Schultern nach oben zieht. Ein Lächeln zuckt an meinen Mundwinkeln, und sie fährt mich mit einer Stimme wie eine Peitsche an.

»Seit meinem sechsten Lebensjahr mache ich eine Ausbildung zur Tänzerin. Denken Sie, Ihre Mafia wäre exklusiv? Versuchen Sie mal Ballett, Mr. Kozlov. Ich habe Sommer-Intensivprogramme besucht, von denen die meisten nur träumen konnten. Mir wurde ein Vertrag mit dem Corps de Ballet angeboten, bevor ich überhaupt die Highschool beendete. Während andere Kinder draußen spielten und all das erlebten, was eine Kindheit zu bieten hatte, war ich im Studio. Ich bin in dieser Hierarchie aufgestiegen, obwohl die Chancen gering waren, und wenn wir unsere Welten vergleichen würden, dann wären Sie und ich gleichwertig. Mein ganzes Leben lang habe ich für diesen Traum geblutet, und Sie glauben, dass es Ihr Recht ist, beiläufig vorzuschlagen, dass ich mir ein anderes Hobby suche?«

Sie beendet ihre Tirade mit einem kraftvollen Ausatmen, das ihre kostbare Energie mit sich zu nehmen scheint. Vielleicht ist es die Genesungsphase, denn trotz ihres feurigen Temperaments wirkt sie nach der kleinsten Anstrengung fast leblos. Ihr aktueller Zustand steht im Widerspruch zu ihrem Geist, wenn man bedenkt, dass das Mädchen alles andere als willensschwach ist.

Von dem Moment an, als sie mich ansah, glaubte sie, etwas Besseres zu sein als ich. Aber die Realität ist, dass sie eine verwöhnte kleine Schlampe ist, die zu lange in ihrem Schloss eingesperrt war. Dieses Mädchen, das ihr Ballett mit meiner Mafia vergleicht, ist völlig ignorant gegenüber der Welt und der Macht, die ich über ihr Schicksal habe. Genau das hatte ich auch von ihr erwartet.

Was ich nicht erwartet hatte, war, dass sie so schön anzusehen sein würde. Als Manuel seine geliebte Tochter als Pfand für seine Schulden angeboten hatte, hatte ich sie mir wie ihn vorgestellt, wie einen Gargoyle. Aber in Wahrheit sieht sie ihm überhaupt nicht ähnlich.

Sie ist ein sehr schlankes Mädchen. Zu dünn für meinen Geschmack. Ihr Körper ist das Zeugnis eines Kampfes zwischen Weiblichkeit und Mädchenhaftigkeit. Sie ist in den Klauen beider gefangen, unentschlossen, was sie will oder braucht. Aber ihre übernatürliche Anmut ist nicht zu leugnen. Ob es nun ihre subtilen Handbewegungen oder die Krümmung ihres Beines ist, sie ist fast unmenschlich schön. Sie ist elegant, manikürt und perfekt gepflegt. Kurz gesagt, sie ist alles, was ich nicht bin. Und doch, als ich sie zum ersten Mal sah, war ich zugegebenermaßen auf eine Art und Weise von der leise sprechenden Schönheit gefangen, die für mich ungewohnt ist. Sie ist nicht wie die russischen Mädchen, an die ich gewöhnt bin. Sie ist nicht wie irgendeines der anderen Mädchen, an die ich gewöhnt bin.

Sie ist zweifellos intelligent, aber vom Niveau ihrer Naivität bekomme ich ein Schleudertrauma. Sie verströmt eine Unschuld, die Zweifel in mir weckt. Zweifel, die mit jedem Wert, für den ich stehe, im Widerspruch stehen. Je länger sie bei mir ist, desto klarer wird es. Es wäre besser für mich, mich von ihr fernzuhalten. Sie ist nicht wichtig für mich. Und so beschämend es auch sein würde, etwas so Schönes zu zerstören, letztendlich könnte es dazu kommen. Ich darf das nicht vergessen. Was auch immer das Schicksal meiner Mutter war, es wird auch Tanakas sein.

3

Tanaka

Es gibt keinen Schmerz. Es gibt nur Disziplin.

Mein Bein hebt sich vom Boden, nur um einen Moment später wieder zurückzufallen. Das nutzlose Glied hat mich im Stich gelassen, wie der herzlose Russe schnell erkannt hat. Schon die kleinste Bewegung führt zu quälenden Schmerzen in meinem Knöchel. Die Muskeln, die ich im Laufe der Jahre mühsam aufgebaut habe, sterben ab. Nach einem lebenslangen Missbrauch ist die Abrechnung endlich gekommen, und die dunkle Wolke über mir wird größer.

Unlogischerweise setzen sich meine schlimmsten Ängste in meinem Bauch fest. Eine Vision von mir, verkrüppelt, unfähig, mich zu bewegen oder überhaupt zu gehen. Das kann ich ruhig sein, wenn ich nie wieder tanzen kann. Meine Augen brennen vor unterdrückten

Tränen, aber ich gebe nicht nach. Tränen sind eine Schwäche, der ich selten nachgegeben habe, und ich werde jetzt nicht damit anfangen.

»Taschetschka.«

Nonna steht in der Türöffnung und hat die Hände in die Seitentaschen ihres schlichten, grauen Kleides gesteckt. Nikolais Haushälterin ist eine bescheidene, ruhige Frau, die einfache Kleider und Kopftücher bevorzugt, um ihre Aufgaben zu erfüllen. Seit meiner Ankunft hier habe ich verstanden, dass diese Aufgaben anscheinend auch mich umfassen.

»Dein Mittagessen wartet in deinem Zimmer auf dich.« Ihr russischer Akzent ist stark, aber verständlich.

Das Mittagessen, wie sie es nennt, wird wahrscheinlich eine Suppe mit einer Art herzhaftem Fleischgericht und manchmal Kartoffeln sein. Oft wird es von einem fruchtigen Getränk mit Beeren begleitet, dessen Kaloriengehalt ich nicht kenne, aber dessen süßer Geschmack mich schnell davon abgehalten hat, es zu konsumieren. Seit ich hier bin, habe ich bereits fünf Pfund zugelegt, und die Zahlen auf der Waage von heute Morgen verfolgen mich immer noch.

»Ich habe keinen Hunger.«

Nonna runzelt die Stirn, und ich schaue woandershin. Ich will sie nicht beleidigen. Sie war nichts anderes als zuvorkommend. Zu zuvorkommend sogar, und das ist der einzige Grund für meinen Zorn. Zu Hause habe ich ein strenges Programm bei meinen Mahlzeiten. Es lässt mich zentriert und konzentriert bleiben, aber hier ist das Essen zum Chaos geworden. Ich bin es gewohnt, meine Mahlzeiten selbst zuzubereiten. Oft wurde von mir erwartet, dass ich das Abendessen meines Vaters koche. Es war eines der vielen Dinge, die er für notwendig hielt, um mich auf die Ehe vorzubereiten. Aber mein Vater blieb bei dem vorbereiteten Essen und achtete kaum auf meinen Teller. Das war ein System, das für uns beide funktionierte. Aber seit ich unter Nikolais Obhut bin, werden meine Mahlzeiten wie ein Uhrwerk bereitgestellt. Mahlzeiten, die ich nicht genießen darf, wenn ich nicht tanze. Selbst wenn ich es täte, würde ich mir selten erlauben, so zu schwelgen.

Zu meiner Erleichterung verschwindet Nonna kampflos, und ich kann mich auf mein Training konzentrieren. Es ist das Einzige, worauf ich mich unter den gegenwärtigen Umständen konzentrieren kann. Obwohl es in Momenten der Verzweiflung manchmal verlockend ist, weigere ich mich, über die harte Realität meiner Situation nachzudenken. Nach nur zwei kurzen Wochen fühlt sich das Tanzen wie eine ferne Erinnerung an. Das Blut, der Schweiß und die Tränen, die ich in mein Handwerk investiert habe, können nicht umsonst gewesen sein. Meine Position im Ensemble ist sicherlich gefährdet. Ich wäre überrascht, wenn sie mich nicht schon längst ersetzt hätten. Aber ich werde keine Sklavin solcher Gedanken sein. Wenn ich jetzt meine Hoffnung aufgeben würde, würde das bedeuten, alles zu opfern, wofür ich gearbeitet habe, nur weil ich nicht die Willenskraft besitze, die man braucht, um erfolgreich zu sein.

Es macht wenig Unterschied, dass ich gegen eine Schuld eingetauscht wurde. Es ist ohne Bedeutung, dass mein Vater mich verraten hat und Nikolai mich wahrscheinlich töten wird, wenn seine Forderungen nicht erfüllt werden. Ich bin mit unmöglichen Chancen bestens vertraut, und ich habe mich immer dafür entschieden, mich trotzdem durchzusetzen. Vivi sagte mir immer, dass mein Verstand die mächtigste mir zur Verfügung stehende Waffe sei, und sie hatte recht.

Mit dieser Absicht beende ich mein Training und verlasse das Fitnessstudio. Ich neige dazu, Nikolai zu meiden, wenn ich es einrichten kann, und bisher war es nicht schwierig. Wir sehen uns nur selten, seit er mich in meinem Zimmer abgesetzt und mir mitgeteilt hat, dass es in meinem ureigensten Interesse wäre, wenn ich nicht versuchen würde zu fliehen.

Er hätte sich den Atem sparen können. Genau wie mein Vater lebt Nikolai sein Leben hinter Schloss und Riegel. Aus allem, was ich bisher gesehen habe, ist allerdings ersichtlich, dass sein System in Sachen Technik dem meines Vaters um Lichtjahre voraus ist. Bei den Fingerabdruckscannern, den PIN-Codes und den Spracherkennungssystemen bin ich mir nicht ganz sicher, wie überhaupt jemand das Haus verlässt. Als er mich zur Flucht herausforderte, wollte er sich nur auf meine Kosten amüsieren.

Selbst wenn diese Dinge nicht vorhanden wären, gibt es andere Ausfallsicherungen. Nonna beobachtet mich immer, ist sich jeder meiner Bewegungen bewusst. Ihre Loyalität zu Nikolai steht außer Frage, und ich zweifele nicht eine Sekunde lang daran, dass sie ihm etwas melden wird, sobald sie einen Hauch von Schwierigkeiten erahnt. Gefährlicher als Nonna sind die Wachen, die für ihn arbeiten. Vorys, die kommen und gehen, miteinander in ihrer Muttersprache sprechen und mich pflichtbewusst ignorieren.

Das Leben in Nikolais Anwesen ist so wie das, was ich schon immer kannte. Ich bin immer noch eine Gefangene. In dieser Hinsicht ist es nichts Neues. Der einzige Unterschied ist die Landschaft.

Nikolais steinerne Festung liegt versteckt in der Wildnis, die als die Berkshire bekannt ist, nur einen Steinwurf von Boston entfernt. Sie ist sicher. Dekadent, aber sehr funktionell. Obwohl ich frei bin, das Haus zu durchstreifen, habe ich nicht vor, mich weit von meinem Schlafzimmer oder dem Fitnessstudio zu entfernen. Nikolai hat ein Büro in der zweiten Etage, das er oft nutzt, und bisher habe ich mein Bestes getan, um es zu meiden. Entlang desselben großen Flurs befinden sich mehrere Schlafzimmer, darunter mein eigenes, und zwei Badezimmer. Seltsamerweise sind dies die extravagantesten Bereiche des Hauses, mit beheizten Böden und offenen Steinduschen.

Insgesamt finde ich, dass Nikolais Geschmack ungewöhnlich altmodisch ist. Im Gegensatz zu der modernen Technologie, die seine Sicherheit bestimmt, sind die Einrichtungsstücke in seinem Haus sehr individuell und antik. Jeder Stuhl, jede Lampe, jeder Tisch und jeder Teppich ist solide gebaut und zeigt Spuren der Abnutzung mit einer langen Geschichte dahinter. Während ich dem Mann, der den zerzausten Pseudo-Iro und die Motorradstiefel trägt, kaum zutrauen möchte, dass er solche feinen, kunstvollen Möbel auswählt, weiß ich aus irgendeinem Grund, dass er es getan hat.

Zugegeben, es gibt Qualitäten an ihm, die mich überrascht haben. Er ist eine autoritäre Person. Die Art, die mit einer Bewegung ihrer Gletscheraugen eine ganze Gruppe befehligen könnte. Anstatt diese Macht für das Wohl der Allgemeinheit zu nutzen, scheint es, als dass er sie bei einem großen Prozentsatz der weiblichen Bevölkerung als Ausdruck seiner Männlichkeit einsetzt. Seine allmächtige Energie ist ein verschwendetes Geschenk an eine Seele, die nicht einmal einen Lichtpunkt in ihrem Schatten hat.

Das sind Gedanken, die ich für mich behalten werde. Was er mit seinem Leben macht oder nicht macht, ist für mich unwichtig. Ich wünschte nur, dass ich nicht gezwungen wäre, die Eroberungen zu erleben, die so beiläufig im ganzen Haus vorgeführt werden. Während meiner Zeit hier habe ich bereits eine Vielzahl von ihnen gesehen. Eine Sache, die ich mit Sicherheit sagen kann, ist, dass Nikolais Geschmack abwechslungsreich ist. Brünette, Blondinen, Rothaarige … er nimmt alles. Warum er sich dafür entscheidet, diese Aktivitäten offen zu zeigen, bleibt ein Geheimnis, das ich nicht lüften will.

Ich mag von den Sünden des Fleisches unberührt sein, aber ich bin nicht unwissend, was Männer betrifft. In meiner Welt wird es erwartet, dass sich die Männer am Ende eines langen Tages entspannen. Dante war nicht anders, und ich wurde mit dem Verständnis erzogen, dass es meine Aufgabe war, die Augen zu verschließen, wenn mein zukünftiger Mann seinen Hunger anderswo sättigte.

Es war keine schwierige Aufgabe, vielleicht weil er mich noch nicht genommen hatte, und ich war nicht wütend auf die Frauen, die ich nicht sehen musste. Aber Nikolai zeigt mir seine Eskapaden, und aus Gründen, die ich nicht verstehen kann, stört es mich mehr, als es sollte.

Heute jedoch habe ich Glück. Als ich auf der Schwelle zu seinem Büro stehen bleibe, ist es keine Frau, die ich darin sehe, sondern ein anderer Mann. Ein Mann mit verblüffend blauen Augen und einem Körperbau, der auffallend dem Nikolais ähnelt. Er ist auch stark tätowiert und unverkennbar ein Vory.

»Nakya.« Nikolai spricht mich mit steifer Vertrautheit an. Verkleinerungsformen von Namen sind in seiner Kultur üblich, und selbst Nonna spricht mich mit einer an, aber dies ist das erste Mal, dass Nikolai es tut. Auf jeden Fall macht er deutlich, dass diese neue Terminologie uns nicht zu Freunden macht. Seine Augen fahren mit wenig Interesse über die Ursache für mein Kommen über mich hinweg. Er will nur, dass ich gehe.

»Ich möchte telefonieren«, erkläre ich ihm.

Der blauäugige Fremde sagt etwas auf Russisch zu Nikolai, und im Gegenzug murmelt Nikolai eine schnelle Antwort. Von klein auf wurde ich in drei verschiedenen Sprachen unterrichtet, die meinem Vater auf irgendeiner Weise zugutekommen könnten. Obwohl Russisch eine von ihnen war, lassen meine Fähigkeiten noch stark zu wünschen übrig. Da ich es nicht oft spreche, kann ich nur einige der Wörter zwischen Muttersprachlern unterscheiden, die dazu neigen, sich viel schneller zu unterhalten. Soweit ich das beurteilen kann, fragt der blauäugige Fremde nach mir. Er scheint von meiner Anwesenheit überrascht zu sein, und im Gegenzug scheint Nikolai zunehmend bestrebt zu sein, sich von genau dieser zu befreien.

»Nakya, das ist Alexei«, sagt Nikolai.

»Hallo.« Ich verbeuge mich leicht, so wie es mir beigebracht wurde, nur um einen Moment später die Absurdität zu erkennen. Diese Männer haben nicht meinen kulturellen Hintergrund.

Alexei durchdringt mich mit einem unerbittlichen Blick. Jetzt fällt mir auf, dass ich mir wegen meiner dringenden Bitte nicht die Zeit genommen habe, mir etwas mehr anzuziehen als ein Trikot und Beinwärmer. Zu Hause ist mein Zeitplan so, dass ich dazu tendiere, in meinen Ballettklamotten zu leben und mich nur nachts vor der Rückkehr meines Vaters angemessen anzuziehen. Im Ensemble ist es nicht ungewöhnlich, dass viele der Tänzer nackt herumlaufen, weil man beim Ballett schnell lernt, dass Sittsamkeit an zweiter

Stelle nach der Notwendigkeit steht. Die meisten Kostüme zeigen sowieso alles.

Aber das plötzliche Aufblitzen in Nikolais Augen warnt mich, dass ich etwas falsch mache. Obwohl ich mir erst vor einem Moment gesagt habe, dass es keine Rolle spielt, kann ich jetzt das unregelmäßige Herzklopfen in meiner Brust nicht mehr beruhigen. Durch eine Art göttlicher Gnade behalte ich meine Gelassenheit und hoffe, dass Nikolai mich entlassen wird. Die Dringlichkeit meines Telefonats ist jetzt vergessen, ich bin begierig darauf, in das Heiligtum meines Zimmers zurückzukehren.

Nikolai gewährt meinen Rückzug in einem kühlen Tonfall. »Ich bin beschäftigt, Süße. Geh in dein Zimmer, und wir werden das später besprechen.«

Ich ziehe mich zurück, wie es mir befohlen wurde. Aber den ganzen Weg zu meinem Zimmer atme ich abgehackt ein und fürchte die Wendung der Ereignisse, die meine Handlungen mit sich bringen werden.

»Nakya.«

Die Kälte in Nikolais Stimme erschreckt mich, und als meine Augen sich nach oben richten, um die seinen zu treffen, werde ich mir der Realität erneut bewusst.

»Was glaubst du, was du da machst?«, fragt er.

Ich klappe das Magazin in meinen Händen zusammen. Ich hatte recht, mir Sorgen zu machen. Seine Energie ist dunkel und ausgesprochen explosiv.

Es war unangemessen von mir, in sein Büro zu stürmen, als er in einer Besprechung war, aber das zuzugeben wäre ein Fehler.

»Ich mache nichts.« Meine Stimme ist zu weich, kaum hörbar, aber sie zähmt die Härte von Nikolais Gesichtszügen nicht.

»Was denkst du dir dabei, in mein Büro zu kommen, gekleidet in …« Er deutet auf meine Kleidung. »Das ist nicht angemessen.«

Wenn er nicht so nervös wäre, könnte die Ironie seiner Aussage humorvoll sein, wenn man bedenkt, dass es Frauen gibt, die dieses Haus zu jeder Zeit der Nacht in unterschiedlich geordneten Zuständen verlassen. Was ich mit einem Trikot so unglaublich falsch gemacht haben könnte, ist ein Rätsel, das nur sein Verstand lösen kann.

Als er auf mich zusteuert, wird mein Instinkt ausgelöst, mich zu krümmen und meinen Kopf zu schützen, indem ich mich zusammenrolle. Mein Herz ist träge, und meine Handflächen sind klamm, während ich auf das Unvermeidliche warte. Aber als es nicht kommt, wage ich es, aufzuschauen, und sehe, dass sein Schritt eingefroren ist, während sein Ausdruck unsicher und seine Augen benommen sind.

Seine Handlungen stehen im Widerspruch zu der Gewissheit, die ich in meinem Bauch fühle. Das Leben hat mich gut gelehrt, dass man, wenn der Sturm kommt, jeden Unterschlupf nimmt, den man finden kann. Als er sich nicht bewegt, wage ich einen Versuch.

Ich klettere mit fiebrigen Gliedmaßen vom Stuhl

und humpele verzweifelt in Richtung meines einzigen Heiligtums – das Badezimmer. Ohne meine Krücken und zu weit weg, um nach ihnen zu greifen, bin ich fast unbeweglich. Trotz der Schiene schmerzt jeder Schritt, und Tränen brennen in meinen Augen. Bevor ich auf halbem Weg durch den Raum bin, geben meine Beine nach, und ich falle auf meine Knie.

Nikolai schaut wortlos zu, wie ich mich auf meine Ellbogen stütze und mich mit den Fingern am Teppich festkralle, während ich wie ein verletztes Tier davonkrieche.

»Nakya«, brüllt er. »Stopp. Hör sofort auf damit.«

Logischerweise weiß ich, dass ich das sollte. Aber ich kann nicht. Ich habe zu viel Angst davor, was passieren wird, wenn er mich erwischt. Und so mache ich weiter und ziehe meinen Körper nach vorne, bis meine Fingerspitzen die Schwelle des kalten Badezimmerbodens überschreiten. Der Marmor gibt mir etwas Konkretes, an dem ich mich festhalten kann, aber das nützt wenig, als Nikolais eiserner Griff mich an meinem guten Knöchel einfängt.

Luft entflieht meiner Lunge, als er mich umdreht und mich mit dem überragenden Gewicht seines mächtigen Körpers festhält. Es besteht keine Chance, dass ich ihn jetzt abwehren kann. Sein Puls ist stark und ruhig, und seine Muskeln unnachgiebig. Mir ist die Luft ausgegangen, und ich habe keine Hoffnung mehr.

Seine Hand schwebt über meinem Gesicht, und ich schüttele verzweifelt den Kopf und flehe eine höhere

Macht an, mich zu retten. Schwielige Finger legen sich auf meinen Kiefer und ziehen sich warnend zusammen.

»Hör auf damit«, wiederholt er.

Das ist ein weiterer verschwendeter Befehl, wenn man bedenkt, dass ich mich nicht bewegen könnte, selbst wenn ich es wollte. Seine Brust hält mich wie eine Wand gefangen. Mein Kopf dreht sich, und mein Puls dröhnt in meinen Ohren. Jeder Atemzug ist ein mühsamer Kampf, und ich denke, ich könnte ohnmächtig werden.

»Ich werde dir nicht wehtun, *Zvezda*. Atme. Entspann dich und atme.«

Meine Hände legen sich auf seine Bizeps, und ich bin entschlossen, ihn wegzustoßen. Ich kann keinen falschen Trost in seinen süßen Worten finden. Ich will nicht. Aber im Moment fühlt es sich so an, als wäre es genau das, was passiert.

Er ist ein Lügner.

Aber wenn das stimmt, ist er ein sehr überzeugender. Geschickter als vielleicht sogar ich. Als sich unsere Blicke treffen, löst sich mein Drang, zu kämpfen, in Luft auf.

Seine Augen sind blau. Ein dunstiges Blau. Ein elektrisierendes Blau. Blau wie das Meer und der Himmel und die Stürme, die mein Leben bestimmen. Und in diesem Moment regiert sein Blau mich. In Sekundenschnelle hat es mich zu einem Diener dieses luftlosen Ozeans in seinen Augen gemacht. Sie sind weich an den Rändern, unverdorben von den Linien der Zeit. Alles an ihm ist hart, aber mir war nicht klar, dass seine Augen so beruhigend sein können.

In diesem Moment nehme ich ihn mehr als bewusst wahr. Er riecht nach Tabak und Nelken und Vanille. Sein Duft ist rauchig, dunkel und leicht süß. Sein Körper ist warm und hart. Und ich habe Männer in all ihrer muskulösen Pracht auf der Bühne des Balletts gesehen, aber ich war noch nie einem so nah. Ich habe noch nie gespürt, wie das Gewicht eines Mannes gegen meinen Körper drückt, so dass ich mich klein und weich fühle. Ich habe noch nie so innig in Augen wie diese gestarrt, während er mein Haar berührt und es von meinem Gesicht streicht, wie ich es mir bei einem Liebhaber vorstelle.

Ich hatte noch nie einen Liebhaber. Ich wurde noch nie von einem Mann oder einem Jungen berührt. Aber es besteht kein Zweifel, was davon Nikolai ist. Er ist ein ganzer Mann. Und durch seine Dominanz über meine kleinere, schwächere Gestalt fühle ich mich betrunken und leicht desorientiert. Wie zerschlagenes Treibholz, das gegen die Flut kämpft, während ich gegen die Wellen schaukele und verzweifelt nach festem Boden suche, zieht er mich immer weiter vom Ufer weg. Ich werde in seiner Energie ertrinken.

»Hör auf.« Die Worte entweichen meinen geöffneten Lippen und verraten meine Verzweiflung und Verwirrung.

Nikolai hält inne, ohne seine Hand aus meinem Haar zu lösen. Die Luft zwischen uns ist dick und klebrig. Heiß und feucht wie ein Sommer an der

Ostküste. Seine Meeresaugen suchen meine Lippen, und er ist so nah, dass ich den Zimt in seinem Atem schmecken kann. Ich befürchte, dass er mich küssen könnte, und es entsetzt mich, dass ich es will.

Als er sich abrupt und ohne Erklärung zurückzieht, fühle ich mich, als wäre ich mit Eiswasser übergossen worden. In der Zeit, in der ich blinzele, hat sich sein Gesicht normalisiert und die gefährliche Chemie zwischen uns fachmännisch entschärft.

»Ich bringe dich zurück zu dem Stuhl.«

Seine Stimme ist ohne Farbe und Gefühle. Ein Mann ohne Gefühle. Aus irgendeinem Grund fühle ich mich zerstört, als er mich ohne Mühe anhebt und mich wie ein Kind in den Stuhl setzt.

Das ist nicht richtig. Nichts davon ist richtig. Als Nikolai ohne ein weiteres Wort aus der Tür stolziert, pocht mein Knöchel, und meine Brust auch.

Ich wusste, dass mein Entführer gefährlich ist.

Ich wusste nur nicht, wie gefährlich er für *mich* ist.

4

Nikolai

»Konntest du etwas finden?«

Alexei blickt von seinem Schreibtisch zu mir auf, und seine Augen katalogisieren jeden kleinen Ausdruck auf meinem Gesicht. Diese Gewohnheit, die aus der Not geboren wurde, ist für ihn zur zweiten Natur geworden. Es ist nur eines seiner Talente, aber bis jetzt habe ich noch nichts gefunden, worin Alexei nicht hervorragend ist. Angetrieben von einem unersättlichen Hunger, seinen Wert zu beweisen, ist er ein Streber in allen Dingen, die mit den Vory zu tun haben, und er hat den Ruf eines cyberkriminellen Genies und eines konkurrenzlosen Meisters des Schachbrettes.

Während seine Leistungen zahlreich sind, sind seine Opfer größer. In all den Jahren, die ich ihn kenne, war er immer ein Einsiedler. Er wählt die Sicherheit seines Hauses wegen der möglichen Offenlegung seines Geheimnisses. Allerdings ist seine Abgeschiedenheit kaum notwendig, da die meisten nie vermuten würden, dass er fast taub ist. Er lernte, Lippen zu lesen, nachdem er als Junge sein Gehör verloren hatte, und wenn Sergei es mir nicht erzählt hätte, hätte ich es nicht herausgefunden. Dennoch hat er recht, das zu verbergen. Eine solche Beeinträchtigung ist in unserer Branche eine Schwäche. Und obwohl sein Zustand für mich keinen wirklichen Unterschied macht, sieht Alexei das nicht so.

Böses Blut hat unsere Beziehung verdorben, seit ich mich erinnern kann, aber unsere Pflicht gegenüber der Vory-Bruderschaft verpflichtet uns zur Höflichkeit. Soweit die Vory wissen, sind die einzige gemeinsame Verbindung zwischen uns die Sterne, die wir auf unserer Brust tragen. Sie würden nie vermuten, dass wir auch unsere DNA teilen. Ich finde es selbst manchmal schwierig, das zu glauben, aber die Rivalität, die zwischen uns lebt, kann nur aus Blut geboren werden. Alexei war immer eifersüchtig, dass ich die Anerkennung unseres Vaters hatte, und ich hege meinen eigenen Groll, weil er frei von Sergei ist. Die brüderliche Zuneigung ist nicht mit der Zeit gewachsen, und vor allem nicht, nachdem ich ihn unverzeihlich beleidigt habe.

»Deine Antworten sind in der Akte«, sagt Alexei.

Er will, dass ich gehe. Er würde nichts lieber wollen. Und vielleicht sollte ich das auch tun. Das wäre einfach. Aber bei jeder Begegnung werde ich nur daran erinnert, dass wir gar nicht so verschieden sind. Alexei hätte mir diesen Gefallen nicht getan, wenn wirklich alle Hoffnung verloren wäre.

Was mein Stolz mir nicht erlauben wird zuzugeben, ist, dass ich die Handlungen bedauere, die das Vertrauen zwischen uns weiter zerstört haben. Hätte ich gewusst, wie sehr es ihn verletzen würde, hätte ich meine Einstellung zu diesem Thema überdacht. Einige mögen sagen, dass es besser ist, mit Ignoranz gesegnet zu sein, aber in unserer Welt ist das ein kostspieliger Luxus. Wenn ein Vor respektlos behandelt wird, muss ihm die Möglichkeit gegeben werden, seine Rache zu nehmen. Eines Tages hoffe ich, dass Alexei es auch so sehen wird. Heute ist jedoch nicht der Tag, um diese Geschichte aufzuarbeiten. Heute habe ich etwas anderes auf dem Herzen.

»Was hast du über ihre Mutter herausgefunden?«

Alexeis Stimmung bleibt unverändert. Er könnte meine Fragen leicht ablehnen. Er hat mir bereits mehr gewährt, als ich erwartet hatte, aber ich habe das dringende Bedürfnis, mit jemandem darüber zu reden. Und ungeachtet der Tatsache, dass er mich hasst, weiß ich, dass mein Geheimnis bei ihm gut aufgehoben sein wird.

»Sie starb, als Tanaka zwölf Jahre alt war«, antwortet er. »Selbstmord.«

Ich hole die Zigaretten aus meiner Tasche und werfe die Packung auf den Schreibtisch. »Ich hatte angenommen, dass sie gegangen war.«

»Du wärst ein Narr, das zu glauben«, spottet Alexei. »Und du darfst hier drin nicht rauchen.«

Ich stecke das Paket wieder in meine Jacke, um ihn zu besänftigen. »Vielleicht. Oder vielleicht war es die Tatsache, dass Manuel sich nicht sehr dagegen wehrte, als ich ihm anbot, seine Tochter anstelle seiner Kehle zu nehmen.«

Alexeis Augenbrauen ziehen sich zusammen, während er sich nach vorne lehnt. »Sag mir, worum es hier wirklich geht, damit du aufhören kannst, meine Zeit zu verschwenden.«

Die Antwort bleibt mir im Hals stecken. Es sollte keine Rolle spielen, was in Tanakas Vergangenheit passiert ist. Das Einzige, was zählt, ist, was mit meiner Mutter passiert ist. Alexei hat recht. Das ist Zeitverschwendung. Ich greife nach der Akte und stehe auf.

»Was willst du mit ihr?« Seine Frage lässt mich innehalten, und als ich ihn ansehe, hat sich eine unruhige Sorge in seinen Augen ausgebreitet. Er war schon immer weich, wenn es um Frauen ging. Dasselbe galt für Katya. Sie war eine Hure und eine Lügnerin, und Alexei konnte es nicht selbst sehen, bis ich ihm die Augen geöffnet habe.

»Welchen Unterschied macht das?«, frage ich.

Er antwortet nicht, aber das muss er auch nicht. Seine Vorurteile haben ihm schon vor langer Zeit eingeredet, dass ich aus dem gleichen Holz wie unser Vater geschnitzt bin. Sergei kann bösartig sein, und vielleicht bin ich wie er. Aber die Wahrheit ist, dass ich es nicht weiß.

»Sie ist nur ein Mädchen«, sage ich ihm. »Ein Pfand.«

Alexei richtet seine Aufmerksamkeit auf das Schachbrett, das immer auf seinem Schreibtisch liegt, während er über meine Antwort nachdenkt. Ich habe wenig Hoffnung, dass er mir glaubt, aber nachdem er eine Weile überlegt hat, scheint er zu einem Entschluss zu kommen.

»Es gibt ein Detail, das ich nicht in die Akte aufgenommen habe, falls es dich interessiert. Mir wurde gesagt, dass Mrs. Valentini ein Kopftuch trug, um ihr Gesicht zu verstecken.«

»Und warum sollte sie das tun?«

»Ich nehme an, weil sie schrecklich entstellt war. Das hat mir zumindest ihr Dienstmädchen gesagt.«

ALS ICH GEGEN MITTERNACHT NACH HAUSE zurückkehre, bin ich überrascht, dass Nonna auf mich wartet. Unbewusst geht mein Blick zur Decke, wo Tanaka im zweiten Stock schlafen sollte. Der erste Gedanke, der mir in den Sinn kommt, ist, dass sie geflohen ist. Dass der schleimige Maulwurf eines Vaters sie holen gekommen ist und sie fort ist.

»Nika, entschuldige bitte, dass ich dich damit belästige«, seufzt Nonna. »Aber etwas beunruhigt mich.«

»Was ist das Problem?«

Sie gestikuliert Richtung Decke. »Dieses Mädchen, etwas stimmt nicht mit ihr.«

»Was ist es?«

»Ich versuche alles.« Nonna spitzt ihre Lippen. »Sie will nicht essen. Sie stochert den ganzen Tag im Essen herum, isst sehr wenig. Und manchmal höre ich, wie sie sich im Badezimmer übergibt.«

Die Vene in meinem Hals pocht und drückt gegen meine Haut, als die weiße Hitze mein Blut gerinnen lässt. Ich werde dieses Verhalten nicht hinnehmen. Sie mag der Strafe unter der Aufsicht ihres Vaters entkommen sein, aber das wird hier nicht toleriert. Wenn jemand das Mädchen zerstören wird, dann ich.

»Ich werde mich darum kümmern, Nonna.«

Sie streckt die Hand aus, um meinen Arm zu berühren. »Vielleicht morgen?«

Die Sorge auf ihrem Gesicht ist ernüchternd, aber auch frustrierend. »Glaubst du, ich würde ihr wehtun?«

Ihr Mund öffnet sich, und sie schüttelt schnell den Kopf. »Nein, Nika. Ich wollte nicht respektlos sein. Es ist nur, dass sie sich so leicht erschreckt …«

Ich lasse sie im Eingangsbereich stehen, da ihre Worte eine Wirkung auf mich haben, die sie nicht haben sollten. Das war in der Tat meine Absicht. Ich habe Tanaka mit dem Wissen in Besitz genommen, dass es irgendwann bedeuten könnte, ihr das Leben zu nehmen. Das sind die Regeln, an die sich unsere Vory halten. Auge um Auge ist nur fair und gerecht. Aber zugegebenermaßen hatte ich nicht erwartet, dass

Manuels Tochter so unschuldig und rein ist. Und mit jedem Tag, der vergeht, scheint die exotische Schönheit meinen Geist mehr zu infizieren.

Ein Vor zu sein bedeutet, nie Schwäche zu zeigen, und ich habe nicht vor, jetzt damit anzufangen. Trotz meines Konflikts weiche ich nicht von meinem Kurs ab, als ich mich auf ihr Schlafzimmer zubewege. Als ich die Tür öffne, erschrickt sie, genauso wie Nonna es vorhergesagt hat, schießt im Bett hoch und umklammert ihre Decke. Ein Hauch des Mondlichts fällt durch den Vorhang, taucht sie in weiches Licht – und das lässt mich innehalten. Sie ist zu schön, um sich auf diese Weise zu zerstören, und ich habe den plötzlichen Drang, den Wahrheitsgehalt von Nonnas Worten in Frage zu stellen. Aber trotz meiner Unsicherheit kann ich die Anzeichen nicht übersehen. Sie ist schwach und zu dünn. Etwas, was ich fälschlicherweise ihrem endlosen Training zugeschrieben habe.

»Hallo?« Ihre Stimme ist schüchtern und zerbrechlich, als sie versucht, den Schatten in ihrer Türöffnung zu erkennen. Diese kleine Mafiaprinzessin erwartet immer Wölfe an ihrer Tür, und deshalb frage ich mich, wie oft sie schon Männern wie mir begegnet ist. Als ich das Licht anschalte, passen sich ihre verschlafenen Augen langsam an und entspannen sich, während sie sich über meine Gesichtszüge bewegen.

Dass sie meine Gegenwart sofort beruhigt, lässt irritierenderweise meinen Schwanz zum Leben erwachen. Sie sollte nicht erleichtert sein, wenn sie mich sieht. Aber was noch schlimmer ist, ist, dass die Wärme ihres weiblichen Duftes auch mich beruhigt. Ich könnte mir nichts Schöneres vorstellen, als jetzt in ihrem Duft zu baden. Ich möchte mich darin vergraben, ihn ficken, und meinen Körper mit dem Feuer ihrer Haut übergießen, um ihn immer bei mir zu haben.

Ich lasse diese Gedanken in dem Moment fallen, in dem ich ihre Absurdität erkenne.

»Bis du etwas Respekt vor meiner Gastfreundschaft zeigen kannst, bleibst du in diesem Raum.«

Ihre Augenbrauen ziehen sich zusammen, und sie schlingt die Decke eng um sich, um damit ihre harten Brustwarzen und ihre weiße Unterwäsche vor mir zu verstecken. »Was habe ich getan, dass ich Ihnen gegenüber nicht respektvoll war?«

»Es ist dein Körper, den du nicht respektierst.« Ich zeige auf ihre Silhouette unter den Decken. »Ich habe dir drei nahrhafte Mahlzeiten pro Tag zur Verfügung gestellt, und du entscheidest dich dafür, sie entweder nicht zu essen oder sie später in der Toilette zu entsorgen?«

Ihre Augen weiten sich, und ihr Haar fällt locker um ihr Gesicht, als sie den Kopf schüttelt. Sie ist verlegen, und sie ist eine Lügnerin.

»Ich verbiete dir, das Fitnessstudio zu benutzen, bis du mir zeigen kannst, dass du gelernt hast, richtig zu essen.«

»Das können Sie nicht tun«, schreit sie. »Ich bin noch dabei, mich zu erholen.«

Verzweiflung verzerrt ihre Gesichtszüge und verwandelt sie von einer schlafenden Schönheit in ein albernes Kind. Die Erleichterung, die sie bis eben empfunden hat, hat sich nun in Hass verwandelt. Es ist besser so. Sie sollte mich hassen, und sie sollte es besser wissen, als sich mir zu widersetzen.

»Der Arzt wird auf dein Zimmer kommen, um die Physiotherapie fortzusetzen, aber du kannst das Tanzen vergessen, bis du ganz gesund bist.«

Ihre Lippen zittern, und zum ersten Mal denke ich, dass ich echte Tränen von ihr sehe. Dieses Mädchen ist geschickt darin, ihre wahren Gefühle zu verbergen, aber das scheint die Sache zu sein, die sie brechen wird. Mich beunruhigt zutiefst, dass sie mit einer derartigen Intensität an etwas hängen kann. Das ist kein normales Verhalten. Zumindest mit Sicherheit nicht für jemanden, der sich bewusst war, dass sie gezwungen sein würde, es nach der Heirat aufzugeben. Ihre Reaktion erfüllt meinen Kopf nur mit mehr Fragen und Zweifeln, aber ich kann sie nicht aussprechen.

Ich habe die Grenzen festgelegt und bin bereit, sie ihrem Leid zu überlassen, aber sie ist nicht bereit, das so einfach hinzunehmen.

»Sie waren es«, faucht sie. »Nicht wahr?«

Ich ziehe eine Augenbraue in die Höhe und warte geduldig darauf, das Verbrechen zu hören, das mir vorgeworfen wird.

»Ich bin sie so oft durchgegangen«, sagt sie. »Die Ereignisse jener Nacht. Es ist kein Zufall, dass Sie aufgetaucht sind, um mich genau an dem Tag wegzubringen, an dem jemand meine Schuhe sabotiert hat.«

Ich lächele über ihre Naivität. »Das wäre die einfachste Lösung für dich, nehme ich an. Nicht wahr?«

»Es ist die Wahrheit«, sagt sie beharrlich.

»Aaaah. Aber Nakya, die Wahrheit ist, dass ich denke, dass du weißt, wer deine Schuhe sabotiert hat. Ich hatte dabei nichts zu gewinnen, ich hätte dich so oder so mitgenommen. Aber ich war nicht derjenige, der wollte, dass du unsinnige Träume aufgibst, damit du auf traditionelle Weise heiraten kannst.«

Ihre Lippen pressen sich zusammen, und sie sagt kein Wort mehr zum Thema. Und das ist auch gut so.

Ich habe gesagt, was ich sagen wollte.

5

Tanaka

Mit dem Licht des Morgens kommt ein neues Gefühl der Hoffnung. Als ich aus dem Bett schlüpfe, ist das Haus ruhig, und mein Frühstück wartet auf dem Frisiertisch. Alles ist so, wie es sein sollte. Ich bin zuversichtlich, dass ich, wenn ich zur Tür gehe und den Knauf umdrehe, über die Absurdität meiner Träume von gestern Nacht lachen werde.

Aber der Türknauf bewegt sich nicht, egal wie ich ihn drehe, denn es war kein Traum, und er hat mich hier eingesperrt. Meine Hände ballen sich an meinen Seiten zu Fäusten, und ich widersetze mich dem Drang, gegen die Tür zu schlagen.

Ich war schon immer eine Gefangene, und in dieser Hinsicht hat sich nichts geändert. Aber die Grausamkeit liegt in dem kleinen Hauch von Freiheit, den Nikolai mir gewährt hat, bevor er ihn mir entriss. Er denkt, dass er meine Willenskraft besiegen kann, indem er mich auf diese Weise herausfordert, aber er weiß nicht, dass ich bereits durch die Straßen der Hölle gegangen bin und es mit Teufeln zu tun hatte, die schlimmer waren als er.

Sein Versuch, meinem Vater oder Dante die Schuld für das zu geben, was passiert ist, ist schwach und erbärmlich. Er ist ein Lügner und ein Dieb, und es gibt keine Ehre in seinem Wort. Ich weigere mich, etwas anderes zu glauben als das, was offensichtlich ist. Wie meine Mutter mir immer sagte, ist die einfachste Antwort meist die richtige.

Der Raum ist nicht ideal, aber ich bekomme es trotzdem hin. Ich kann mein Training fortsetzen und an der Stärkung meines Knöchels arbeiten. Aber jetzt, da ich mir Nikolais Absichten bewusst bin, muss ich ihm einen Schritt voraus sein.

Ich zerkleinere mein Frühstück, um den Teller zu verschmutzen. Es ist ein Trick, den ich vor langer Zeit gelernt habe, und er hat mich noch nie enttäuscht. Als ich fertig bin, schiebe ich alles bis auf ein paar kleine Reste in die Toilette und spüle mit einem überwältigenden Gefühl des Sieges. Dies war schon immer der einzige Bereich meines Lebens, in dem ich die volle Kontrolle hatte, und ich werde nicht zulassen, dass er das ändert.

Als ich damit fertig bin, gehe ich zum Aufwärmen auf den Boden, bevor ich zu einigen behelfsmäßigen Barrenübungen im Schrank übergehe. Der ganze Tag besteht aus endlosen Wiederholungen. Arbeit und Ruhe. Arbeit und Ruhe. Wenn mein Körper zusammenbricht und nicht mehr weitermachen kann, nehme ich eine kleine Menge an Nahrung auf, um meinen Tank zu füllen. Manchmal, wenn ich zu viel esse, kotze ich alles mit einer gesunden Dosis Selbsthass wieder heraus.

Das ist ein Zyklus, den ich als Kind durch das Beobachten meiner Mutter gelernt habe. Ich hörte sie einmal sagen, dass mein Vater sie nicht liebe, weil er dachte, sie sei fett. In einem betrunkenen Wortschwall sagte sie mir etwas, was ich nie vergessen konnte. *Du musst hübsch bleiben, Tana. Du musst hübsch und dünn sein, damit die Liebe keinen Bogen um dich macht.* Es machte mir Angst, ihre Zusammenbrüche zu erleben, und ich entschied in jungen Jahren, dass sie wahrscheinlich recht hatte. Die besten Ballerinen waren dünn und hübsch, und ich wollte genau wie sie geliebt werden.

Man könnte sagen, dass es nicht gesund ist, aber bis auf Nikolai hat sich noch niemand über meine Essgewohnheiten beschwert. Er hat sich getäuscht, wenn er denkt, dass er einen Anspruch auf meinen Körper hat. Den Körper, für den ich so hart gearbeitet habe. Er kann mein Leben haben. Meine Freiheit. Sogar meine Stunden des Tages. Aber er wird nie meinen Körper haben.

Als Beweis dafür bin ich bereit, meine Übungen so gut ich kann innerhalb der Grenzen meines Raumes fortzusetzen. Ich muss die Muskeln in meinem Körper erwärmen, bevor ich mit statischen Dehnungen beginne, was mit der Schiene schwierig sein wird. Einige meiner bevorzugten dynamischen Bewegungen sind Schulterrollen und Beinschwünge, jetzt mit Hilfe meines Frisiertisches. Aber bevor ich überhaupt anfangen kann, höre ich einen Schlüssel im Türschloss.

Eisblau ist das Erste, was ich sehe, und danach fühle ich, wie eine Kältewelle über meinen Körper kriecht. Mein Entführer braucht keine Worte, wenn seine Energie so dunkel ist. Sie breitet sich wie Rauch in dem Raum aus und erstickt alles Leben in ihm.

Weglaufen ist keine Option, und ich bin niemand, der schwierige Lektionen schnell vergisst. Mein erster Instinkt ist es, mich zusammenzurollen. Aber der Wolf auf meiner Türschwelle bewegt sich nicht. Er scheint nicht einmal zu atmen. Seine Beine stehen weit auseinander, seine Nasenlöcher sind geweitet, und seine Augen sind so hart, dass ich verzweifelt den Schutz meines Bettes suche.

»*Zvezda.*« Seine Iris verfolgen die Linien meines Körpers wie ein Jäger und nehmen alle meine Schwächen auf. »Dein Vater hat sich besonders darum bemüht, mir mitzuteilen, dass du ein gutes, gehorsames Mädchen bist. Er sagte, du wärst dazu erzogen worden, das zu tun, was dir gesagt wird, und würdest keine Probleme machen.«

Ich schlucke, und die Lüge kommt mit einer erstickten Stille heraus. »Das tue ich.«

Nikolai neigt seinen Kopf zur Seite, und seine

Lippen verziehen sich zu einem grausamen Lächeln. »Ja?«

»Ja.«

»Lügen gute Mädchen, Nakya?«

Mein Herz schlägt gegen meine Rippen, und mein Magen zieht sich zusammen. Ich weiß nicht, was er weiß. Er spielt mit mir, und die Unvorhersehbarkeit macht mir mehr Angst als alles andere. In meinem eigenen Umfeld habe ich gelernt, was mich erwartet. Aber das ist nicht mein natürliches Element, und ich weiß wirklich nicht, wozu dieser Mann fähig ist.

»Nein.« Das Wort ist ein Flüstern. Eine Hoffnung, dass die einfache Bestätigung ihn verschwinden lässt.

»Nein«, stimmt er zu. »Das tun sie nicht.«

In dem Raum zwischen uns herrscht Stille. Nikolai hat es nicht eilig, diese Stille zu brechen und die lange Wartezeit zehrt an meinen Nerven.

»Du scheinst entschlossen zu sein, dich mir zu widersetzen«, sagt er schließlich. »Und natürlich muss ich mich fragen, warum du deinem Vater gegenüber gehorsam bist, aber nicht mir. Sehe ich aus wie ein Mann, mit dem du gerne spielen würdest?«

Ich schüttele den Kopf.

»Sag es mit Worten, Prinzessin.«

»Nein«, sage ich, zu laut.

Und wieder drängen mich meine Instinkte, wegzulaufen. Aber Nikolai wird es nicht zulassen, und er macht es deutlich, indem er auf mich zukommt. Ich schließe die Augen, weil es immer besser ist, nicht zu sehen, was kommt. Aber der Luftzug geht an mir vorüber, und meine Neugierde siegt. Als ich die Augen wieder öffne, ist er in meinem Schrank verschwunden.

Er berührt alle meine Sachen. Mir bleibt nichts anderes übrig, als ihm dabei zuzuschauen, wie er meine Ballettkleidung von den Regalen holt und sie sich unter den Arm klemmt.

»Das sind meine!« Ich bewege mich wie ferngesteuert, nehme alles, was ich kann, von den Regalen, werfe jedes Stück in die Ecke und bewache es mit meinem Leben.

Nikolai dreht sich um und fügt meinen erbärmlichen kleinen Haufen denjenigen hinzu, den er bereits genommen hat. »Es scheint, als hätte ich mich nicht klar genug ausgedrückt, Süße. Also lass mich das jetzt tun. Du gehörst mir, und ich kann tun, was immer ich will.«

Mein Kopf rattert, und ich bin ratlos. Es fühlt sich an, als würde er meine Seele stehlen. Ich weiß nicht, wie ich mit dieser Art von Wahnsinn umgehen soll. »Bitte …«

»Du hast mir nicht gehorcht. Spar dir dein Betteln für jemanden, der bereit ist, zuzuhören. Im Moment verschwendest du deinen Atem.«

»Ich habe nichts falsch gemacht«, widerspreche ich.

Seine Augen sagen mir etwas anderes. »Du hast dein Frühstück in der Toilette runtergespült, nicht wahr?«

Ich zucke zusammen, und in dem Moment fällt mir etwas ein. Er hat bestimmt Kameras in meinem Zimmer. Möglicherweise in meinem Badezimmer. *Und er beobachtet mich.* Ich kann gar nicht glauben, dass mir das vorher nicht eingefallen ist.

Die Wahrheit ist zu ungeschminkt, um sie zu akzeptieren. Ich will nicht wissen, was er gesehen hat. Meine privaten Momente. Mein zermürbendes Training, gefolgt von den schrecklichen Zusammenbrüchen. Meine Besessenheit vom Essen. Diese Kämpfe sind die meinen, und sie sind privat.

»Sie sind krank!«, schreie ich. »Wie können Sie es wagen, mich in meinen privaten Momenten zu beobachten? Wie können Sie es wagen, mich auszuspionieren? Sie sind dreckig und ekelhaft, und es ist kein Wunder, dass Sie Ihr Leben mit bedeutungslosen Begegnungen füllen. Wer könnte Sie wollen …«

Meine Tirade wird abgeschnitten, als Nikolai meine Kleidung auf den Boden wirft und eine Flasche aus seiner Jackentasche zieht. Ich beobachte stumm, wie er den Haufen von Trikotagen und Strumpfhosen mit Flüssigkeit übergießt und mit einem Streichholz an der Wand entlangfährt.

Für einige fassungslose Momente bin ich erstarrt, unfähig, den Anblick vor mir vollständig zu verstehen. Er ist wirklich verrückt. Er ist gnadenlos, als er das Streichholz auf den Haufen wirft und mein Leben in Flammen aufgehen lässt. Meine Gedanken sind zerstreut und unzusammenhängend, und alle Vernunft hat mich verlassen, als ich meinen Körper in Richtung der Flammen schleudere, in einem verzweifelten Versuch, das zu retten, was ich kann.

Nikolai fängt mich vorher ab, umfasst meine Taille und drückt mich an die Wand. Ich kratze an seinen Händen und, als das nicht funktioniert, in seinem Gesicht. Ich denke nicht an die Konsequenzen. Ich denke nur an das Verbrechen, das er an mir begangen hat. Seine Handlungen haben mich unerklärlicherweise weit aufgespalten und die schlafende Wut, die in mir lebt, zum Leben erweckt.

Als das erste Blut fließt, entdecke ich schnell, dass ich auch die Fähigkeit habe, Nikolais Wut zu wecken. Alle Menschen wollen mächtig sein, und mein Entführer übt seine Macht aus, indem er seine fleischige Hand um meinen Hals legt. Seine Methoden sind brutal und effektiv. Ich falle schlaff in seine Arme und schwenke die metaphorische weiße Flagge. Er hat seinen Standpunkt dargelegt, und ich habe meine Lektion gelernt. Aber er ist noch nicht fertig. Er ist im Moment nicht einmal erreichbar. Seine toten Augen sehen direkt durch mich hindurch. Meine Hände bewegen sich zu den seinen und versuchen schwach, die Blockierung meiner Atemwege zu lösen.

Es fällt mir ein, dass ich betteln sollte. Ich sollte flehen. Weiterkämpfen. Aber zwischen diesen Gedanken gibt es andere, dunklere Gedanken. Wofür kämpfen? Mein Knöchel ist ruiniert. Meine Verluste und Qualen waren größer als jede Zufriedenheit, die ich je erlebt habe. Ich wäre ein Narr, die Hoffnung beizubehalten, dass ich mein Schicksal kontrollieren kann. Ich bin müde. Ich bin es leid, mich jedem neuen Tag und den damit verbundenen Herausforderungen zu stellen. Und als sich die Ränder meines Blickfeldes langsam schwärzen, ist die Entscheidung für mich gefallen. Mein Körper hat nicht die Kraft, zu kämpfen, selbst wenn ich es wollte. Alles, wozu ich jetzt in der Lage bin, ist, zu beobachten, wie die sterbende Glut in den Augen des Monsters vor mir verschwindet.

Fragmente der Realität ziehen mich in einem schleppenden Tempo zurück in die Welt und rauben jede Hoffnung, die ich auf einen friedlichen Tod hatte. Mein Mund ist staubtrocken, und mein Kopf ist benebelt. Licht flackert in mein Sichtfeld hinein und heraus, und als ich das Blau meines Monsters sehe, verbrennen saure Tränen die Rückseite meiner Augenlider. Wie könnte ich jemals an den Himmel glauben, wenn ich mit ihm in der Hölle festsitze?

Ich bin mir nicht sicher, wie viel Zeit vergangen ist, seit alles dunkel geworden ist, aber Nikolai ist immer noch da. Nur steht er diesmal neben meinem Bett und hat einen gequälter Ausdruck auf dem Gesicht.

»*Zvezda,* ich …«

Was vage wie der Anfang einer Entschuldigung klingt, verpufft im Nichts. Wie ich vermutet habe, ist er ein Feigling. Ich will seine nutzlosen Worte nicht. Ich will nichts mehr mit ihm zu tun haben, und ich finde eine bittere Befriedigung in den Kratzspuren auf seinem brutal schönen Gesicht.

Ich sehe ihm in die Augen. »Sie können meine

Kleidung verbrennen, Mr. Kozlov, und ich werde immer noch nackt tanzen. Sie können mich schlagen oder mich auf Arten berühren, die Ihnen nicht zustehen, und trotzdem werden Sie mich nicht brechen. Also wenn das Ihre Absicht ist, dann machen Sie ruhig weiter und versuchen Sie Ihr Bestes.«

Nikolai zeigt keine sichtbare Reaktion auf meine Aussage, und wenn er mir nicht direkt ins Gesicht schauen würde, wäre ich mir nicht einmal sicher, ob er mich gehört hat. Ich wünschte, er würde einfach gehen, damit ich wieder meiner Arbeit nachgehen kann. Aber das tut er nicht. Er verweilt wortlos, und sein Blick wandert mit akribischer Präzision über meinen zarten Hals.

Erst als ich versuche, mich aufzurichten, wird mir die verworrene Situation klar. Er hat keinen Grund, mir zu widersprechen. Als ich mit den Fesseln an meinen Gliedmaßen kämpfe, fühle ich mich erneut, als würde er mich würgen. Sie halten mich komplett davon ab, mich zu bewegen. Ich reiße vergeblich an ihnen, und Nikolai zuckt zusammen.

»Das können Sie nicht machen!«

Aber er kann es, und er hat es. Er will mich nicht ansehen. Warum will er mich nicht mehr ansehen?

Er stellt eine gedämpfte Frage auf Russisch, und eine Frau in einem weißen Laborkittel rollt einen Infusionsständer herein.

»Was machen Sie da?« Ich schlage gegen die Fesseln. »Das können Sie nicht machen!«

Nikolai spricht mit der Frau auf Russisch, und es

dauert nicht lange, bis ich verstehe, dass sie eine Ärztin ist, die für die Vory arbeitet. Er erteilt Befehle, und sie gehorcht.

Als sich ihre Augen auf mich richten, schüttele ich den Kopf und flehe um jedes bisschen Gnade, das sie besitzen könnte. »Bitte, das können Sie nicht.«

Sie spitzt ihre Lippen und greift nach einem Medizinkoffer. »Es ist zu Ihrem Besten. Sie werden sehen.«

Ein hoher Ton hallt von den Wänden des Schlafzimmers wider, und der Schreck auf Nikolais Gesicht ist der einzige Hinweis darauf, dass er von mir stammt. Ich schreie. Ich weine, bettele und trete und versuche verzweifelt, mich zu befreien.

Diesmal ist es die Ärztin, die Nikolai einen Befehl erteilt. Über den Raum hinweg wandern seine Augen zu meinen, und für ein paar flüchtige Sekunden gibt er den Blick auf seine Menschlichkeit frei. Er zögert. Dieses Zögern ist kurz, nur ein klitzekleiner Augenblick, und hätte ich geblinzelt, hätte ich es verpasst. Aber ich habe es nicht getan. Ich habe seinen Moment der Schwäche gesehen und will ihn verzweifelt verlängern.

»Bitte«, flehe ich ihn an.

Ich werde für ihn wieder inexistent, als er ihre Anordnung befolgt und meinen Arm fest an seinem Platz hält, während die Ärztin die Infusion legt. Ich höre auf, um mich zu schlagen, aber nur, weil ich Angst vor der Nadel habe.

»Was geben Sie mir?«

Beide ignorieren mich, aber eine Antwort ist nicht notwendig. Die Wirkung des Beruhigungsmittels macht sich schon bemerkbar, als die Ärztin anfängt, ihre Vorbereitungen zu treffen und ich langsam beginne, zu verstehen. Es ist nicht nur ein Beruhigungsmittel, das ich heute bekomme.

Es ist eine Ernährungssonde.

6

Nikolai

Im Stadtteil Charlestown in Boston fahre ich in meinem Audi R8 die enge Straße der Adresse hinunter, die in meiner Akte angegebenen war. Das Apartmenthaus in der Essex Street ist das, was ich erwartet habe, durchschnittlich und unauffällig.

Meine Finger trommeln ein Solo auf dem Lenkrad, während ich darüber nachdenke, umzudrehen. Es gibt andere Wege. Ich könnte Tanaka und ihr emotionales Gepäck zu ihrem Vater nach Hause schicken. Ihn zu quälen, um Antworten zu bekommen, wäre genauso effektiv und würde mir weniger Kopfschmerzen bereiten, als sich mit ihren offensichtlichen psychischen Problemen zu befassen. Es würde mich vor der ständigen Frustration bewahren, die ich seit ihrem Eintritt in mein Leben empfinde.

Aber es wäre nicht gerecht. Manuel kann das

Leiden nicht verstehen, bis er es selbst erlebt. Das ist der Sinn der Rache. Seit ich ein Junge war, habe ich mir geschworen, dass der Tag kommen würde, an dem ich die Wahrheit über meine Mutter erfahren würde. Wenn sie eine Lügnerin und eine Hure war, die uns verlassen hat, dann soll es so sein. Aber wenn sie das nicht war, dann würde ich sie rächen und mit Sicherheit die wahre Natur meines Vaters kennenlernen.

Wenn Sergei von meinen Absichten wüsste, würde er mir ins Gesicht lachen. Er würde mir sagen, dass ich ihr nie vergeben habe, dass sie gegangen ist und dass ich mich nur an die Hoffnung klammere, dass sie mich geliebt hat, obwohl sie es nie wirklich tat. Als mein Vater hat er mich dazu erzogen, zu glauben, dass er immer ehrlich zu mir sein würde, auch wenn es wehtut.

Seine Worte weckten keine warmen Gefühle, aber als Junge akzeptierte ich die einzig vernünftige Erklärung für das plötzliche Verschwinden meiner Mutter aus meinem Leben. Ich bewunderte meinen Vater für seine Stärke. Für seine Fähigkeit, ohne sie weiterzumachen, während ich mich innerlich fühlte, als ob etwas zerbrochen wäre und es nie wieder zusammengesetzt werden könnte. Aber mit dem Alter kam eine andere Wahrnehmung. Im Laufe der Zeit wurde mir klar, dass Sergei nicht gerade der Held war, für den ich ihn immer gehalten hatte.

Ohne Antworten weiterzumachen, ist für mich keine Option mehr. Die qualvollen Träume, die mich im Schlaf besuchen, verlangen nach einer Lösung. Ihr Geist verfolgt mich schon lange und befleckt jeden Aspekt meines Lebens. Er löst Ängste in mir aus, die kein erwachsener Mann haben sollte.

Sie sind dreckig und ekelhaft, und es ist kein Wunder, dass Sie Ihr Leben mit bedeutungslosen Begegnungen füllen. Wer könnte Sie wollen?

Vielleicht hatte die schöne kleine Tänzerin recht. Vielleicht waren ihre Worte wahr, und deshalb war ich so verzweifelt, sie zum Schweigen zu bringen.

Ich stelle den Motor ab und schaue die Straße entlang.

Die Wohnung des Dienstmädchens sieht so ähnlich wie Nonnas Räume in meiner Wohnung aus. Sparsam eingerichtet, mit nur dem Nötigsten für ein komfortables Wohnen und wenig mehr. Dem Raum fehlt der übliche Schick moderner Häuser, und er riecht nach Tee und frisch gebackenem Brot.

Ich finde sie in einem Schaukelstuhl am Ende des Flurs, wo ihre Hände schnell Garn mit zwei Stricknadeln verarbeiten. Die Frau, von der ich annehme, dass sie in den Siebzigern ist, blinzelt kaum, als sie mich auf der Schwelle ihres Zimmers auftauchen sieht. Die Nachttischlampe beleuchtet ihren Pyjama und die Pistole, die neben ihr liegt.

»Was wollen Sie?«, fragt sie.

Sie will nicht wissen, wer ich bin, und ich glaube

nicht, dass dies das erste Mal ist, dass sie einen Überraschungsbesuch bekommt. Es wird wahrscheinlich auch nicht das letzte Mal sein. Wenn Manuel Valentini Rücksicht auf seinen ehemaligen Angestellten genommen hätte, hätte er sie in ein wärmeres Klima geschickt, in dem niemand ihren Namen kennt und wo sie ihren Ruhestand richtig genießen kann. Aber so wie es aussieht, hat diese Frau keine große Abfindung erhalten.

»Mein Name ist Nikolai«, sage ich ihr. »Sie haben keinen Grund, sich vor mir zu fürchten.«

Ihre Hände halten lange genug inne, damit sie aufblicken und meine Gesichtszüge betrachten kann. Und vor allem meine sichtbaren Tattoos.

»Du bist ein Vory«, bemerkt sie. »Ein *Dieb vor dem Gesetz.*«

Ich nicke, unbeeindruckt von ihrer schnellen Wahrnehmung. Während ihrer langjährigen Tätigkeit für Manuel hat sie zweifellos eine gründliche Ausbildung über viele verschiedene kriminelle Gruppen an der Ostküste erhalten. Die wichtigere Frage ist, wie sie zu meiner Bruderschaft steht.

»Also, *Dieb?*« Sie blinzelt mich im schwachen Licht an. »Ich frage Sie noch einmal. Was wollen Sie?«

»Antworten.«

Ihre Aufmerksamkeit richtet sich wieder auf ihr Strickzeug, was mich praktisch entlässt. »Dann können Sie genauso gut gehen. Oder versuchen, mich zu töten, aber ich warne Sie davor, mich nach meiner Größe oder meinem Alter zu beurteilen. Ich ziehe schnell, und ich werde auch unter Folter nichts sagen, versuchen Sie es ruhig«

Ihre Antwort verdient Respekt, und ich beabsichtige, ihn ihr zu zeigen. Es gibt zwar eine Zeit und einen Ort für Gewalt, aber nicht bei älteren Frauen. Oder Frauen im Allgemeinen … *wenn ich es verhindern kann.*

Die hübsche gebrochene Puppe und ihr schlaffer Körper in meinen Armen verfolgen mich in meinen Erinnerungen. Sie ist so willensstark, dass ich nicht erwartet habe, dass ihr Körper so zerbrechlich sein würde. Der Vorfall bewies weiterhin die Notwendigkeit, ihr Verhalten zu korrigieren, bevor sie ihr eigenes Licht für immer erlöschen lässt. Er hat auch bewiesen, dass ich nicht in der Lage bin, mich gegen die giftigen Worte zu verteidigen, die sie mir so leichtfertig entgegenschleuderte.

Dreckig. Ekelhaft. Wer könnte Sie wollen?

Meine Finger sehnen sich nach einer Zigarette, aber jetzt ist nicht der richtige Zeitpunkt. Ich muss mich konzentrieren. Ich muss mich daran erinnern, warum ich hier bin.

»Ihr Name ist Aida, ja?«

Das Dienstmädchen antwortet nicht. Ihre Hände sind ins Stricken versunken, aber ich habe keinen Zweifel, dass ihr Verstand sich jeder meiner Bewegungen bewusst ist.

»Ich glaube, Sie haben einige Jahre für Manuel Valentini gearbeitet, und ich habe ein paar Fragen über seine Geliebten.«

Sie schnaubt. »Dann ist es besser, ihn selbst zu fragen.«

Das Knarren ihres Stuhls ist das einzige Geräusch, das noch zu hören ist, aber es schreckt mich nicht ab. Ich verstehe ihren Widerwillen, zu reden. Wenn sie auch nur in Erwägung ziehen würde, Manuel zu verpfeifen, könnte sie morgen leicht tot sein.

Es kommt nicht oft vor, dass ich meinen Ansatz ändere. Wenn ein Vor Antworten will, erzwingt er sie einfach mit allen notwendigen Mitteln. Aber Frauen sind weicher, und ich weiß, dass ich einen Weg finden muss, um an diese Seite von ihr zu appellieren. Meine Vermutung ist, dass diese Frau in Tanakas Leben gewesen ist, als sie am meisten eine Mutterfigur brauchte. Es ist nicht das, was ich besprechen will, aber im Moment werde ich in dieser Richtung weitermachen.

»Vielleicht können Sie mir bei etwas anderem helfen. Was ist mit Tanaka Valentini?«

Aida hört auf zu stricken. »Was ist mit ihr?«

»Sie ist ein vorübergehender Gast in meinem Haus«, antworte ich. »Aber mir ist aufgefallen, dass sie nicht gerne isst.«

Es ist eine Kleinigkeit, aber mir entgeht nicht, dass ihre Gesichtszüge entgleisen. Tanaka war etwas Besonderes für sie. Es gab eine Verbindung zwischen ihnen, und sie muss mir alles darüber erzählen.

Sie packt ihr Strickzeug beiseite, um ihre Hände in den Schoß zu legen. »Woher weiß ich, dass Sie mir die Wahrheit sagen?«

Ich fische das Telefon aus meiner Tasche und greife auf die Live-Übertragung aus Tanakas Zimmer zu. Die Ärztin ist fort, und Tanaka ruht sich aus, wobei das Trauma der vorangegangenen Ereignisse im Schlaf vergessen ist. Sie sieht auf ihren weißen Satintüchern aus wie eine Göttin, aber es schmerzt mich, den Schlauch zu sehen, der an ihre Nase geklebt ist.

Ich zeige Aida das Bild, und sie studiert es für einige Augenblicke, um sicher zu sein. Als sie ihre eigene Schlussfolgerung gezogen hat, widmet sich ihre Aufmerksamkeit wieder meinem Gesicht.

»Was macht sie bei Ihnen?«

»Sie ist nur bei mir, bis ihr Vater seine Schulden bezahlt. Aber ich kann ihr nicht erlauben, ihren Körper zu entweihen.«

Aida schüttelt den Kopf. »Dann werden Sie es versuchen, bis Sie schwarz werden. Wenn Sie wollen, dass sie isst, bin ich nicht die richtige Ratgeberin. Um ehrlich zu sein, bin ich erstaunt, dass sie so lange überlebt hat.«

»Dann können Sie mir vielleicht sagen, warum sie es tut.«

»Welchen Unterschied würde das machen?« Sie zuckt mit den Schultern. »Das Mädchen ist krank. Sie braucht Hilfe. Aber ihr Vater hat es nie erlaubt.«

Ihre Gleichgültigkeit ist erzwungen. Es wäre eine Schwäche, zuzugeben, dass sie sich sorgt, aber ihr Wille ist kurz davor, sich zu beugen. Sie muss weiterreden.

»Warum sollte er das nicht zulassen? Ich hatte den Eindruck, dass sie etwas Besonderes für ihn ist.«

Aida spitzt ihre Lippen. »Sie ist eine Mafiaprinzessin. Sie sollten diese Dinge wissen, *Dieb.* Ihr Leben war behütet. Keine äußeren Einflüsse. Das ist wohl der einzige Weg, um sie zu beschützen, nehme ich an.«

»Ich bin offen für Vorschläge.«

Die alte Frau seufzt und schiebt ihre Brille mit den flaschendicken Gläsern auf ihrem Nasenrücken nach oben. »Versuchen Sie es mit Minestrone. Ihre Mutter hat sie als Kind für sie gemacht. Sie hat sie auch immer gegessen, wenn ich sie gemacht habe.«

Meine Lungen dehnen sich aus, und ich fühle mich leichter. Vielleicht ist es Erleichterung, aber jedes Stück Information, das ich über Nakya sammele, entfacht nur das Feuer in mir, das verlangt, mehr über sie zu erfahren.

»Sie können sie nicht zwingen«, fügt Aida hinzu. »So funktioniert das bei ihr nicht. Sie ist gehorsam, aber hartnäckig. Wenn Sie ihr sagen, dass sie etwas tun muss, wird das nur den Widerstand erhöhen.«

Es steht außer Frage, dass ich ihr die Ernährungssonde aufgezwungen habe. Aber nach der Untersuchung und dem Bericht der Ärztin waren wir uns beide einig, dass es notwendig war. Ich mag es nicht, Nakya mit Nahrung zu versorgen, aber wenn es das ist, was ich tun muss, um sie am Leben zu erhalten, werde ich es tun.

»Können Sie mir mehr über ihre Mutter erzählen?«

Aida zieht ihre Augenbrauen zusammen. »Was hat das mit alldem zu tun?«

»Ich habe Gerüchte gehört, und ich bin neugierig, was mit ihr passiert ist.«

»Das Gleiche, das unweigerlich mit Tanaka passieren wird«, sagt sie. »Das ist die Art der Mafia.«

»Ihre Mutter hat sich umgebracht«, argumentiere ich. »Tanaka ist nicht so schwach.«

»Wenn Sie das alles schon wissen, dann brauchen Sie mich diese Dinge nicht zu fragen.«

»Ich will nur mehr über sie wissen, damit ich ihr helfen kann.«

»Sicher wollen Sie das«, schnaubt Aida. »Sie wollen ihr helfen, solange es Ihnen nützt.«

Sie hat recht, und es zu leugnen wäre eine Beleidigung ihrer Intelligenz. Aida ist fertig mit dieser Art von Fragen, und mir fällt kein neues Thema ein. Es gäbe noch andere Möglichkeiten. Sie werden mehr Zeit in Anspruch nehmen, aber sie ist nicht die einzige mögliche Spur.

Ich wende mich ab, und ihre Stimme erfüllt die Stille.

»Ich bin eine alte Frau. Ich will nur den Rest meines Lebens in Frieden verbringen.«

»Niemand wird wissen, dass ich hier war«, versichere ich ihr. »Sie haben mein Wort.«

»Was nützt das Wort eines *Diebes*?«

Ich drehe mich um, um ihr in die trüben Augen zu schauen. »Sagen Sie es mir.«

Sie zeigt auf den Flur. »Gehen Sie in die Küche, und ich mache uns eine Tasse Tee.«

Ich tue, was sie befiehlt, und Aida schlurft in ihrem

Bademantel und ihren Pantoffeln nicht weit hinter mir. Sie beschäftigt sich mit den Vorbereitungen, während ich mich auf einen unbequemen kleinen Plastikstuhl am Küchentisch setze.

Während der Wasserkocher das Wasser erwärmt, deckt Aida den Tisch für den Tee. Tassen, Untertassen, Zuckerwürfel und Milchkännchen. Sie fügt einen Teller frisch gebackenes Bananenbrot aus der Mikrowelle hinzu, und ich esse zwei Scheiben, um die Wartezeit zu überbrücken. Während dieser ganzen Zeit richten sich ihre Augen oft auf mich. Sie ist immer noch unsicher über meine Beweggründe, und als sie sich mir gegenüber hinsetzt, denke ich, dass sie unentschlossen ist, wie viel von der Wahrheit sie mir erzählen soll.

»Tanaka war ein kluges kleines Mädchen«, erzählt sie mir. »Intelligent und neugierig. Ihr Studium lehrte sie alles, was ein Mädchen ihres Alters wissen sollte, aber es war nie genug. Ihr Kopf war immer voller Fragen. Diese Neugierde brachte sie manchmal in Schwierigkeiten.«

Meine Mundwinkel zucken, obwohl es für mich keinen Unterschied machen sollte, wie die kleine Tänzerin als Kind war.

Der Wasserkocher pfeift, und Aida bringt ihn zum Tisch und übergießt die Teebeutel mit heißem Wasser, bevor sie ihn zurückstellt. Sie setzt sich wieder hin, und der Dampf lässt ihre Brille beschlagen, als sie in die Tasse starrt.

»Ich habe in all meinen Jahren noch nie ein so

entschlossenes Kind erlebt. Als sie zum ersten Mal zum Ballett ging, war sie verloren. Es war das, was sie tun wollte, und nichts anderes konnte ihre Aufmerksamkeit von diesem Tag an fesseln. Nicht einmal ihr Studium. Sie wollte ihren eigenen Kurs setzen. Sie wollte jeden Schritt perfektionieren, bevor sie überhaupt die Grundlagen lernte.«

Ich nehme den Teebeutel aus meiner Tasse und füge einen Würfel Zucker hinzu. »Es klingt, als hätte sich nur sehr wenig geändert. Sie scheint nie an etwas anderes zu denken.«

Aida bereitet ihren eigenen Tee zu, mit Zucker und Sahne. »Es war eine Flucht für sie. Zuerst dachte ich, es sei gut für sie, einen Kindheitstraum zu haben. Es erlaubte ihr, Abstand zu ihrem Leben zu bekommen. Ich konnte auf ihrem Gesicht sehen, dass sie, wenn sie tanzte, in einer anderen Welt war. Aber als ihre Mutter starb, wurde es ihre einzige Welt, und sie zog sich viel zu oft dorthin zurück. Ich habe versucht, andere Interessen für sie zu finden, aber es hat nicht funktioniert. Nichts hat jemals funktioniert. Sie war nur glücklich, wenn sie tanzte.«

Ich wage es, die Frage zu stellen, die immer wieder in meinem Kopf auftaucht. »Was ist mit ihrer Mutter passiert?«

Diesmal hält sich Aida nicht zurück. »Manuel ist passiert.«

»Ich habe gehört, dass sie oft einen Schleier trug.«

»Sie hat ihn nie abgenommen.« Sie schüttelt den Kopf. »Nicht danach – sie war schrecklich entstellt.«

»Von Manuel?«, frage ich nach.

Sie zögert, nickt aber. »Er hat ihr Gesicht mit einem Messer zerschnitten, so dass keiner seiner Angestellten jemals von ihrer Schönheit verführt werden würde.«

Mein Blut brennt, und es dient nur dazu, mein Urteil gegen ihn zu untermauern.

»Und was ist mit Tanaka? Hat sie seine gewalttätige Seite auch zu spüren bekommen?«

Aidas Augenbrauen ziehen sich zusammen, und sie hält inne, um einen Schluck von ihrem Tee zu trinken. »Ich habe es nie gesehen.«

»Sie zuckt bei der kleinsten Bewegung zusammen. Es muss einen Grund geben.«

»Ich habe es nie gesehen«, wiederholt Aida, »aber das bedeutet nicht, dass es nicht passiert ist. Es gab Zeiten, in denen sie tagelang in ihrem Zimmer eingeschlossen war, ohne dass ich sie sehen durfte. Aber ich sah die blauen Flecken, und das war genug. Sie hat sie auf ihren Tanz geschoben.«

Ihre Antwort befriedigt meinen Verdacht, aber es gibt keine Befriedigung, die wahre Natur von Tanakas Vater zu enthüllen. Manuel Valentini zerstört schöne Dinge. Manuel Valentini hat es nicht verdient, zu atmen. Und eines Tages, wenn ich mir sicher bin, dass ich seiner Seele alles Leid abverlangt habe, werde ich ihn vernichten.

»Sie haben nach seinen Geliebten gefragt«, bemerkt Aida. »Es muss einen Grund geben, warum Sie Tanaka am Leben gelassen haben. Also, wer ist diese Frau, die Sie suchen?«

Ich trinke meinen Tee aus und schiebe den Teller weg. Es hat keinen Sinn, das Thema zu umgehen. Deshalb bin ich hier.

»Ihr Name war Irina. Ich glaube, sie kam vor etwa fünfzehn Jahren in Manuels Leben.«

Aida faltet ihre faltigen Hände über dem Tisch und betrachtet mich. »Und wer ist Irina für Sie?«

Ich könnte lügen, und das sollte ich wahrscheinlich auch. Aber wie ich ist Aida keine Frau, mit der man spielen kann. Sie schätzt Ehrlichkeit, und ich respektiere sie so sehr, dass ich die Wahrheit zugeben kann.

»Sie war meine Mutter.«

Ihr Gesicht legt sich in Falten, und sie beugt sich mit einem Seufzer nach vorn, von dem ich vermute, dass er seit Jahren zurückgehalten wird. »Ich weiß nichts von einer Irina, aber das bedeutet nichts. Manuel hatte viele Geliebte, die er außerhalb des Hauses hielt. Ich hoffe nur um Ihretwillen, dass Sie sich damit irren, dass sie eine von ihnen war.«

Mein Puls pocht, als ich nach der Antwort suche. »Warum?«

»Weil sie jetzt alle tot sind.«

7

Tanaka

Sieben Tage lang bin ich eine Gefangene meiner neu erworbenen Nasensonde. Jeden Morgen um sechs Uhr kommt die Ärztin in mein Zimmer, um die ganztägige Tortur meines Ernährungsplans zu beginnen. Im Handumdrehen ist mein Leben auf eine Reihe von Ernährungsshakes reduziert worden, und nichts weiter. Heute ist es nicht anders, und ich habe den Drang, zu würgen, als sie mit den Mahlzeiten und Spritzen, die ich hasse, auftaucht.

Dr. Shtein hat mir gesagt, dass es auch schlimmer sein könnte. Sie hat mir erklärt, dass dies die am wenigsten invasive Option ist, was die Schläuche betrifft, da sie direkt durch mein Nasensystem und meine Speiseröhre eingeführt werden. Ihre Worte kamen mit der Warnung, dass, wenn ich irgendwelche cleveren Ideen zum Herausziehen hätte, der Schlauch mit chirurgischen Mitteln auch direkt in meinen Magen eingeführt werden könnte. Ich muss jetzt wohl nicht sagen, dass ich nicht den Mut hatte, sie zu entfernen.

Der Schlauch reizt meine Nase, und es fühlt sich an, als hätte jemand einen Gartenschlauch in meinen Hals gesteckt. Die flüssige Nahrung, die sie in meinen Magen zwingt, ekelt mich an und lässt mich wünschen, dass ich bei jeder Mahlzeit erbrechen könnte.

Mir blieb keine andere Wahl, als den vollständigen Kontrollverlust über meinen Körper zu akzeptieren. Als erfahrene Lügnerin und Manipulatorin dachte ich, dass mir eine Fülle von Taktiken zur Verfügung stünde. Aber Dr. Shtein ist niemand, der sich leicht beeinflussen lässt. Meine Bitten sind unbeantwortet geblieben, und die Ärztin schüttelt nur den Kopf. Sie kann nicht durch falsche Behauptungen über eine Krankheit überredet werden, und es scheint nichts auf der Welt zu geben, was mich vor der ständigen Zufütterung schützt.

Seitdem sie plötzlich die Kontrolle über mein Leben übernommen hat, hatte ich nichts anderes zu tun, als mich zu fragen, wer diese Frau ist. Die Zeit, die sie den ganzen Tag mit mir verbringt, zeigt, dass sie keine andere Anstellung hat. Sie ist eine Ärztin, die nur auf der Gehaltsliste der Vory steht. Die Vielfalt der ihr zur Verfügung stehenden medizinischen Geräte sagt mir, dass sie finanziell gesehen eine lange Leine hat, und seit unserer ersten Begegnung habe ich eine Vielzahl von Tests über mich ergehen lassen müssen.

Nach außen hin hasse ich sie. Ich möchte ihren Namen verfluchen und sie so sehr leiden lassen wie sie mich. Aber innerlich ist sie die einzige Quelle des Trostes, die ich habe. Nikolai ist nicht zurückgekehrt. Stattdessen gibt es nur Nonna, die sehr wenig spricht. Wenn sie in mein Zimmer kommt, sieht sie mir nicht in die Augen, und ich weiß, dass sie mein Geheimnis verraten hat.

Ich bin unruhig und gereizt und kurz davor, zu zerbrechen. Wenn ich meine Gedanken zu dem Gewicht treiben lasse, das ich in der letzten Woche zugenommen habe, wird es mich zerbrechen. Wenn ich über die lange Zeit nachdenke, die ich für meine Ausbildung geopfert habe, werde ich jede Hoffnung völlig verlieren.

Während ich mich von meinem Kopf löse, überprüft die Ärztin meine Vitalwerte. Puls, Herz, Temperatur, Blutdruck. Das ist mehr, als ich je als Kind getestet wurde. Außer wenn ich geimpft wurde, hatte ich nie die Gelegenheit, eine reguläre Klinik zu besuchen. Ich kann mich nur daran erinnern, dass der Arzt, der auf der Gehaltsliste meines Vaters stand, mir immer, wenn ich krank war, ein Rezept ausstellte, ohne mich überhaupt zu sehen. Mein Vater regierte sein Königreich mit eiserner Faust, und Außenstehende waren strengstens verboten. Aber das scheint bei Nikolai nicht der Fall zu sein. Sein Zuhause scheint eine Drehtür für Außenstehende zu sein, zu denen nun auch meine Physiotherapeutin Dr. Shtein gehört.

»Wann kann ich wieder alleine essen?«, frage ich sie.

Dr. Shtein sieht mich mit einem ausdruckslosen Gesicht an. Sie macht einfach nur ihre Arbeit, aber ich weiß, dass es ihre Idee war, weil ich ein Gespräch zwischen ihr und Nikolai mitbekommen habe,

»Wenn Sie beweisen können, dass sie dazu imstande sind, es alleine zu tun«, antwortet sie.

»Wie kann ich es beweisen, wenn ich gefesselt bin?«, frage ich.

Sie rollt eine der Maschinen aus dem Weg und zieht ihren Stuhl näher an das Bett. »Wie lange geht das mit dem Essen schon so?«

»Ich weiß es nicht.« Es ist eine Lüge, und sie weiß es.

Ihr Telefon klingelt, und sie schaut diskret darauf, bevor sie ihre Aufmerksamkeit wieder mir zuwendet. »Wenn Sie nicht bereit sind, ehrlich zu sein, dann habe ich keinen Grund, meine Behandlung zu überdenken.«

Ich schlucke, und es fühlt sich an, als ob ein Haufen Mehl in meinem Hals steckt. Ich will keinen weiteren Tag ans Bett gefesselt sein und wie ein Kind mit Nahrung versorgt werden. Das ist unmenschlich und demütigend. Im Laufe einer Woche habe ich jeden Funken Würde, den ich besaß, verloren.

»Ich kann mich nicht erinnern, wann es angefangen hat«, gebe ich zu. »Aber ich war noch sehr jung, als ich lernte, Lebensmittel mit den wenigsten Kalorien auszuwählen. Ich habe dann nur noch sie und kaum etwas anderes gegessen. Das war es, was meine Mutter tat.«

»Das ist also ein erlerntes Verhalten«, bemerkt sie.

Ich antworte nicht, weil ich nicht will, dass sie schlecht von meiner Mutter denkt. Meine Mutter war ein guter Mensch. Sie tat das Beste, was sie konnte, um mich unter den gegebenen Umständen aufzuziehen.

»Wurden Sie wegen dieser Krankheit schon einmal von einem Arzt behandelt?«, fragt sie.

»Nein.«

»Sie sind sich also nicht bewusst, welchen Schaden Sie Ihrem Körper zugefügt haben?«

Ich versuche wieder, zu schlucken, aber ich kann nicht. Meine Kehle ist zu trocken, und ich habe Angst vor ihren grausamen Worten. Es kann nicht so schlimm sein. Mir geht es gut.

»Sie versuchen nur, mir Angst einzujagen.«

»Wissen Sie, was Osteopenie ist?«, fährt sie fort.

Ich schüttele den Kopf, und ich möchte ihr sagen, dass sie aufhören soll, weil es egal ist, was es ist. Weil ich es nicht habe.

»Sie haben Ihre Knochen schon sehr lange nicht mehr ausreichend mit Kalzium versorgt«, sagt sie. »Das Fortschreiten der Schädigung geht sehr schnell, und Osteoporose wird der nächste Preis für Ihr Hungern sein. Sobald das passiert, wäre es höchst unwahrscheinlich, dass Sie jemals wieder tanzen würden.«

»Das ist nicht wahr.« Zumindest will ich nicht, dass es wahr ist, aber sie hat keine Gnade mit mir.

»Sie sind eine Athletin, die ihrem Körper nicht den notwendigen Treibstoff zur Verfügung stellt, um die für ihren Sport erforderlichen Muskeln zu erhalten. Im Wesentlichen isst sich Ihr Körper lebendig selbst auf. Ihr Herz steht unter extremem Druck, und das einzig mögliche Ergebnis eines solchen Verhaltens sind Herzerkrankungen und ein unvermeidlicher Tod. Verstehen Sie, dass es ohne Behandlung sehr wahrscheinlich ist, dass Sie tot sein könnten, bevor Sie jemals Ihren dreißigsten Geburtstag erleben?«

Meine Augen füllen sich mit Feuchtigkeit, aber ich will es nicht glauben. Das ist nicht wahr. Das kann nicht sein. Um ihre Behauptung zu untermauern, geht die Ärztin einen Schritt weiter, indem sie mir die Ergebnisse der vielen Tests, die sie durchgeführt hat, zeigt und sie mir erklärt, als ob sie mit einem Kind spricht.

»Mr. Kozlov wird nicht zulassen, dass dieses Verhalten fortbesteht, während Sie unter seiner Aufsicht sind. Ohne Ihre Mitarbeit kann ich Ihnen die Nahrung liefern, die Sie brauchen, aber es wird nur so lange funktionieren, wie die Behandlung andauert. Am Ende liegt es an Ihnen. Sie müssen die Entscheidung treffen, ob Sie leben oder sterben wollen.«

»So einfach kann es nicht sein«, behaupte ich. »Ich fühle mich gut.«

»Sie fühlen sich gut, weil Ihr Körper nur Hungern kennt. Innerlich geht es Ihnen nicht gut. Sie sind schon so lange unterernährt, dass Sie nicht wissen, wie sich gesund anfühlt.«

Wenn es ein Argument gegen diese Aussage geben würde, würde ich es liefern. Aber ich kann sie und mich selbst nicht weiterhin davon überzeugen, dass ich recht habe.

Die Ärztin steht auf und sammelt ihre Sachen zusammen. »Sobald Sie bereit sind, an Ihrer Genesung mitzuarbeiten, können wir einen Schritt nach vorne machen. Bis dahin schlage ich vor, dass Sie sich an das Bett gewöhnen.«

AM ZEHNTEN TAG MEINER INHAFTIERUNG ERSCHEINT Nikolai endlich. Sein Gesicht sieht müde aus, und die Schatten unter seinen Augen sind tiefer, als ich sie in Erinnerung habe, aber trotzdem zieht seine Gegenwart meine Aufmerksamkeit auf sich, unabhängig davon, wie sehr ich ihn hasse. Wenn ich ihn so betrachte, wie er gerade ist, ruhig und nachdenklich, sieht er nicht aus wie das Monster, das mir das angetan hat. Er sieht nicht aus wie der Mann, der mein Leben beschlagnahmt und mir die Fäden einer Marionette aufgezwungen hat.

Heute ist er nur ein Mann mit zerzaustem Haar und genug Stoppeln im Gesicht, um hip zu wirken. Wenn ich ihn auf der Straße sehen würde, könnte ich sogar – für einen flüchtigen Moment – denken, dass er unverschämt attraktiv ist. Er scheint keine Probleme in dieser Hinsicht zu haben, also nehme ich an, dass

Frauen ihn generell für attraktiv halten. Aber ich sollte es nicht tun.

Ich hatte über eine Woche Zeit, um mich auf ihn vorzubereiten. Das Schreien und mich wie ein Kind zu benehmen bringt mich nicht weiter. Meine Gefühle haben mich bis jetzt kontrolliert, aber nun ist es an der Zeit, das Wissen, das ich mir im Laufe der Jahre angeeignet habe, zu nutzen. Ich bin eine erfahrene Manipulatorin. Eine noch bessere Lügnerin. Und vielleicht bin ich zu selbstbewusst, aber ich glaube, dass dieser harte Verbrecher von meinen guten Absichten überzeugt werden kann, wenn er mir die Chance gibt.

»Nakya.« Er nickt in meine Richtung. »Wie fühlst du dich?«

»Viel besser.«

Die Worte schmecken wie Säure, auch wenn sie wahr sind. Die Dinge, die mir die Ärztin erst vor wenigen Tagen gesagt hat, haben sich wie eine Abrissbirne in meinem Kopf bewegt und alles zerstört, was ich zu wissen glaubte.

Vielleicht war ich etwas unterernährt. Dem kann ich kaum widersprechen, wenn die Veränderungen in meinem Körper mit jedem Tag sichtbarer werden. Der Nebel hat sich aufgelöst, und ich habe viel mehr Energie, was angesichts meiner derzeitigen Lage nicht ideal ist. Was nützt es, gesund zu sein, wenn ich mich nicht bewegen kann?

Ich schaue zu Nikolai auf. Meinem Entführer und meinem Retter, je nach Tagesform. Heute muss er mein Retter sein. Seine Meeresaugen fahren über mich, und

Wärme überflutet meine Venen. Seine Augen sind intensiv, elektrisch und unbestreitbar fesselnd. Sie verändern sich andauernd, wie die Wolken am Himmel, und sehen von einem Moment auf den anderen anders aus.

»Die Ärztin berichtet, dass sich dein Gesundheitszustand verbessert«, sagt er.

»Das tut er. Ich wusste nicht …« Die Worte fallen mir nicht leicht, und das ist keine Show. »Ich war mir nicht bewusst, wie schlimm es war.«

Nikolai setzt sich auf den benachbarten Stuhl und lehnt sich mit weit gespreizten Beinen nach vorne, wobei seine Finger mit einer Zigarette spielen, die er noch nicht angezündet hat.

»*Zvezda,* ich bin kein dummer Mann. Glaubst du, du kannst mich mit deinen honigfarbenen Augen und süßen Lügen überzeugen?«

Meine Brust zieht sich zusammen, und Bitterkeit nimmt meine Verletzlichkeit in einen Würgegriff. Ich habe nicht gelogen. Das war wahrscheinlich das erste ehrliche Eingeständnis, das ich seit Jahren gemacht habe, und er glaubt mir nicht. Aber was spielt das für eine Rolle? Ich wäre ein Narr, wenn ich etwas anderes von einem Monster erwarten würde.

»Ich wäre nicht gezwungen, zu lügen, wenn Sie mich einfach aus diesem Gefängnis entlassen würden«, fauche ich. »Ich bin ein Mensch, und ich verdiene es nicht, so behandelt zu werden.«

»Ich mag es nicht, zu sehen, dass du so behandelt wirst.« Seine Worte sind sanft und wirken ehrlich, aber ich kann sie nicht glauben. Ich kann nicht glauben, was er sagt.

»Wann kann ich meinen Vater anrufen? Wann wird er mich holen kommen?«

Sein Kiefer spannt sich unnachgiebig an, und ein mulmiges Gefühl breitet sich in meinem Magen aus.

»Er wird mich holen kommen«, versichere ich ihm.

Meine Gewissheit ist eine Lüge, und sie ist nicht für ihn, sondern für mich. Ich bin nicht bereit, zu akzeptieren, dass mein Leben vorbei ist, auch wenn die Logik es verlangt. Dass Nikolai mich in seinen Besitz genommen hat, hat mein gesamtes Schicksal verändert. Ich sollte Dante heiraten. Ich war für ihn aufbewahrt worden. Ich war mit dem Verständnis aufgewachsen, dass ich ihn heiraten und die Regeln befolgen würde, wie eine gehorsame Tochter.

Aber mit einem Befehl hat Nikolai alles geändert. Wenn ich zu meinem Vater zurückkehren würde, würde Dante mich nicht mehr wollen. Ich würde als beschädigte Ware betrachtet werden. Unrein und verdorben. Und die Frage, die in den dunkelsten Tiefen meines Geistes verborgen bleibt, ist, was aus mir werden würde.

Nikolai nimmt ein Feuerzeug aus der Tasche, während die unangezündete Zigarette an seinen Lippen baumelt. »Ich glaube, du weißt, dass die Dinge nicht mehr die gleichen wären, wenn du nach Hause gehen würdest.«

Diese leichtfertige Beobachtung macht er, während er sich seine Zigarette anzündet, und es gibt kein bisschen Mitgefühl für die Misere, in die er mich stürzt. »Dante wird dich nicht heiraten, nachdem du mit mir zusammen gewesen bist.«

Seine Worte entfachen einen Sturm von Bildern in meinem Kopf. Nacktes Fleisch. Stöhnen. *In mir drin.* Meine Oberschenkel pressen sich zusammen, und Röte kriecht über meine Haut.

»Ich war nicht mit Ihnen zusammen.«

»Noch nicht«, räumt Nikolai ein. »Aber Dante weiß das nicht. Und würde er dir jemals glauben?«

Noch nicht. Das scheint der einzige Teil seiner Aussage zu sein, auf den ich mich konzentrieren kann. Er sollte mich anekeln. Nikolai hat mit vielen Frauen zwanglosen Sex, der die Idee der Intimität zwischen Partnern entweiht. Dieser Akt bedeutet ihm nichts. Und obwohl ich zu müde bin, um an die Liebe zu glauben, dachte ich immer, dass Dante zumindest ein aufmerksamer Liebhaber sein würde. In der Phantasie, die mein Verstand heraufbeschworen hatte, glaubte ich gerne, dass er mich erst nach unserer Hochzeit nehmen wollen würde. Aber mit Nikolai wäre ich nichts anderes als einige Augenblicke Spaß, die er bald vergessen würde.

»Sie werden nie meinen Körper haben«, sage ich ihm. »Ich bin mit Dante verlobt. Nichts hat sich geändert.«

»Offiziell bist du das nicht.« Er lächelt mich kalt an. »Das warst du nie. Aber halte dich nicht mit halbherzigen Lügen auf, Prinzessin. Du bist zu knöchern für mich. Ich mag meine Frauen weich.

Weiblich. Also bist du im Moment vor meiner Zuneigung sicher.«

Hitze steigt meinen Hals hinauf und verbrennt mein Gesicht, während meine Lippen Gift spucken. »Und ich will Ihren dreckigen, abgenutzten Schwanz nicht. Also, machen Sie sich keine unnötigen Gedanken Mr. Kozlov, Sie sind ebenfalls vor meinen Verführungen sicher.«

Nikolais Mundwinkel zucken, aber Flammen brennen in seinen Augen. Ich finde es schwierig, nicht auf seine Provokationen zu reagieren, und ich weiß nicht, warum. Meine Erziehung brachte mir bei, lieb und nett zu sein, und ich weiß eigentlich, dass ich nur kämpfen sollte, wenn es sich wirklich lohnt, aber mit ihm kann ich es einfach nicht.

Er atmet tief den Rauch aus seiner Lunge und erfüllt die Luft mit dem Duft von Nelken aus seiner schwarzen Zigarette. »Glaubst du, Dante würde dich wie eine Prinzessin behandeln?«

»Italienische Männer schätzen ihre Frauen. Dante ist nicht anders.«

»Und wenn er seine Geliebten über dich stellen würde, würde dich das nicht stören?«

Meine Fingernägel krallen sich in meine Handflächen, aber ich bemühe mich, meine Gereiztheit nicht in meine Stimme sickern zu lassen. »Ich mache mir nichts vor. Männer haben Bedürfnisse. Er mag sie gelegentlich außerhalb des Hauses sättigen, aber er würde immer wieder zu mir zurückkommen.«

»Und ein solches Verhalten ist in deinem Kopf nicht schmutzig?«

Ich antworte nicht. Er hat seinen Standpunkt dargelegt, und ich kann ihm nicht widersprechen, so sehr ich es auch möchte.

»Was du nicht begreifen kannst, *Zvezda,* ist, dass deine Vorurteile deinen Blick getrübt haben. Ich darf meinen Schwanz nach Belieben befeuchten, weil ich unverheiratet bin. Aber ich kann dir versichern, dass es nichts Heiligeres für einen Vor gibt als seine Frau. Unser Kodex verbietet Ehebruch, während deiner ihn einfach voraussetzt.«

»Sie wissen nichts über meine Familie oder die Werte, die wir ehren.«

»Nein?«, lacht er. »Ich weiß, dass dein Vater viele Mätressen außerhalb des Hauses hatte. Er tauchte seinen Schwanz in alle dreckigen Löcher, die ihn aufnahmen, während er deine Mutter unter Verschluss hielt, entstellt von seinen Wutanfällen aus Eifersucht.«

»Sprechen Sie nicht von meiner Mutter!«, knurre ich. »Sie wissen nichts über sie.«

Es ist selten, dass ich es zeige, wenn ich derart die Fassung verliere, aber es scheint die Reaktion zu sein, die Nikolai wollte.

»Mein Vater wird mich holen kommen«, wiederhole ich. »Er liebt mich. Er wird einen Weg finden, seine Schulden zu begleichen und mich zurückzubekommen.«

Keiner von uns ist überzeugt, aber Nikolais Schweigen erlaubt es mir, das Thema für den Moment fallenzulassen. Ich beschließe, mich von unserem Sparring zu lösen und mich auf die Zukunft zu konzentrieren, weshalb ich ihm in die Augen schaue und meine Schultern nach hinten schiebe.

»Ich würde gerne den Direktor meines Ensembles anrufen.«

»Die Ärztin glaubt, dass es für dich das Beste ist, einen Therapeuten zu sehen«, antwortet er. »Sie empfahl auch eine Ernährungsberaterin.«

Und wieder sind wir bei diesem Thema.

»Ich brauche diese Dinge nicht. Das Ensemble hat eine Ernährungsberaterin, mit der ich sprechen kann, wenn ich will. Und Therapie ist Zeitverschwendung.«

Nikolai zuckt mit den Achseln und drückt seine Zigarette aus, bevor er sich auf seine volle Größe von über zwei Metern erhebt. »Dr. Shtein hat mir gesagt, dass du gerne von diesem Bett befreit werden würdest. Von dieser Sonde. Vielleicht hat sie sich geirrt?«

Es ist nicht fair, dieses Spiel, das er spielt. Aber wann war das Leben jemals fair? »Natürlich will ich das.«

»Dann beweise mir, dass du es versuchst«, sagt Nikolai. »Und ich werde es in Betracht ziehen.«

8

Nikolai

»Kolyan.«

Mischas Stimme lenkt meine Aufmerksamkeit vom Monitor auf meinem Schreibtisch zu ihm. Er stützt sich mit einem wölfischen Grinsen gegen den Türrahmen. Ich bin mir nicht sicher, wie lange er schon dort steht und beobachtet, wie abgelenkt ich bin, aber es ist ihm offensichtlich nicht entgangen.

In der Vory-Bruderschaft ist Mischa ein *Bratok*. Ein Soldat. Aber er ist auch ein enger Freund, und nach zehn Jahren an meiner Seite habe ich wenig Chancen, ihn jemals wieder loszuwerden.

»Was ist?«, schnaube ich.

Er deutet auf den Bildschirm vor mir. »Was siehst du dir die ganze Zeit an?«

Ich drücke die Taste auf dem Monitor und beobachte, wie er schwarz wird. »Nichts.«

Mischa lacht. Er weiß, dass es nicht nichts war. Es ist das Mädchen. Zwei Wochen lang habe ich ihre Therapiesitzungen unter die Lupe genommen und beobachtet, wie sie eine Schicht nach der anderen ablegte, um sich wie eine Lotusblume zu öffnen. Die Versuchung, ihre Geheimnisse zu erfahren, war zu groß, um ihr zu widerstehen, aber in letzter Zeit habe ich entschieden, dass ihre Gedanken besser den Profis überlassen werden und dass mein Bildschirm besser stummgeschaltet ist.

Mischa macht es sich auf dem leeren Platz auf der anderen Seite des Schreibtischs bequem und lässt mich seine eigene Theorie hören. »Porno. Das muss es sein, wenn man bedenkt, dass die Mädchen vom Kosmos mir sagen, dass sie dich seit fast einem Monat nicht mehr gesehen haben. Deine Hand muss doch langsam müde werden.«

»Die Auswahl im Kosmos ist schlechter geworden«, lüge ich.

In Wahrheit sind die Mädchen alle sehr hübsch. Wie viel besser kann es werden als ein russischer Stripclub, der wie der Weltraum eingerichtet ist? Aber in letzter Zeit habe ich meine Zeit lieber zu Hause verbracht. Eine Tatsache, die ich nicht allzu genau analysieren möchte.

»Eine Muschi ist eine Muschi.« Mischa zuckt mit den Achseln. »Welchen Unterschied macht das? Wähl eine aus und genieße. Falls du aber einen Rat von mir möchtest, halt dich von den Rothaarigen fern. Sie beißen.«

Ein langgezogener Seufzer entweicht meiner Brust. »Was willst du, Misch?«

»Du meinst, abgesehen von der Freude deiner Gesellschaft?« Er lacht. »Ich bin gekommen, um dich vorzuwarnen.«

»Weswegen?«

»Mr. Buchanans Experte wird in Kürze hier sein, um das Bild zu inspizieren.«

Ich lehne mich im Stuhl zurück und schnaube. Neun von zehn dieser sogenannten Experten, die die Kunden schicken, sind kaum besser über Kunst informiert als ein Museumsführer an seinem besten Tag.

»Kein Grund, mich zu warnen. Das Stück ist fertig, und ich habe keinen Zweifel, dass es seiner Prüfung standhalten wird.«

»Ich habe nie an seiner Zufriedenheit gezweifelt«, antwortet Mischa. »Aber meine Warnung ist, dass Sergei ihn heute begleiten wird.«

»Ich verstehe.«

Meine Kehle schreit nach einem Drink. Der am wenigsten ansprechende aller Punkte auf meiner Tagesordnung ist der Umgang mit meinem Vater. Es wird das erste echte Gespräch sein, das wir führen werden, seit ich ihm das Ohr abgeschnitten und ihn im Rang übertroffen habe. Die Spannungen werden zweifellos groß sein.

Ich habe das Verlangen, vorzuschlagen, dass wir

einen fünfzig Jahre alten Scotch anbrechen, als Nonna eintritt und uns die Besucher ankündigt. Ich starre Mischa wegen der Vorwarnung, die dem »Vor« kaum gerecht wird, wütend an, und er zuckt mit den Achseln.

»Ich kam, sobald ich es wusste.«

»Biete ihnen einen Drink an, Nonna. Bring sie in zehn Minuten in den Tresorraum. Dann bin ich bereit.«

Sie nickt und verlässt den Raum.

»Finde einen Weg, dich zu beschäftigen, bis ich fertig bin«, weise ich Mischa an. »Aber halt dich aus meinem Scheiß raus.«

Er grinst, und ich überlasse ihn seinen eigenen Vergnügungen, während ich die Treppe zum Tresor hinaufsteige. Das ist der sicherste Bereich meines Hauses, und es dauert nicht weniger als fünf Minuten, um die Sicherheitsmaßnahmen zu durchlaufen. Natürlich werden diese Operationen nicht einmal in Anwesenheit meiner treuesten Männer durchgeführt. In meiner Welt weiß man nie, wer sich gegen einen wenden wird.

Trotz dieser ganzen Maßnahmen ist der Tresorraum im Inneren ziemlich gemütlich. Die Stahlbetonwände nehmen den größten Teil des Raumes ein, während die Überreste dem Wahnsinn überlassen sind, der meinen Geist beherrscht.

An jedem Tag kann der Raum ein echtes Artefakt beherbergen, das mehr wert ist als das durchschnittliche Lebensgehalt vieler Menschen.

Einige der Gegenstände sind echt – entweder gestohlen oder wiedergefunden –, aber an Tagen wie heute wartet eine Fälschung darin.

Dieses Mal ist die angeforderte Arbeit *Five Dancing Women* von Edgar Degas. Wenn ich ein Mann wäre, der an glückliche Zufälle glaubt, hätte ich vielleicht einen zweiten Gedanken an den Zeitpunkt der Anfrage verschwendet. Sie kam kurz nach meiner bisher schwierigsten Akquisition.

Eine tanzende Tanaka Valentini.

Selbst in der kriminellen Unterwelt gibt es einen Ort für schöne Kunst. In den meisten Syndikaten wird über den Wert verhandelt, nicht über die Schönheit. Es ist nicht ungewöhnlich, unbezahlbare Gemälde als Sicherheit für Drogen oder Waffen zu nehmen. Deshalb sind die Werke oft beschädigt, da sie herumgereicht werden und unter denen, die keine wahre Wertschätzung haben, leiden. Kunstsammler wären entsetzt, wenn sie wüssten, was aus einigen längst verlorenen Schätzen wirklich geworden ist.

Es gibt eine Vielzahl von Gründen, warum ich Anfragen für Fälschungen erhalte. Manchmal wollen Sammler die verlorenen oder gestohlenen Kunstwerke der Geschichte für sich beanspruchen. Aber meistens ist es ein Schwarzmarkthändler, der die Anfrage stellt. Im Gegenzug wird er die Arbeit an einem ahnungslosen Narren verkaufen, der viel Geld zum Verbrennen und nicht genug Verstand hat, um den Unterschied zu erkennen. Wenn sie den Einsatz erhöhen wollen, werde ich damit beauftragt, wertvolle

Werke aus authentischen Quellen zu erwerben. Ob durch Pinselstrich oder durch Gewalt, es läuft beides auf das Gleiche hinaus. In meinem Herzen bin ich ein Dieb.

Obwohl ich vielleicht keine Zuneigung zu all den Werken habe, die ich repliziere, hat das Degas-Stück meine Aufmerksamkeit erregt. Das Original der *Five Dancing Women* wurde während des Zweiten Weltkriegs von einem jüdisch-ungarischen Sammler gestohlen. Während die anderen Werke aus dieser Sammlung bald an die Erben des ursprünglichen Besitzers zurückgegeben werden, bleibt dieses Stück verschollen. Wenn man sich meine Replik ansieht, ist es leicht, zu verstehen, warum.

»Das ist wirklich etwas ganz Besonderes, nicht wahr?«

Ich wende mich an den Experten, den Mr. Buchanan geschickt hat, und wie das Schicksal es will, ist es ein bekanntes Gesicht.

»Christophe?«

Er hebt die Hände hoch. »Schuldig im Sinne der Anklage. Wie geht es dir, alter … Ich bin mir nicht sicher, wie ich dich ansprechen soll. Ist es Freund oder Feind?«

Sergei, der neben ihm steht, beobachtet uns empört, und seine Augen hüpfen hin und her, während er versucht, unsere Verbindung zu verstehen.

»Ich habe bei Christophe in Brandeis studiert, bevor er uns für die echte Ivy League verließ.«

»Ah, ja«, antwortet Christophe. »Und wenn ich

mich recht erinnere, warst du einer der schlechtesten Schüler, die ich je hatte. Faul. Große Klappe. Absolut abschätzig gegenüber den Meistern.«

»Wir können nicht alle Picasso sein.« Ich zucke mit den Schultern.

Christophe wendet sich an Sergei. »Um ehrlich zu sein, hat er mehr Talent in seinem kleinen Finger als die meisten von uns jemals im Traum besitzen würden.«

»Kein fairer Vergleich«, argumentiere ich. »In Anbetracht dessen, dass ich kein fotografisches Gedächtnis habe.«

»Ein Künstler braucht das nicht«, sagt er. »Er benutzt seine Phantasie. Deshalb bin ich selbst kein Künstler.«

Sergei fügt dem Gespräch nichts hinzu, und es gibt eine Pause voller unangenehmer Stille, bevor er auf seine Uhr schaut. »Ich warte unten.«

Ich bin erleichtert, als er geht, und Christophe scheint das ähnlich zu sehen. »Sehr angenehmer Zeitgenosse.«

»In der Tat«, antworte ich. »Sei einfach dankbar, dass du ihn nicht ›Vater‹ nennen musst.«

Christophe lacht, und ich winke ihn in den Raum.

»Ich nehme nicht an, dass es eine Chance gibt, dass es nicht den ganzen Tag dauern wird, oder?«

»Fünf oder sechs Stunden sollten reichen«, scherzt er.

Das Eis ist gebrochen, und er macht sich daran, seine Instrumente aus seiner Tasche zu nehmen. Lupe,

Schwarzlicht, Materialien mit Zeitstempel und von Käfern befallenes Holz sind nur einige der ihm zur Verfügung stehenden Gegenstände.

Er macht sich an die Arbeit und betrachtet das Stück von allen Seiten. Während er Unvollkommenheiten sucht, überbrücke ich die Wartezeit mit einer Zehntausend-Dollar-Flasche Whiskey, die ich an einer Kunstausstellung in Zürich einem Sammler gestohlen habe. Der Typ war ein Arschloch, aber er hatte einen guten Geschmack bei Whiskey.

An einem Punkt macht Christophe eine Pause und deutet auf die Flasche, bevor er es sich anders überlegt.

»Ich sollte bei der Arbeit wohl nicht trinken.«

Ich genieße meinen nächsten Drink ganz bewusst in vollen Zügen, während er zusieht. »Wann hast du dich selbstständig gemacht? Hat sich der goldene Campus nicht für dich gerechnet?«

»Ich bin immer noch an der Uni«, antwortet er. »Meine Referenzen sind ziemlich beeindruckend, wirklich. Meine Eltern sind überglücklich und scheinen entschlossen zu sein, mir jedes halbwegs geeignete englische Mädchen in den Weg zu werfen, um mich dauerhaft nach Hause zu locken.«

»Ich glaube nicht, dass englische Frauen sich deinen Scheiß gefallen lassen würden.«

»Da hast du völlig recht«, lacht er. »Versuche aber mal, das meiner Mutter zu sagen.«

Christophe kehrt zu seiner Arbeit zurück und spricht, während er das Bild untersucht. »Ehrlich gesagt ist die Bezahlung für freiberufliche Arbeit besser, besonders in diesem Geschäft. Es war sehr romantisch, ein hungernder Künstler zu sein, als ich jünger war, aber ich habe entschieden, mich vorzeitig in den Ruhestand zu begeben. Eine Yacht zu kaufen. Um die Welt zu segeln und in jedem Hafen mit wunderschönen exotischen Frauen zu schlafen.«

»Sag das nicht deiner Mutter«, rate ich ihm.

»Lieber Gott, nein«, schnaubt er. »Die alte Dame würde einen Herzinfarkt bekommen.«

Er hält an einem Stück des Schuhs der Tänzerin inne. Ein Ballettschuh, um genau zu sein. Nach einigen Momenten angespannter Prüfung schüttelt er den Kopf.

»Ich weiß nicht, wie du das machst«, sagt er. »Großartig. Du verschwendest dein Talent.«

»Das sagst du. Vielleicht bin ich ja der echte Banksy.«

»Nein, nein, definitiv nicht. Hast du es noch nicht gehört? In den Zeitungen steht jede zweite Woche ein anderer Name. Der letzte war eine Art berühmtes Gesangsduo.«

»Lass die Leute raten«, antworte ich.

»Was ist mit dir?« Er tauscht die Lupe gegen sein Schwarzlicht. »Wie läuft das russische Bäckereigeschäft?«

Wir beide lachen über diese lächerliche Idee. Während meiner Studienzeit sagte ich ihm, dass ich das russische Bäckereigeschäft meines Vaters leiten würde, wenn ich die Schule verlasse. Es war eine schlechte

Deckung, die ich erfunden hatte, als ich mich langweilte oder zu betrunken war, um mir etwas Kreativeres auszudenken.

»Es läuft gut.« Ich zeige auf das Haus. »Wie du selbst sehen kannst.«

»Es ist wirklich ein schönes Anwesen, das du hier draußen mitten im Nirgendwo hast.«

»Genau so, wie ich es mag.«

Er hält inne, um zu mir aufzuschauen. »Und eine hübsche kleine Rose, die du am Ende des Flurs versteckst.«

»Du hast das Mädchen gesehen?«

»Ich nehme an, dass es dieses Mädchen ohne Namen war. Sie hat sich entschuldigt, als sie auf dem Flur in uns hineinlief. Groß wie eine Weide und weich wie das Meer. Ihre hübschen bernsteinfarbenen Augen werden mich lange verfolgen.«

»Du hättest Dichter werden sollen«, lenke ich ab.

Christophe schnaubt und murmelt eine Antwort, aber ich höre sie nicht. Mir war nicht aufgefallen, dass Tanakas Termin mit dem Therapeuten ungefähr zum Zeitpunkt seiner Ankunft enden würde. Ich hatte mich daran gewöhnt, dass sie in ihrem Zimmer eingesperrt war, aber jetzt, da sie das Haus unter der Aufsicht des Arztes durchstreifen darf, hat Sergei sie gesehen, und das ist eine Entwicklung, die ich fürchte. Er wird Fragen haben. Er wird viele Fragen haben.

»Alles erledigt.« Christophe schnappt sich seine Handschuhe und blickt neugierig auf mich zurück. »Es ist wunderschön.«

»Das Werk?«

»Das Mädchen. Aber das Werk ist auch bemerkenswert. Wenn ich es mit dem Original vergleichen könnte, würdest du ihm wahrscheinlich Konkurrenz machen.«

»Mit Sicherheit würde ich das.«

Er lächelt, schnappt sich die Flasche aus meinen Händen und gönnt sich einen Drink, während wir die tanzenden Mädchen auf dem Bild betrachten. »Degas sagte, dass Kunst nicht das ist, was man sieht, sondern das, was man andere sehen lässt.«

»Und was siehst du?«, frage ich ihn.

»Es ist ein wunderschöner, blutiger Sport. Nicht ausreichend gewürdigt. Sie lassen etwas Unmögliches mühelos erscheinen.«

Ich nicke zustimmend. »Erst vor kurzem wurde mir klar, wie grausam die Arbeit einer Tänzerin ist.«

Christophe pfeift und schüttelt den Kopf. »Du hast dich bei diesem Werk zurückgehalten. Das ist das Problem bei Reproduktionen. Man ist gezwungen, die Linien einzufärben. Aber dieses dort …« Er zeigt auf ein abseits stehendes Gemälde im hinteren Teil des Raumes. »Dieses ist eine Naturgewalt.«

In meiner Eile, das Stück für ihn vorzubereiten, habe ich vergessen, dass meine anderen Werke noch dort liegen. Vor allem das, von dem er sich gerade angezogen fühlt. Es fühlt sich privat an, und ich will ihn aufhalten. Aber das würde nur seine Neugierde wecken.

»Sie ist eine Schönheit«, wiederholt er. »Du hast

alle Gefühle in ihrem Gesicht festgehalten. Die Mühe, die Qualen, den Schmerz. *Das Fallen*. Das ist ein passender Titel. Ich bin fasziniert.«

Ich kann nicht leugnen, wer die Muse für meine Werk war. In der Nacht, als Nakya stürzte, war ich genauso schockiert wie der Rest des Publikums. Während die meisten Zuschauer höflich beschlossen hatten, von ihrem Unglück wegzuschauen und sich auf die Show zu konzentrieren, tat ich das Gegenteil. Ihr Kampf, wieder aufzustehen, hielt mich gefangen, und in diesem Moment war ich verzaubert von der gebrochenen Schönheit.

»Es ist schade«, sinniert Christophe. »Die größten Liebesgeschichten enden immer in einer Tragödie.«

Ein Räuspern ertönt von der Türöffnung, und als ich mich umdrehe, wartet ein bereits halbwegs betrunkener Sergei dort. Die Ränder seiner Augen sind rot und glasig, und die zerplatzten Kapillaren um seine Nase sind auffälliger als sonst.

»Bist du fertig?«, fragt er schroff.

»Ja, leider«, antwortet Christophe. »Obwohl ich hierbleiben und den ganzen Tag durch das blättern könnte, was in deinem Kopf vor sich geht, habe ich in der Stadt einen richtigen Job, der auf mich wartet.«

Ich gebe ihm die Hand und lächele ihn an. »Wir können nicht alle ein Leben voller Luxus führen, indem wir russische Bäckereien betreiben.«

Er nimmt eine Karte aus seiner Brieftasche. »Nun, wenn du es jemals leid wirst, mit Gebäck hausieren zu gehen, denke ich, dass du gut deine eigenen Stücke verkaufen könntest.«

Meine Augen wandern zu Sergei, den diese Idee zu amüsierten scheint. Für ihn waren meine Stücke nie mehr als Gekrakel auf Papier. Es war Viktor, der beschloss, dass ich das College besuchen sollte, um meine Fähigkeiten zu fördern. In der modernen Vory-Welt ist ein gut ausgebildeter Vor ein wertvolles Gut.

Christophe nimmt seine Tasche und verabschiedet sich ein letztes Mal, bevor Sergei ihm sagt, dass unten ein Auto wartet. Als er fährt, bin ich mit meinem Vater allein. Seine Augen wandern durch den Raum und katalogisieren meine Sachen in einer unsinnigen Reihenfolge. Ich weiß, was als Nächstes kommt, aber ich wünschte mir, ich hätte mehr Alkohol im Blut.

»Was ist mit dem Mädchen?«, fragt er.

Als *Avtoritet* ist es jetzt mein Recht, ihm zu sagen, dass ihn das nichts angeht. Aber da er mein Vater ist, bin ich immer noch geneigt, ihm Respekt entgegenzubringen. Was Tanaka betrifft, habe ich keine Angst, dass er zwei und zwei zusammenzählen wird. Selbst wenn er den Namen ihres Vaters entdecken würde, würde es für ihn wenig ändern. Er glaubt, dass meine Mutter für mich gestorben ist, seit er mir gesagt hat, dass sie mit einem italienischen Mann weggelaufen ist. Er hat keinen Grund, zu vermuten, dass ich mein ganzes Leben lang nach Antworten gesucht habe.

Ich gehe zur Tür des Tresors, und Sergei folgt meinem Beispiel. »Das Mädchen ist nur ein Pfand.«

»Hübsches kleines Ding.« Er kratzt sich am Kinn. »Sie hat einen engen Arsch. Ich würde sie mir gerne ausleihen …«

Meine Faust kollidiert so schnell mit seinem Kiefer, dass ich selbst wenig Zeit habe, zu verstehen, was über mich gekommen ist. Sergei taumelt erstaunt zurück, und seine Zähne sind blutig und seine Augen wütend. Ich entschuldige mich bei ihm auf Russisch, während ich versuche, meine Handlungen zu verstehen. Es wäre in meinem besten Interesse, die Wogen zu glätten, aber alles, woran ich denken kann, ist, dass ich ihm gerade einen Grund gegeben habe, seine Nase dort hineinzustecken, wo sie nicht hingehört.

»Sie gehört mir«, erkläre ich, und das war nicht das, was ich hätte sagen sollen, denn jetzt lacht er.

»Deine? Und Viktor hat zugestimmt?«

»Sie ist nichts anderes als eine nette Unterhaltung«, korrigiere ich mich. »Eine vorübergehende Ablenkung. Aber ich will sie nicht teilen.«

Sergei greift mich wie eine Schlange an, und seine Finger legen sich um meinen Hals. »Du magst jetzt vielleicht Viktors kleines Haustier sein, aber vergiss nicht, woher du kommst, *syn*. Wenn du mich jemals wieder nicht respektierst, werde ich diese Neuigkeiten zu Viktor tragen und zusehen, wie er dein Spielzeug zerstört, nachdem es an alle Brüder weitergereicht wurde.«

Wie die Spucke, die aus seinem Mund fliegt, kommt jetzt Sergeis wahrer Charakter zum Vorschein. Das ist nicht der Vater, der endlos zum Schein mit meinen

Errungenschaften prahlt. Das ist der Konkurrent. Der Mann, der die Messlatte auf unmögliche Höhen legt. Der Mann, der dir seine Hand anbieten wird, um dich zu retten, nur um dir dann die Kehle herauszureißen. Und mit einem Gesicht, das meinem so ähnlich ist, frage ich mich, ob er wirklich zu den entsetzlichen Dingen fähig ist, die ich immer in Frage gestellt habe.

Er hatte keine Bedenken, Alexei und seine Mutter nach einer Tragödie aus dem Familienhaus zu vertreiben. Es ist schwer vorstellbar, dass ein Mann, der seinen Erstgeborenen so sehr hasst, möglicherweise Liebe für seinen Zweitgeborenen empfinden könnte. Ich weiß, dass diese Dinge wahr sind, aber ich zögere immer noch, zu glauben, dass er meine Mutter fortgeschickt hat.

Es wäre einfacher, zu akzeptieren, dass sie von sich aus gegangen ist. Auch wenn ich ein Jahr lang geweint habe, nachdem sie mich verlassen hat, könnte ich alles rechtfertigen, was passiert ist. Aber Sergei ist nicht der Typ Mann, der es einer Frau erlauben würde, ihn in Verlegenheit zu bringen, indem sie geht. Als ich seine leblosen Augen betrachte, komme ich zu dem Schluss, dass er nicht der Typ Mann ist, den ich irgendwie respektieren kann. Und als ich seine Finger von meinem Hals entferne, tue ich das mit einer neuen Entschlossenheit.

Ich muss Antworten finden, und zwar schnell.

9

Nikolai

»Nika, die Ärztin würde gerne mit dir reden.«

Ich halte einen Finger hoch, um die Unterbrechung zu signalisieren, und Alexei nickt auf dem kleinen Videodisplay auf meinem Handy. Nonna steht mit der Therapeutin im Schlepptau an der Tür. Das ist nicht das, womit ich mich im Moment befassen will. Es ist generell überhaupt nicht das, womit ich mich beschäftigen will. Ich zahle ihr gutes Geld, um Nakya zu helfen, und sie sollte mich nicht damit belästigen, wenn ich soviel Wert darauf lege, die Situation ganz zu vermeiden.

»Ich muss mich um ein Geschäft kümmern«, sage ich Alexei. »Wirst du morgen Abend kommen?«

Er zögert, aber nach einem Moment stimmt er zu. Als ich den Anruf beende, muss ich mich fragen, ob er es nur wegen seiner Verpflichtungen als Vor tut – oder aus familiären Gründen.

Meine Augen wandern wieder zur Tür. »Was ist das Problem?«

Die Therapeutin nickt Nonna zu, die die Tür hinter sich schließt, als sie eintritt und sich mir gegenüber an meinen Schreibtisch setzt. »Ich würde gerne die Fortschritte von Tanaka mit Ihnen besprechen.«

»Das ist Ihr Problem«, sage ich. »Nicht meins.«

»Sie bezahlen mich, um sie bestmöglich zu behandeln. Wollen Sie nicht wissen, ob es funktioniert?«

Ich trommele mit meinen Fingern auf den Schreibtisch. Ehrlich gesagt würde ich lieber im Dunkeln gelassen werden. Das Mädchen bedeutet mir nichts, und am Ende ist sie nur ein Druckmittel. Das einzige Druckmittel, das ich habe. Ich sollte nicht einmal meine Zeit oder Ressourcen verschwenden, um die Probleme zu lösen, die zweifellos ihr Vater verursacht hat. Es hat keinen Sinn, wenn man bedenkt, dass ich mir von Anfang an gesagt habe, dass ich möglicherweise ihr Leben beenden werde.

Aber das Problem liegt mir auf der Seele. Mehr, als es sollte. Ich frage mich, ob sie schon allein isst. Ich frage mich, wie es ihr mittlerweile geht. Ich habe darauf geachtet, sie zu meiden, und ich habe mir Beschäftigungen gesucht, damit ich nicht von den Kameras verleitet werde. Alles umsonst, denn jetzt will die Ärztin es mit mir besprechen.

Ich lehne mich im Stuhl zurück und betrachte die

Therapeutin. Ihr Name ist Sarah, und obwohl sie von Dr. Shtein empfohlen wurde, wirkt sie auf mich zu jung und unerfahren. Ihr Gesicht ist jung und hoffnungsvoll, und ich denke, sie sollte besser mit Studenten arbeiten als für kriminelle Organisationen.

»Brauchen Sie mehr Geld?«

Sie seufzt. »Die Rate hat sich nicht verändert. Das ist nicht das Problem.«

»Was ist es dann? Ich bin ein beschäftigter Mann.«

»Tanaka macht gute Fortschritte.« Sie zupft am Saum ihres Blazers, während sie die Rede abspult, die sie für mich vorbereitet hat. »Es gab natürlich Rückschläge, was nur natürlich ist, aber es geht ihr viel besser. Sie ist voll und ganz in den ernährungsphysiologischen Aspekt ihrer Mahlzeiten eingebunden und war daran interessiert, das neue Programm kennenzulernen, das die Ernährungsberaterin für sie entwickelt hat.«

»Also, wo liegt das Problem?«, wiederhole ich.

»Wir haben auch unsere Grenzen«, sagt Sarah. »Tanaka braucht Unterstützung jenseits der medizinischen Fachkräfte. Wenn Sie wirklich wollen, dass sie sich erholt, würde das die beste Voraussetzung dafür sein, dass sie es schafft.«

Mein Fuß klopft in einem ängstlichen Tempo unter dem Schreibtisch. »Also, was schlagen Sie vor?«

»Tanaka hat ihr ganzes Leben lang unter einzigartigen Umständen gelebt. Im Wesentlichen hat sie noch nie grundlegende Menschenrechte erlebt. Sie ist noch nie mit einem Jungen ausgegangen, ins Kino gegangen oder allein durch einen Park. Ihre Schulbildung isolierte sie weiter, und selbst in ihrer Ballettkompanie wurde sie von den anderen Tänzern getrennt gehalten. Es gibt eine tiefe Trauer in ihr, die sie gut versteckt, aber sie ist da. Jeder Aspekt ihres Lebens lag außerhalb ihrer Kontrolle. Alles außer ihrem Essen und ihrem Tanz. Es ist keine Überraschung, dass sie beides auf die Spitze getrieben hat.«

Ich lehne mich nach vorne und stütze meine Ellbogen auf den Schreibtisch. »Also hungert sie, um sich zu beweisen, dass sie es kann?«

»Es ist nicht wirklich so schwarz-weiß.« Sarah runzelt die Stirn. »Aber ja. Etwas auf ihre eigene Weise zu kontrollieren ist eine große Sache für sie. Die Wurzel ihres Problems ist die Angst. In ihrem Kopf denkt sie, wenn sie zunimmt, verliert sie das, was ihr am wichtigsten ist: das Tanzen.«

»Ihre Tanzkarriere ist vorbei«, sage ich. »Die Ärzte haben ihr das gesagt. Sie ist vorbei.«

»Dann wird sie das in ihrer eigenen Zeit akzeptieren müssen. Es ist zu viel für sie, um es im Moment zu begreifen. Aber ich bin zuversichtlich, dass sie mit der Zeit ihre Grenzen verstehen wird. Die Schiene wurde entfernt, und sie ist sehr aufgeregt wegen der Aussicht, wieder zu trainieren.«

»Eingeschränktes Training«, verbessere ich.

»Natürlich«, stimmt Sarah zu. »In einem angemessenen Rahmen. Sie versteht, dass ihr kleine Freiheiten gewährt werden, aber dass sie sie verlieren könnte, wenn sie ihre Grenzen übertritt. Was mich zum Wichtigsten kommen lässt: Sie braucht etwas anderes, mit dem sie ihre Zeit verbringen kann. Sie erwähnte, dass sie sich hier isoliert fühlt, und ich glaube, dass es zu ihrem zwanghaften Verhalten beiträgt.«

»Ich habe ihr bereits gesagt, dass sie sich besser ein anderes Hobby suchen soll.«

»Hobbys sind gut.« Sarah nickt. »Aber es ist auch wichtig, dass sie sich nützlich fühlt, dass sie sich menschlich fühlt. Vielleicht wäre es für sie von Vorteil, wenn sie mehr Kontakt zu Ihnen und Ihren Mitarbeitern hätte.«

Ich blinzele sie an und versuche immer noch zu verstehen, wie es dazu kommen konnte. Tanaka ist hier nicht im Urlaub. Sie ist eine Gefangene. Die Ärztin ist sich der Umstände bewusst, und sie hat die Zahlung für ihre Dienstleistungen freiwillig akzeptiert, aber jetzt versucht sie, die Regeln zu ändern.

»Das ist nicht die Art und Weise, wie wir die Dinge handhaben. Sie könnten mehr Zeit mit ihr verbringen. Ich zahle extra.«

»Ich fürchte, mein Zeitplan wird das nicht zulassen«, entgegnet sie.

Nun, verdammt. Warum denkt sie, dass meiner das tut?

»Ich werde es in Betracht ziehen«, sage ich, vor allem, um sie zu beruhigen.

Sie sieht skeptisch aus. »Nur ein Vorschlag … Tanaka sehnt sich nach der realen Welt, aber sie hat auch Angst davor. Vielleicht könnten Sie ab und an einen Ausflug mit ihr unternehmen, falls Sie Zeit dazu haben? Ein Sicherheitsnetz, auf das sie zurückgreifen kann, wird ihr helfen.«

Sicherheitsnetz? Ich bin das, was am weitesten von Tanakas Sicherheitsnetz entfernt ist. Jetzt will diese verrückte Ärztin, dass ich der Tagesordnung Ausflüge hinzufüge. Ich grunze eine Antwort und sage ihr, dass ich Arbeit zu erledigen habe.

Sarah geht, und ich starre auf den Monitor. Ich habe darauf geachtet, ihn zu vermeiden, weil ich keine Details ihrer Sitzungen wissen muss.

Aber jetzt will ich genau das.

10

Tanaka

»Bist du beschäftigt?«

Nikolais Stimme erschreckt mich. Ich war so in meine Dehnübungen vertieft, dass ich nicht gehört habe, dass er ins Fitnessstudio gekommen ist. Mit nur einer Stunde Training pro Tag bin ich gezwungen, das Beste daraus zu machen. Seine Unterbrechung ist ein Hindernis, aber ich bin auch neugierig auf den Grund seines plötzlichen Erscheinens, wenn man bedenkt, dass wir uns seit Wochen nicht mehr gesehen haben.

Er ist angezogen, als käme er gerade von draußen, weil er seine schwarze Lederjacke und die Baskenmütze noch trägt. Die leichte Rosafärbung auf seinen Wangen verrät das kalte Wetter, aber ich selbst kann es mir nur vorstellen. Die Jahreszeiten haben sich seit meiner Ankunft hier verändert, und ich habe die Mauern der Festung seitdem nicht verlassen.

»Ich dehne mich«, sage ich ihm. »Ich habe noch dreißig Minuten.«

»Ich habe nicht die Absicht, deine Zeit zu verkürzen, Nakya.« Er beugt sich nach unten, um die Einkaufstüten in seinen Händen abzustellen. »Aber ich habe etwas mitgebracht, was dir von Nutzen sein könnte.«

Diese Geste kommt unerwartet, und ich bin mir nicht sicher, was ich tun soll. Also sage ich einfach Danke.

Er nickt. »Ich dachte, dass du Nonna heute Nachmittag vielleicht in der Küche helfen könntest. Nach deinen Terminen, natürlich.«

»In der Küche?«

»Ja.« Er reibt eine Hand über sein Kinn. »Wir haben morgen Abend einen Gast zum Abendessen, und sie wird etwas backen. Also falls du dich ihr anschließen möchtest …«

Ich finde diesen Vorschlag seltsam, aber es ist ja nicht so, dass ich etwas Besseres zu tun hätte. »Okay.«

Die Stille ist wie ein Ozean zwischen uns, und ich weiß nicht, was ich sonst noch sagen soll. Nikolai anscheinend auch nicht. Seine Augen sind von meiner neuen Figur gefangen, und ich bin mir seiner Aufmerksamkeit zu sehr bewusst. Früher sagte er, dass ich zu knöchern gewesen sei, aber vielleicht denkt er jetzt das Gegenteil.

»Du siehst viel besser aus«, sagt er heiser. »Gesund. Deine Haut strahlt.«

Es ist nicht das, was ich erwartet habe, und meine Antwort ist so unbeholfen wie ich mich derzeit fühle.

»Danke. Das kommt von dem ganzen Fisch. Die Ärztin sagte, er ist gut für die Haut … also ja.«

Dieses Gespräch führt zu nichts. Ich bin durcheinander, und ich weiß nicht, warum, aber meine Wangen heizen sich auf, als Nikolais Blick über meine Hüften schweift. Ich trage das am wenigsten schmeichelhafte Outfit, das ich mir vorstellen kann – schlabberige Shorts und ein T-Shirt – aber es ist alles, was ich übrig habe, außer dem einen Trikot, das er nicht zerstört hat.

»Iss weiterhin Fisch«, sagt er. »Er tut dir gut. Und nenn mich endlich Nikolai.«

Und mit diesen Worten geht er abrupt fort und lässt mich benommen und desorientiert zurück.

Ich bin versucht, jetzt sofort in die Tüten zu schauen, aber ich warte, bis ich mit meinem Training fertig bin. Wenn der Timer unten losgeht, wird Nonna kommen, um mich abzuholen und das Fitnessstudio für den Tag abzuschließen. Seit meiner Entlassung aus dem Bett bin ich dankbar, wieder trainieren zu können. Ich war auch überrascht gewesen, als ich festgestellt hatte, dass Nikolai eine Barre installiert hatte. Etwas, was ich vergessen habe zu erwähnen, als er hier war, dabei wollte ich mich eigentlich bei ihm dafür bedanken.

Es scheint eine seltsam nette Geste für jemanden zu

sein, der kein Interesse daran hat, dass ich auf die Bühne zurückkehre. Aber ich werde jedes noch so kleine bisschen nehmen, das er mir mein Ballett betreffend anbietet.

»Die Zeit ist vorbei.« Nonna betritt pünktlich den Raum.

»Okay.«

Ich beende meine letzten Pliés an der Barre und suche meine Sachen zusammen, einschließlich der Taschen, die Nikolai für mich zurückgelassen hat. Nonna schließt die Tür hinter uns ab, macht sich aber nicht die Mühe, mich nach oben zu begleiten. Ich kann mich frei bewegen, solange ich nicht wieder die Regeln breche.

»Die Ärztin wird in dreißig Minuten hier sein«, erinnert sie mich.

»Danke. Ich werde bereit sein.«

Ich steige die Treppe zu meinem Zimmer hinauf und lege die Tüten auf das Bett. Meine Neugier darauf, was sich in ihnen versteckt, siegt, und als ich einen Blick darauf werfe, stockt mein Atem.

Ballettkleidung.

Er hat mir Ballettkleidung gekauft. Strumpfhosen, Trikots, Wraps, Stulpen. Alles, was ich brauchen könnte, um mit neuem Elan mein Training wiederaufzunehmen. Etwas in meiner Brust taut auf, und als eine Welle von Gefühlen über mich hereinbricht, wird mir klar, dass dies die netteste Sache ist, die jemals jemand für mich getan hat.

Es erscheint paradox, da er derjenige war, der

meine Kleidung damals ruiniert hat. Aber mein Vater hat mir nie Kleidung gekauft. Dante hat mir nie Kleidung gekauft. Ich erhielt die Erlaubnis, online einzukaufen, und jeden Gegenstand, den ich besaß, habe ich selbst ausgewählt. Nichts wurde mir jemals überraschend geschenkt. Es ist eine neue Erfahrung, Kleidung auszuprobieren, die jemand anderes für mich ausgesucht hat. Ich frage mich, was ihm durch den Kopf ging, als er die Stücke auswählte. Ob er sich vorgestellt hat, wie sie an meinem Körper aussehen würden. Ob er überhaupt etwas fühlte, als er über die Farben, Größen oder Stoffe nachdachte.

Die Sachen sind wunderschön. Jedes Stück ist teuer und gut verarbeitet. Aber mein Favorit ist das rosa Chiffon-Trikotkleid. Es ist leicht, fließend und schön. Als ich es anprobiere, will ich es nicht wieder ausziehen.

In einer anderen Tasche finde ich ein Paar Spitzenschuhe, an die eine Notiz geklebt ist.

Für später.

Mein Herz zieht sich zusammen, und ich muss mir einen Moment Zeit nehmen, um diese Wendung der Ereignisse zu verarbeiten. Ich bin nicht naiv genug, zu glauben, dass es Nikolai überhaupt interessiert, ob ich jemals wieder professionell tanze. Aber das fühlt sich wie Hoffnung an. Es fühlt sich an, als würde jemand an mich glauben, und das habe ich schon sehr lange nicht mehr erlebt.

Ich weiß nicht, wie er meine Größen bestimmt hat, aber es scheint, als hätte er sich eine Menge Mühe gemacht, das für mich zu tun. Das Mindeste, was ich tun kann, ist, ihm richtig zu danken. Ich setze mich auf die Kosmetikbank und ziehe die Spitzenschuhe an, um ein Gefühl für sie zu bekommen, bevor ich mit meiner Arbeit beginne. Jedes Paar muss angepasst werden, um perfekt zu passen, aber nicht jedes Paar braucht die gleichen Veränderungen. Das kann ich nur feststellen, wenn ich in ihnen gehe, was ich jetzt vorhabe zu tun.

Auf dem Weg durch den Flur mache ich einen *kleinen Jeté*. Mein Knöchel ist schwach, und obwohl die Schiene weg ist, tut es immer noch weh, auf ihm zu landen. Aber ich fühle mich wieder viel mehr wie ich selbst, schon allein deshalb, weil die Schiene fehlt.

Nikolai ist nicht in seinem Büro, also nutze ich die Gelegenheit, um durch den Flur zu schweben und kleinere Bewegungen auszuführen, während ich gehe. Die Schuhe brauchen Arbeit, aber ich auch. Als ich das Ende des Teppichbodens erreiche, fällt mir auf, dass ich an der Schwelle zu seinem Schlafzimmer gelandet bin. Es sollte mich nicht überraschen, dass er dort steht und mich beobachtet, aber das tut es.

»Du solltest es langsam angehen lassen.« Es gibt einen Hauch von einem Lächeln auf seinem Gesicht.

»Ich habe sie nur getestet. Die Schuhe müssen an meine Füße angepasst werden. Ich habe nicht die Absicht, zu schnell zu sein.«

»Ich hoffe nicht«, sagt er. »Eine weitere Verletzung …«

»Danke für die Kleidung«, platze ich heraus.

Sein Blick fährt über den rosa Stoff, bevor er

innehält, um auf meinen Brüsten zu verweilen. Sie sind im letzten Monat angeschwollen, und ich bin mir plötzlich bewusst, wie sie sich in meinem Trikot abzeichnen. Das Haus ist immer kalt, und das hätte ich bedenken sollen. Ich hätte mir etwas umlegen sollen, aber ich war so begierig darauf, meine Schuhe auszuprobieren, dass es mir bis jetzt nicht in den Sinn kam.

»Du hast vergessen, den Anhänger zu entfernen«, informiert mich Nikolai mit schroffer Stimme. »Dreh dich um, ich mache das für dich.«

Ich gehorche, auch wenn ich es selbst problemlos tun könnte. Es gibt einen kleinen Teil von mir, der seine Finger auf dem Stoff spüren will, der die Berührung eines Mannes erleben möchte. Es ist nicht etwas, von dem ich dachte, dass ich es mir jemals wünschen könnte, aber manchmal frage ich mich, wie es sich anfühlen würde, von einem Mann berührt zu werden. Was Männer betrifft, ist Nikolai ein Musterexemplar. Von seinem Herkuleskörper bis hin zu seinem wilden Haar und seinen scharfen Wangenknochen ist er eine Gottheit der männlichen Spezies. Ein Sterblicher, der nach dem Bild eines griechischen Gottes gegossen wurde.

Und das würde mich zu seiner Konkubine machen.

Es lässt mich erschaudern, als seine starken, schwieligen Finger den Saum des Stoffes gegen mein Schulterblatt drücken, bevor sie hinabtauchen, um den Anhänger zu entfernen. Ich fühle kein Ziehen, aber es gibt ein hörbares Knacken. In dem Bewusstsein, dass er ein Messer gegen das empfindliche Fleisch meines Rückens drückt, sollte ich vorsichtig sein, aber mir fällt auf, dass ich es nicht bin.

Die Tat ist vollbracht, aber er hat es nicht eilig, mir das zu sagen. Gänsehaut breitet sich über meine Arme aus, als er mein langes Haar über meine Schulter streicht und mit dem Finger einen der Träger nachfährt.

»Du hättest nicht so hierherkommen sollen.« Sein Atem kitzelt an meinem Hals und badet mich in Wärme und Zimt.

Ich kann nichts sagen. Nicht, wenn er hinter mir steht, nahe genug, um mich anfassen zu können. Nah genug, dass sein Körper gegen den meinen streift und sein Geruch zwischen uns steht. Spuren von warmem Leder und Nelken durchtränken die Luft … und etwas anderes, was ich nicht ganz identifizieren kann. Vielleicht Acrylfarbe?

Seine Finger streifen meinen Arm entlang, und das ist kein Zufall. Es ist kein Zufall, dass er mich näher an sich zieht, bis sich unsere Körper berühren. Er vergräbt seine Nase an meiner Kehle und inhaliert mich, was eine Flut von flüssiger Wärme zwischen meinen Oberschenkeln auslöst. Ich sinke in seine Arme, als ein betrunkenes Bewusstsein meine Sinne entführt. Ich bin wie im Koma, wie eine Drogenabhängige, und zum ersten Mal in meinem Leben ist es mir egal. Ich will mehr.

Ich will leben, bevor ich sterbe.

Er wird derjenige sein, der mich in den Tod locken

wird, der mich mit seinen sanften Küssen auf meine Haut, unter der mein Blut warm fließt, in einen ewigen Schlaf lullen wird. Im Moment bin ich eine Sklavin seiner Berührung. Eine Dienerin, die seinen Befehlen folgt. Noch eine Puppe für seine Sammlung. Hübsch und unverdorben von niemandem außer ihm.

Raue Finger ballen sich mit dem Stoff auf meinen Bauch zusammen, und blendende Elektrizität hämmert durch meine Synapsen. Seine Zigeunerhände wandern frei herum, drücken das Fleisch meiner Hüften und streifen das zarte Fleisch meines Brustkorbs. Aber das Biest in mir ist nicht zufrieden. Es schreit immer wieder nach mehr, und mein Entführer ist äußerst bereit, dem nachzukommen. Er nimmt meine geschwollenen, schweren Brüste in Besitz, indem er mit seiner Hand unter den Stoff fährt, um über meine Brustwarzen zu streichen. Meine Brust wölbt sich, und ich schreie auf, als sei ich gerade mit Elektroschocks wiederbelebt werden.

»*Zvezda.*« Er küsst mich hinter meinem Ohr. »Du bist so schön. So weich und süß und rein. Ich will dich verderben.«

Sein heißer Schwanz sticht gegen meine Wirbelsäule und unterstützt bedrohlich seine leise gesprochenen Worte. Ich will auch, dass er mich verdirbt. Ich will, dass er mich zugrunde richtet. Und es macht mich zu einer Lügnerin, weil ich diejenige bin, die schmutzig und falsch ist. Als seine Hand sich zwischen meine Oberschenkel legt, ist das Wort bereits auf meinen Lippen. Giftig und berauschend will ich ihm Ja sagen.

Aber ein Ja ist keine Phantasie. Ein Ja gilt für immer. Die Folgen einer Entscheidung, die in einem Moment der Schwäche getroffen wurde, würden für ihn nichts und für mich alles bedeuten. Wenn er mich als verdorbene Frau nach Hause schickt, kann er mir genauso gut einen Sarg zur Verfügung stellen.

»Ich kann nicht.« Die Worte sprudeln von meinen Lippen, als ich mich von seinem Zauber und seinen Armen löse. »Ich bin mit Dante verlobt.«

Es wird kein weiteres Wort mehr zwischen uns gesprochen. Einsamkeit ist seine Antwort.

Einsamkeit ist mein Leben.

11

Tanaka

Nonna arbeitet ruhig und effizient. Sie erledigt ihre Arbeit, ohne Beschwerden oder Gefühle zu zeigen, und ich erwarte, dass sie mir Aufgaben auftragen wird, wie sie es für richtig hält. Aber als ich mich in der Küche melde, um ihr wie versprochen zu helfen, geht sie zu einem Haufen Zutaten auf der Kochinsel in der Mitte.

»Es gibt Früchte. Butter. Eier. Trockene Zutaten im Schrank.«

»Was soll ich machen?«

»Was auch immer du möchtest«, antwortet sie. »Es ist eine Dinnerparty. Also etwas Hübsches.«

Mit diesen vagen Anweisungen muss ich die Zutaten auf der Theke in etwas Essbares verwandeln. Mir fallen spontan ein paar traditionelle italienische

Desserts ein, aber am Ende entscheide ich mich für eine einfache Torte.

Die Ernährungsberaterin, die Nikolai eingestellt hat, hat viele Stunden damit verbracht, meine Sichtweise auf Essen zu verfeinern. Ihr Ansatz ist ein positiver. Nichts ist tabu, aber die Balance ist entscheidend. Während ich wegen des Zuckergehalts vorher selten Früchte gegessen habe, habe ich vor kurzem entdeckt, dass es in Ordnung zu sein scheint, sie meinen Mahlzeiten mit einer kleinen Menge Protein hinzuzufügen. Zu verstehen, wie der Körper die Lebensmittel verwendet, hat dazu beigetragen, einige der Ängste zu lindern, die ich mit der Erweiterung meiner Lebensmittelauswahl hatte.

Aber ich bin noch nicht gesund, und ich bezweifele, dass ich es jemals sein werde. Jede Wahl ist immer noch ein Kampf. Bei jeder Mahlzeit ziehe ich mit meinem Körper in den Krieg und bekämpfe den Drang, meinen Dämonen nachzugeben. Ich werde genau überwacht, und im Moment ist es wahrscheinlich das Einzige, was mich auf Kurs hält. Zu akzeptieren, dass ich an Gewicht zunehmen muss, um gesund zu werden, ist ein endloser Kampf. Ich fühle mich besser, aber ich hasse es, wie ich aussehe.

Wenn ich jetzt in den Spiegel schaue, sehe ich eine femininere Gestalt. Rundliche Hüften. Vollere Büste. Eine Taille, die weniger schlank ist. Das macht mir Angst. Und im Hinterkopf frage ich mich, was der Direktor sagen wird, wenn er mich sieht. Ich habe seine Kommentare gegenüber anderen Mädchen schon einmal gehört, und in meinem zerbrechlichen Geisteszustand glaube ich nicht, dass ich mit seiner Kritik umgehen könnte.

Um mich von giftigen Gedanken abzulenken, konzentriere ich mich auf meine Hände. Teig ausrollen. Obst zerkleinern. Backen. Saubermachen. Nonna blickt gelegentlich über ihre Schulter, um mich zu beobachten, wahrscheinlich weil sie sich Sorgen macht, da ich ein Messer habe.

»Du hast schon mal gebacken?«, fragt sie.

Ich streiche Marmelade in die fertige Teigschale. »Ja. Ich habe zu Hause oft gekocht, für meinen Vater.«

Sie nickt. Wir sind wieder still, während ich das Obst in die vorbereitete Torte gebe und alles mit Puderzucker bestreue. Erst als ich ihr das Ergebnis präsentiere, schenkt sie mir den Hauch eines Lächelns.

»Sehr gut. Nika wird sie lieben. Feigen sind sein Lieblingsobst.«

Ich lächele auch, aber sehr schwach. Ich bezweifele, dass Nikolai sich nach heute Nachmittag dafür interessieren wird, was ich gemacht habe.

»Brauchst du meine Hilfe bei etwas anderem?«

»Nein, das ist alles«, sagt sie. »Am besten, du gehst jetzt nach oben und ruhst dich aus.«

Ich danke ihr und verlasse die Küche. Aber als ich den Eingangsbereich betrete, halte ich kurz inne. An der Haustür steht eine Frau. Sie ist groß, blond und schön mit endlos langen Beinen und einem Selbstvertrauen, von dem ich nur träumen kann. Nikolai kommt, um sie zu begrüßen, und sie küsst ihn.

Sie küsst den Mann, der seine Hände auf meinem ganzen Körper hatte, und es fühlt sich an, als hätte jemand gerade einen Betonblock auf meine Brust gelegt.

Ich bin wie erstarrt. Hintergrundgeräusche verschwinden. Er sieht mich nicht, während sie die Treppe hinaufgehen, aber selbst wenn er es täte, wäre es egal. Ich habe ihn fortgestoßen, und jetzt bekomme ich meine gerechte Strafe. Als Vor im Herzen ist er entschlossen, mir den Todesstoß zu versetzen. Seine Botschaft wurde empfangen, laut und auf qualvolle Weise deutlich.

Ich bin nichts Besonderes.

Ich bin austauschbar.

Der Narr in mir will glauben, dass das nicht wahr ist. Das würde er nicht tun. Nicht, nachdem er heute seine Hände auf meinem Körper hatte. Nicht, nachdem er mir seine Geständnisse ins Ohr flüsterte.

Er wollte *mich.*

Nicht sie.

Mein Körper bewegt sich wie ein Zombie die Treppe hinauf. Die dritte Tür rechts ist mein Zimmer. Ich sollte hineingehen, die Tür schließen, meine Kopfhörer aufsetzen und darüber nachdenken, wann ich wieder auf die Bühne komme. Aber meine Füße bewegen sich von selbst, den Flur hinunter zu seinem Büro. Kalte Finger legen sich auf den Türgriff, und ich schlucke den sauren Geschmack in meinem Mund herunter.

Ich habe kein Recht, diese Tür zu öffnen. Ich habe

kein Recht, mich für das zu interessieren, was er tut, und ich sollte es nicht sehen wollen. Nikolai ist nichts für mich, und ich bin nichts für ihn. Aber er änderte das, als er mich berührte, und er hätte mich nie berühren dürfen. Weil ich den Knopf drehe, den Atem anhalte und ich es nicht sehen will, aber mein Gehirn die Bilder zu dem sehen will, was ich bereits hören kann.

Die Tür schwingt auf, und es ist nicht besser oder schlechter, als ich es mir vorgestellt habe. Es ist einfach genau so. Ein brutaler Schlag auf die Brust wäre schöner gewesen, als ihn so zu sehen. Seine Beine sind weit gespreizt, und sein Schwanz ist in ihrem Mund, während sein Blick auf meinen trifft.

Sie hat sein Vergnügen, und ich habe den Schmerz.

Ich lag falsch, als ich dachte, dass ich mich vor ihm schützen könnte. Er braucht meinen Körper nicht zu nehmen, um mich zugrunde zu richten.

Weil er es soeben bereits getan hat.

12

Nikolai

Als ich aus der Stadt zurückkomme, begrüßt mich der Geruch von Braten und Gemüse. Eine Erinnerung daran, dass mein Bruder bald zum Abendessen zu uns kommen wird. Dieses Treffen ist wichtig, aber ich bedauere, dass ich es für heute Abend angesetzt habe. Ich bin immer noch verkatert von den Aktivitäten der letzten Nacht, und Unterhaltung ist das Letzte, wonach mir gerade ist.

Nonna erwischt mich im Eingangsbereich und deutet auf meinen Mantel und meinen Hut.

»Ist Nakya bereit?«, frage ich.

Sie nickt. »Ich habe ihr vorhin beim Anziehen geholfen, jetzt ruht sie sich aus.«

»Danke.« Ich gehe zur Treppe. Eine heiße Dusche wäre schön, und vielleicht ein kleiner Drink zur

Einstimmung. Aber Nonna lässt weder das eine noch das andere zu.

»Die Ärztin wollte, dass ich dir etwas ausrichte.«

Ich halte inne. »Was?«

»Das Mädchen hatte heute einen Rückschlag. Sie weigerte sich, ihr Frühstück zu nehmen, erbrach, was sie zum Mittagessen gegessen hatte, und wollte während ihrer Therapiesitzung überhaupt nicht sprechen.«

Jede Aussage ist wie ein Messerstich in meinen Bauch, aber Nonna scheint es nicht zu bemerken, da sie weiterspricht. Sie fährt damit fort, mir zu sagen, dass Tanaka heute auch nicht ins Fitnessstudio gegangen ist, was sie sehr seltsam fand.

»Ich werde mich darum kümmern.«

Nonna nickt und verlässt den Raum, und ich gehe die Treppe hinauf. Sie hat mir gesagt, dass Nakya schläft, und ich bin versucht, nachzuschauen. Aber meine Handfläche zögert an der Tür, während ich auf ein Geräusch im Inneren warte. Es gibt keines, und da ich ein Feigling bin, reicht mir das, um die Tür zu öffnen.

Ich finde den gebrochenen Engel in der Mitte seines übergroßen Bettes. Tanaka hat sich zusammengerollt, die Hände gegen ihre Brust gedrückt und wirkt selbst im Schlaf gequält. Ich sollte sie in Ruhe lassen. Das wäre am besten, aber ich kann mich nicht dazu bringen, die Tür zu schließen. Nicht, als ich die Gänsehaut an ihren freiliegenden Armen bemerke. Laut ihrer Ärztin ist das ein Symptom ihres

Zustandes. Ihr ist immer kalt, weil sie nicht genug Körperfett hat.

Ich hole die Überdecke vom Fußende des Bettes und achte darauf, sie auf sie zu legen, ohne sie zu wecken. Und dann betrachte ich sie ohne guten Grund eindringlich und bedauere jede Entscheidung, die ich jemals getroffen habe.

Es wäre dumm von mir, mich zu fragen, ob meine Handlungen irgendwelche Auswirkungen auf sie hatten. Ich würde nicht sagen, dass es das erste Mal ist, dass ich die Gefühle einer Frau verletzt habe, aber es ist das erste Mal, dass ich ihr Gesicht wiedersehen musste. Das ist Neuland. Nakya sitzt hier bei mir fest, und ich wusste, dass sie es sehen würde. Ich wollte, dass sie es sieht. Ich wollte, dass sie es hört.

Das ist vielleicht trotzig, aber nach ihrer kalten Abfuhr in meinem Schlafzimmer wollte ich trotzig sein. Von Anfang an war sie offen bei ihren Gefühlen für mich gewesen. Sie glaubt, dass ich dreckig bin. Sie glaubt, dass ich für jemanden wie sie nicht gut genug bin.

Wer könnte Sie jemals wollen?

Vielleicht hat sie recht. Aber es hielt mich nicht davon ab, sie zu wollen, als sie zu mir kam und die Kleidung trug, die ich ihr gekauft hatte. Schwebend wie ein Engel, nur um wie eine Biene zu stechen, als sie zur Besinnung kam.

Seit ihrer Ankunft habe ich gekämpft, um Distanz zu wahren. Frauen sind ein wertvolles Gut in meiner Welt, und ich muss selten etwas dafür tun, um von ihnen das zu bekommen, was ich will. Es braucht wenig mehr als einen Blick. Eine Berührung. Ein Lächeln. Es war immer einfach für mich, und es wäre falsche Bescheidenheit, etwas anderes zu sagen.

Aber es war für mich nicht üblich, meine Eroberungen hierherzubringen. Das ist etwas Neues. Etwas, was ich zu meinem eigenen Vergnügen begonnen habe. Ich sehe gerne dabei zu, wie Tanaka sich windet. Ich lasse mir gerne meinen Schwanz lutschen, weil ich weiß, dass sie sich nur einige Räume weiter befindet und jede Sekunde davon mitanhört.

Manchmal habe ich mich gefragt, ob sie sich Gedanken über meine Aktivitäten macht. Ob sie sich auch nur für eine Sekunde wünscht, dass sie das Mädchen auf den Knien wäre, das sich nimmt, was ich ihr zu bieten habe. Ich habe es mir häufiger vorgestellt, als ich sollte. Die Gedanken verwüsten mich, während ich meinen Schwanz mit meiner eigenen Faust bearbeite, als wäre ich wieder ein Teenager.

Sie hat sich gestern Abend nicht von mir abgewandt. Zuerst nicht. Ich spürte das Feuer in ihrer Haut. Den Druck ihrer Brustwarzen gegen meine Finger. Die nasse Muschi zwischen ihren Oberschenkeln, als ich ihr jungfräuliches Höschen rieb. Für einen flüchtigen Moment wollte sie mich auch. Und jetzt wird sie mich wieder nur noch als schmutzig sehen.

Ihre dunklen Wimpern schlagen auf, während ich sie immer noch anstarre. Die Wärme in ihren Honigaugen erstirbt, und sie schreckt sichtbar über die

Nähe zwischen uns zurück. Sie kann mich kaum ansehen, und ich kann es ihr nicht verübeln.

»Habe ich verschlafen?« Ihre Stimme ist tot, ihr schönes Gesicht von Trauer geplagt.

»Nein. Wir haben noch eine Stunde.«

Sie schweigt, und ich auch. Ich habe keine Erklärung dafür, dass ich hier bin. Ich weiß nur, dass ich gehen muss, bevor ich noch näher komme. Sie braucht den Alkohol oder das Parfüm auf meiner Kleidung nicht zu riechen.

Sie braucht keinen weiteren Grund, um mich zu hassen.

»Wenn du jetzt in mein Büro kommst, kannst du deinen Anruf machen.«

Sie setzt sich auf.

Und einfach so ist alles andere vergessen.

13

Tanaka

Nikolai taumelt den Flur hinunter und hinterlässt einen leichten Duft von Rauch und Parfüm. Sein Hemd ist zerknittert, und seine Augen sind blutunterlaufen, und ich will nicht darüber nachdenken, was ihn in seiner Abwesenheit beschäftigt hat, aber ich kann trotzdem nicht aufhören.

Er weist mich in sein Büro und zeigt auf den Stuhl auf der anderen Seite des Schreibtischs. Ich tue, was er will, und setze mich hin, während er ein Festnetztelefon über die große Fläche aus kirschfarbenem Holz schiebt.

»Fünf Minuten«, sagt er mir. »Dann wird Nonna zu dir kommen.«

Eine unnatürliche Stille legt sich über mich, als ich nicke. Er gibt mir fünf Minuten mit dem Telefon.

Allein.

Meine Finger zittern, als ich den Hörer abhebe. Er will, dass ich die Nummern wähle, bevor er geht. Die Nummern des Direktors meines Ensembles, von dem ich gesagt hatte, dass ich ihn anrufen möchte. Vielleicht kennt er die Nummer – oder vielleicht auch nicht.

Es ist ein Risiko, das ich bereit bin einzugehen.

Ich wähle die Nummer mit vorgetäuschter Ruhe. Ich weiß, dass man mir äußerlich nichts ansieht, aber innerlich schlägt mein Herz bis in meinen Hals.

Er darf es nicht wissen.

Das kann er nicht.

Ich muss das durchziehen.

»Hallo?«, antwortet Gianni.

»Hallo, Jean Claude. Hier ist Tanaka.«

Es folgt ein Moment der Stille, und ich weiß, dass ich das Gespräch lenken muss. Selbst wenn Nikolai geht, werden meine Reaktionen wahrscheinlich von der Kamera aufgezeichnet und später seziert werden. Wir müssen vorsichtig vorgehen.

»Ich habe nur angerufen, um mich mal wieder zu melden«, sage ich leichthin. »Wenn du Zeit hast, würde ich dich gern über meine Rehabilitation informieren.«

»Ich verstehe«, antwortet Gianni.

Von der Tür aus treffen Nikolais Augen auf meine, und für den Bruchteil einer Sekunde glaube ich, dass er mich durchschaut. Dass er mich durchschaut und mich genau hier und jetzt in seinem Büro abschlachten wird. Aber stattdessen klopft er auf seine Uhr und erinnert mich ein letztes Mal daran.

»Fünf Minuten.«

Und dann ist er weg und nimmt meinen Atem mit.

»Erholst du dich denn gut?«, fragt Gianni vom anderen Ende der Leitung.

Was er wirklich wissen will, ist, ob es mir gut geht.

»Ich konzentriere mich ganz auf meine Gesundheit«, antworte ich. »Ich hoffe, sehr bald zum Ensemble zurückzukehren, sollte es noch einen Platz für mich geben.«

Gianni ist zu lange ruhig, und ich mag diese Stille nicht. Er weiß, was ich frage. *Wurde meine Position für mich freigehalten? Hat er mit dem Direktor gesprochen? Was kann er mir sagen?*

»Zu diesem Zeitpunkt glauben wir, dass es das Beste für dich wäre, wenn du dich auf deine Genesung konzentrieren würdest. Wir können deine Rolle im Ensemble besprechen, wenn du wieder tanzen kannst.«

Ich schlucke, und es tut weh. Alles tut weh. Ich will nicht akzeptieren, was er mir sagt. Ich will es nicht glauben, obwohl ich wusste, dass das passieren würde.

»Das Ensemble sendet ganz liebe Grüße«, fügt Gianni hinzu. »Sie alle wünschen dir eine vollständige Genesung.«

Ich glaube, er versucht mir zu sagen, dass er mir helfen will, aber ihm die Hände gebunden sind. Ich bin mir nicht sicher, aber es muss das sein, wovor er mich in dieser Nacht warnen wollte. Er wusste, dass Nikolai mich holen würde. Er wusste, dass mein Leben kurz davor stand, ausgelöscht zu werden.

»Hattest du Glück bei den Nachforschungen über meine Schuhe?«, frage ich.

»Kaum«, antwortet er. »Aber es gibt das Gerücht, dass es jemand Externes war. Jemand mit dem Namen *il demone.*«

Mein Magen zieht sich zusammen. Er muss verwirrt sein. Oder ich bin es. Irgendetwas stimmt hier nicht.

»Ich weiß nicht, wer das ist«, antworte ich. Und ich wünschte, das würde stimmen. Ich wünschte, ich wüsste nicht, dass *il demone* der Name ist, unter dem mein Vater auf der Straße bekannt ist.

»Wo wohnst du während deiner Genesung?«, fragt Gianni.

Das ist eine mutige Frage. Und ich kann nur hoffen, dass meine Antwort mich nicht umbringt.

»Ich bin zu Hause. In Massachusetts.«

Er muss wissen, dass ich noch im gleichen Bundesstaat bin, damit er mich holen kann. Damit er mich von diesem Ort und Nikolai wegbringen kann.

»Ich hoffe, dass ich dir bald einen Besuch abstatten werde«, sagt er.

Nonna betritt den Raum, und ich schließe die Augen. »Das hoffe ich auch. Wir hören uns bald, Jean Claude.«

»Bald«, antwortet er.

KURZ NACH DER ANKUNFT DES GASTES IM ERDGESCHOSS

kommt Nikolai, um mich in meinem Zimmer abzuholen. Nach einer langen Dusche ist er sauber, und sein Haar ist noch feucht, aber er riecht wieder nach sich selbst. Nelken und Rauch, und vielleicht ein bisschen würziges Aftershave. Er hat sich bemüht, repräsentativ auszusehen, aber sein Gesicht sieht immer noch aus, als hätte er eine Nacht in der Hölle verbracht. In einer schwarzen Hose und einem weißen, gestärkten Hemd wirkt er hin- und hergerissen zwischen Licht und Dunkelheit. Sünder oder Heiliger, das ist von einer Minute zur nächsten schwer zu sagen.

Seine Augen fahren schnell über das rote Kleid, das meine Figur umhüllt. »Nonna hat dich hübsch gekleidet.«

Es ist das gleiche Kleid, das ich vorhin getragen habe, aber entweder hat er es nicht bemerkt oder er macht einfach irgendwelche Komplimente, weil er hofft, dass ich mich dann heute Abend benehmen werde. Ich bin mir nicht sicher, wen er zum Abendessen erwartet, aber es ist seltsam, dass er mich dabeihaben will. Nikolai kann sich nicht sicher sein, ob ich nicht alles verderbe. Aber ich nehme an, er zählt darauf, dass ich das gut erzogene Mädchen bin, das darauf trainiert ist, Männer und ihre Geschäfte zu respektieren.

»Unser Gast wartet.« Er bedeutet mir, näherzukommen, und das tue ich auch, aber nicht nah genug, damit er mich berühren kann.

Nach gestern Abend will ich nichts mehr mit ihm zu tun haben. Ich will ihn nur leiden lassen, und ich habe heimlich geschworen, dass ich alles in meiner Macht stehende tun werde, um das zu gewährleisten. Ich weiß noch nicht, wie. Ich weiß nur, dass ich ein Narr war, mich auch nur eine Minute lang von ihm einnehmen zu lassen.

Er ist ein Dieb. Ein Lügner. Und ich werde dieses Bild von ihm nie wieder vergessen.

Wir gehen Seite an Seite und werden am Ende der Treppe von Nonna begrüßt, die schon mit einem Drink für uns beide auf uns wartet. Wodka Cranberry für mich und einen Whiskey für Nikolai.

»Er ist im Hauptraum«, kündigt sie an.

Nikolai nickt und trinkt die bernsteinfarbene Flüssigkeit in seinem Glas mit einem langen Schluck aus. Nonna verschwindet mit dem Versprechen, dass sie mit einem anderen zurückkehren wird, und dann gehen wir weiter. Er führt mich in den Hauptraum, wo unser Gast wartet. Und als ich ihn erblicke, wird mir klar, dass ich ihn schon einmal gesehen habe.

Alexei.

Wie Nikolai ist er eine überwältigende Präsenz. Groß, schlank, muskulös und mit eisblauen Augen. Er steht auf, um mich zu begrüßen, und seine Augen verlassen nie mein Gesicht, während ich leise »Hallo« sage.

»Nakya, du erinnerst dich an Ljoschka.«

Ich nicke.

»Danke, dass du gekommen bist«, sagt Nikolai zu ihm.

»Ich kann nicht lange bleiben.«

Beide Männer sind steif und haben den gleichen kühlen Gesichtsausdruck. Die Höflichkeit zwischen ihnen ist erzwungen, obwohl ich nicht weiß, warum. Aber als Nonna uns zum Esstisch führt, bietet Nikolai seinem Ehrengast das Kopfende an.

Vielleicht versucht er, ihn für sich zu gewinnen, aber wahrscheinlich ist es eine Frage des Respekts. Es gibt immer eine Hackordnung in der Mafia, und in diesem speziellen Szenario scheint Alexei Nikolai zu übertreffen.

Wir nehmen unsere Plätze ein, und sie sprechen einige Zeit auf Russisch über das Geschäft, während ich im ersten Gang stochere. Unter allen anderen Umständen würde ich Minestrone lieben, aber ich finde es eine seltsame Wahl für heute Abend. Ich habe sowieso keinen Hunger, und meine Gedanken sind weit weg, als Nikolai meinen Namen ruft. Ich schaue von meinem Teller auf.

»Iss«, fordert er mich auf.

Ich ignoriere ihn demonstrativ, und als Nonna zum Abräumen kommt, lasse ich sie wissen, dass ich fertig bin. Sie runzelt die Stirn, entfernt aber die Schale trotzdem.

Das Gespräch am Tisch geht weiter, aber es scheint immer einseitiger zu werden. Als ich von meinem Salat aufblicke, erkenne ich, dass das daran liegt, dass Alexeis Aufmerksamkeit auf mich gelenkt ist. Er scheint nicht zu bemerken, dass Nikolai noch spricht, als er ihn unterbricht.

»Wer bist du?«

Ich habe keinen Grund, unhöflich zu ihm zu sein. In Wahrheit gibt es einen kleinen Teil von mir, der sich in der Macht sonnt, die er über meinen Entführer hat. Nikolai beobachtet unseren Austausch genau, und seine Augen fordern mich heraus, außer der Reihe zu sprechen.

»Mein Name ist Tanaka Valentini.« Ich schenke Alexei ein warmes Lächeln. »Ich bin hier als Pfand für eine Schuld meines Vaters.«

Falls Alexei auf meine Ehrlichkeit reagiert, sehe ich es nicht. Meine Augen sind auf Nikolai gerichtet, und ich genieße den kleinen Sieg, als seine Finger sich um sein Glas versteifen, während er es zu seinen Lippen bringt.

Ich wende meine Aufmerksamkeit wieder Alexei zu. »Und darf ich fragen, wer Sie sind?«

»Ich bin von geringer Bedeutung«, antwortet er. »Eigentlich wundert es mich über alle Maßen, dass einem Bastard wie mir die Ehre der Anwesenheit deines Entführers heute Abend zuteilgeworden ist.«

Nikolais Augen funkeln. »Ich kümmere mich nicht um die Beziehungen, von denen du sprichst. Es scheint, du hast mich mit Sergei verwechselt.«

Alexei zuckt mit den Achseln. »Es ist manchmal schwer, den Unterschied zwischen euch beiden zu erkennen.«

Eine purpurne Röte überzieht die pulsierende Ader von Nikolais Hals, und mein Magen zieht sich als Reaktion darauf zusammen. Ich weiß, dass ich ihn wahrscheinlich zu weit gedrängt habe, aber Alexei macht sich keine Gedanken, auch dann nicht, als Nikolai sich entschuldigt und den Raum verlässt.

Als er weg und der Raum still ist, platze ich mit etwas heraus, was ich besser für mich behalten hätte. »Bist du wirklich sein Bruder?«

Alexei durchdringt mich mit seinen Augen. »Woher wusstest du das?«

Mein Blick schweift über seine Gesichtszüge, und obwohl es nicht offensichtlich ist, gibt es einige Gemeinsamkeiten. Es sind aber vor allem ihre Eigenheiten, bei denen ich eins und eins zusammengezählt zu haben scheine. »Ihr seht euch ähnlich. Und du hast es auch angedeutet. *Bastard. Beziehungen.* Ich denke, die einzige fehlende Zutat ist brüderliche Zuneigung.«

Seine Augen betrachten mich neugierig, während er an seinem Cognac schlürft. »Es ist schwer, sich für einen Mann wie Nikolai zu erwärmen.«

Ich denke, dass er mir vielleicht versucht zu sagen, dass Nikolai kein guter Mann ist. Das braucht er nicht zu sagen. Mein Herz schmerzt immer noch bei der Erinnerung an letzte Nacht.

»Behandelt er dich gut?«, fragt Alexei.

Ich nicke wie ferngesteuert, obwohl ich mir nicht sicher bin, warum. Es ist wahrscheinlich nicht klug, noch mehr zu sagen. Ihr Hass ist tief, aber mit Sicherheit geht ihre Loyalität tiefer. Das ist die Art der Mafia.

»Warum bist du heute Abend zum Abendessen

gekommen?«, frage ich. »Wenn du nicht mit ihm auskommst?«

Alexei antwortet mit einer leichtfertigen Geste seiner Hand. »Ich bin mir nicht sicher. Wir haben noch etwas zu besprechen.«

Nonna kommt mit einem weiteren Gang Braten und Gemüse zurück. Während Nikolai abwesend ist, beschließe ich, ein wenig zu essen, weil es gut riecht.

»Wenn du lange hierbleibst, kannst du vielleicht irgendwann meine Frau besuchen«, schlägt Alexei vor. »Sie könnte eine Freundin gebrauchen.«

Meine Gabel bleibt auf halbem Weg stehen, und ich schaue zu ihm auf.

Eine Freundin.

Ich hatte noch nie eine Freundin. Ich wüsste nicht einmal, was eine solche Beziehung beinhaltet, aber die Gelegenheit klingt zu gut, um sie zu verpassen.

»Das würde mir sehr gefallen«, antworte ich. »Wie ist ihr Name?«

Zum ersten Mal seit seiner Ankunft gibt es in Alexeis Augen ein Zeichen von Leben. »Ihr Name ist Talia.«

»Talia«, wiederhole ich. »Das ist ein schöner Name.«

»Sie ist eine wunderschöne Frau.« Er lächelt. »Aber sie ist noch nicht mit dieser Welt vertraut, und ich fürchte, das macht sie zu einem leichten Ziel.«

Ich nicke verständnisvoll. Da ich in diesem Leben aufgewachsen bin, bin ich mit der Last, die damit verbunden ist, bestens vertraut. Aber ich bin mir sicher, dass es für einen Außenstehenden verwirrend sein kann.

Alexei holt das Telefon aus seiner Tasche und entsperrt den Bildschirm. »Ich habe ein Foto von ihr. Ich zeige es dir.«

Es ist wahrscheinlich nicht angemessen von mir, aber ich stehe auf und gehe auf die andere Seite des Tisches. Ich freue mich auf die Gelegenheit, dieses Haus zu verlassen, wenn auch nur vorübergehend. Der Gedanke, eine Freundin zu haben, erfüllt mein Herz mit Hoffnung.

Alexei reicht mir das Telefon, und ich starre auf das Foto, nehme die Details der Frau auf dem Bildschirm auf. Sie ist wunderschön, aber sie hat auch etwas Herzzerreißendes an sich. Die grauen Augen, die mich anstarren, sind gequält und traurig, und ich frage mich, ob sie mit ihrem Mann glücklich ist. Und dann frage ich mich, warum ich mich das überhaupt fragen würde.

Welche Mafiafrau ist jemals glücklich?

Ich möchte ihm versichern, dass sie schön ist, was wahrscheinlich das ist, was er hören will. Aber stattdessen sage ich Alexei, dass sie aussieht, als könnte sie eine Freundin gebrauchen. Er nickt, und es dauert einige Zeit, bis er seine Augen von dem Foto löst.

»Sie hatte kein einfaches Leben«, gibt er zu. »Und ich weiß nicht, ob ich sie glücklich mache, aber ich versuche es.«

Die tiefe Trauer in seiner Stimme provoziert mich zu etwas, was ich wahrscheinlich nicht tun sollte. Aber ich strecke meinen Arm aus und berühre seine Hand, nur um ihn wissen zu lassen, dass es immer Hoffnung gibt.

»Willst du mir von ihr erzählen?«

Für den Rest des Essens verlieren wir uns im Gespräch. Er öffnet sich bezüglich des Hintergrunds seiner Frau und erzählt mir intime Details über jemanden, den ich noch nie getroffen habe. Aber ich kann erkennen, dass es das ist, was er gebraucht hat, und als ich ihre herzzerreißende Geschichte höre, fühle ich mich, als wären wir schon Freundinnen.

Nach einem so tiefen Thema ist es natürlich, zu leichteren Themen überzugehen. Alexei erklärt seine Position innerhalb der Vory, ihre Hierarchie und einige ihrer Bräuche. Die Dinge, die er mir erzählt, unterscheiden sich nicht so sehr von dem Kodex meiner eigenen Familie, und ich bin überrascht, zu erfahren, dass ich einige ihrer Praktiken sogar angenehmer finde.

Als wir über Kinder reden, entscheidet sich Nikolai, zu uns zurückzukommen. Das Timing ist nicht ideal, wenn man bedenkt, dass er uns als Fremde zurückgelassen hat, und zurückkehrt, als ich mich zu Alexei beuge, um mehr von den Fotos auf Alexeis Handy zu studieren. Das Aufblitzen seiner Augen, als er die geringe Entfernung zwischen uns registriert, warnt mich, dass sich seine Stimmung nur verdunkelt hat. Aber zum ersten Mal, seit ich denken kann, amüsiere ich mich, und ich weiß, dass er dabei ist, es zu ruinieren.

»Du bist entlassen, Nakya«, donnert er. »Geh in dein Zimmer.«

Da ich ihm bei diesem Tonfall nicht widersprechen möchte, rühre ich mich, um aufzustehen, aber Alexei hält mich mit seiner Hand auf meinem Arm fest. »Sie kann bleiben.«

Zwischen den beiden Brüdern tobt ein stiller Krieg, während ich auf meinem Platz bleibe und die Hände im Schoß falte. Das Spiel, Nikolai zu provozieren, macht keinen Spaß mehr, und am Ende des Tages werde ich die Konsequenzen dafür tragen müssen.

»Vielleicht sollte ich auf mein Zimmer gehen«, schlage ich vor.

»Ich denke, vielleicht solltest du hierbleiben«, widerspricht Alexei. »Das ist doch kein Problem, oder, *Bratan*? Du vertraust mir, stimmt's?«

Nikolais Nasenlöcher beben, und ich bin mir nicht sicher, aber ich fange an zu denken, dass ich der sprichwörtliche Keil zwischen den beiden geworden bin.

»Mit meinem Leben«, antwortet Nikolai. »Wie es das Blut sollte.«

Dickes Schweigen herrscht zwischen uns, bevor Nonna vorschlägt, dass wir alle ins Wohnzimmer gehen, um etwas zu trinken. Sie folgt uns schnell und hat bereits frische Getränke zubereitet. Es ist mein dritter Wodka Cranberry in dieser Nacht, und ich fühle ihn mehr, als ich sollte.

Ich trinke nicht oft. Es gab einige Gelegenheiten, bei

denen ich einen Schluck aus dem Schnapsschrank meines Vaters gestohlen oder ein Getränk während einer Dinnerparty zu mir genommen habe, aber generell trinke ich nicht. In der Vergangenheit war es zum Teil, weil mein Vater hohe Erwartungen an mein Verhalten hatte, aber vor allem, weil Alkohol zu viele Kalorien hat.

Heute Abend denke ich jedoch nicht an den Kaloriengehalt. Ich denke nur an den drohenden Untergang, der mich erwartet, wenn sich diese Spannung nicht auflöst, bevor Alexei sich verabschiedet.

Als ich Nikolai dabei zusehe, wie er mit seinem Bruder auf Russisch spricht, frage ich mich, was ihn so hat werden lassen. Explosiv in einer Minute – und ruhig in der nächsten. Seine Gefühle ebben nicht ab und fließen nicht wie eine Welle ins Meer. Sie sind entweder eine Flutwelle oder die unheimlich ruhige Stille, bevor die Katastrophe eintritt. Ich habe gewusst, dass er freundlich ist, und ich habe gewusst, dass er grausam ist. Aber es ist offensichtlich, dass ich nicht der einzige Empfänger seiner sprunghaften Stimmungsschwankungen bin.

Er ist selbstzerstörerisch. Für jemanden, der ständig von Menschen umgeben ist, sind seine Beziehungen flach und bedeutungslos. Die einzigen, die möglicherweise eine Chance auf eine tiefere Verbindung haben, scheint er sabotiert zu haben. Ich habe den intensiven Wunsch, zu verstehen, was die Kluft zwischen diesen beiden Brüdern verursacht hat, und vor allem, warum ihre gemeinsame DNA geheim gehalten werden muss.

Während ich versuche, diese Gedanken zu ordnen, schweift Alexeis Aufmerksamkeit zu mir zurück, sehr zu Nikolais Verärgerung. An dieser Stelle ist es Absicht. Alexei will seinen Bruder provozieren, und es wäre vielleicht amüsant, wenn ich nicht diejenige wäre, die es auszubaden hat

»Genug.« Nikolai bewegt sich vor mich und verdeckt mich vor Alexeis Blick. »Ich dachte, wir könnten zivilisiert sein, aber es ist offensichtlich, dass du die Vergangenheit nicht loslassen kannst.«

»Vielleicht, wenn ich tot bin«, antwortet Alexei . »Dann werde ich sie loslassen.«

Nikolai tut seinen Unmut fluchend auf Russisch kund. »Du hörst nie zu. Du wolltest nicht zuhören, als ich dir sagte, dass sie eine Hure ist. Du wolltest nicht zuhören, als ich dir sagte, dass sie deine Vory-Brüder befriedigt. Du musstest es selbst sehen.«

»Und du musstest nehmen, was mir gehört«, schnaubt Alexei. »Weil du mir nicht erlauben konntest, irgendetwas zu haben. Du bist genau wie Sergei.«

Bevor ich verstehen kann, was los ist, kämpfen die beiden Männer auf dem Boden miteinander. Wütende Beleidigungen werden zwischen den Schlägen ausgestoßen, während ich entsetzt zusehe. Gläser zerbrechen, und der Couchtisch zersplittert im Raum, während ich mich hinter dem Sofa verstecke. Ich bin nicht immun gegen Gewalt, aber das ist erbärmlich.

»Hört auf damit!«, schreie ich.

Nikolai ist derjenige, der sich umdreht und mich ansieht. Seine Augen bohren sich direkt durch mich hindurch und überfluten mich mit Schuldgefühlen.

»Komm.« Nonna zerrt an meinem Arm, und ich bin mir nicht einmal sicher, wann sie den Raum betreten hat. »Überlassen wir die Männer ihrer Arbeit.«

14

Tanaka

Jede Hoffnung, dass eine heiße Dusche einen Teil der Spannung in meinem Körper auflösen würde, geht verloren, als ich unter die Decke krieche. Meine Muskeln sind erschöpft, meine Augen sind schwer, und der Schmerz hat mich fest in seinem Griff.

Das Haus ist jetzt ruhig, und ich frage mich, wie der Abend geendet hat. Es sollte für mich kaum einen Unterschied machen, aber ich bin gespannt, wie es Nikolai unten ergangen ist. Die Vernunft sagt mir, dass es nur darum geht, dass er mein Entführer ist und für mein Schicksal verantwortlich. Aber wenn ich ehrlich zu mir selbst bin, weiß ich, dass es komplizierter ist als das.

Ich muss mich nicht lange fragen. Als ich fast eingeschlafen bin, donnert die Schlafzimmertür auf, und Nikolai tritt aus dem Schatten. Das Licht aus dem Flur umgibt ihn mit einem orangefarbenen Ring und beleuchtet einen geschwollenen Kiefer und ein geschwärztes Auge. Aber es ist nicht sein Gesicht, um das ich mir Sorgen mache.

Als ich seinem Blick begegne, kriecht ein nervöses, zuckendes Gefühl über mich. Ich muss hier weg. Weit, weit weg.

Er kommt zum Bett, und ich klettere auf die andere Seite. Ich habe einen Fuß auf dem Boden, als sein Arm sich um meine Taille legt und mich von hinten festhält. Seine Lippen geistern über meinem Ohr und atmen Feuer in meine Haut.

»Wohin gehst du, kleine Puppe?«

Ich presse die Augen zusammen und suche verzweifelt Schutz vor dem Sturm in seinen. Die Kraft, um ihn auszuhalten, hat mich verlassen, und ich werde ihn diesmal nicht überleben. Er wird mich zerstören.

Er zieht mich zurück in die Mitte des Bettes und fixiert mich mit dem Gewicht seines Körpers. Seine Haut ist fiebrig, und sein Atem ist voller Whiskey. Aber es ist die Spannung, die Anspannung seiner Muskeln, die mir die meiste Angst macht.

»Vielleicht möchtest du lieber mit meinem Bruder nach Hause gehen? Ist es das, Schatz?«

»Nein«, flüstere ich.

»Du hast den Abend damit verbracht, mit ihm zu flirten.« Seine dröhnende Stimme vibriert an meiner Brust. »Warum sollte ich dich dann nicht mit ihm nach Hause schicken?«

»Bitte.« Ich klammere mich an seine Arme. »Das ist nicht das, was ich will.«

»Rate mal, Süße.« Seine Worte blasen Luft über meine Kehle. »Es ist mir egal, was du willst.«

Eine Träne läuft über meine Wange, und Nikolai sammelt sie mit seiner Zunge ein. Seine Finger nehmen mein Gesicht in Besitz, und er erzwingt Intimität, indem er mir in die Augen starrt.

»Sag mir, dass du mich willst.«

»Nein.« Es ist ein schwacher Protest, der von seinem Mund übertönt wird, der sich auf meinen drückt. Das Erste, was ich schmecke, ist sein Blut, und das Zweite ist sein Whiskey.

Mein erster Kuss. Er hat sich meinen ersten Kuss genommen. Der Schock verankert mich auf dem Bett und macht mich zu einer Gefangenen seiner Lippen. Geschwollen und rau, feurig und unersättlich. Er hat den Willen eines Kämpfers und die Kunstfertigkeit eines Liebhabers. Im Moment ist er beides. Und ich bin eine Sklavin meiner Schwäche. Seine Sklavin. Er drückt meinen Kiefer auf, und seine Zunge stürzt sich auf meine. Es ist intim. Es ist ein Verstoß. Und doch sehne ich mich danach.

»Du bist mein Engel«, murmelt er. »Und, wenn ich will, auch meine Hure.«

Mein Körper wölbt sich gegen ihn, meine Finger schieben sich in sein Haar und wünschen sich die Kraft, die ich nicht besitze. »Ich hasse dich.«

»Ich denke, du wünschst dir, dass du es tust.« Er drückt sein Bein zwischen meine Oberschenkel.

Ich trage kein Höschen, und mein Nachthemd ist während des Kampfes über meine Hüften gerutscht. Röte überzieht meinen Nacken und mein Gesicht, während ich versuche, mich wieder zu sammeln. Der Gedanke, dass er mich mit gespreizten Beinen sieht, ist erschreckend. Demütigend. Aber Nikolai ist meine Keuschheit egal.

Seine Lippen liegen jetzt auf meinem Hals, und sein wütender Schwanz drückt gegen seine Hose. Ich soll rein bleiben. Es gab einen Grund, da bin ich mir sicher, aber jetzt fällt er mir nicht ein. Nicht, wenn er mich anfasst, leckt, beißt und mein Fleisch küsst. Meine Nägel versinken in seinem harten Rücken, während ich versuche, bei klarem Verstand zu bleiben. Mein Atem ist abgehackt, als ich mich frage, ob es das ist. Ob das meine Verdammnis sein soll. Sein Mund erreicht meine Brüste, und ich höre ganz auf zu atmen.

»Scheiße, diese Titten«, stöhnt er, als er sie zwischen seinen fleischigen Handflächen massiert. »Zum Teufel mit deinen hübschen kleinen Titten.«

Die Härte seiner Worte wird durch das Peitschen seiner Zunge gemildert, als er seinen Kopf senkt, um durch den seidigen Stoff an meinen Brustwarzen zu saugen. Tausend Blitze schlagen durch mich hindurch. Ich will ihn nicht wollen, aber er manipuliert mich mit seiner Berührung, seinen Geräuschen und dem berauschenden Duft seines Körpers.

Genauso wie er alle anderen Frauen vor mir manipuliert hat.

»Nikolai.« Ich stemme mich gegen ihn. »Wir

können nicht. Ich kann nicht. Du warst bei ihr. Du hast sie gewählt.«

Meine Proteste verstummen, als sich seine Finger zwischen meine Beine bewegen und bis zu meinem nackten Geschlecht vordringen. Den Ort, den noch nie zuvor ein Mann berührt hat. Den Ort, den nur mein Mann berühren soll. Mein Kopf weiß das. Aber ich bin so nass für ihn, dass es keine Rolle spielt, dass mein Kopf weiß, was das Beste für mich ist. Mein Körper will nicht, was das Beste für mich ist. Mein Körper will sich hinlegen und sich ihm hingeben.

»Du gehörst mir.« Er zieht das Nachthemd herunter und küsst meine beiden Brüste. »Du bist meine, und ich kann mit dir spielen. Ich kann dich ficken. Und benutzen. Und erniedrigen. Du gehörst jetzt zu mir, *Zvezda,* und ich werde es dich wissen lassen.«

Mein Kopf drückt sich gegen das Kissen, aber meine Proteste sind ausgetrocknet. Er hat recht, und ich weiß, dass er recht hat. Er kann mit mir machen, was er will.

Um seinen Standpunkt weiter zu beweisen, greifen seine Hände an die Rückseite meiner Oberschenkel und drücken sie nach oben, bis meine Knie auf meiner Brust liegen. Kühle Luft strömt über den intimsten Teil von mir, und Verlegenheit färbt meine Wangen, während seine Augen mich aufsaugen. Ich bin ausgestellt, genau wie die Puppe, von der er sagt, dass ich es bin. Es ist unzüchtig und schmutzig, und ich versuche, meine Schenkel wieder zusammenzudrücken, aber sie bewegen sich nicht.

»Nikolai.«

»Du kannst mich Nikolasha nennen«, sagt er mir. »Wann immer ich deine Muschi esse.«

Sein Mund fällt auf mich herab, und ich schreie. Aber als ich fühle, wie er seine Zunge in mir vergräbt, lassen Spasmen meinen Körper erzittern. Ich winde mich und kämpfe um jeden abgehackten Atemzug, während er ohne Zurückhaltung auf mich losgeht. Meine Knie geben nach, und ich fühle mich, als würde ich fallen. Ich bin außer Kontrolle, ich falle, und es gibt nichts, was mich retten könnte.

Meine Finger winden sich in seinem Haar und ergreifen es mit der Absicht, ihn wegzustoßen, aber stattdessen ziehe ich ihn wie einen Abtrünnigen näher heran. Er knetet das Fleisch meiner Arschbacken in seinen Händen und trinkt aus meinem Körper, als wäre ich der süßeste Nektar, den er je probiert hat. Ich bin wie hypnotisiert. Voller Drogen. Betrunken von einem Vergnügen, von dem ich nicht wusste, dass es existiert. Aber ich weiß, dass es eine Lüge ist. Ich bin nicht der süßeste Nektar, den er je probiert hat. Jedes Mal, wenn mir die Augen zufallen, sehe ich ihn mit ihr. Ich sehe ihn mit all den anderen, die vor mir gekommen sind. Und ich hasse es. Ich hasse ihn.

Ich sage es ihm.

Er stöhnt. »Du wirst mich nicht hassen, wenn deine Muschi von meinen Lippen wund ist.«

Scharfe Zähne beißen in den empfindlichsten Teil

meines Fleisches, und ich ziehe reflexartig an seinem Haar. Sein Griff dominiert mich, und ich muss ihn schlagen, während er mich in der Kunst der Kontrolle schult. Ich kratze an seinen Armen. Seinen Schultern. Sogar seinem Nacken. Ich sage ihm in einem Atemzug, dass ich ihn hasse, und bitte ihn im nächsten, nicht aufzuhören.

Nichts davon ist von Bedeutung. Nikolai hat seine eigenen Pläne.

»Du wirst auf meinem Gesicht kommen«, murmelt er. »Und du wirst schmutzig sein, genau wie ich.«

Ich will nicht, dass das wahr ist. Aber das ist es. Mein Orgasmus kommt plötzlich und explosiv. Mit dem Ziehen an den Fäden der Marionette bricht der Meister das gute Mädchen in mir. Alles, was nach seiner Verwüstung übrig bleibt, ist eine kaputte Puppe, die ihm jedes Gramm Vergnügen aus dem Mund saugt, bevor sie explodiert.

Ich bin erledigt, verspüre keine Reue, als er meine Oberschenkel küsst und die Erregung aus seinem Gesicht auf meine Haut schmiert. Morgen werde ich es bereuen, aber im Moment hat der Teufel mich im Griff.

Nikolai öffnet seine Hose, und meine Zunge huscht heraus, um meine Lippen zu befeuchten, während sein Schwanz herausspringt. Es ist eine gewalttätige, pulsierende Monstrosität. Ich beobachte sein Gesicht, während er ihn in seiner Faust massiert. Mit halb betrunkenen Augen taucht er in den Anblick vor ihm ein. Ich bin immer noch weit gespreizt, und mein

Geschlecht ist nass, geschwollen und empfindlich für ihn.

Er schiebt seinen Körper zwischen meine geöffneten Oberschenkel, und ich versuche, sie zusammenzudrücken, aber er drückt sie einfach wieder auf. Ich glaube, das war es jetzt. Hier und jetzt wird er mich zerstören. Das ist der Moment, in dem mein Leben vorbei sein wird.

Er zieht meinen Körper näher an den riesigen pochenden Schwanz heran, und ich zittere. Es wird wehtun. Ich könnte weinen. Ich weiß nicht, wie mein Körper ihn jemals unterbringen soll. Die durchdringende Hitze drückt gegen mein empfindliches Fleisch und befeuchtet seinen Schwanz in meiner Erregung. Ich atme tief ein, und die Welt geht nicht unter.

Er verletzt die heilige Barriere nicht, auch wenn ich es mir heimlich wünsche. Stattdessen greift er nach meiner Hand, führt sie zwischen meinen Beinen hinunter und legt sie um sein schweres Fleisch. Er zeigt mir den Weg und lehrt mich, wie man ihn berührt. Wie man ihn umfasst. Wie man die gequälten Geräusche erzwingt, die seiner Kehle entweichen. Der Wunsch nach dieser Macht lässt den Schüler schnell den Lehrer übertreffen. Die Gezeiten haben sich geändert, und jetzt ist dieser wilde Mann mein Sklave.

Er klappt nach vorne, seine Handflächen legen sich auf meine Knie, während sein Kopf in einer betäubten Benommenheit zurückfällt. Seine Hüften bewegen sich arhythmisch und drücken seinen Schwanz in die winzige Öffnung meiner Finger. Er fickt meine Hand und nicht meinen Körper. Aber das spielt keine Rolle. Es spielt keine Rolle, weil ich die Kontrolle habe und er nicht aufhören kann.

Ich beobachte sein Gesicht und nehme jedes Detail auf. Die Anspannung, die an seinen müden Augen zehrt. Der Fünf-Uhr-Schatten, der über seinen scharfen Wangenknochen liegt. Die zerzausten Haare, an denen ich mich festgehalten hatte. Er sah bei ihr nicht so aus. Er sah bei niemandem so aus.

Ich habe meine Spuren bei ihm hinterlassen.

Und jetzt ist er entschlossen, die seinen auf mir zu hinterlassen. Sein Schwanz pulsiert, und er zieht ihn aus meinem Griff, um sein heißes Sperma gegen mein Geschlecht zu entladen. Ich zucke bei dem unerwarteten Gefühl zurück, und er lächelt mich an, als er die Flüssigkeit mit seinen Fingern in mich schmiert.

»Was machst du da?«, will ich wissen. »Das kannst du nicht tun.«

Er reagiert nicht auf meine Proteste, und ich bin mir nicht einmal sicher, ob er sie gehört hat. Seine Augen sind benommen und schwer, als er den Kopf seines Schwanzes in meine Öffnung drückt und nur die Spitze hineinschiebt.

Ich zucke wegen des fremden Gefühls zusammen, bevor ich erstarre. Seine Haut ist auf meiner Haut. Sein Samen ist in mir, und wenn ich es wage, zu atmen, könnte er über den Punkt ohne Rückkehr hinausgehen.

Zustimmendes Murmeln entweicht aus seiner

Brust, als er mit winzigen Bewegungen vor und zurück gleitet. Es scheint so weiterzugehen, bis meine Lungen im Begriff sind, zu platzen, und erst als sein Schwanz weich ist, zieht er sich heraus und steckt ihn weg.

»Nächstes Mal, *Zvezda,* werde ich mich in dir entleeren.«

15

Nikolai

»Warum sagst du mir nicht, wie du deine Zukunft siehst«, schlägt Sarah vor.

Nakya blickt aus dem Fenster und klopft mit den Fingern gegen die Wasserflasche in ihren Händen. Sie ist in sich zusammengerollt, so klein, dass sie sich im Stuhl verliert. Nach dem Wutanfall der letzten Woche befürchtete ich, dass sie vielleicht wieder künstlich ernährt werden müsste, aber ihre Ärzte versichern mir, dass sie wieder auf dem richtigen Weg ist.

Die Schatten, die ihre Augen verdunkeln, sind nicht vertrauenerweckend, aber ich bin nicht in ihren aktuellen Geisteszustand eingeweiht. Das letzte Mal, als ich sie gesehen habe, war in der Nacht, in der ich mich in ihr Zimmer stahl und ihre jungfräuliche Muschi probierte. Ich kann sie immer noch auf meinen

Lippen schmecken, und gegen mein besseres Wissen will ich immer noch mehr.

»Ich weiß nicht, wie die Zukunft aussieht«, sagt Nakya schließlich. Ihre Stimme ist trostlos, und ich fürchte, dass die kleine Tänzerin ihr Licht für immer verloren hat.

»Siehst du dich selbst wieder auf der Bühne? Oder vielleicht verliebt? Verheiratet? Kinder? Wie sieht die Zukunft für dich aus?«

Sie braucht zu lange, um zu antworten, und ich sollte mir nicht so verzweifelt wünschen, endlich die Worte von ihren Lippen zu hören. Aber mir wird immer klarer, dass ich sie kennenlernen will. Ich möchte das Chaos in ihrem Kopf zähmen, und das ist ein Problem.

»Ich sollte einen Mann heiraten, der für meinen Vater arbeitet.« Nakya zieht an der Ecke des Etiketts ihrer Flasche. »Aber jetzt glaube ich nicht, dass ich das tun werde.«

»Verärgert dich das?«, fragt Sarah.

Das ist die Frage, die ich mir selbst gestellt hätte, wenn ich geglaubt hätte, dass sie mir eine ehrliche Antwort geben würde. Nakya ist nicht naiv, was die Überwachungsmaßnahmen meinerseits betrifft, aber trotzdem war sie während ihrer Sitzungen sehr offen. Sie geht wahrscheinlich davon aus, dass ich Besseres zu tun habe, als sie zu beobachten, was eigentlich auch richtig wäre. Und doch bin ich hier.

»Die Entscheidung wurde bereits für mich

getroffen«, sagt Nakya. »Aber ich liebe Dante nicht, wie eine Frau ihren Mann lieben sollte.«

Ihre Antwort lässt mich ihre Authentizität in Frage stellen, da sie sich so oft dafür entschieden hat, Dante als ihren unsichtbaren Schild zu benutzen. Bei jeder Gelegenheit hat sie ihn mir ins Gesicht geschleudert. Wenn sie ihn nicht liebt, kann ich nur eine Schlussfolgerung aus ihrem Handeln ziehen. Sie wird alles tun, um mich fernzuhalten.

»Und was denkst du, wie eine Frau ihren Mann lieben sollte?«, fragt Sarah.

»In meiner Welt existiert die Liebe nicht«, antwortet Nakya leise. »Die Ehe ist eine Pflicht, und nichts weiter. Sie bedeutet, deinem Mann treu zu bleiben und gleichzeitig die Augen vor seinen außerhäuslichen Aktivitäten zu verschließen. Die Frau muss ihr Leben dem Kleinen und Unwichtigen widmen, während der Mann regiert. Wie kann jemals Liebe in einer solchen Umgebung genährt werden?«

Sarah ist für einen Moment still und klopft mit ihrem Stift gegen ihren Notizblock. Sie weiß, dass sie hier vorsichtig vorgehen muss. Da sie auf meiner Gehaltsliste steht, ist sie sich all dessen bewusst. Sie kann Tanaka helfen, über ihre Emotionen zu sprechen, aber sie muss es vermeiden, Vorschläge zu machen.

»Glaubst du, dass du vielleicht in Zukunft jemand anderen heiraten möchtest? Jemanden, der dir gegenüber loyal ist?«

»Nein.« Das Kinn meiner kleinen Tänzerin zuckt reflexartig. »Ich will überhaupt nicht heiraten.«

Ihre Antwort ist die eines dummen Mädchens, das ihr Schicksal nicht akzeptieren will. Sie ist eine Mafia-Prinzessin, und als solche hat sie keine andere Wahl, als zu heiraten.

»Okay.« Sarah nimmt einen Schluck von ihrem eigenen Wasser und versucht wahrscheinlich herauszufinden, in welche Richtung sie das Gespräch lenken soll.

»Ich mag mein Leben nicht.« Die Worte platzen ohne Vorwarnung kraftvoll aus Nakya heraus und treffen mich direkt in den Bauch. »Ich wollte nie etwas davon. Ich habe mich nicht dazu entschieden, wie eine Gefangene zu leben. Ich habe mich nicht dazu entschieden, meine Mutter zu verlieren. Es gibt nie einen Silberstreif am Horizont, und es gibt keine Zukunft. Meine Zukunft liegt außerhalb meiner Kontrolle, also ist das eine dumme Frage. Das Einzige, was ich je tun wollte, war tanzen, aber das wurde mir auch genommen.«

Immer hoffnungsvoll, versucht Sarah, positiv zu bleiben. »Du tanzt immer noch. Mir wurde gesagt, dass deine Genesung ziemlich gut verläuft. Auch wenn es nicht mehr das ist, was es einmal war, bist du immer noch Tänzerin.«

Nakyas Haare fallen in ihr Gesicht, und ihre Schultern zittern, als sie den Kopf schüttelt. »Für mich ist es vorbei. Meine Karriere ist vorbei. Mein Knöchel kann dem Druck des professionellen Tanzes nicht mehr standhalten, selbst wenn ich es schaffen würde, ein neues Engagement zu bekommen. Und das ist alles seine Schuld. Er hat mir das angetan.«

»Wer?«, fragt Sarah.

»Mein Vater«, flüstert Nakya. »Es war mein eigener Vater.«

Sie leugnet die Wahrheit nicht mehr, aber es bringt mir keinen Frieden, zu wissen, dass sie mir nicht mehr die Schuld gibt. Ihre Welt wurde von dem Mann, der sie beschützen sollte, zerstört. Wenn er überhaupt etwas von einem Vater hätte, hätte er sie auch vor mir beschützt.

Ich sehne mich danach, sie zu trösten. Es schmerzt mich, zuzugeben, dass ich ihre Gefühle verstehe. Aber das ist nicht der Grund, warum ich sie hierhergebracht habe. Alles an dieser Situation ist falsch. Sie sollte ihren Vater nicht hassen. Sie sollte für ihn kostbar sein. Das war die Art und Weise, wie ich ihn langsam töten wollte. Seine Achillesferse.

Ich hatte nur nicht erwartet, dass seine Schwäche nicht sie war.

NACH DEM KATASTROPHALEN VERSUCH, MIT MEINEM Bruder zu Abend zu essen, war ich gezwungen, einen anderen Weg zu wählen, um an Informationen zu kommen. Mischa ist zwar keineswegs Alexei, aber er kann sehr gut mit Computern umgehen, und ich vertraue ihm mehr als den meisten anderen.

Bei der Vory-Versammlung heute Abend bin ich nicht überrascht, dass er sich in der Nähe der Bar aufhält. Viktors mittlere Tochter ist gerade achtzehn geworden, und alle meine Brüder sind zusammengekommen, um das große Ereignis zu feiern.

»Du musst etwas für mich tun«, sage ich ihm.

Mischa sieht mich nicht an. Er ist abgelenkt von einer Brünetten mit riesigen Titten, die am Arm eines *Avtoritet* hängt, der um mehrere Jahrzehnte älter ist als sie.

»Sie kommt mir bekannt vor«, sagt er.

»Hey, *Zadrota*, hast du mich gehört?«

Er lenkt widerstrebend seine Aufmerksamkeit auf mich und nickt. »Sicher, *Kolyan*. Was immer du brauchst.«

Für einen Moment zweifele ich an mir selbst. Meine Absichten vor jemandem auszubreiten, sogar vor Mischa, ist ein Risiko. Ein Vor sollte nie verletzlich erscheinen, und ohne einen soliden Beweis gegen meinen Vater gibt es viele Möglichkeiten, wie dies nach hinten losgehen könnte, wenn er herausfindet, was ich tue.

»Was ist los, *Bratan*?« Mischa schlägt mir auf die Schulter. »Du kannst mir vertrauen, okay?«

Als ich ihm in die Augen schaue, weiß ich, dass ich es kann. Er ist mein ältester Freund, und ich vertraue ihm mit meinem Leben.

»Du musst ein paar Nachforschungen anstellen«,

sage ich. »Unauffällig. Und mit unauffällig meine ich, dass ich dir die Eier abschneiden werde, wenn es jemand herausfindet.«

Mischa lächelt. »Du weißt, dass ich ziemlich an meinen Eiern hänge. Ich würde nichts tun, um sie zu gefährden.«

»Zumindest ist das eine Sache, auf die wir uns verlassen können.«

»Also, was ist es?«, fragt er.

Ich bin nicht bereit, ihren Namen laut zu sagen. Ich habe darauf geachtet, ihn seit dem Tag, an dem sie uns verlassen hat, nicht auszusprechen. Dies jetzt zu tun würde sich wie ein Verrat an meinem Vater, mir selbst und der Vory-Brüdergemeinschaft anfühlen. Wenn das, was mir gesagt wurde, die Wahrheit ist, hat sie uns verlassen. Sie verdient weder meine Zeit noch meine Gedanken. Aber trotzdem hat sie sie.

Ich hole den Zettel aus meiner Hemdtasche und gebe ihn Mischa. Ein Blick auf den Namen, und es ist offensichtlich, dass er mich verstanden hat.

»Wonach soll ich suchen?«, fragt er leise.

»Ich will wissen, mit wem sie weggelaufen ist. Namen. Adressen. Verabredungen. Ich will wissen, was sie letzte Woche zum Frühstück gegessen hat.«

Er nickt. »Ich werde sehen, was ich tun kann.«

Wir beide leeren unsere Gläser, und ich bedeute dem Barkeeper mit einer Geste, uns noch zwei zu machen.

»Hat das etwas mit Manuel Valentinis Tochter zu tun?«, fragt Mischa.

Ich greife nach einer Zigarette und erwidere seinen Blick. Er hat Nakya nie in meinem Haus gesehen, und es gefällt mir nicht, dass er überhaupt von ihr weiß. »Wie hast du von ihr erfahren?«

»Es spricht sich herum.« Er zuckt mit den Schultern. »Manuel hat seine Männer in unsere Clubs geschickt, und Viktor ist nicht glücklich darüber.«

Das ist mir neu. Ich hätte ein so dummes Verhalten von Manuel nicht erwartet, wenn seine Tochter in unserem Besitz ist. Er sollte wissen, dass Viktor es nicht tolerieren wird, und seine Nachlässigkeit stellt ein neues Problem dar. Im Zuge dieser neuen Entwicklungen könnte Viktor leicht entscheiden, dass Nakya den Aufwand nicht mehr wert ist. Im Großen und Ganzen ist meine Agenda im Vergleich zum Wohl der Vory unwichtig, und Viktor wird immer das tun, was er für die Bruderschaft für das Beste hält.

»Du solltest vielleicht alternative Optionen in Betracht ziehen«, sagt Mischa. »Bevor Viktor sie selbst vorschlägt. Er würde von einem Mann in deiner Lage mit Sicherheit erwarten, dass er die Initiative ergreift.«

Unter allen anderen Umständen würde das, was er vorschlägt, Sinn ergeben. Tanaka bedeutet für die Bruderschaft mehr Probleme als Vorteile. Manuels Schulden könnten mit seinem eigen Fleisch und Blut bezahlt werden, und das Problem wäre gelöst. Aber ich habe das Mädchen nicht nur genommen, um es zu töten, und damit die Sache abzuschließen. Ich hatte große Absichten, sie leiden zu lassen, so wie ich vermute, dass meine Mutter durch die Hände ihres

Vaters gelitten hat. Aber der Gedanke, das zu tun, macht mich jetzt krank. Ich habe sie gekostet. Ich habe mich nach ihr gesehnt. Und ob ich es zugeben will oder nicht, sie ist in mir und infiziert mich mit ihrem Gift.

»Ich werde es mir überlegen«, sage ich Mischa. Eine Lüge, wahrscheinlich, aber ein wirksames Ende des Gesprächs.

»Kosmos.« Er hat seine Aufmerksamkeit wieder auf die Brünette gerichtet. »Daher kenne ich sie. Ich habe sie in den Arsch gefickt, während ich ihre Schwester geleckt habe.«

»Du wärst klug, das nicht zu laut zu sagen«, meine ich. »Dieser *Avtoritet* scheint sie sehr zu mögen.«

Mischa zuckt mit den Achseln. »Das passiert, wenn man sich in eine Stripperin verliebt. Sie wurde von allen anderen vor dir probiert.«

»Welchen Unterschied macht das?«, frage ich. »Es würde dir nicht schaden, deinen Schwanz von Zeit zu Zeit in der Hose zu behalten.«

Er lacht. »Und das von dir. Bevor du das Valentini-Mädchen bei dir aufgenommen hast, warst du oft im Club, soweit ich mich erinnere.«

Seine Beobachtung geht mir nicht aus dem Kopf, aber ich entscheide mich dafür, sie zu ignorieren. Der *Pakhan* geht mit seiner Tochter im Schlepptau auf uns zu, und das ist nicht die Art von Gespräch, von dem er möchte, dass sie es hört.

»Kol'ka«, begrüßt mich Viktor. »Ich würde gerne unter vier Augen mit dir reden.«

Mischa nickt und wünscht dem Geburtstagskind alles Gute, bevor er sich schnell verabschiedet. Als er weg ist, wende ich mich auch an Ana. Viktors Tochter ist ein hübsches Mädchen. Jung, mit großen Augen und beschützt vor den äußeren Gefahren dieser Welt. Ähnlich wie Tanaka wurde sie behütet, um unsere Kultur und ihre Sicherheit zu bewahren. Aber jetzt, da sie zu einer jungen Frau heranwächst und ihre Auftritte bei gesellschaftlichen Anlässen immer alltäglicher werden, ist sie bei vielen Vory begehrt. Ich kann mir mindestens zehn Männer vorstellen, die sich gern ihre Hand für die Ehe sichern möchten, zusammen mit dem unvermeidlichen Anstieg des Ranges, der damit einhergehen würde. Es ist gut, in der Gunst des *Pakhan* zu stehen.

»Alles Gute zum Geburtstag, Anastasiya.« Ich nicke in ihre Richtung.

Röte überzieht ihre Wangen, und sie beugt ihren Kopf unterwürfig. Ana wurde dazu erzogen, männliche Autorität zu respektieren. Das ist ein Charakterzug, den Vory-Männer bei einer Frau begehren, und ich dachte immer, dass ich ihn ebenfalls zu schätzen wüsste. Aber das war, bevor ich die kleine Tänzerin traf, die jedes Wort von mir in Frage stellt.

»Ich dachte, dass Ana mich diese Woche zu einem Abendessen in deinem Haus begleiten könnte«, sagt Viktor.

Ich zwinge mich zu einem Lächeln, während ich versuche, die Bedeutung dahinter zu verstehen.

»Natürlich. Nenne den Tag, und ich lasse Nonna ein Festessen für eine Königin vorbereiten.«

Viktor nickt und schaut zu seiner Tochter. »Geh zu deinen Schwestern, Ana. Ich habe etwas Geschäftliches zu besprechen.«

Ana zögert einen Moment zu lange, und in ihrem über mein Gesicht wandernden Blick liegt etwas, was nur Bewunderung sein kann. Ich führe mein Glas an meine Lippen, aber es ist immer noch leer. Viktor räuspert sich warnend, und sie geht weg, wie es ihr befohlen wurde.

Der *Pakhan* lenkt die Aufmerksamkeit des Barkeepers auf uns, und diesmal verzögert sich unsere Getränkezubereitung nicht. »Meine Ana ist ein wunderschönes Mädchen, nicht wahr?«

»Sehr schön«, bestätige ich. Etwas anderes zu sagen wäre ein Todesurteil. »Sie wird einen auserwählten Vor eines Tages zu einem sehr glücklichen Mann machen.«

»Er wird ein glücklicher Mann sein«, stimmt Viktor zu, »eine Frau wie Ana zu haben.«

Der Barkeeper bringt meinen Whiskey und ich nehme ihn von der Bar und kippe ihn mit zwei langen Schlucken hinunter. Viktor beobachtet mich zu genau, und ich muss nicht erraten, wohin dieses Gespräch führt. Es ist weit über die Zeit hinaus, seine Töchter zu verheiraten. Bereits jetzt ist eine arrangierte Ehe mit einem der Iren nicht zustande gekommen. Wenn Viktor zu lange wartet, riskiert er Gerüchte, dass die Mädchen unrein sind.

»Sergei hat vorgeschlagen, dass du vielleicht gut zu ihr passen würdest.«

Natürlich hat er das. Es sollte keine Überraschung sein, angesichts unserer letzten Begegnung. Er wollte Nakya zu seinem Spielzeug machen, und das ist seine Art, mir zu beweisen, dass er immer noch die Kontrolle hat, unabhängig von unseren Rängen.

Ich räuspere mich und beiße zu hart auf ein Stück Eis. »Und was hältst du von seinem Vorschlag?«

»Ich neige dazu, zuzustimmen, dass ihr gut zusammenpassen würdet«, sinniert Viktor. »Und Ana scheint dich sehr zu mögen.«

»Sie ist noch sehr jung«, merke ich vorsichtig an. »Bist du sicher, dass sie bereit ist zu heiraten?«

»Sie ist ein Jahr älter als meine eigene Frau, als ich sie geheiratet habe.«

Unbefriedigende Stille entsteht zwischen uns, während ich über meinen nächsten Zug nachdenke. Den Vorschlag von Viktor abzulehnen wäre nichts Geringeres als eine ultimative Beleidigung. Ich hätte Glück, nach so einer Bemerkung mit meinem Leben davonzukommen. Es ist nicht ungewöhnlich, um der Pflicht willen zu heiraten. Allein, dass Viktor mich für seiner Tochter würdig hält, ist eine Ehre, die ich nicht verdiene. Ich sollte stolz sein, und ich sollte dankbar sein. Aber stattdessen kann ich nur an meine Gefangene zu Hause denken.

Viktor scheint meine Gedanken zu lesen, und er antwortet auf gleiche Weise. »Es ist an der Zeit, dass du aufhörst, mit dem Valentini-Mädchen zu spielen. Mit deiner Beförderung kommt Verantwortung. Du musst ein gutes Beispiel für deine Brüder sein. Lass dich nieder und gründe eine Familie. Zeige ihnen, wie sich ein Vor in häuslichen Angelegenheiten verhält.«

Jedes Wort fühlt sich wie ein weiterer Nagel in meinem Sarg an, aber es gibt wenig, was ich tun kann, außer zu nicken.

»Ich verstehe, dass Manuel Ärger gemacht hat, und dafür entschuldige ich mich. Ich wusste nicht, dass er so dumm sein würde.«

Viktor zuckt mit den Schultern. »Er ist nur eine Fliege. Ein Ärgernis. Eines, von dem ich annehme, dass du es bald aus der Welt schaffen wirst?«

»Das wird geschehen«, versichere ich ihm. »Aber ich muss dich um einen Gefallen bitten.«

Viktor richtet seine Krawatte und nimmt einen Schluck von seinem Drink. »Um was geht es?«

»Du hattest recht, als du angenommen hast, dass ich andere Motive hatte, das Mädchen zu nehmen«, gebe ich zu. »Aber ich habe die Wahrheit über meine Mutter noch nicht herausgefunden. Ich bitte dich, mir mehr Zeit zu geben, damit ich, wenn ich die Antworten bekomme, Rache für die Verbrechen gegen sie nehmen kann.«

Viktors Augenbrauen ziehen sich zusammen und verraten seine Zweifel. »Du bist dir sicher, dass Verbrechen begangen wurden, aber wie kann ich mir sicher sein, dass du dich nicht in das Mädchen verliebt hast?«

»Mein Wort ist alles, was ich dir geben kann«,

antworte ich. »Und ich versichere dir, dass, wenn die Wahrheit offenbart wird, der Gerechtigkeit genüge getan wird.«

Vielleicht ist es eine Lüge, aber ich stecke zu tief drin, um einen Ausweg für mich zu sehen. Ich bin ein Vor, und als solcher sollte es mir gegeben sein, das Notwendige zu tun. Etwas anderes zuzugeben würde mir eine unehrenhafte Reise in mein eigenes Grab einbringen.

»Es ist weit über die Zeit hinaus, ihm sein Fleisch und Blut zu nehmen«, sagt Viktor. »Wäre es jemand anderes gewesen, hätte man sie ihrem Vater bereits in Einzelteilen zurückgeschickt.«

Seine Worte sind die reine Wahrheit, aber das unterdrückt den Drang in mir nicht, ihm die Kehle durchzuschneiden, weil er so von Nakya spricht. Ich habe den höchsten Respekt vor meinem *Pakhan*. Er hat mir immer ein faires Angebot gemacht, und er hat sich bei mir immer anständig verhalten. Eine solche Feindseligkeit ihm gegenüber zu empfinden ist beunruhigend, und es beweist, dass er recht hat. Nakya hat mich schwach gemacht, und wenn ich meine Angelegenheiten nicht in Ordnung bringe, wird das verlorene Leben mein eigenes sein.

»Ich werde deiner Bitte unter einer Bedingung zustimmen«, entscheidet Viktor. »Das Mädchen ist noch Jungfrau, ja?«

Ich presse eine Bestätigung heraus.

»Wenn du dein Wort beweisen willst«, sagt er, »dann erlaube Mischa, mit ihr zu schlafen. Ich will, dass die Laken zu Manuel persönlich geliefert werden. Es wird seine letzte Chance sein, das Richtige zu tun, bevor wir anfangen, sie in Stücke zu hacken.«

Mein Blickfeld wird schwarz, aber ich fühle, dass ich nicke. »Es wird geschehen.«

16

Tanaka

»Nika sagt, dass du für heute Abend etwas backen kannst«, informiert mich Nonna, als sie das Frühstück auf dem Tisch in meinem Zimmer vorbereitet. »Es wird bald gemacht werden müssen. Vielleicht, nachdem du gegessen hast.«

»Was ist heute Abend?«, frage ich.

»Dinnerparty.«

Sie gibt keine weitere Erklärung ab und verlässt den Raum. Es scheint nicht wahrscheinlich zu sein, dass Alexei nach dem letzten Fiasko zum Abendessen zurückkehren würde, also nehme ich an, dass es sich um einen anderen Vor handelt. Ich bin mir sicher, dass Nikolai denkt, dass er mich aus Schwierigkeiten heraushalten kann, indem er mir bedeutungslose Aufgaben wie Backen gibt, aber da er mir ausweicht, weiß ich es nicht mit Sicherheit. Seine Befehle werden durch Nonna weitergegeben, weil er zu feige ist, um sich mir selbst zu stellen.

Ich beabsichtige, wie immer meine Zeit im Fitnessstudio zu verbringen, aber wie sich herausstellt, hat Nikolai andere Pläne. Als Nonna nach dem Frühstück zurückkehrt, besteht sie darauf, dass ich sie in die Küche begleite, bevor ich überhaupt geduscht habe. Und im Gegensatz zum letzten Mal gibt sie mir eine lange Liste von spezifischen Dingen, die ich herstellen soll.

»Das wird den ganzen Tag dauern«, protestiere ich.

»Dann fang besser sofort an«, erwidert sie. »Das Abendessen ist um sieben Uhr.«

Sie wendet sich ab und bereitet sich darauf vor, an ihrer eigenen Liste zu arbeiten. So frustrierend es auch sein mag, ich weiß, dass sie auch nur das tut, was ihr gesagt wird, also gibt es keinen Grund, ihr weiterhin zu widersprechen. Wir arbeiten schweigend zusammen, und ich habe mich in meiner Einschätzung nicht geirrt. Es dauert den ganzen Tag.

Meine Füße schmerzen, und ich bin mit Mehl bedeckt, als ich endlich das letzte Gericht aus dem Ofen ziehe. Bratäpfel mit süßer Füllung. Es ist nur eines der vier Desserts, die wir für heute Abend zubereitet haben, neben Brot, Salaten und Fleischgerichten. Ich habe keine Ahnung, wer so wichtig sein könnte, um diese Menge an Speisen zu verdienen, aber ich hoffe, sie wissen sie zu schätzen.

»Nakya.«

Als ich mich umdrehe, beobachtet Nikolai mich von

der Tür aus, und mein Herzschlag verlangsamt sich. Sein Gesicht ist ausdruckslos, und der Ozean in seinen Augen ist zu Eis geworden. Ich habe diesen Blick schon einmal auf dem Gesicht eines Mannes gesehen. Ich habe diesen Blick gesehen, als mein Vater seinen eigenen Männern Befehle gab. Dasselbe Taubheitsgefühl überkam sie, wenn es eine Aufgabe gab, die sie nicht besonders gern mochten, die aber erledigt werden musste.

Und im Moment sieht es so aus, als sei Nikolai im Begriff, einen Job zu erledigen, den er auch nicht besonders mag.

»Es ist für dich an der Zeit, nach oben zu gehen und dich anzuziehen«, sagt er. »Komm.«

Er wartet nicht darauf, dass ich antworte. Ich folge ihm durch das Haus und die Treppe hinauf, erschöpft und müde von der Aussicht auf ein weiteres offizielles Abendessen. Er ist bereits für diesen Anlass gekleidet, und es sind nicht seine üblichen Jeans oder Motorradstiefel. Heute Abend trägt er komplett Schwarz, von seiner Hose über sein Hemd bis hin zu seinen Balmorals. Ein gefährlicher Stil für einen gefährlichen Mann.

Ich dagegen bin ungeduscht und unordentlich von der Arbeit des Tages. Glücklicherweise scheint er zu sehr von seinen eigenen Gedanken abgelenkt zu sein, um das zu bemerken.

»Da.« Er zeigt auf ein Kleid, das bereits auf meinem Bett liegt. Es ist keines, das ich schon einmal gesehen habe, aber ich bin mir fast sicher, dass es eines von

Nonnas ist. Es ist beige, und es ist hässlich. »Zieh das an, schnell.«

»Ich muss duschen«, protestiere ich. »Ich hatte keine Zeit, meine Haare oder mein Make-up zu machen.«

»Nein.« Sein Tonfall ist unnachgiebig, und ich bin verwirrt. Ich habe mir die ganze Mühe gemacht, ein Festessen für einen König zu kochen, und doch glaubt er, dass mein Aussehen nicht von Bedeutung ist. Mein Vater hätte mir nie erlaubt, in meinem jetzigen Zustand an einem Abendessen teilzunehmen.

Ich verschränke die Arme und halte meinen Kopf hoch, entschlossen, nicht nachzugeben. »Ich gehe nicht essen, ohne vorher zu duschen.«

»Zieh das Kleid an«, sagt Nikolai mit knirschenden Zähnen. »Oder ich werde es für dich tun.«

Ich bleibe bei meiner Haltung, vor allem, weil ich ihm nicht glauben will. Ich trage dieses Kleid nicht und ich werde keine Gäste in diesem Zustand treffen. Aber mein Entführer hat andere Pläne, und er kommt mit einer Anspannung auf mich zu, die sich durch jeden sichtbaren Muskel zieht. Ich ducke mich instinktiv, als er meinen Arm ergreift, und ich versuche, mich von ihm abzuwenden.

»Genug«, bellt er. »Ich würde dich nicht schlagen. Ich habe dich noch nie geschlagen.«

Der Sturm ist wieder da, und ich habe Angst, seinen Augen zu begegnen, aus Furcht vor dem, was ich dort finden werde. Aber als ich es trotzdem tue, lässt der Schock den Atem aus meiner Lunge entweichen. Das ist ein Sturm mit einer anderen Farbe. Trauer, so tief und heftig, dass sie jedes bisschen Blau in seinen Iris erstickt und sie in Grau verwandelt.

Nur Grau.

Ich falle schlaff in seine Arme, als er mich zu sich holt und beginnt, mich auszuziehen. Mit der Aussicht auf noch mehr schlechtes Wetter vor mir hat mich mein Kampfgeist verlassen. Etwas Schlimmes kommt auf uns zu. Ich kann es fühlen.

Nikolai zieht den beigefarbenen Stoff über meinen Kopf und macht den Reißverschluss auf meinem Rücken zu. Aber er hilft dem Kleid auch nicht, sich der Form meines Körpers anzupassen. Es ist nur ein formloser Sack, in den er mich gesteckt hat. Hässlich und unschmeichelhaft, so wie er mich sehen muss.

»Schuhe.«

Die Schuhe, die an seinen Fingern baumeln, sind flach. Billig und schlicht, passend zum Kleid. Und wie bisher ist er derjenige, der sie mir anzieht. Er kniet vor mir nieder und schiebt jeden Fuß in die unbequemen Leinenschuhe.

Er kommt wieder zu sich, und seine Augen starren durch mich hindurch. »Jetzt gehen wir nach unten.«

»Bitte zwing mich nicht dazu, Nikolai. Nicht so.«

Ich trage kein Make-up. Mein Haar ist nicht einmal gebürstet. Ich schäme mich, und ich bin entsetzt, dass er mich in diesem Zustand jemandem vorstellen will. Aber seine einzige Antwort ist, mich am Arm zu ergreifen und mich aus dem Raum zu zerren.

Mein Widerstand ist zurückgekehrt, und ich

kämpfe bei jedem Schritt verzweifelt gegen ihn an, um das zu vermeiden, was auch immer kommt. Auf halber Höhe der Treppe hält er inne und nimmt mein Gesicht in seine kompromisslosen Finger.

»Du musst das verstehen, Nakya. Wenn du heute Abend die Grenzen überschreitest, kannst du einzig dir selbst die Schuld dafür geben, was als Nächstes passiert. Sollte der *Pakhan* entscheiden, dass du besser zur Unterhaltung der Brüder geeignet bist, wird es nichts geben, was ich tun kann, um dich zu retten.«

Angst lähmt meine Kehle, und ich kann nicht mehr atmen. Ich kann mich nicht mehr bewegen, denn diesmal lügt er nicht. Der Anführer seiner Mafia kommt heute Abend hierher. Der Mann, dem Nikolai Rechenschaft ablegt. Der Mann, der in der Tat über mein Schicksal entscheiden könnte.

Ich wollte glauben, dass ich hier sicher bin. Ich bin sogar dummerweise auf die Vorstellung hereingefallen, dass ich diesem Mann vertrauen kann. Aber dieses Vertrauen war fehl am Platz. So mächtig Nikolai auch sein mag, er hat nicht die volle Kontrolle. Und doch ist er die einzige Hoffnung, die ich habe. Ich muss tun, was er mir sagt, und ich muss glauben, dass in ihm noch Menschlichkeit steckt. Er wird nicht zulassen, dass mich diese Tiere mitnehmen. Er wird in meinem Namen kämpfen, um mich am Leben zu erhalten.

Als er die Akzeptanz auf meinem Gesicht sieht, schiebt er mich weiter nach vorne. Schon jetzt kann ich die Stimmen unserer Gäste hören. Aber bevor wir sie erreichen, werden wir von einem anderen Mann am Ende der Treppe empfangen. Er ist jung, vielleicht jünger als ich. Und obwohl er die Vory-Tattoos trägt, sind seine Gesichtszüge nicht so hart wie die meines Entführers.

»Nakya, das ist Mischa«, stellt Nikolai uns vor. »Du wirst mit ihm gehen und alles tun, was er sagt.«

Umgehend werde ich dem Fremden übergeben, und Nikolai verlässt mich, indem er wortlos den Flur entlang verschwindet.

»Komm mit mir«, sagt Mischa. »Wir gehen ins Wohnzimmer.«

Ich folge ihm mit unsicherem Schritt. Das hier fühlt sich nicht richtig an. Ich glaube, ich bin vielleicht krank, aber dann fällt es mir ein, dass ich heute kein Mittagessen gegessen habe. Allein das hätte mich auf die Gefahren aufmerksam machen müssen, die heute Abend lauern. Seit der Entfernung der Sonde hat Nikolai meine Mahlzeiten reglementiert. Jeden Tag werden sie unweigerlich zur gleichen Zeit geliefert, und ich darf nichts anderes tun, bis meine Mahlzeit beendet ist.

Aber heute hat er sie vergessen. So wie er mich vergessen hat.

Ein Gedanke, der sich nur verstärkt, als er eine andere Frau in den Hauptraum führt. Allerdings ist der Begriff Frau nicht wirklich zutreffend. Sie ist noch ein Mädchen, kaum ihrer Teenagerzeit entwachsen, ihren kindlichen Gesichtszügen nach zu urteilen. Unabhängig von ihrem Alter kann man ihre Überlegenheit nicht übersehen. Nikolai weigert sich, seine Aufmerksamkeit von ihr oder dem Mann an seiner Seite auch nur für eine Sekunde abzuwenden. Meine Intuition sagt mir, dass dies der *Pakhan ist.*

Die Männer sprechen in ihrer Muttersprache, und das Mädchen nimmt sich zu viele Freiheiten, indem sie ihren sternenklaren Augen erlaubt, Nikolais Gesicht anzustarren. Ihre Wangen sind blass und rosa, und ihr Gesicht hoffnungsvoll und naiv, während sie an jedem seiner Worte hängt. Nikolai sagt etwas, was sie zum Lachen bringt, und er lächelt sie an. Ich kann mich nicht erinnern, dass er mich jemals angelächelt hat. Ich kann nicht von der Horrorshow wegschauen, obwohl ich weiß, dass ich es sollte. Sie ist zu unschuldig, um zu hassen, aber ich nicht. Ich hasse sie fast so sehr, wie ich ihn hasse.

»Seine Verlobte«, sagt Mischa. »Anastasiya.«

Säure verbrennt meinen Hals, als mich eine weitere Übelkeitswelle überkommt. Das kann nicht wahr sein.

»Sie sind verlobt?«

Mischa nickt. »Bald wird es offiziell sein. Nika hat Glück, es ist eine Ehre, für die viele Männer töten würden. Sie ist ein wunderschönes Mädchen, nicht wahr?«

Ich kann kein Wort zu ihren Gunsten sagen. Ich bin mir sicher, dass sie schön ist, aber alles, was ich sehe, ist, dass die abscheuliche Kreatur das stiehlt, was ihr nicht gehört. Es ergibt keinen Sinn, dass ich mich so fühle. Nicht, wenn er mich bei jeder Gelegenheit wegwirft.

Mischa beobachtet mich zu genau, und ich fürchte,

ich habe mich verraten. Aber als er sich nach vorne lehnt, um mir ins Ohr zu flüstern, ist es viel schlimmer als das. »Es ist besser, wenn du ihn jetzt vergisst. Am Ende erspart es dir Schmerzen. Für heute Abend hast du mich, und ich verspreche dir, du hättest es viel schlimmer mit meinen Brüdern treffen können.«

Druck lastet auf meinen Schultern, und wie auf ein Stichwort richtet sich Viktors Blick auf mich. Er fragt Nikolai auf Russisch, ob die Tat vollbracht ist, und Nikolai versichert es ihm für den heutigen Abend.

Blaue Augen kollidieren mit meinen, aber sie werden mich nicht retten. Nicht heute Abend, und niemals mehr.

»Mischa«, ruft Viktor. »Bring das Mädchen nach oben.«

17

Nikolai

Nakyas Gesichtszüge entgleisen bei Viktors Befehl, und ich werde unnatürlich still, als Mischa ihren schlaffen Körper von der Couch nimmt und die Treppe hinaufzieht.

Obwohl ich innerlich rot sehe, versuche ich verzweifelt, mich auf Anas Erzählung über das Ende ihres Studiums zu konzentrieren. Die Ereignisse des heutigen Abends sind kein Zufall. Mischa wird sie nehmen, während wir essen, und ich werde gezwungen sein, den Abend zu überstehen, ohne Gefühle zu zeigen.

Mein bester Freund wird derjenige sein, der sie zerstört.

Viktors Methoden sind brutal, aber effektiv. Es könnte schlimmer sein. Ich weiß, dass es schlimmer sein könnte. Aber niemand außer mir ist eine Option.

Selbst jetzt kann ich nur daran denken, wie ich ihn ermorden werde, wenn es vorbei ist. Aber logischerweise wird das nichts ändern.

Nakya wird mich nie wieder ansehen können. Und das ist ein Mord der anderen Art.

Viktor spricht einen Toast aus, und ich nicke abwesend. Ich schaue auf meine Uhr. Es sind schon zwei Minuten vergangen. Ana wird nicht aufhören, mich anzustarren. Sie sucht verzweifelt meine Aufmerksamkeit, und sie sollte sie haben. Es sollte nichts anderes geben, was neben ihr existiert. Sie ist die Tochter des *Pakhan*.

Jemand anderes nähert sich, und durch meine verschwommene Sicht sehe ich Alexeis Gesicht. Er war nicht eingeladen, und selbst Viktor scheint sein plötzliches Auftreten nicht zu verstehen.

»Ljoschenka. Was machst du hier?«

»Ich habe Nika bei der Beschaffung des von dir angeforderten Stücks geholfen, und ich bin mir bewusst, dass dies kein idealer Zeitpunkt ist, aber eine zeitsensible Spur hat sich gerade aufgetan. Würde es dir etwas ausmachen, wenn ich ihn für einen kurzen Moment entführe?«

Das ist eine Lüge, und keine gute. Alexei bezieht sich auf den Rembrandt. Etwas, bei dem er weiß, dass Viktor nicht Nein sagen wird. Obwohl ich mir nicht sicher bin, ob er Alexei überhaupt jemals etwas abschlägt, was er verlangt.

»Geschäft ist Geschäft«, sagt Viktor. »Ana versteht, dass es immer an erster Stelle steht. Ich werde einen Drink mit Franco nehmen, während wir warten.«

Alexei nickt, und ich folge ihm wortlos, als er mich nach oben führt. Er ist aus einem bestimmten Grund hier, aber was auch immer es sein mag, es ist im Moment nicht meine Hauptsorge. Meine Sorge ist die geschlossene Tür zu Nakyas Zimmer. Dem Zimmer, in das Mischa sie bringt und sie zu der seinen macht, bevor ich ihm die Kehle herausreiße, weil er Befehle befolgt hat.

Alexei wendet sich mir zu, und ich weiß, dass er meine Aufmerksamkeit will, aber ich kann mich nur auf die Tür konzentrieren und auf die leisesten Geräusche achten.

»Willst du nicht wissen, warum ich hier bin?«, fragt Alexei.

»Du meinst, neben der Hoffnung, dass ich Viktors unmöglichen Rembrandt finden werde?«

»Ich habe von Viktors Plänen für heute Abend gehört«, antwortet er. »Und ich weiß, was du mit dem Valentini-Mädchen machst. Ich kenne deine Beweggründe, sie mitzunehmen, und warum du diese Informationen von mir angefordert hast.«

Ich lenke meine Aufmerksamkeit auf ihn, entschlossen, herauszufinden, was er mit seiner Aussage bezwecken will.

»Du willst die Wahrheit über deine Mutter herausfinden«, sagt er, »und ich kann dir helfen. Aber ich werde nicht zulassen, dass du ein unschuldiges Mädchen für die Sünden seines Vaters bestrafst.«

Meine Aufmerksamkeit wandert zurück zur Tür. Ich kann immer noch nichts hören, und ich weiß, wenn ich diese Grenze überschreite, wird das alles ruinieren, wofür ich gearbeitet habe. Wenn Viktor herausfindet, dass ich mich in seine Befehle eingemischt habe, wird er meinen Kopf haben wollen. Aber ich weiß auch, dass ich mich selbst nicht aufhalten kann.

»Geh«, sagt Alexei mir. »Ich warte im Büro.«

Er tut das nicht für mich. Er glaubt nicht, dass ich zu etwas Selbstlosem fähig bin, und vielleicht hat er recht. Ich habe aus einer bestimmten Absicht, ohne zu protestieren, dabei zugesehen, wie Mischa Nakya hierherbrachte. Aber meine Absichten ändern sich, als ich die Tür öffne und sehe, wie Mischa meine schluchzende, kaputte Puppe hält. Sie hyperventiliert in seinen Armen, während er versucht, sie zu trösten. Aber noch schlimmer ist: sie ist nackt.

Meine Augen brennen sich durch Mischa. Er ist bekleidet, und er hat sie noch nicht genommen, aber das macht keinen Unterschied. Ich bin auf Blut aus, als ich ihn am Kragen schnappe und aus dem Bett ziehe. Meine Faust prallt dreimal auf sein Gesicht, bevor er mich wegschubst.

»Du wusstest, dass das passieren würde, Kolyan. Du hast gesagt, es ist okay.«

»Es ist nicht okay«, knurre ich. »Du hast sie zum Weinen gebracht.«

Er starrt mich an und schüttelt den Kopf. »Du hast

sie zum Weinen gebracht. Sie hängt an dir und will mich nicht.«

Ich schaue Nakya an, die gebrochen auf dem Bett liegt und sich wie ein Kind zusammengerollt hat. Mischa hat recht. Ich habe sie mit meinen Taten gebrochen.

»Es tut mir leid«, flüstere ich.

Ich will zu ihr gehen. Ich möchte sie trösten. Aber Mischa hält mich auf.

»Es muss getan werden«, sagt er. »Du hast keine Wahl. Es geht um ihren Körper oder ihr Leben.«

Seine Worte dringen in mich ein, und ich kann die Wahrheit nicht leugnen. Es gibt keine andere Möglichkeit. Entweder nehme ich das Mädchen und stelle den Beweis, oder Viktor wird ihren kompletten Körper fordern. Sie wird mich hassen, weil ich sie zerstört habe. Sie wird niemals sehen, dass ich versucht habe, sie damit zu retten.

»Misch…«

»Wir können später reden«, sagt er.

Er verlässt den Raum, und ich bin mit meiner kleinen Tänzerin allein. Sie schluchzt immer noch, als ich sie in meine Arme nehme. Ich umgebe sie mit meinem Körper, will ihr um jeden Preis die Tiefe meiner Verzweiflung darüber klarmachen, sie so zu sehen.

»Vergib mir, Nakya«, flüstere ich ihr ins Haar. »Vergib mir.«

»Du wolltest ihn … mich berühren lassen«, sagt sie zwischen gebrochenen Schluchzern.

Ich greife nach ihrem Gesicht und zwinge ihren Blick zu meinem, damit es keine weiteren Missverständnisse zwischen uns geben kann.

»Ich werde der Einzige sein, der dich berührt, *Zvezda*. Der Einzige, der dich nimmt. Und sobald ich das getan habe, fürchte ich, dass du in dieser Angelegenheit nichts mehr zu sagen hast. Du wirst meine sein.«

ALEXEI WARTET WIE VERSPROCHEN IN MEINEM BÜRO UND tippt eine Nachricht auf seinem Handy. Zweifellos an seine Frau. Während ich meinen Bruder nur als einen zurückhaltenden Mann erlebt habe, kann er seine Hingabe an die hübsche Blondine nicht verbergen, die es irgendwie geschafft hat, sein gefrorenes Herz aufzutauen.

Ich greife nach der Flasche Cognac, die ich in der Nähe meines Schreibtisches aufbewahre, und halte sie ihm hin, während ich mich hinsetze. Er lehnt das Angebot mit einem Kopfschütteln ab.

»Danke«, sage ich.

»Ich habe es nicht für dich getan.«

»Ich weiß«, antworte ich. »Aber trotzdem, danke.«

Wäre er nicht gekommen, kann man nicht sagen, wie dieser Abend geendet wäre. Ich öffne den Cognac und nehme zwei lange Züge.

»Es ist verzwickter, als ich dachte.«

Alexei betrachtet mich mit unversöhnlichen Augen.

Ich denke, es ist leicht für ihn zu glauben, dass ich aus dem gleichen Holz wie Sergei geschnitten bin. Soweit ich das beurteilen kann, hat er mich immer nur so sehen wollen.

»Ich weiß, dass du denkst, dass ich wie er bin«, sage ich. »Aber ich habe meine Zweifel daran. Vielleicht kenne ich ihn nicht so gut wie du. Vielleicht ist er für mich ein anderer Vater gewesen, als er es für dich je war. Deshalb habe ich mich anfangs auf diese Reise begeben. Um seine wahre Natur zu entdecken. Um die Wahrheit zu entdecken.«

»Vielleicht war er für mich ein anderer Vater?«, fragt Alexei spöttisch »Er war nie ein Vater für mich.«

Die Ironie ist, dass er nicht sieht, wie ähnlich wir uns sind. Er hat sich immer nach Sergeis Zustimmung gesehnt, und ich habe mich immer nach der Freiheit von Sergeis überwältigender Präsenz gesehnt. Wir sind beide neidisch auf das, was der andere hat, aber zu stolz, es zuzugeben.

»Ich kann keine Verantwortung dafür übernehmen, was er dir angetan hat, Ljoschenka.«

»Ich habe dich nicht darum gebeten«, antwortet er.

»Aber du hältst es mir vor. Du hast es zwischen uns kommen lassen. Was zwischen dir und Sergei passiert ist, ist nicht richtig, aber es sollte auch unsere Beziehung nicht vergiften.«

»Das hast du alles alleine gemacht.«

Ich reibe mir den Nacken und lausche den Stimmen von unten. Ich muss bald zurückkehren. Viktor wird nicht lange warten, trotz seiner fröhlichen Stimmung heute Abend.

»Was hast du mit ihr vor?«, fragt Alexei.

Das Bild von Nakyas tränenüberströmtem Gesicht verfolgt mich immer noch. Es wird kaum eine andere Wahl in dieser Angelegenheit geben, und sie wiegt schon jetzt schwer für mich. »Ich werde sie zu ihrem Vater zurückbringen.«

»Das war nicht deine Absicht, als du angefangen hast. Wie planst du, sie ihrem Vater zurückzugeben?«

Er will eine Bestätigung, dass er mit mir recht hat. Dass ich ein Monster wie Sergei bin. Meine Ehrlichkeit wird seine Meinung nicht ändern, aber ich biete sie ihm trotzdem an.

»Meine Absichten waren anders, als ich anfing. In dieser Hinsicht hast du recht. Aber Zeit und Umstände haben meine Einstellung geändert. Was auch immer in der Vergangenheit passiert ist, ihr Vater wird derjenige sein, der dafür bezahlen muss.«

Alexei sieht zweifelnd aus. »Selbst wenn du erfahren würdest, dass Manuel Schuld an einem brutalen und gewalttätigen Tod deiner Mutter hat, hast du nicht vor, ihr zu schaden?«

Ich widersetze mich dem Drang, ihm wieder ins Gesicht zu schlagen, weil ich ihm technisch gesehen etwas schulde. »Willst du mir damit sagen, dass Manuel für den Tod meiner Mutter verantwortlich war?«

»Nein«, antwortet er. »Ich will dein Wort, dass du ihr nicht wehtust.«

»Ich habe bereits gesagt, dass ich es nicht tun würde«, knurre ich.

»Aber das wolltest du, als du sie mitgenommen hast.«

»Worum geht es hier?«, will ich wissen. »Was willst du von mir, Ljoschenka? Muss ich auf die Knie gehen und vor dir kriechen?«

»Ein Vor würde für keinen Mann auf die Knie gehen.«

»Und ich biete es nicht an. Ich frage dich nur, was du von mir hören willst.«

»Hast du Gefühle für sie?«

Seine Worte provozieren ein schweres, sinkendes Gefühl in meinem Magen. Ich kann mich nicht dazu durchringen, die Frage irgendwie zu beantworten.

»Du könntest es wie ich machen«, schlägt Alexei vor. »Wenn du sie behalten willst, dann heirate sie. Viktor wird nichts gegen die Unantastbarkeit dieser Gelübde tun können.«

»Ich bin nicht du«, entgegne ich. »Wenn ich das Mädchen heiraten würde, würde er mich einfach umbringen. Er will, dass ich Ana heirate.«

Alexei steht auf und zieht sich seine Jacke über, da dieses Gespräch für ihn offensichtlich beendet ist.

»Also, heirate Ana«, sagt er, »und schick das Mädchen als zerstörte Frau zu ihrem Vater zurück. Ich bin mir sicher, dass er ihr verzeihen wird.«

Er ist ein Bastard, weil er das sagt. Alexei weiß genau so gut wie ich, dass Manuel ihr nie verzeihen wird.

18

Tanaka

Ich wische den Dampf vom Spiegel im Badezimmer ab und zögere, das Mädchen zu betrachten, das mich anstarrt. Mein Gesicht ist geschwollen vom Weinen. Das Weiß meiner Augen ist blutunterlaufen. Meine Haut ist rot vom heißen Badewasser und dem anschließenden Schrubben mit dem Handtuch. Es fällt mir aus der Hand, und ich starre auf mein nacktes Spiegelbild.

Die Therapeutin, die Nikolai eingestellt hat, um mich in Ordnung zu bringen, hat mir gesagt, dass ich jedes Mal, wenn ich in den Spiegel schaue, etwas finden soll, das ich an mir selbst liebe. Aber heute Abend gibt es nur Hass. Ich hasse jede schmutzige Sache an mir. Meine Hüften sind zu breit. Der Magen, der früher nach innen gewölbt war, ist jetzt flach und weich, und meine Rippen werden von einer

Fleischschicht erstickt, die vorher nicht da war. Ich bin an zu vielen Stellen weich, und ich möchte mich dafür bestrafen, dass er mich auf diese Weise kontrollieren konnte.

Er machte mich hässlich, so dass er mich nicht wollen würde, aber das hindert mich nicht daran, ihn zu wollen. Mischa hatte recht. Irgendwas stimmt nicht mit mir. Denn warum würde ich sonst jemanden wollen, der so schlecht für mich ist. Jemanden, der mich ohne weiteres den Wölfen zum Fraß vorwerfen würde.

Ich dachte nicht, dass ich noch eine Träne zu vergießen hätte, aber trotzdem fließen sie über mein Gesicht. Ich habe noch nie in meinem Leben so viel geweint. Mein Vater hätte mir nie erlaubt, so schwach zu sein. Aber ich kann spüren, wie es passiert, und es liegt außerhalb meiner Kontrolle. Ich splittere. Zerfalle. Zerbreche. Er hat mir meine Kraft genommen und mich voller Schmerzen zurückgelassen.

Ich balle meine Hände zu Fäusten und ziehe an meinen Haaren. Der Schmerz hilft manchmal, aber diesmal nicht. Es erinnert mich nur daran, dass ich am Leben und wehrlos bin.

Ich gehe aus dem Badezimmer, noch immer nackt, und lausche den Geräuschen im Erdgeschoss. Ich kann nichts hören, aber ich kann es mir gut genug vorstellen. Die Dinnerparty geht weiter, und Nikolai sitzt neben seiner geliebten zukünftigen Verlobten, während ich in Stille leide.

Müdigkeit sickert in meine Knochen ein, und die

Kluft in meinem Herzen wächst mit jedem Tag. Ich bin es leid, mich zu streiten. Ich bin es leid, auf eine bessere Zukunft zu hoffen, wenn es keine gibt. Er kann seine russische Frau haben. Und wenn er dieses Spiel müde ist, kann ich endlich den einzigen Frieden haben, den mir diese Welt zu bieten hat.

Tod.

Ohne mir die Mühe zu machen, mich anzuziehen, öffne ich die Schlafzimmertür und gehe den Flur hinunter zu seinem Büro. Dies ist der einzige Ort, um das Heilmittel für das zu finden, was mich gerade quält. Eine Flasche Cognac ruft mich von seinem Schreibtisch. Wahrscheinlich eine teure.

Ich nehme sie und gehe wie eine Erscheinung in mein Zimmer zurück. Unbemerkt und ungefühlt. Das Lachen hallt von unten nach oben, und ich kann diese Stimme nicht verwechseln. Nikolai amüsiert sich, und ich denke, ich sollte mich auch amüsieren.

Der Cognac öffnet sich mit einem befriedigenden Plopp, und ich trinke direkt aus der Flasche. Er brennt in meinem Hals und meinen Augen, und schließlich auch in meinem Magen. Aber es ist ein gutes Brennen. Ein Brennen, das alles andere verblassen lässt.

Meine Party wird zu meiner Enttäuschung verkürzt, als sich die Tür öffnet, und Mischa im Rahmen steht. Sein Blick wandert zur Flasche in meiner Hand und dann über meinen nackten Körper.

In meinem Hinterkopf gibt es eine kleine, entfernte Stimme, die mir sagt, dass es mir etwas ausmachen sollte. Ich sollte ein gutes Mädchen sein. Ich sollte immer ordentlich, bescheiden und zurückhaltend sein. Aber heute Abend hat Nikolai beschlossen, mich zu beschmutzen.

»Nakya.« Mischa runzelt die Stirn. »Weißt du nicht, dass du nie allein trinken solltest?«

Ich lasse mich wieder gegen die Kissen zurückfallen, während der Alkohol mein Gehirn und meinen Körper überflutet. Mittlerweile ist mir alles egal. Und das sage ich ihm, während ich meine Beine überschlage und mit der Hand eine leichtfertige Geste mache.

»Bist du hier, um mich zu nehmen?«

Er reibt eine Hand über seinen Nacken und seufzt. »Wenn nicht ich, dann wird es jemand anderes tun. Es wurde angeordnet, und es muss getan werden.«

»Wegen meines Vaters«, sage ich.

»Wegen deines Vaters«, stimmt er zu.

Er ist nicht der schlechteste Typ auf der Welt. Tatsächlich ist er Nikolai im Moment in jeder Hinsicht überlegen. Weil er hier ist, und Nikolai nicht. Selbst wenn er nicht den gleichen imposanten Körperbau oder die elektrisch blauen Augen hat, ist er ein Mann. Und ich nehme an, wenn ich zerstört werden soll, sollte ich in der Lage sein, zu entscheiden, welcher Mann den Job machen wird.

Jeder außer Nikolai.

Jeder außer dem Verräter da unten.

»Ich will, dass du es tust«, sage ich Mischa. »Ich bin jetzt bereit.«

Er seufzt, als ob er dieses Spiel schon leid wäre,

kommt aber trotzdem näher, um neben mir auf dem Bett Platz zu nehmen. Zugegebenermaßen fühle ich mich, als müsste ich mich gleich übergeben. Aber vielleicht wird es schnell vorbei sein, wenn ich die Augen schließe, und dann werde ich das letzte Wort haben.

Ich halte die Flasche immer noch fest zwischen meinen Händen, während ich ihn anflehe, es zu tun. Mischas Augen tasten mich ab, und ich denke, dass er es will. Aber aus irgendeinem Grund zögert er immer noch.

»Ich sollte zuerst mit Nikolai sprechen.«

»Es ist mir egal, was Nikolai sagt«, beharre ich auf meinem Willen. »Ich will, dass du es tust.«

Mischa ringt immer noch mit sich, aber er zieht sich trotzdem aus. Er nimmt den Cognac aus meinen Fingern, und mein Herz pulsiert in meinem Hals. Jetzt habe ich nichts mehr mit meinen Händen zu tun, als er sich vor mich auf das Bett kniet.

Er ist nackt, und ich kann mich nicht dazu durchringen, ihn wirklich anzusehen.

»Ich werde nur meine Augen ausruhen«, flüstere ich. »Aber das ist in Ordnung. Ich will, dass du es tust.«

Ich hoffe, dass es einfacher sein wird, wenn ich die Lüge immer wieder wiederhole. Aber es wird nicht einfacher, als er sich nach unten beugt und versucht, meinen Hals zu küssen.

Sein Geruch ist völlig falsch. Sein Körper ist völlig falsch, und ich kann nicht mehr so tun, als ob ich das will, wenn ich es nicht will. Also trenne ich die

Verbindung und versuche, an einen anderen Ort zu gehen.

Nichts kann mich verletzen, wenn ich nicht anwesend bin.

Es scheint für eine Weile zu funktionieren. Ich kann Mischa nicht spüren, ich kann nichts spüren. Aber mein geistiges Heiligtum ist nicht so undurchdringlich, wie ich es mir erhofft hatte. Die plötzliche Unruhe ruiniert alles, und als ich blinzele, erblicke ich ihn. *Den Teufel.* Das Monster, das denkt, dass er mir Mischa wegnehmen kann.

»Gib ihn zurück!«, verlange ich.

Nikolai dreht sich um, und seine Augen funkeln mich an. »Was hast du gerade gesagt?«

»Gib ihn mir zurück«, wiederhole ich. »Ich will, dass er es ist.«

Seine Hände sind an seinen Seiten zu Fäusten geballt, und seine Nasenlöcher beben, als er auf mich zusteuert. Eine Stimme sagt mir, dass ich weglaufen soll. Vielleicht ist es Mischa. Vielleicht ist es mein eigener Verstand, der sich auflöst. Aber ich renne. Um das Bett herum und direkt an Mischa vorbei den Flur entlang. Nikolai verfolgt mich.

Es gibt nur zwei Orte, zu denen ich gehen kann. Sein Schlafzimmer oder sein Büro. Angst, nicht Logik, bestimmt meine Richtung, also wähle ich sein Büro. Ich schließe die Tür hinter mir ab, husche unter seinen Schreibtisch und versuche, die Kontrolle über meine Atmung zurückzuerlangen.

Das Schloss wird aufgeschlossen, und die Hoffnung verlässt mich.

Ich bin zusammengerollt und schnappe nach Luft, als er sich nach unten beugt, um mir in die Augen zu schauen. Die seinen sind kalt und besitzergreifend, grausam und spöttisch.

»Was jetzt, *Zvezda*? Wohin wirst du jetzt laufen?«

Ich antworte ihm nicht, also schnappt er mich am Handgelenk und zieht mich aus meinem Versteck.

»Bitte«, flüstere ich.

Er schleppt mich gnadenlos den Flur entlang. »Spar dir dein Betteln für alle Männer, die nach mir kommen werden.«

Ein Schluchzer entweicht wegen der Boshaftigkeit seiner Worte aus meiner Brust. Er kann sie nicht ernst meinen. Ich will nicht glauben, dass er sie so meint. Er ist wütend auf mich, weil ich Mischa gewählt habe. Ich weiß, dass es das ist.

»Ich wollte ihn nie haben. Ich schwöre es. Ich wollte es nur hinter mich bringen.«

»Sag ihm das«, fordert Nikolai, als er mich wieder auf das Bett wirft.

Mischa ist wieder fast vollständig angezogen, als er meinem Blick begegnet, und ich flehe ihn an, mir zu vergeben. »Es tut mir leid. Ich habe es nicht so gemeint.«

»Ich weiß.«

Er verlässt den Raum und überlässt mich meinem Monster und seiner Wut. Ich versuche, mich wieder zusammenzukauern, aber Nikolai ist noch nicht fertig mit mir. Er wirft mich auf den Bauch und benutzt die Fesseln vom Bett, um meine Hände über meinem Kopf zu fixieren.

Ich schüttele verzweifelt den Kopf und flehe in das Kissen. »Bitte, nicht so. Ich habe es nicht so gemeint.«

Das metallische Geräusch seiner Gürtelschnalle ist alles, was ich höre, gefolgt vom Reißverschluss seiner Jeans. Er zieht sich aus. Und ich bin in dieser Position, weil er mich mit dem Gesicht nach unten nehmen wird, damit er mich nicht ansehen muss.

Er bewegt sich hinter mich, spreizt meine Beine und drückt seine Finger gegen mein Geschlecht. Alles hinter mir verstummt, und das einzige Geräusch im Raum ist sein schweres Atmen.

»Du bist nicht nass«, murmelt er.

Ich verdrehe meinen Hals, um ihn anzuschauen, aber seine Antwort darauf ist, mir mein Haar über das Gesicht zu legen und mir so die Sicht zu nehmen. Sein Schwanz stößt gegen mich, und ich schluchze stärker.

»Bitte«, schluchze ich. »Nicht so, Nika.«

Er erstarrt. Ich habe noch nie einen so intimen Kosenamen bei ihm benutzt, aber ich benutze ihn jetzt. Die Zeit bleibt stehen, während ich seinen mühsamen Atemzügen zuhöre und darauf warte, welchen Weg er einschlagen wird.

Als seine Hände die Rückseite meiner Oberschenkel finden, sind sie unerwartet weich und überwältigend groß. Er könnte mich leicht auseinanderreißen und mich nie wieder zusammensetzen, wenn er wollte. Aber stattdessen drücken seine schwieligen Daumen in langsamen, flachen Kreisen gegen mein Fleisch. Ein Schauer läuft über meine Wirbelsäule, Nikolai nimmt meinen runden Po in seine Hände, und ein tiefes, kehliges Stöhnen ertönt.

»Du bist zu hartnäckig für dein eigenes Wohl«, sagt er. »Du verdienst keine Freundlichkeit von mir.«

»Ich wollte ihn nie«, flüstere ich wieder.

»Also, wen dann?«, fragt er. »Wenn nicht Mischa? Oder willst du immer noch darauf bestehen, dich für deinen kostbaren Dante aufzuheben?«

Als ich nicht antworte, bewegen sich seine Finger zwischen meine Oberschenkel, und es gibt keinen Zweifel an seiner Wirkung auf mich. Ich bin feucht, und ich will ihn. Ich will Dinge, die ich noch nie hatte. Dinge, die nicht gut für mich sind.

Nikolai gleitet über die Feuchtigkeitsansammlung zwischen meinen geteilten Oberschenkeln, taucht einen Finger in mich hinein, und ich ziehe mich um ihn herum zusammen.

»Antworte mir.« Er massiert meine Arschbacke mit seiner anderen Hand.

Aber ich kann nicht. Denn jetzt sind seine Finger auf meiner Klitoris und massieren mich mit langsamen Kreisen. Meine Hüften neigen sich zu ihm zurück und öffnen sich ohne Schamgefühl. Ich will mehr.

Ich brauche mehr.

Er packt eine Handvoll meiner Haare und zieht, verursacht Schmerzen, während er mir Vergnügen schenkt. »Ich werde dich nicht noch einmal fragen,

Zvezda. Sag es mir jetzt, oder ich werde meinen Schwanz in dir begraben, ohne Rücksicht auf deine zarte Jungfräulichkeit.«

Ich stöhne in das Kissen und pralle an ihn. Das ist nicht richtig. Nichts davon ist richtig. Ich hasse ihn. Sein Körper hat kein Recht, mir meine Jungfräulichkeit zu nehmen. Er hat nicht das Recht, mir Lust zu bereiten, wenn er keinen Wert auf die Heiligkeit dessen legt, was ich ihm gebe. Aber es wäre schwach, die Wahrheit zu leugnen, wenn er sie so klar sehen und fühlen kann.

»Du solltest es sein«, sage ich. »Aber du bist ein wunderschöner Feigling, der nur an sich selbst denkt.«

Im nächsten Augenblick werde ich auf den Rücken gedreht, Nikolai legt seine Hand um meinen Hals, während er mir ins Gesicht atmet.

»Sag das noch einmal«, fordert er mich heraus. »Sag es mir ins Gesicht.«

»Du bist ein Feigling«, spucke ich heraus. »Geh und heirate deine russische Braut und lass mich frei. Du brauchst mich jetzt nicht mehr.«

Seine Augen bewegen sich zwischen meinen hin und her, und ich bin ein Narr, weil ich den eifersüchtigen Unterton in meiner Stimme offenbart habe. Ich bin ein Narr, ihn für eine Sekunde glauben zu lassen, dass es mich stört. Noch wichtiger ist, dass ich ein Narr bin, weil ich so reagiere, wie ich es tue, als seine Lippen auf meine fallen, als ob er mich besitzt.

Ich atme ihn ein, teile meine Lippen für ihn und lasse seine Zunge meine Proteste beiseitefegen und meinen Mund beanspruchen. Sein Körper liegt nackt und hart an meinem Bauch, und sein Fleisch brennt.

Meine Beine legen sich um ihn, während er von meinen Lippen trinkt und ich zwischen den Atemzügen um Freiheit flehe. Seine Antwort darauf ist, meine Hände von den Fesseln zu lösen und sie über seinen Körper zu ziehen. Ich vergrabe meine Finger in seinem Haar und ziehe daran, um ihm den Schmerz zuzufügen, von dem ich möchte, dass er ihn fühlt. Aber es macht keinen Unterschied. Er ist eine stoßende, pulsierende, stöhnende Maschine.

»Sag mir, dass du mich willst«, fordert er.

»Du ekelst mich an.« Meine Nägel versinken in seinem Rücken, während meine Worte sein Ego beleidigen. »Du verdienst es nicht, mich zu nehmen, wenn dir das nichts bedeutet.«

Er stöhnt und schiebt seinen pochenden Schwanz gegen meine Nässe. »Du bist eine kleine Lügnerin und eine hochnäsige Schlampe«, antwortet er. »Und ich werde mich freuen, dir deine Krone abzunehmen.«

»Dann tu es«, fordere ich ihn heraus.

Er küsst mich, um mich zum Schweigen zu bringen, während er mich fingert, um mich nachgiebig zu machen. Ich kralle mich an ihn. Ich atme ihn ein. Wir treiben uns gegenseitig an, und ich spüre ihn überall. Aber was ich am meisten fühle, ist, dass meine Willenskraft außer Kontrolle gerät, als sich der Druck tief in mir aufbaut.

»Komm auf meine Finger«, flüstert er. »Zeig mir, wie eine Prinzessin aussieht, wenn sie fällt, *Zvezda*.«

Licht explodiert vor meinen Augenlidern, als weißglühende Lava zwischen meinen Beinen schmilzt. Ich öffne mich für ihn, lasse mich fallen und von dem Sog mitreißen, bis ich zusammenbreche und ausgelaugt und nutzlos bin. Alles kommt langsam zurück. Das Bewusstsein für ihn. Sein Gesicht so nah an meinem. Seine Meeresaugen sind ruhig und gelassen, ohne die Lügen, die er gerne spinnt.

Seine Ehrlichkeit ist brutal, auch schweigend. Und sein verträumter Gesichtsausdruck erschreckt mich mehr als alle seine Worte je zuvor.

»Zerstöre mich«, flüstere ich. »Und lass mich nie wieder von jemand anderem berühren.«

Er schließt die Augen und drückt seinen Schwanz gegen mich. Diese Reise ist ein One-Way-Ticket, und es gibt keine Rückerstattungen oder Rückgaben. Er wird mir meine Jungfräulichkeit nehmen. Er wird mich für alle anderen Männer ruinieren. Ich bedaure das nicht. Ich bin nur ungeduldig.

Er drückt seine Spitze in mich hinein, so wie er es zuvor getan hat, und bewegt sich mit winzigen Mikrostößen. Seine Augen fallen zu, und er sieht betrunken aus, bevor er überhaupt ganz drin ist. Es ist schwer zu begreifen, dass es meinetwegen geschieht.

Dass ich es auslöse.

»Atme, kleine Puppe«, flüstert er.

Und das tue ich. Sein Körper fällt nach vorne, und als er das tut, dringt sein Schwanz in meinen Körper ein und zerreißt meine Jungfräulichkeit und möglicherweise auch meinen Verstand.

Er zittert, ich erschaudere, und zusammen atmen wir. Es tut weh, so wie ich es erwartet hatte. Aber hauptsächlich fühle ich mich einfach voll. Voll von Nikolai. Es gibt nichts zwischen uns, weil Nikolai kein Kondom benutzt, und ich habe mich noch nie so ungeschützt gefühlt.

Er vergräbt sein Gesicht in meinem Haar und inhaliert mich. Die Muskeln in seinen Unterarmen zittern. Er hält sich zurück, bis ich bereit bin. Und mich überkommt die erstickende Erkenntnis, dass ich ihn brauche. Ich brauche ihn auf meiner Seite, bis ich den Weg nach draußen finden kann. Das ist es, was ich mir einrede. Darauf versuche ich, mich zu konzentrieren, damit mein Herz eingesperrt bleibt.

»Ich bin bereit«, flüstere ich.

Sein Becken rollt zurück, zieht seinen Schwanz heraus und lässt mich leer zurück, bis er mich bei der Rückkehr wieder ausfüllt. Ich berühre sein Haar, und rieche seine Haut und beobachte sein Gesicht, während er mich fickt. Ich beobachte, wie sich seine Augen öffnen und schließen, während er murmelt, wie gut ich mich um ihn herum anfühle.

Er drückt mein Gesicht und küsst mich wieder. Er küsst meinen Hals, meinen Kiefer und meine Haare.

»So süß«, brummt er. »Warum musst du so süß sein?«

Das ist der letzte gesprochene Gedanke, bevor sein Körper sich anspannt, er sich tief in mir vergräbt und bei seiner Entladung erschaudert. Ungeschützt. Er ist nackt und füllt mich mit seinem Samen. Seine Augen sind gesättigt und schwer, als er mein Gesicht streichelt und sein Schwanz in mir weicher wird.

»Es bedeutet mir etwas«, sagt er. »Dieses Geschenk, das du gegeben hast, bedeutet mir mehr, als du dir vorstellen kannst.«

19

Nikolai

Im nüchternen Licht des Morgens steht der kleine Stern nicht mehr unter meinem Bann. Kühle bernsteinfarbene Augen finden die meinen in der Reflexion ihres Spiegels und sehen mich desinteressiert an. Ich habe sie in der Dunkelheit der Nacht zurückgelassen und mich in mein eigenes Zimmer geschlichen. Und jetzt trägt sie ihre Rüstung, auch wenn sie wissen sollte, dass es ihr nicht guttun wird. Ich werde sie in die Luft jagen oder niederbrennen. Was immer ich tun muss, um ihr zu zeigen, dass sie mir gehört.

Frisch gebadet bereitet sie sich auf den Tag vor. Es ist das gleiche Ritual, das ich häufiger als ich zählen kann auf dem Monitor in meinem Büro beobachtet habe. Sie bürstet sich die Haare. Sie trägt ihr Make-up auf. Und dann geißelt sie sich zwanzig Minuten lang im Spiegel, eine Sklavin ihrer Krankheit.

Ich weiß nicht, ob sie sich wünscht, dass sie perfekt wäre, oder ob es nur ihre Besessenheit ist. Aber so oder so, sie ist perfekt für mich.

Heute Morgen hängt ein schwarzer Seidenbademantel lose von ihren Schultern. Und trotz des kalten Empfangs auf ihrem Gesicht sind ihre Brustwarzen hart für mich. Ich hoffe, dass sie wund ist. Ich hoffe, dass sie jedes Mal, wenn sie sich heute bewegt, meinen Schwanz in sich spüren wird. Ich will, dass sie sich danach sehnt. Ich will mehr als alles andere von ihr verlangen, nie an einen anderen Mann als an mich zu denken.

»Wo sind meine Laken?«, fragt sie.

»Weg.«

Ihre Augen ziehen sich zusammen. »Zu meinem Vater?«

Ich antworte nicht. Wenn sie Reue erwartet, sollte sie wissen, dass ich keine habe. Ich bereue es nicht, sie genommen zu haben, und es tut mir auch nicht leid, dass die Beweise ihrem Vater geliefert wurden. So werden die Dinge gemacht, und sie weiß das.

Sie bindet sich ihren Gürtel um den Mantel und verschränkt die Arme. »Das ist eine ekelhafte Tradition.«

Ich will ihr alle möglichen ekelhaften Dinge antun. Zum Beispiel wünsche ich mir im Moment nichts mehr, als meinen Schwanz in ihren Mund zu stecken, um sie zum Schweigen zu bringen. Ich könnte leicht den Tag in ihr vergraben verbringen und ihre zarte Muschi bearbeiten, um sie an ihren Platz zu erinnern. Ich habe jedoch noch andere dringende Angelegenheiten zu erledigen. In diesem Sinne werfe ich ihr die Pille danach zu, zusammen mit den Antibabypillen, die die Ärztin mir gegeben hat.

Sie hebt sie auf und untersucht sie. Erleichterung spiegelt sich in ihren Augen wider, als sie das erste Paket sieht, bis sie das zweite untersucht und Panik sie befällt.

Ihre Augen schießen zu meinen hoch. »Ich kann die Pille nicht nehmen.«

»Warum nicht?«

»Sie verursacht Gewichtszunahme.«

»So wie ein Baby.« Ich gehe auf die Tür zu.

»Du hast deine Pflicht erfüllt«, sagt sie. »Du hast mich zerstört. Ich sehe keinen weiteren Bedarf für Verhütung.«

»Du kannst entweder die Pille nehmen oder ein Baby in dir aufnehmen, aber so oder so wirst du meinen Schwanz bekommen, *Zvezda*. Mach dir nichts vor, indem du so tust, als ob es anders wäre.«

Ich finde Mischa im Kosmos, halb betrunken und mit einer Stripperin auf dem Schoß. Es ist noch nicht einmal zehn Uhr morgens, und ich kann nicht sagen, ob er die ganze Nacht damit beschäftigt war oder ob er gerade erst damit angefangen hat.

Er lebt das Leben eines ewigen Junggesellen und genießt alle Vorteile, die die Bruderschaft zu bieten hat. Unbegrenzter Alkohol und Frauen haben schon so manchen Vor befriedigt, mich eingeschlossen. Aber als ich ihn heute Morgen ansehe, ist es nicht Neid oder Vergnügen, das ich fühle. Ich habe nur Mitleid.

In den letzten Jahren habe ich meinen niederen Wünschen oft und mit wem immer ich wollte nachgegeben. Aber es war eine flüchtige Befriedigung. Heute Morgen bin ich ein anderer Mann. Ich habe vom Honig genascht, und ich kann mir nicht vorstellen, mich jemals wieder mit etwas weniger zufriedenzugeben. Zu wissen, dass Nakya bei mir zu Hause auf mich wartet, ist ein Privileg wie kein anderes.

In Anbetracht der Fakten ist das ein dummer Gedanke. Bald werde ich mit Ana verlobt sein, und Nakya wird zu ihrem Vater zurückgebracht werden. Es ist der einzige Weg, wie das funktionieren kann. Der einzige Weg, wie ich sie retten kann. Unsere Wege sind nicht dazu bestimmt, für alle Ewigkeit parallel zu verlaufen. Logischerweise weiß ich, dass ich gezwungen sein werde, sie aufzugeben. Aber das macht es nicht einfacher, die Entscheidung zu akzeptieren.

Wie für viele Vor ist die Ehe für mich ein natürlicher Schritt. Ich habe von Zeit zu Zeit darüber nachgedacht, in dem Glauben, dass sie nach ihrem eigenen Zeitplan passieren würde. Aber ich hatte mir nie das Gesicht meiner Frau oder meiner ungeborenen Kinder vorgestellt, weil es keinen instinktiven Schritt gab. Die Formen waren leer, etwas, was noch nicht feststand. Aber jetzt lastet der Druck, sie zu füllen, auf mir, und es ist nicht Anas Gesicht, das ich bei meiner Frau oder sogar der Mutter meiner Kinder sehe.

Das Gesicht, das ich sehe, ist schärfer. Hohe Wangenknochen und honigsüße Augen. Wie könnte ich mir nach heute Morgen nicht vorstellen, dass Nakya mit meinen Kindern schwanger ist? Sie würden ihre Zähigkeit haben. Mokkafarbene Haut und meine starken russischen Gene. Sie wären unaufhaltsam.

Wenn es vorbestimmt wäre.

Mischa öffnet die Augen auf halbmast und grinst bis über beide Ohren. »Kolyan.« Er macht eine lockere Geste mit seiner Hand. »Komm zu uns.«

Ich schaue mir die Stripperin an. Nackte Titten hüpfen, als sie sich auf Mischas Schoß reibt und ihr winziger roter String von ihren Arschbacken verschluckt wird. Sie berührt mich nicht. Wenn ich mich in der Vielfalt der nackten Frauen umsehe, die bereit und willens sind, mir zu gefallen, berührt mich nicht eine einzige. Brünette, Rotschöpfe, Blondinen. Frauen aller Geschmacksrichtungen und Formen. Natürlich, oder perfekt geformtes Silikon. Es gibt keinen Club in dieser Stadt, der eine bessere Auswahl hat, und doch ruft keine einzige von ihnen eine Erektion bei mir hervor. Das verstärkt nur meine Frustration, als ich mit den Fingern zu der Stripperin schnippe.

»Geh weg. Wir haben geschäftlich zu tun.«

Sie schmollt, aber tut, was man ihr sagt. Mischa

stöhnt, zieht seine Zigaretten heraus und bietet mir eine an. Ich zünde sie an und lasse das dringend benötigte Nikotin in meine Lungen eindringen.

»Du hast mir gesagt, dass du mir etwas zeigen wolltest.«

Mischa nimmt einen langen Zug, nickt und atmet durch die Nase aus. »Bist du immer noch sauer auf mich?«

»Das war ich nie.«

Er lacht, und ich will ihn schlagen. Natürlich ist es eine Lüge, aber sie ist besser als die Wahrheit.

»Du hast mir gesagt, ich soll es versuchen«, sagt er. »Du sagtest, wir müssten Viktors Befehle befolgen.«

»Ich weiß verdammt nochmal, was ich gesagt habe.«

»Sie macht Ärger, Kolyan«, sagt er. »Du solltest dich jetzt von ihr lösen und wegrennen, solange du noch kannst. Bevor du noch mehr an ihr hängst.«

»Ich hänge nicht an ihr.«

Eine weitere Lüge, und eine sinnlose dazu. Mischa kann mich besser lesen als die meisten anderen.

»Hast du mit Viktor gesprochen?«, frage ich.

Mischa drückt seine Zigarette aus, steht auf und macht seine Jeans zu. »Ich brauche einen verdammten Burger oder so was.«

Ich zeige auf die Hintertür, und wir gehen schweigend zu meinem Auto. Ich bin gespannt auf seine Antwort, und nach gestern Abend wäre ich nicht überrascht, wenn er mich verraten hätte. Das ist es, was ich verdiene.

»Ich habe ihm gesagt, dass ich den Job erledigt habe«, sagt Mischa.

Ich schaue zu ihm hinüber, und ich bin sprachlos. Er hat den *Pakhan* für mich angelogen. Wenn ich untergehe, geht er mit mir unter, und der Druck, den ich fühle, ihn zu beschützen, verschlimmert nur meinen aktuellen psychischen Zustand.

»Danke, Misch. Ich weiß, ich verdiene deine Loyalität nicht, aber ich bin trotzdem dankbar.«

»Es ist trotzdem sinnlos«, antwortet er. »Die Geschichte könnte vorerst funktionieren, bis er das Mädchen und ihre Gefühle für dich auf ihrem Gesicht sieht.«

Wenn Nakya irgendwelche offensichtlichen Gefühle für mich hat, kann ich selbst sie nicht sehen. Sie ist fester verschlossen als eine Krypta, und wie jeder Dieb, der sein Geld wert ist, möchte ich sie aufbrechen und alle ihre Geheimnisse enthüllen.

»Er wird sie nicht sehen«, versichere ich ihm.

»Ich würde mich nicht darauf verlassen«, sagt Mischa. »Ich soll dir nämlich eine Nachricht überbringen.«

»Was für eine Nachricht?«

»Er will sie auf der Weihnachtsfeier haben.«

Meine Finger umfassen das Lenkrad fester. »Warum die Weihnachtsfeier?«

Mischa zuckt mit den Achseln. »Ich weiß nicht, warum.«

Viktor testet mich immer noch. Das ist der einzige Grund. Er will sich meiner Loyalität zu Ana versichern, und ich fürchte, was diese Party mit sich bringen könnte.

Ich steuere einen Drive-in an, wo Mischa zwischen zwei Zügen an seiner Zigarette bestellt, und dann parken wir, während er isst. Er hatte mir gesagt, er hätte etwas für mich und ich will es erfahren, aber zuerst muss er für das bevorstehende Gespräch nüchtern werden.

Im Auto ist es ruhig, also schalte ich das Radio ein und rauche eine weitere Zigarette. Mischa isst zwei Burger und eine große Portion Pommes, bevor er sich nach hinten lehnt und seinen Bauch tätschelt. »Viel besser.«

»Ich habe nicht den ganzen Tag Zeit, Mischa.«

»Ich weiß«, sagt er. »Aber sei nicht sauer. Es geht nicht wirklich um deine Mutter.«

»Was zum Teufel ist es dann?«

»Wie sich herausstellt, haben Manuel und eine seiner Wachen den gleichen Geschmack bei Frauen. Oder genauer gesagt bei einer Frau. Sie haben beide die gleiche Braut gevögelt. Mein neuer Freund Eduardo ist hochmotiviert, seinen Job und seinen Schwanz zu behalten.«

»Also, wir haben einen drin?«

»Wir haben einen drin.« Mischa nickt. »Aber der Typ ist ein Niemand. Er konnte mir nicht viel besorgen, nur ein paar alte Überwachungsvideos aus dem Keller. Und deine Mutter ist auf keinem von ihnen.«

»Also, was ist da drauf?«, frage ich.

Er wirft mir sein Handy zu, und ich entsperre den Bildschirm. Es gibt eine endlose Anzahl von Dateien, die zur Ansicht bereit stehen, und ich bin mir nicht einmal sicher, wo ich anfangen soll.

Das erste Video, das ich öffne, enthält ein eindringliches Bild von Nakyas Mutter im Bett, spät in der Nacht. Ich spule Stunden vor, in denen nichts passiert, bis Manuel kommt und offensichtlich betrunken in den Raum stolpert. Es gibt keinen Ton, aber der ist auch nicht nötig. Der Anblick, den ich nicht so schnell vergessen werde, reicht vollkommen. Er schlägt sie, fickt ihren bewusstlosen Körper und lässt sie in einer dreckigen Pfütze zurück, als er ins Bett steigt.

Das nächste Video ist ähnlich, nur findet es diesmal in der Küche statt. Er verbrennt ihre Hand auf dem Herd und drückt ihr Gesicht in eine Spüle voller Spülwasser. Als sie nach Luft schnappt, motiviert mich ein ekelhaftes Bedürfnis, das Bild von ihrem Gesicht einzufrieren. Ohne ihren Schleier sieht sie Nakya unglaublich ähnlich, und mir fällt auf, dass genau das aus ihr werden wird, wenn ich sie zu Manuel zurückschicke. Eine leere Hülle mit toten, seelenlosen Augen.

»Wann wurde das aufgenommen?«

»Fünf Jahre vor ihrem Tod«, antwortet Mischa.

Manuels Frau starb lange bevor sie es ins Grab schaffte. Sie war auch ein Opfer, und wenn er das seiner eigenen Frau antun konnte, kann man sich vorstellen, was aus seinen Geliebten wurde.

Meine Brust wird eng, während ich durch die Bilder scrolle. Es gibt Hunderte von tonlosen Videos. Tausende von Stunden seines Missbrauchs.

»Eduardo erzählt mir, dass Manuel sich die Videos oft ansieht, wenn er betrunken ist«, sagt Mischa.

Er hat sie aufgehoben, weil er krank ist. Er hat sie aufgehoben, weil er eine abscheuliche Energieverschwendung ist, die es nicht verdient, einen weiteren Tag auf dieser Erde zu verbringen.

Ich bin versucht, es hinter mich zu bringen und ihn jetzt zu töten. Aber diese Gedanken kommen zu einem abrupten Stillstand, als mir ein weiteres Video auffällt. Eines, das nicht Manuels Frau zeigt, sondern seine Tochter. Säure kocht in meinen Eingeweiden, bevor ich es überhaupt öffne. Ich sollte es nicht tun. Es sollte meine Entscheidung nicht beeinflussen. Was in Nakyas Vergangenheit geschah, kann nicht geändert werden. Aber mein Finger schwebt trotzdem über der Play-Taste. Wenn ich mir dieses Video ansehe, wird es die Dinge verändern. Es wird mich verändern. Mischa weiß es, und ich kann seine Beweggründe dafür nicht verstehen.

»Warum zeigst du mir die hier?«

»Du wolltest Manuels Charakter kennenlernen.«

»Ich wusste von Anfang an, dass Manuel Valentini nicht den Atem wert ist, den man braucht, um seinen Namen zu sagen«, spotte ich. »Also, verarsch mich nicht.«

»Ich wurde neugierig auf das Mädchen.« Er zuckt mit den Schultern. »Sie scheint verrückt zu sein.«

»Ist sie nicht«, knurre ich.

Das ist eine Lüge, und man braucht kein Team von Psychiatern, um das festzustellen. Aber ich will nicht, dass er so über sie spricht. Ich will nicht, dass irgendjemand so über sie spricht. Das ist mein Geheimnis, das ich bewahren muss. Sie ist meine kaputte Puppe, die ich reparieren muss, und meine allein.

»Schau es dir einfach an«, erwidert Mischa.

Ich klicke auf Play, und mein Magen zieht sich bei den körnigen Bildern auf dem Bildschirm zusammen. Mein Verdacht war berechtigt, und das ist die Bestätigung. Manuel war nicht nur seiner Frau gegenüber gewalttätig. Er war auch Nakya gegenüber gewalttätig. Sie verschüttet ein Glas Wasser auf dem Teppich, und sofort schlägt er sie so heftig mit seinem Handrücken, dass sie schlaff in den Couchtisch knallt.

Ich weiß, dass ich aufhören sollte. Es kann mir egal sein, weil es ihre Umstände nicht ändern wird. Aber es gibt nichts so Intimes wie das Erleben ihres Schmerzes, und ich kann mich nicht dazu bringen, von den Schrecken wegzuschauen, die sie ertragen hat. Ich muss sie verstehen. Ich muss ihre dunkelste Schande kennen.

Dem ersten Video schließt sich das nächste an, bis es ein endloser Strom von Wildheit ist, der nur noch schlimmer wird. Manuel zieht an den Haaren. Schubst sie. Schlägt sie. Beißt sie. Der Missbrauch schreitet mit ihrem Alter voran, und schließlich bekommt sie seine

Fäuste und sogar seine Füße zu spüren, wenn er sie tritt.

Meine Fäuste zittern mit einem unbändigen Zwang, sie in Manuels Blut zu baden. Ich will ihm seine Lebenskraft entziehen. Ich will ihm ins Gesicht schlagen, bis nichts mehr davon übrig ist. Mischa sieht es und beschließt weise, mir nicht zu sagen, dass er recht hatte. Dieses Video hat nur das verfestigt, was ich bereits wusste.

Nakya ist in mir. Sie hat den Dieb besiegt, indem sie etwas gestohlen hat, was ihr nicht gehört. Und wenn ich Manuel töte, wird es nicht für meine Mutter sein.

Es wird für sie sein.

20

Tanaka

Ich zögere am Ende des Bettes, und bin der für mich ausgelegten Kleidung überdrüssig. Der Kleidung, die ich ausgesucht habe. Es sind schöne Sachen. Wunderschöne Sachen. Dieselben, die ich schon oft getragen habe.

Was mein Vater mir beibrachte, war, dass ich mich immer züchtig kleiden soll. Züchtig heißt übersetzt Röcke, Blusen und feminine Kleider. Die einzigen Hosen, mit denen ich davonkommen konnte, waren die Leggings, die ich im Unterricht trug. Aber solange ich mich erinnern kann, fragte ich mich, wie es wäre, alles zu tragen, was ich wollte.

Ich sammelte früher Zeitschriften und bewunderte die Hochglanzfotos von Frauen in ihrer mutigen Kleidung. Jeans, zerrissene Blusen und trendige neue Modestücke, die mein Vater nie akzeptieren würde. Ich träumte von einem Tag, an dem ich so etwas tragen könne, obwohl ich bezweifelte, dass er kommen würde. Meine Kleidung beruhte schon immer auf einer unbeugsamen Wahrheit.

Ich bin ein gutes Mädchen, das tut, was man ihm sagt.

Aber im Moment ersticken mich die neutralen Töne auf dem Bett mit ihren Lügen. Weil ich kein gutes Mädchen mehr bin. Ich wäre eine Betrügerin, wenn ich sie jetzt tragen würde, und ich bin überrascht, wie wenig mich diese Tatsache stört.

Etwas ist in mir zerbrochen, als Nikolai mich mitnahm. Der Druck, den ich fühlte, zerplatzte wie ein Ballon. Ich habe ihn schon so lange, dass ich nicht dachte, dass ich jemals befreit werden könnte. Aber ich bin es. Die einzige Qual, die ich fühle, ist, dass ich meine Jungfräulichkeit an jemanden verloren habe, dem ich so wenig bedeute. Ein Mann wie Nikolai denkt sich nichts dabei, mich mitten in der Nacht zu nehmen und vor Sonnenaufgang wieder zu verschwinden.

In gewisser Weise wünschte ich, ich könnte so sein wie er. Ich wünschte, es wäre mir egal. Er wird zu mir zurückkommen, und er wird mich wieder nehmen. Etwas, wonach ich mich sehne und das ich ebenso fürchte. Meine Rüstung muss intakt bleiben. Und in der Zwischenzeit muss ich lernen, wie man sich in dieser Welt als die Art von Frau bewegt, die ich immer sein wollte.

Ich nehme die Kleidung vom Bett, gehe zurück in

den Schrank und werfe die wertlosen Sachen auf den Boden. Das Ritual geht weiter, während ich durch die Fächer mit den ausdruckslosen Farben gehe, und den Haufen mit den Dingen, die ich nicht mehr in meinem Leben will, weiter vergrößere. Am Ende bleiben nur noch meine Ballettkleidung und ein paar kleine Schuhkartons am Ende des Schranks übrig.

In einer dieser Kisten finde ich, was ich suche. Eine Jeans. Sie hat immer noch das Etikett, und ich habe sie mehr für die Symbolik als zum Tragen gekauft. Ich habe sie online bestellt, als ich mich tapfer fühlte, und ich habe sie zwei Jahre lang in der Kiste aufbewahrt. Ich habe sie oft herausgenommen, anprobiert und bin mit ihr in meinem Schlafzimmer herumgegangen, so wie es Models tun.

Heute werde ich sie als normale Frau tragen. Eine Frau, die ihre Kleidung frei wählen kann.

Ich kombiniere die Jeans mit einem weißen Trikot und rolle sie an den Knöcheln hoch. Sie sind locker geschnitten. Boyfriend Cut steht auf dem Etikett. Und als ich in den Spiegel schaue, erkenne ich mich selbst nicht wieder, aber es fühlt sich gut an. Und ich beschließe, dass ich vielleicht nicht in der Lage bin, meine gezählten Tage zu kontrollieren, aber solange ich am Leben bin, werde ich leben.

Am Ende des Flurs ist Nikolais Bürotür noch geöffnet. Er schließt sein Büro selten ab, habe ich entdeckt, wahrscheinlich deswegen, weil es da drin nichts zu verbergen gibt. Dort stehen nur ein

Schreibtisch, ein Computer, ein Telefon und sein Cognac.

In den Schreibtischschubladen befinden sich einige wichtige Bürowerkzeuge, aber leider keine Schere. Es gibt jedoch einen Brieföffner. Er ist schwer und scharf, daher gehe ich davon aus, dass er die Aufgabe gut genug erfüllen wird.

Als ich in meinen Schrank zurückgekehrt bin, stelle ich zufrieden fest, dass es so ist. Es zerfetzt die Blusen und Kleider so leicht, dass es geradezu langweilig wird. Trotzdem höre ich nicht auf, bis jedes einzelne Stück ruiniert ist. Und als ich fertig bin, schaue ich auf und sehe, dass Nikolai in der Tür steht und mich neugierig beobachtet.

»Was machst du da?«, fragt er mich.

»Ich will neue Kleidung«, sage ich ihm. »Du kannst sie auf die Rechnung meines Vaters setzten, oder?«

Ich erwarte einen Kampf von ihm. Was ich nicht erwarte, ist das dröhnende Lachen und das erleichterte Lächeln, das sein Gesicht verändert. Es ist das erste Mal, dass ich ihn so unbeschwert sehe, und es wirft mich aus dem Gleichgewicht.

»Ja, wir können es seiner Rechnung hinzufügen«, sagt er. »Jetzt komm her.«

Ich wippe auf meinen Knien zurück, stehe auf und bewege mich mit einem scharfen Bewusstsein für jeden seiner Atemzüge auf ihn zu. Er sieht müde aus, aber ruhig. Himmelblaue Augen erwärmen mich wie die Sonne, und starke, ruhige Hände umschließen mich angenehm, als er mich näher an sich zieht.

»Ich mag dich so«, murmelt er.

»Wie, so?«

Seine Blicke bahnen sich ihren Weg über meinen Körper. Den Körper, den ich immer nur gehasst habe. Und selbst wenn ich mich in seinen Armen zu Hause fühle, kann ich mich nicht wohlfühlen. Ich habe so viele Zweifel an dem, was er sieht, wenn er mich so ansieht. Ist er es, der wahnsinnig ist, oder bin ich es?

Er hebt mein Kinn mit den Fingern an, und seine Stimme ist fest, aber sanft. »Hör auf damit.«

»Womit?«

»Hör auf nachzudenken, *Zvezda«,* fleht er. »Glaub mir ausnahmsweise einmal, wenn ich dir sage, dass du in jeder Hinsicht schön bist. Ja?«

»Okay«, lüge ich.

Sein Atem bläst über meinen Hals, und er küsst den Ort, an dem mein Puls für ihn schlägt. »Es wäre einfacher, wenn du mich hassen würdest.«

Ich lege mein Gesicht an seine warme Brust und spüre seinen Herzschlag. »Du wirst mich zerstören, nicht wahr?«

»Ich dachte, das hätte ich schon getan.«

Dann sind wir beide ruhig. Er beschließt, meine Ängste nicht zu mindern, und ich beschließe, sie nicht aufkommen zu lassen. Er hat recht, dass es einfacher wäre, wenn ich ihn hassen würde. Ich sollte ihn für alles hassen, was er getan hat. Er kann mich nicht gehen lassen, und ich kann ihn nicht dazu zwingen.

Seine Lippen finden die Vertiefung meines Halses, und als er mich küsst, leckt das Feuer an meiner Haut.

Ich erwidere, was er tut, indem ich mich hinstelle, um das Fleisch zu schmecken, das am meisten verboten ist. Das, bei dem ich eine Spur hinterlassen könnte, und ich hoffe, dass ich das tue, als meine Zähne an seiner Haut entlangfahren.

Er stöhnt, als er es fühlt, und die Dinge wenden sich schnell zu seinen Gunsten. Er drückt mich an die Wand, packt meinen Arsch und hebt mich gegen seinen Schritt, während pochende Hitze in meinen Bauch eindringt. Die Träger meines Trikots fallen über meine Schultern und entblößen meine Brüste, als ob sie ihm gehörten. Seine Hand reibt zwischen meinen Beinen, und seine Kleidung reibt an meinen überempfindlichen Brustwarzen. Ich zucke bei jeder Berührung, klammere mich an seine Schultern und lege meine Oberschenkel fest um seine Hüften.

Und ich lerne etwas Neues, aber nichts wirklich Überraschendes über meinen Entführer. Er beißt zurück. Erst in meinen Hals, dann in mein Schlüsselbein und schließlich in meine schmerzenden Brustwarzen. Das Spiel, wer wem seinen Stempel aufdrücken kann, wird sicher er gewinnen, weil ich ihn überall spüre. Rote Flecken bedecken meine Haut, wo er mich geschmeckt hat. Mein Fleisch ist geschwollen und zart, ein Zeugnis seines Besitzes über mich.

Meine Finger winden sich, ziehen an seinem Haar und versuchen, ihn näher zu mir zu bringen, damit ich das Gleiche tun kann. Ich will ihn beißen. Ich will ihn markieren. Und was noch wichtiger ist, ich will ihn besitzen. Er stöhnt und knabbert an meinem Ohr, und sein Atem ist heiß auf meiner Haut.

»Du wirst zu einem sehr bösen Mädchen«, knurrt er. »Eines Tages werde ich es zulassen, dass du mich markierst, Süße.«

Eines Tages.

Die allgegenwärtige Erinnerung daran, dass dies nur vorübergehend ist. Ich versuche, ihn wegzustoßen, und er fängt mich an den Handgelenken ab und schüttelt den Kopf.

»Nicht schmollen, meine Süße. Es wird dein Körper sein, den ich jede Nacht nehme.«

Um das zu beweisen, zieht er mir den Reißverschluss herunter und die Jeans aus. Als Nächstes kommt mein Trikot dran, und im Handumdrehen bin ich nackt. Es ist nicht fair, dass er mir nicht die gleiche Höflichkeit entgegenbringt, sondern nur nach unten greift, um seine Jeans zu öffnen und seinen Schwanz herauszuholen. Aber als ich das braune, schwere Fleisch sehe, sind meine Kritikpunkte schnell vergessen.

»Bist du wund, *Zvezda?*«, fragt er, als er seinen dicken Kopf gegen meine kleine Öffnung reibt.

»Ja«, antworte ich.

Er stöhnt, drückt seine Hüften nach vorne und stößt in mich hinein. Ich schreie, und er knurrt zufrieden gegen meine Brust.

»Du solltest immer wund von meinem Schwanz sein«, erklärt er mir. »Du solltest dich immer daran erinnern, wem du gehörst.«

Er bewegt meine Hüften, neigt sie, um seinen Bedürfnissen gerecht zu werden, und mein Kopf fällt nach hinten gegen die Wand.

»Nimm die Hände hoch«, sagt er, »und halte dich mit deinen Beinen an mir fest.«

Ich hebe meine Hände hoch, und er hält sie mit den seinen an der Wand fest. Meine Beine legen sich um ihn, und das ist das Einzige, was mich hochhält, während er seine Hüften nach vorne stößt. Er quält meine Brustwarzen mit seiner Zunge, während er mich fickt, und es gibt nichts, was ich tun kann.

»Diese Titten gehören mir.« Seine Worte werden von Stößen begleitet. »Genau wie dieser Arsch. Und diese Muschi. Wenn du nichts anderes verstehst, *Zvezda,* dann verstehe das. Du gehörst mir.«

Sein Schwung nimmt mit jeder geflüsterten Erklärung zu, und ich bestätige ihm, dass er recht hat, während die Lust durch meinen Körper schießt. Mein Unterleib krampft, und ich wölbe mich ihm entgegen und ziehe mich um ihn herum zusammen. Wir keuchen. Laut. Hungrig aufeinander. Und ich kann nicht leugnen, wie sehr ich das mag. Er ist in mir, und im Moment ist er auch meiner.

Er hält inne, sieht betrunken aus und zieht verwirrt die Augenbrauen zusammen.

»Hör auf«, drängt er, aber ich mache nichts. Ich kann gar nichts machen, so wie er mich festhält. Dennoch zwingt er seine Hüften zum Stillstand, und seine Finger küssen mein Gesicht. »Ich werde explodieren, wenn du so weitermachst, *Zvezda.*«

»Ich tue nichts«, protestiere ich.

»Doch, das tust du«, beharrt er. »Du zerstörst mich. Wie zum Teufel machst du das?«

Selbst in meinem benebelten Geisteszustand erkenne ich, dass es sich um eine rhetorische Frage handelt. Es ist eine Frage, auf die ich keine Antwort habe, also bleibe ich ruhig und beobachte ihn, während er mich abwechselnd fickt und mich verflucht.

»Sag mir, dass du mir gehörst«, sagt er.

Ich schüttele den Kopf und schließe erschöpft die Augen.

»Sag mir, dass du mir gehörst, und ich werde dich jeden Tag kommen lassen.«

Seine Lügen streuen Salz in die bittere Wunde zwischen uns. Er hat kein Recht, solche Dinge zu sagen.

»Ich werde nicht deine Geliebte sein«, sage ich ihm. »Lieber würde ich sterben.«

Harte Finger drücken mein Gesicht. »Sieh mich an.«

Ich öffne die Augen und schaue in seine flammenblauen. Er stößt härter und schneller, ist entschlossen, mir zu beweisen, dass er immer noch die Kontrolle hat, als er in mir kommt. Und bei seinem letzten gekeuchten Atemzug bestätigt er meine tiefsitzendste Angst.

»Du wirst das sein, was ich will.«

21

Nikolai

»Kol'ka«, begrüßt mich Viktors Stimme vom anderen Ende der Leitung.

»Wie geht es dir?«, frage ich ihn.

Es ist nicht ungewöhnlich, dass er mich anruft, aber ich fürchte es jeden Tag mehr. Je länger ich ihn anlüge, desto wahrscheinlicher ist es, dass ich entdeckt werde. Er wird bald anfangen, Forderungen zu stellen. Forderungen, bei denen mir nichts anderes übrig bleiben wird, als sie zu erfüllen. Das ist das Leben, das ich wollte. Das Leben, in das ich hineingeboren wurde. Und doch fühlt es sich erstickend an.

»Mir geht es gut«, antwortet er. »Ana hat nach dir gefragt. Sie freut sich darauf, dich heute Abend auf der Weihnachtsfeier zu sehen.«

Ich schließe die Augen, lehne mich zurück und bin dankbar dafür, dass er nicht hier ist und die

Anspannung in meinem Gesicht sieht. »Ich freue mich auch darauf, sie zu sehen.«

Die Worte fühlen sich wie ein Verrat an Nakya an, und dass ist gelinde gesagt beunruhigend. Ich bin ihr nichts schuldig. Meine Pflicht ist das, was wichtig ist.

»Ana hat darum gebeten, dass du heute Abend eine blaue Krawatte trägst«, sagt Viktor. »Sie wird auch in Blau gekleidet sein.«

»Dann werde ich Mischa bitten, eine blaue Krawatte zu besorgen.«

»Ich hoffe, er wird das Mädchen mitbringen?«

Seine Aussage trifft mich unvorbereitet, und es scheint, dass Mischa vergessen hat, dieses Detail zu erwähnen.

»Das wird er«, versichere ich ihm. »Wir fahren zusammen.«

»Sehr gut«, sagt er. »Ich weiß, dass sie keine Russin ist, aber vielleicht wird sie ihm in der Zwischenzeit eine geeignete Begleiterin sein. Ein schönes Spielzeug.«

Ich beiße die Zähne so stark zusammen, dass die Kraft durch meinen Kiefer vibriert.

Die Leitung ist still, und ich weiß, dass ich diese Stille füllen muss. Höflichkeit schreibt vor, dass ich mich über seine Töchter erkundige und jeden Verdacht auslösche, den er Nakya gegenüber hegt. Aber ich kann die Worte nicht erzwingen, egal wie sehr ich es versuche.

Viktor beendet die Stille. »Ich sollte dir wohl sagen,

dass Manuel mit dem Paket, das vor seine Haustür abgeliefert wurde, nicht glücklich war.«

»Ich glaube gern, dass er das nicht war.«

»Aber es wird ihn motivieren, seine Schulden zu begleichen. Oder vielleicht glaube ich einfach nur zu sehr an das Gute in ihm. Ich nehme an, es könnte ihn auch dazu bringen, seine Tochter ganz abzuschreiben.«

»Ich weiß nicht, was er tun wird«, gebe ich zu. Aber keine dieser Optionen ist gut für Nakya.

»Wie kommst du mit deiner Suche nach Antworten voran?«, fragt Viktor.

»Ich werde sie bald haben«, lüge ich.

Noch mehr Stille. Er glaubt mir nicht, und das sollte er auch nicht. Es sieht mir nicht ähnlich, dass ich ihm gegenüber unehrlich bin. Es sieht mir nicht ähnlich, dass ich meine Bruderschaft für meine eigenen egoistischen Wünsche verrate. Aber das habe ich mir selbst zuzuschreiben.

»Ich hoffe es, Kol'ka«, sagt er. »Dir läuft die Zeit davon.«

»Hast du mir eine Krawatte besorgt?«

Mischa nickt und wirft eine Einkaufstüte auf das Bett. Er trägt eine neue Hose und ein schwarzes Hemd, und ich habe nicht übersehen, dass auch sein Haar frisch geschnitten und ordentlich gestylt ist. Obwohl es üblich ist, dass wir für die jährliche Weihnachtsfeier das Beste aus uns herausholen, ist dieses Wissen nicht hilfreich bei meinem Drang, ihm ins Gesicht zu schlagen.

Ich reiße die Tüte auf und nehme meine neue Krawatte heraus.

»Ich habe dir gesagt, sie soll blau sein, du *Doorak*.«

»Du hast mir ausdrücklich gesagt, dass sie rot sein soll«, entgegnet er.

Ich brummele leise noch ein paar weitere Beleidigungen über seine Intelligenz, während ich die Krawatte umbinde. Ich habe ihm ausdrücklich gesagt, er soll Rot nehmen, aber das werde ich nie zugeben.

Es ist nicht Mischas Schuld, dass er in diese Situation gebracht wurde. Außer mir ist niemand schuld. Aber das bedeutet nicht, dass ich damit umgehen kann.

Der einzige Trost, den ich habe, ist, dass, während Nakya heute Abend an seinem Arm hängt, es mein Sperma ist, das immer noch an ihren Beinen hinunterläuft. Sie hatte keine Zeit, mich nach meinen Gründen zu fragen, als ich heute Nachmittag in ihr Zimmer stürmte, sie über das Bett beugte und sie zweimal fickte, um meinen Standpunkt zu verdeutlichen.

Sie gehört mir. Und bald wird sie es mit ihren eigenen Lippen zugeben.

»Wenn dich das stört«, schlägt Mischa vor, »könnte ich heute Abend woanders gebraucht werden. Eine Situation, die nicht warten kann, und wir könnten dieses Problem ganz vermeiden.«

»Welches Problem?« Ich schlüpfe in meine Jacke und vermeide Blickkontakt. »Es gibt kein Problem.«

»Wenn du meine Meinung hören willst …«

»Will ich nicht.«

»Als dein Freund denke ich, dass es gesagt werden muss«, beharrt er auf seinem Ansinnen. »Wenn du die Situation jetzt nicht in den Griff bekommst, wird es für uns alle schlecht enden.«

»Was soll ich in den Griff bekommen, Mischa?«

»Es steht dir ins Gesicht geschrieben, Kolyan. Und wenn ich deine Besessenheit von diesem Mädchen sehen kann, glaubst du, dass es lange dauern wird, bis andere sie auch erkennen? Viktor ist bereits misstrauisch.«

»Mein Gott.« Ich reibe mir die müden Augen. »Ich brauche eine verdammte Zigarette.«

Mischa macht sich schließlich nützlich, indem er mir eine gibt. Ich gehe zum Fenster und setze mich auf die Fensterbank, während ich Rauch in die schwarze Leere der Nacht puste.

»Falls es dir hilft, solltest du wissen, dass ich sie nie berühren würde.«

Ich begegne seinem Blick und lächele. »Ich weiß. Weil ich dich töten würde, wenn du es tätest.«

22

Tanaka

Als Teil meiner Übung, meine Fesseln abzustreifen, treffe ich heute Abend die Entscheidung, mit meinem Make-up mutiger zu werden. Gold hat immer gut zu meinem Hautton gepasst, aber mein Vater fand es billig. Heute Abend trage ich es in Schichten auf, jede von ihnen ein wenig mutiger als die vorherige. Ich habe mir schon Katzenaugen für Ballettaufführungen gemacht, also dauert es nicht lange, bis ich eine perfekte Linie hinzugefügt habe. Der letzte Schliff ist ein Lippenstift in einem knalligen Rotton, den ich am Ende mehrmals auftrage und entferne, bevor ich den Mut finde, ihn draufzulassen.

Es sollte keine Rolle spielen, aber ich habe mir die Anweisungen von Nikolai zu Herzen genommen. Nachdem er mich heute Nachmittag wie ein

Besessener gefickt hatte, schenkte er mir ein rotes Kleid und verließ mich mit einer Anweisung für heute Abend: Ich solle einfach die schönste Frau im ganzen Raum sein. Ein großer Auftrag, und ein unmöglicher noch dazu. Aber wenn ich an die Alternative denke, ist er jede Anstrengung wert.

Die Tür zu meinem Zimmer öffnet sich, und zum zweiten Mal heute stürmt Nikolai herein. Diesmal hat er auch Mischa im Schlepptau. Ich schaue von meinem Schminktisch auf und atme scharf ein. Beide sind ein beeindruckender Anblick, aber Nikolai stiehlt Mischa die Show.

Der schwarze Anzug ist ein Meisterwerk, und ich bedauere jeden Mann, der heute Abend neben ihm stehen wird. Aber schlimmer noch, ich beneide bereits die Frau, die es tun wird.

Mein Herz zieht sich zusammen, aber ich lächele durch den Schmerz und stehe von meinem Stuhl auf, um die beiden Männer zu begrüßen. Ich spüre Nikolais Besitz auf jedem Zentimeter meiner Haut, als sein Blick über mich schweift, aber die Zufriedenheit ist kurzlebig.

»Du wirst heute Abend eng an Mischas Seite bleiben.«

Seine Worte treffen mich ins Herz, und ich schaue zu Mischa, der von der Vorstellung genauso beunruhigt zu sein scheint wie ich.

Ich weiß nicht, was besser oder schlechter ist. Aus der ersten Reihe Nikolais Verabredung mit Ana zu erleben oder zu Hause zurückgelassen zu werden.

Unabhängig davon liegt die Entscheidung nicht bei mir.

»Okay.«

»Du hast noch fünf Minuten.« Nikolai blickt auf seine Uhr. »Triff uns unten, wenn du fertig bist.«

Er geht, und ich verbringe jede Sekunde der nächsten fünf Minuten damit, mir Gründe zu überlegen, warum ich ihn hasse.

Die Autofahrt ist ruhig. Mischa und Nikolai sitzen vorne, und ich hinten. Sie sprechen auf dem Weg kaum miteinander, und die Besorgnis, die zwischen uns allen brodelt, ist so klebrig, dass ich nur schwer atmen kann.

Als wir schließlich auf dem Gelände ankommen, springe ich aus dem Auto und nehme sofort einen tiefen Atemzug von der frischen Luft. Nikolai dreht sich um, um mich kurz anzusehen, bevor er mich näher zu Mischa führt. Es ist Zeit, hineinzugehen, aber keiner von uns bewegt sich. Nikolais Hand ist noch auf meinem Arm, und er lässt nicht los.

»Kolyan«, flüstert Mischa leise.

Sein Ton ist eine Warnung. Nikolais Aktionen erregen unerwünschte Aufmerksamkeit bei den Männern an der Tür, und das ist ein gefährliches Spiel, das er spielt. Aber er scheint sich weder der Folgen bewusst zu sein noch mitzubekommen, was um uns herum passiert. Seine Augen sind auf mich gerichtet, benommen und unsicher.

Also entferne ich mich von ihm und seiner Berührung, um stattdessen Mischas Arm zu ergreifen. Die Gründe dafür verstehe ich selbst nicht. Vielleicht ist es Trotz, vielleicht ist es Eifersucht. Oder vielleicht will ich ihn einfach auf keine Weise in Gefahr bringen. Wenn das stimmt, ist es ein dummes Vorhaben. Ich sollte inzwischen wissen, dass nur ich in Gefahr bin.

Der Abstand zwischen uns scheint Nikolai wieder zur Besinnung zu bringen, und er geht voraus und lässt Mischa und mich zurück. Mischa sieht mich nicht an, und dafür bin ich dankbar. Ich würde gerne vergessen, dass ich ihm meine Jungfräulichkeit angeboten habe. Aber ich bin nicht die Einzige, die mit diesem beschämenden Ereignis leben muss. Ich bin mir sicher, dass Mischa sich höchstwahrscheinlich für alle Ewigkeit daran erinnern wird.

Die Männer an der Tür halten uns an, tauschen Grüße aus, und ich werde erneut an meine Bedeutungslosigkeit in dieser Vory-Welt erinnert. Ich bin keine Frau oder gar eine Freundin, und deshalb bin ich Freiwild für ihre wandernden Augen.

Drinnen begrüßen uns sofort Viktor und seine Tochter. Er scheint in einer fröhlichen Stimmung zu sein, aber Anas Gesicht verzieht sich augenblicklich, und ihr Vater bemerkt es.

»Du trägst Rot«, stellt Viktor fest, während seine Augen Nikolais Krawatte betrachten.

Nikolai antwortet auf Russisch und gibt Mischa die

Schuld für die Verwechslung, aber es trägt wenig dazu bei, Anas unglückliche Stimmung zu lindern. Ich habe es vorher nicht bemerkt, oder vielleicht habe ich einfach angenommen, dass es abgesprochen war. Mischa und Nikolai tragen beide rote Krawatten, und ich trage ein rotes Kleid. Viktor scheint es nicht für einen Zufall zu halten, als sich sein Blick von Nikolai zu mir bewegt und seine Lippen sich angeekelt verziehen. Er sagt, dass er mit Nikolai unter vier Augen sprechen möchte, und sie verschwinden am Ende des Flurs.

Als wir einige Minuten später zum Abendessen gerufen werden, scheint das Problem vorerst gelöst zu sein. Viktor kehrt als sein feierliches Selbst zurück und hat einen Arm um Ana und den anderen um Nikolai gelegt.

Mischa und ich sitzen weiter unten am Tisch, entfernt von den bald frisch Vermählten. Ich konzentriere mich auf das servierte Essen und beschäftige mich mit dem Versuch, jedes Gericht zu identifizieren. Es ist ein Fest, das aus traditionellen russischen Gerichten und Köstlichkeiten besteht. Einige davon habe ich während meiner Zeit bei Nikolai kennengelernt, aber die meisten davon sind mir noch unbekannt.

Das Essen ist nicht so verlockend, wie es sein sollte. Die meiste Zeit verbringe ich damit, es auf meinem Teller herumzuschieben und zu versuchen, meine Aufmerksamkeit vom anderen Ende des Tisches abzulenken. Mehr als einmal spüre ich Nikolais Augen auf mir, aber ich wage es nicht, aufzuschauen. Mit Sicherheit wird er mich dafür bestrafen wollen, dass ich nicht gegessen habe, aber mit Sicherheit ist mir das egal.

Als die Teller abgeräumt sind, wird die Gruppe für Drinks und Gespräche in einen anderen Raum geführt. Mischa und ich bleiben an der Seite des jeweils anderen, wortlos. Aber es dauert nicht lange, bis Nikolai vorbeikommt und einen Befehl erteilt.

Wir werden ihn in fünf Minuten in der Nähe der Toiletten treffen.

Meine Gliedmaßen sind steif, und ich habe das ausgeprägte Gefühl, dass ich über die Planke gehe, während wir den Flur entlangschlendern. Auch Mischa wirkt nervös, und als Nikolai kommt, um uns zu treffen, werden Worte zwischen ihnen ausgetauscht.

Ich kann nur einen Teil des Gesprächs in ihrer Muttersprache verfolgen, da sie so schnell sprechen. Aber von dem Wesentlichen verstehe ich zwei Dinge. Eines davon ist, dass Mischa denkt, dass Nikolai ein Idiot ist, und das Zweite ist, dass Nikolai das Kommando hat, also spielt es keine Rolle, was Mischa denkt.

Nikolai erteilt ihm den weiteren Befehl, vor der Tür Wache zu halten, und dann führt er mich hinein. Das Schloss klickt hinter uns, und ich versuche, wegzugehen. Ich schaffe zwei Schritte, bevor er mich wieder eingefangen hat.

»Warum machst du es schwerer, als es sein muss?«, fragt er mich.

»Ich habe nichts getan«, erwidere ich schnippisch. »Du bist nur wütend, weil du diese Situation nicht kontrollieren kannst.«

Der Rest meiner Worte wird von seinen Lippen verschluckt. Der Kuss ist gewalttätig und besitzergreifend, und er hält mich brutal fest. In Sekundenschnelle zerstört er die Frisur, die ich eine Stunde lang perfektioniert habe, indem sich seine Finger in mein Haar schieben. Es sollte mir etwas ausmachen, dass er sich so kindisch verhält, aber Erleichterung ist alles, was ich fühle.

Er will mich, und nicht sie.

»Sag mir, dass du mir gehörst«, flüstert er. »Und ich werde dich süß ficken.«

Ich schließe die Augen und atme ihn ein. Nelken, Rauch und Gefahr. Es gibt so viel, was er mir schon genommen hat, aber es ist nicht genug. Er will alles, und er wird erst Ruhe geben, wenn er auch meine Seele hat. Aber ich weigere mich, ihm nachzugeben. Ich weigere mich, ihm alles zu geben, wenn ich diejenige bin, die am Ende alles verliert.

Als er die Ablehnung auf meinem Gesicht erkennt, blinzelt er und zwingt mich auf die Knie.

»Dann machen wir es auf deine Weise. Ich werde dich schmutzig ficken, Süße.«

Er öffnet seine Hose, zieht mich an meinen Haaren nach vorne und reibt mein Gesicht gegen die Wölbung in seinem Slip. Er ist bereits knochenhart, und es gibt einen kleinen feuchten Fleck, wo seine Lusttropfen aufgesaugt wurden. Ein Beweis dafür, dass er seit dem Abendessen darüber nachgedacht hat.

»Blas mir einen«, fordert er. »Zeig mir, wie hübsch eine Ballerina mit einem Schwanz im Hals aussieht.«

Ich könnte mich nicht bewegen, wenn ich es versuchen würde. Sein Griff in meinem Haar ist unnachgiebig, aber trotzdem ist sein Slip immer noch im Weg. Er scheint es nicht eilig zu haben, ihn zu entfernen, während er sich an meinem Gesicht reibt. Stattdessen öffnet er das Oberteil meines Neckholder-Kleides und lässt die Träger aus Seide fallen, so dass meine Brüste offen und für ihn zugänglich sind. Sie sind schon empfindlich, und ich zucke, als seine Finger über meine Brustwarzen streichen.

Nikolai scheint dies als Sieg zu betrachten, da sich auf seinem Gesicht ein grausames Lächeln ausbreitet. »Siehst du, kleiner Stern? Es ist nicht so schlimm, ein Spielzeug zu sein. Ich werde dich ficken, wann immer ich will, und du wirst es mögen, weil du so schmutzig bist wie ich.«

Ich versuche, meinen Kopf zu schütteln. Ich will es leugnen. Aber er macht seine Worte wahr, als er seinen Slip herunterzieht und mir seinen Schwanz ins Gesicht schiebt. Ich kann seine Erregung riechen, und sie erregt mich. Ich will nicht, dass er recht hat, aber ich brauche diese schmutzige, verkommene Nummer mit ihm. Er muss mich in diesem Badezimmer ficken, um zu beweisen, dass ich alles bin, was er braucht. Und er wird es zu einer Lektion machen, die ich nicht vergessen werde, indem er seinen Schwanz in meinen Mund drückt, bis hin zum hinteren Teil meiner Kehle.

Ich würge, und er streichelt mein Gesicht.

»Meine schmutzige kleine Puppe«, lobt er mit einem abgehackten Atemzug. »Magst du diesen Schwanz in deinem Mund?«

Es ist eine Frage, die ich nicht beantworten kann, weil mein Mund voll von ihm ist. Er will sowieso keine Antwort. Er will mich nur ficken.

Und das tut er auch.

Hart und schnell. Und es passiert zu keinem anderen Zweck, als ihm sofortige Entladung zu bringen. Seine Hüften stoßen und winden sich, während er sich in meinen Mund hineinschiebt und wieder herauszieht. Er ist zu lang, um hineinzupassen, aber es macht keinen Unterschied. Es ist genug für ihn.

Er atmet scharf ein und flucht bei jedem Stoß. Ich mag diejenige sein, die zu seinen Füßen kniet, aber im Moment ist er mein Sklave. Ich möchte diesen Moment hinauszögern. Ich will ihn für immer diese Qualen erleiden lassen. Aber letztendlich bekommt er die Kontrolle immer wieder zurück.

Lange, dunkle Wimpern legen sich auf seine Haut, als er die Augen schließt, sich nach vorne drückt und mich an Ort und Stelle hält, während sein Schwanz in meinem Mund zuckt. Herausziehen ist keine Option für ihn. Er will nicht, und nach meiner Ablehnung ist er entschlossen, mir zu beweisen, dass er mich besitzt.

Ich bin nicht bereit, so leicht nachzugeben, und als

er ihn aus meinem Mund zieht, spucke ich sein Sperma auf den Boden. Er belächelt meinen Trotz.

»Ich sollte dich dazu bringen, das aufzulecken.«

»Du könntest es versuchen«, fordere ich ihn heraus.

»Ich denke, du würdest es zu sehr mögen«, sagt er.

Mit meinem Haar als Anker wischt er seinen weich werdenden Schwanz an meiner Wange ab und massiert sein letztes Sperma in meine Haut ein. Ich starre ihn an, und er reicht mir seine Hand. Er führt mich zum Waschbecken, und als ich mich selbst im Spiegel sehe, bin ich entsetzt von meinem Anblick. Mein Lippenstift ist verschmiert, und die Wimperntusche läuft über mein Gesicht. Mein Haar ist durcheinander und meine Haut fleckig.

Welche Zufriedenheit ich auch immer in dieser Wendung der Ereignisse empfand, sie verblasst schnell. In wenigen Augenblicken wird Nikolai zu seinen Aufgaben als zukünftiger Ehemann von Ana zurückkehren und vergessen, was hier passiert ist. Und ich muss mich fragen, ob er mich auch bald vergessen wird. Wenn Ana seinen Ring und seinen Stern trägt, wird er sie nehmen, wie es ihm gefällt. Das hinterlässt einen bitteren Geschmack auf meinen Lippen, und ich hasse ihn schon jetzt dafür.

»So siehst du hübsch aus«, sagt Nikolai, als er ein Papiertuch benetzt. »Schmutzig und von mir benutzt. Ich mag das sehr, *Zvezda.*«

»Ich nehme an, deine Frau wird nie so aussehen«, antworte ich. »Du wirst sie wahrscheinlich anders behandeln, wenn man bedenkt, dass sie Viktors Tochter ist.«

Er reibt sich den Nacken, und seine Anspannung kehrt zurück. »Sprich nicht über Dinge, von denen du keine Ahnung hast.«

»Ich weiß mehr, als du mir zutraust. Du wirst sie heiraten, und es hat keinen Sinn, das zu leugnen. Je länger du mich behältst, desto mehr riskierst du deine und meine Zukunft. Also, flehe ich dich jetzt an, Nika. Lass mich gehen, bevor du mich satthast. Lass mich mein eigenes Glück finden und dich so in Erinnerung behalten, bevor alles schiefläuft.«

»Du bist ein tapferes Mädchen.« Er beugt sich nach vorne, so dass seine Worte meine Lippen berühren. »Aber du weißt, dass ich dich nicht gehen lassen kann, Nakya. Ich habe dich gestohlen, und ich werde dich behalten, bis ich bereit bin, mich zu verabschieden.«

Das ist kein Eingeständnis seiner Gefühle. Diese Worte können alles bedeuten. Er bricht mich gerne, damit er mich wieder zusammensetzen kann.

Der Beweis liegt in seinen Gesten, die mich Schritt für Schritt schwächen. Ein sanftes Streicheln des Stoffes, ein Richten meines Haares. Das Zubinden meines Kleides und der weiche, zarte Kuss, den er auf meinen Lippen hinterlässt. Vielleicht sind sie süß.

Oder vielleicht wischt er nur die Beweise weg.

23

Tanaka

Nikolai verlässt zuerst das Badezimmer und gibt mir Zeit, meine Gedanken zu sammeln und meine emotionale Rüstung zu verstärken. Als ich nach draußen gehe, wartet Mischa im Flur auf mich, und sein Gesicht ist ausdruckslos. Wie Nikolai hat er starke slawische Züge, blasse Augen und das Gesicht eines Wikingers. Er hat alle Attribute, die ihn für viele Frauen sehr attraktiv machen würden, aber ich bin keine von ihnen. Es scheint, dass das Gefühl auf Gegenseitigkeit beruht, denn er kann mich kaum ansehen.

»Es tut mir leid«, sage ich ihm. »Wegen jener Nacht …«

»Es gibt nichts, was dir leidtun muss«, antwortet er. »Und es ist wahrscheinlich das Beste, wenn wir nie wieder darüber reden.«

Ich nicke, und wir schweigen beide wieder. Unten im Saal scheint der Tanz begonnen zu haben. Ich weiß nicht, ob ich jemals bereit sein werde für das, was der Rest des Abends bringt, aber ich würde es lieber hinter mich bringen, als mich in diesem Flur zu verstecken. Mischa hat jedoch andere Absichten. Gerade als ich dachte, das Gespräch sei tot, berührt er meinen Arm, um meine Aufmerksamkeit zu erregen.

»Sind deine Gefühle für ihn echt?«, fragt er. »Oder tust du nur das, was du für das Beste für deine eigene Situation hältst?«

Seine Unterstellung erschüttert mich. Und dass er denkt, dass er das Recht hat, meine Motive in Frage zu stellen, ist lächerlich.

»Du fragst mich, ob ich ihn liebe oder hasse?« Ich starre ihn wütend an. »Das kommt auf den Tag an. Die Stunde. Manchmal auf die Minute.«

Mischa betrachtet mein Gesicht. Es war nicht meine Absicht, dieses schreckliche Wort auszusprechen. *Liebe.* Seine Anschuldigung hat mich verunsichert, und ich habe nicht klar gedacht. Aber natürlich sieht Mischa das nicht so.

»Er kann nicht mit dir zusammen sein, Nakya«, sagt er. »Das musst du wissen. Was auch immer zwischen euch beiden passiert, es spielt keine Rolle. Er kann nie mit dir zusammen sein.«

Ich schlucke die Bitterkeit in meinem Hals hinunter und richte meine Wirbelsäule auf. »Ich weiß.«

»Wenn du dich wirklich um ihn sorgst, dann tu, was das Beste für ihn ist. Verschwinde, solange du noch kannst. Geh irgendwohin, weit weg, und vergiss deinen Namen. Vergiss dein altes Leben, deine Familie und jede Welt, die es je für dich gegeben hat.«

»Das ist eine einfache Lösung für dich«, antworte ich. »Wirst du mir helfen?«

Er senkt den Kopf. »Ich kann nicht.«

»Dann sag mir nicht, dass ich fliehen soll. Ich kann nirgendwo hingehen. Kein Geld, keine Ressourcen ...«

»Finde einen Weg«, beharrt er. »Du bist die Tochter eines Verbrechers. Es sollte nicht so schwer für dich sein, eine Lösung zu finden. Du wurdest hart erzogen, und du bist eine Kämpferin. Wenn du leben willst, dann geh.«

Harte Wahrheiten schmerzen, und diese ist keine Ausnahme. Ich weiß, dass Mischa recht hat. Nikolai ist zu blind in seinen eigenen Konflikten, um in dieser Situation das Notwendige zu tun, und bald wird es zu spät sein. Schon jetzt sehne ich mich nach ihm. Ich vermisse ihn, wenn er weg ist, und ich freue mich auf jeden Moment, den wir gemeinsam haben können. Das ist nicht gesund. Ich habe mich an die Illusion geklammert, dass mein Entführer auch mein Retter sein kann, aber das ist unmöglich.

Ich muss diejenige sein, die weggeht. Aber etwas hält mich immer noch zurück. Ich bin nicht bereit, ihn gehen zu lassen, aber das kann ich Mischa im Moment nicht eingestehen.

»Ich werde versuchen, einen Weg zu finden«, sage ich mit rauer Stimme.

Mischa nickt. Um seines Freundes willen will er

meinen Zusicherungen glauben. Um meines Verstandes willen möchte ich sie auch glauben.

Wir gehen gemeinsam den Flur hinunter und stürzen uns in den Kampf. Lachen und Musik überfallen meine Ohren, und um uns herum ist die fröhliche Party in vollem Gange. Zwischen Trinken, Toasten, Gesprächen und Tanzen versuche ich mich zu orientieren. Ich gehöre nicht hierher. Das ist ein Anlass zum Feiern, und ich habe nichts zu feiern. Jeder ist selig berauscht, funkelt in seiner Pracht, und das Schockierendste von allem ist, dass auch die Liebe anwesend ist. Es gibt so viele verliebte Paare. Ich hätte es nie geglaubt, wenn ich es nicht selbst sehen würde, aber vielleicht ist das, was Nikolai sagte, wahr. *Es gibt keinen anderen Mann, der seine Frau mehr schätzt als ein Vor.* Und im Mittelpunkt all dieser Liebe steht der Mann, der mich nie lieben kann, und tanzt mit seiner zukünftigen Frau.

Ihn mit ihr zu sehen, nachdem er mich gerade verlassen hat, lässt mich zusammenzucken. Ich habe es erwartet. Ich dachte, ich wäre darauf vorbereitet. Aber es nährt nur die Krankheit in mir. Der Glaube, dass ich nie *genug* sein werde. Meine Arme hängen schlaff an meinen Seiten, und ich fühle mich zu schwach, um mich zu bewegen.

Die Qualen bringen mich wieder in die Realität zurück. Sie sind die von mir so dringend benötigte Erinnerung daran, dass es Zeit ist, stark zu sein. Vielleicht war das, was ich Mischa gesagt habe, doch keine Lüge. Vielleicht werde ich bald allein stark sein. Weg von dieser Welt und weg von der Mafia.

»Schau nicht hin«, sagt Mischa. »Das wird es nur noch schlimmer machen.«

Ich wende meinen Blick von Nikolai ab und bin dankbar, dass Mischa hier ist, um mich davon abzuhalten, mich zum Narren zu machen.

»Tanzt du mit mir?«, frage ich ihn.

Er kaut auf seiner Lippe, während er über eine Antwort nachdenkt. Es ist eine gefährliche Frage, und wahrscheinlich nicht fair ihm gegenüber, aber ich möchte etwas tun, um mich von Nikolai abzulenken.

»Er wird mich wahrscheinlich dafür umbringen.« Er gibt mir seine Hand. »Aber es wird sich lohnen, weil ich sagen kann, dass ich mit dem schönsten Mädchen im Raum getanzt habe.«

»Du willst nur, dass ich mich besser fühle.«

»Das ist keine Lüge.« Er grinst. »Ich habe dich nackt gesehen, erinnerst du dich?«

»Ich denke, du hattest recht, als du sagtest, es wäre das Beste, wenn wir nie wieder über diese Nacht sprechen würden.«

Er lacht, und wir tanzen. Für ein paar Minuten bin ich nur ein Mädchen in einem roten Kleid. Keine Gefangene. Keine Ballerina. Keine Mafia-Prinzessin. Mischa gibt mir ein gutes Gefühl, aber er lässt mein Herz nicht flattern. Ich wünschte, er täte es. Es wäre einfacher, wenn er es wäre. Aber er ist es nicht, und als Nikolais Schatten über uns fällt, macht er das ganz deutlich.

»Mischa«, bellt er. »Es gibt Geschäfte im Kosmos, die deine Aufmerksamkeit erfordern.«

Mischa nickt und lässt mich los. »Sicher.«

Er fragt nicht, welche Art von Geschäft seine sofortige Aufmerksamkeit erfordert, weil es keine gibt. Nikolai will nur, dass er verschwindet. Und als Mischa sich verabschiedet hat, bin ich der nächste Punkt auf seiner Tagesordnung.

»Geh und setz dich zu den Frauen«, befiehlt er mir. »Die Männer kümmern sich jetzt um die Geschäfte.«

Ich werfe dem Höhlenmenschen einen bösen Blick zu und gehe wortlos. Er verdient weder meine Worte noch den Atem, den ich brauche, um sie auszusprechen.

Die Frauen sind in einem angrenzenden Raum versammelt, der mit Tischen und Stühlen übersät ist. In kleinen Gruppen trinken und tratschen sie. Ich gehe durch die Menge und wähle einen leeren Tisch im hinteren Teil, wo ich mit meinen Gedanken allein sein kann.

Im Nachbarraum kümmern sich die Männer um das Geschäft, was in Wirklichkeit bedeutet, Whiskey zu trinken und Zigarren zu rauchen. Das ist in jeder Mafiakultur gleich.

»Tanaka.«

Es scheint, dass mein Rückzugsort nicht vor allen sicher ist, weil Alexei mich gefunden hat. An seiner Seite klammert sich eine geisterhafte Frau an seinen Arm. Seine Frau sieht gespenstischer aus, als ich sie mir vorgestellt hatte. Tragisch ist das einzige Wort, das mir einfällt, um sie zu beschreiben. Sie ist wunderschön und blass, aber leer.

Ich schenke ihr ein zurückhaltendes Lächeln, und Alexei streicht mit seinen Handflächen über ihre Schultern. »Es wird alles gut, Solnyshko. Du hast deinen Stern, ja?«

Sie berührt die Tätowierung auf ihrer Hand, wo ihr Mann seine Spuren an ihr hinterlassen hat, und ein kleines Feuer der Eifersucht entfacht sich in mir. Ich will nicht in Besitz genommen werden. Ich will kein Eigentum sein. Aber so wie seine Augen weicher werden, wenn seine Blicke auf sie fallen, ist es offensichtlich, dass er sie liebt. Er würde alles für sie tun, und das ist es, was sein Stern bedeutet.

»Ich bin nur ein paar Schritte entfernt, wenn du etwas brauchst«, sagt er.

»Okay.«

Alexei lässt sie widerwillig gehen, und sie kommt, um sich neben mich zu setzen. Es herrscht ein unangenehmes Schweigen zwischen uns, während ich versuche, den besten Ansatz für diese Situation zu finden. Alexei wollte, dass ich mich mit ihr anfreunde. Das Mädchen hat alle neun Kreise der Hölle durchlaufen und braucht eine Verbündete in dieser seltsamen neuen Welt. Sie wurde nicht in die Mafia geboren, das ist offensichtlich, als ihre Augen durch den Raum huschen.

»Ich passe hier auch nicht rein.«

»Was meinst du damit?« Ihre Antwort wird mit einer leisen und kindlichen Stimme ausgesprochen.

Ich beschließe, ehrlich mit ihr zu sein. Jemand, der so viel durchgemacht hat wie sie, wird es zweifellos schwierig finden, jemandem zu vertrauen. Aber wenn ich das Spielfeld ausgleiche, könnte sie sich öffnen.

»Ich bin nur ein Pfand«, erkläre ich. »Mein Vater hat hohe Schulden, und ich stehe unter Nikolais Verantwortung, bis er sie zurückzahlt.«

»Oh. Wann wird das wohl sein?«

»Niemals«, antworte ich. »Mein Vater kann nicht bezahlen.«

Ihre Augen weiten sich, und sie sieht von dem Gedanken ergriffen aus. »Also, was wird mit dir passieren?«

Ich blicke durch den Raum, suche unbewusst nach meinem Entführer, und es scheint, dass Ana nicht die Einzige ist, die um seine Zuneigung kämpft. Es gibt noch eine andere Frau, die ich nicht kenne, die ihren Weg in seine Umlaufbahn findet. Ich zwinge meine Aufmerksamkeit zurück zu Talia und halte meine Hände in meinem Schoß. »Was auch immer Nikolai entscheidet.«

Sie ist einen Moment lang still, und ich denke, dass ich vielleicht doch den falschen Weg eingeschlagen habe.

»Ich war auch ein Pfand«, platzt sie heraus.

Ich lächele sie an. »Ich weiß.«

»Wirklich?«

Ich will unsere aufkeimende Freundschaft nicht gefährden, also werde ich die Dinge, die Alexei mir erzählt hat, nicht erwähnen. Wenn ich wirklich ihre

Freundin sein will, wäre es ein Fehler, ihr zu sagen, dass sein Wunsch der einzige Grund ist, warum wir uns heute Abend zusammengefunden haben. Sie wäre die einzige echte Freundin, die ich je hatte.

»Ich habe zufällig gehört, wie Nikolai dich erwähnt hat«, sage ich.

»Oh.«

Wir fallen in eine natürliche Stille und beobachten das Chaos um uns herum, aber es ist schwierig, die unverhohlenen Blicke der anderen Frauen zu ignorieren. Talia neben mir zappelt, und Anspannung macht sich auf ihrem Gesicht breit.

»Keine Sorge. Du wirst dich daran gewöhnen. Sie mögen dich nicht, weil sie nie du sein werden.«

Talia zieht ihre Augenbrauen zusammen. »Das verstehe ich nicht.«

»Dein Mann.« Ich nicke zu dem anderen Raum. »Er ist der … Ratgeber von Viktor. Er ist in jeder Hinsicht wichtiger als ihre Ehemänner, was bedeutet, dass du das auch bist.«

»Oh.«

»Sie sind sehr traditionell«, erkläre ich ihr. »Ihr werdet bald eine Familie gründen?«

»Das ist es, was Alexei sagt.« Sie ringt ihre Hände auf ihrem Schoß.

»Er ist attraktiv. Du hast Glück. Nikolai schätzt ihn sehr.«

»Tut er das?«

»Das tut er«, versichere ich ihr. »Ich finde es

allerdings seltsam, wie ähnlich sie sich manchmal sehen. Du nicht auch?«

Ich bin mir nicht sicher, warum ich es überhaupt erwähnt habe. Es ist nicht meine Sache, aber ich denke, es könnte wichtig für sie sein, das zu wissen. Als ihre neue Freundin möchte ich ihr alle möglichen Vorteile geben, um diese Welt zu überleben. Und während die Rivalität zwischen Alexei und Nikolai noch lebt und Feuer spuckt, täte Talia gut daran, den Drachen nicht zu reizen.

Sie hat allerdings keine Chance, darauf zu antworten. Ein unbezwingbarer Schatten fällt über uns, und bevor ich überhaupt hinschaue, weiß ich, dass es nur ein Mann sein kann.

»Nakya.«

Nikolai stellt sich zerknirscht vor mich. Die Schatten unter seinen Augen sind in diesem Licht stärker ausgeprägt, und ich frage mich, ob er gut geschlafen hat. Aber dann erinnere ich mich daran, dass es mir egal ist. Er sagt mir, dass wir bald fahren werden, und richtet dann seine Aufmerksamkeit auf meine neue Freundin.

»Talia, ich hatte noch keine Gelegenheit, mich richtig vorzustellen.«

Sie schaut mich um Zustimmung bittend an, und ich denke, sie ist verwirrt wegen seiner Freundlichkeit. Nach ihrer Erfahrung mit Männern im Allgemeinen ist es kein Wunder, aber selbst ich bin überrascht von Nikolais Sanftheit. Er spürt ihre Angst und kniet sich auf unsere Augenhöhe, um sie zu beruhigen.

»Ich muss mit dir reden«, sagt er mit gedämpfter Stimme.

Ihre Augen sind immer noch auf meinem Gesicht, und ich tue mein Bestes, um ihr zu versichern, dass es in Ordnung sein wird. Nikolai mag vieles sein, aber ich weiß, dass er ihr nicht wehtun wird, und ich möchte, dass Talia das auch weiß.

»Alexei wird nicht auf mich hören«, beginnt er. »Er will nicht mit mir reden. Aber ich weiß, dass er auf dich hören wird. Sergei wird das nicht vergessen. Katya auch nicht, was das betrifft. Ihr solltet beide vorsichtig sein.«

Ich weiß nicht, wovon er redet, aber Talia scheint es zu wissen. Sie bekommt keine Gelegenheit, zu antworten. Alexei hat uns von der anderen Seite des Raumes aus gesehen und kommt jetzt schnellen Schrittes auf uns zu, um Nikolai die Hölle heißzumachen.

Nikolai steht auf und nimmt eine Angriffsposition ein. Sie fahren fort, sich auf Russisch zu streiten, wobei es wieder um dasselbe Thema geht. Irgendwie kommt alles immer wieder auf Katya zurück. Mein Mitgefühl gilt Alexei. Ein solcher Verrat durch seinen Bruder würde sicherlich eine bleibende Narbe hinterlassen, und ich kann mir überhaupt nicht erklären, warum Nikolai ihn derart verletzen würde.

Sie scheinen allerdings nicht vorzuhaben, noch einen Abend mit Streitereien zu ruinieren, denn auf einmal schweigen beide. Aber Nikolai ist nicht der Einzige, der Alexeis Wut zu spüren bekommt. Als er sich umdreht, um seine Frau von ihrem Stuhl zu ziehen, sind seine Worte hart und ungerecht.

»Geh ins Bad und beruhige dich. Und wenn du zurückkommst, kannst du vielleicht den Rest des Abends mit einem besseren Urteilsvermögen überstehen.«

Talia schrumpft angesichts seines unprovozierten Ausbruchs, und ich fühle das Bedürfnis, sie zu beschützen.

»Ich werde sie begleiten.«

»Das wirst du nicht«, antwortet Alexei . »Sie muss lernen, sich bei diesen Veranstaltungen zu benehmen.«

Talia geht, und ich schaue ihren Mann finster an. Ich hielt ihn für einen respektablen Mann, aber genau wie Nikolai lässt er seinen hartnäckigen Stolz sein Leben regieren. Er ist ein Narr, und das möchte ich ihm gerne sagen, aber wenn ich Talia wiedersehen will, sollte ich meine Gedanken besser für mich behalten.

Talia ist länger weg, als ich erwartet habe, und als sie schließlich zurückkehrt, ist ihr Gesicht tränenüberströmt, und sie ist sichtbar erschüttert. Aber als sie ihren Mann sieht, wird es nur noch schlimmer. Er ist auf der anderen Seite des Raumes mit der gleichen Frau, die sich vorhin an Nikolai herangemacht hat. Instinktiv weiß ich, dass es Katya sein muss.

Ohne Vorwarnung bricht Talia zusammen, und ich eile zu ihr. Nikolai ist nicht weit hinter mir, und bevor ich mich entscheiden kann, was zu tun ist, hebt er sie in seine Arme und trägt sie den Flur entlang. Wir finden eine leere Liege, und er macht es ihr so bequem wie möglich, während ich neben ihr sitze und nach ihrer Hand greife.

Es ist die einzige Unterstützung, die ich anbieten kann. Als wir versuchen, mit ihr zu sprechen, ist sie an einen anderen Ort in ihrem Kopf gegangen. Unsere Fragen bleiben unbeantwortet, und sie starrt ins Nichts.

»Hol Alexei«, befiehlt mir Nikolai.

Ich will sie nicht verlassen, aber ich tue, was er mir sagt.

24

Nikolai

Alexeis Frau ist verzweifelt und offensichtlich traumatisiert, aber ich kann nicht viel für sie tun. Ich bleibe ruhig an ihrer Seite und bin für sie da, bis Nakya mit Alexei zurückkehrt. Anstatt die Situation als das zu sehen, was sie ist, verliert er die Beherrschung, während er den Flur entlanggeht.

Ich stehe auf, um ihm entgegenzugehen, aber er ist nicht in der Lage, zu hören, was ich zu sagen habe. Er reagiert zuerst mit der Faust. Ich weiche dem Schlag aus, aber ich bin kein Mann, der sich zurückzieht. Ich bin bereit, ihn auf seinen Platz zu verweisen, als sich Nakya zwischen uns stellt, die Handflächen hochhebt und ein strenges Gesicht aufsetzt.

Auf Russisch informiert sie uns ruhig, dass dies weder der richtige Zeitpunkt noch der richtige Ort ist, und lenkt unseren Fokus auf Talia. Ich brauche eine ganze Minute, um zu registrieren, dass sie meine Muttersprache spricht. Meine kleine Lügnerin ist mit der Sprache recht gut vertraut, spricht aber wie die meisten Anfänger, langsam und stockend. Sie hat einen ungünstigen Zeitpunkt gewählt, um ihren Trick aus dem Hut zu zaubern, aber ich lasse das Thema fallen.

Sie hatte recht, unsere Aufmerksamkeit wieder auf Talia zu lenken, und ich hoffe, dass Alexei das auch so sehen wird. Wie mir steht ihm sein Temperament häufig im Weg, und er findet es schwierig, zuzugeben, wenn er sich irrt. Um Talia nicht weiter zu verärgern, setzen wir unser Gespräch in einem Mischmasch aus Russisch und Englisch fort.

»Ich sollte dich töten, weil du es gewagt hast, meine Frau anzusehen«, sagt Alexei.

»Tu, was du tun musst«, seufze ich. »Ich habe sie getröstet. So wie du es hättest tun sollen. Anstatt dieses Spiel zu spielen, das du immer noch spielst.«

Alexei schaut auf seine Frau, und trotzdem ist es seine Standardreaktion, an ihrer Loyalität zu zweifeln.

»Wenn du jemanden bestrafen willst, Ljoschka, dann mich. Nicht sie. Sie hat nichts falsch gemacht, und doch behandelst du sie so, als ob …«

»Sag mir nicht, wie ich mich verhalten soll. Das ist meine Ehe. Mein Geschäft.«

»Ich sage dir das nicht als Vor«, sage ich. »Ich sage dir das als dein Bruder. Das ist nicht der Mann, den ich kenne.«

Stille legt sich über uns. Alexei scheint verwirrt zu sein, dass ich unsere gemeinsame DNA offen zugegeben habe. Er glaubt, dass es Sergeis größte Schande ist, aber er sollte wissen, dass es nicht die meine ist.

»Es ist an der Zeit, dass wir dem ein Ende setzen, *Bratan.*«

Er schiebt seine Brust heraus, und sein Mund verzieht sich zu einem höhnischen Lächeln. »Ja, ich glaube, das ist es.«

Es ist nicht misszuverstehen, dass die Worte eine Bedrohung darstellen. Er ist ranghöher als ich, und er steht in Viktors Gunst. Alexei müsste nur den Mund aufmachen, um Viktors Meinung über mich zu ändern. Sollte er sich jemals dazu entscheiden, meine Indiskretion mit Katya offenzulegen, würde der *Pakhan,* ohne es sich zweimal zu überlegen, meinen Tod anordnen.

»Es tut mir leid, wie ich die Dinge mit Katya geregelt habe«, sage ich. »Aber ich bereue es nicht, Ljoschka. Sie hat dich getäuscht.«

»Wir diskutieren das nicht«, antwortet er.

»Du musst verstehen, dass sie deinen Ruf in der Vory ruiniert hätte, wenn du sie geheiratet hättest.«

»Es ist dein Ruf, der ruiniert sein sollte«, schnaubt Alexei. »Du hast vielleicht Sergeis Anerkennung, aber du bist kein Ehrenmann. Du verdienst die Sterne, die du trägst, nicht.«

Wenn die Beleidigung von einem anderen Mann

gekommen wäre, hätte ich ihm die Kehle durchgeschnitten. Aber das ist mein Bruder, und ich bin diesen Kampf zwischen uns leid. Ich bin es leid, dass wir unsere Worte verschwenden.

»Du warst schon immer eifersüchtig auf mich, *Bratan*.«

Alexei ist bereit, mir einen weiteren ebenso heftigen Schlag mit seiner Zunge zu versetzen, als ich meine Hand hebe. »Und ich war immer eifersüchtig auf dich.«

Er antwortet nicht, und ich bezweifele, dass er mir glaubt. Das Schlimmste an den grausamen Worten, mit denen Sergei seinen ersten Sohn beschenkt hat, ist, dass Alexei ihnen glaubt. Wenn sein Vater sagt, dass er kaputt ist, muss es stimmen. Wenn sein Vater sagt, dass er wertlos ist, wie kann er das bestreiten? Sergeis Zuneigung zu mir hat seine Probleme nur noch verstärkt.

»Es tut mir zutiefst leid, dass ich dir Schmerzen bereitet habe, Lyoshka. Was auch immer du tun möchtest, ich werde deine Entscheidung als Mensch und Vor respektieren. Wenn du mich in meinen Tod schicken musst, damit du Frieden bekommst, dann flehe ich dich an, es zu tun. Aber ich bin fertig mit diesem Krieg zwischen uns.«

Mein Appell ist echt, und ich hoffe, dass Alexei das erkennen kann. Aber er gibt mir keine Antwort, und wir kommen zu keiner Entscheidung. Plötzlich taucht Katya auf, und wie immer ist ihr Timing nicht ideal.

Aber ich weigere mich, ihr eine Minute meiner Zeit oder Aufmerksamkeit zu schenken, als ich mich neben Nakya stelle.

»Deine Frau sieht krank aus«, stellt Katya fest. »Du musst meinem Dienstmädchen erlauben, sich um sie zu kümmern, damit du zurückkommen und die Party genießen kannst, Ljoschka.«

Sie hat die Angel ausgeworfen, aber Alexei beißt nicht an.

Er schaut zu Talia, und seine Augen werden weicher. »Ich bringe sie nach Hause.«

»Aber das kannst du nicht«, widerspricht Katya. »Es steht noch so viel auf dem Programm. Ich habe so hart an der Planung gearbeitet …«

»Meine Frau ist wichtiger als deine Party«, sagt er. »Sie ist die wichtigste Frau in meinem Leben.«

DIE AUTOFAHRT MIT NAKYA NACH HAUSE IST IN ETWA so angenehm, wie ich es erwartet habe. Sie ist entweder müde oder wütend, aber wenn ich eine Vermutung aufstellen müsste, ist es nicht schwer, vorauszusagen, für was ich mich entscheiden würde.

Es war nicht meine beste Idee, sie im Badezimmer zu benutzen, nur um sie kurz darauf für Ana stehenzulassen. Es gibt wahrscheinlich viele Dinge, die ich in dieser Situation sagen sollte, aber es gibt nur eine Sache, die ich tun kann.

Ich kann es mir nicht leisten, ihr Hoffnung zu machen, wenn es keine gibt. Ich werde ihre Intelligenz nicht beleidigen, indem ich sie über unsere verlorene Beziehung anlüge. Aber es ändert nichts an der Tatsache, dass der Gedanke an sie mit jemand anderem mich mit eifersüchtiger Wut erfüllt. Sie hat jedes Recht, mich zu hassen. Sie hat sich dieses Recht verdient. Aber vielleicht nur einmal würde ich gerne ehrliche Zuneigung in ihren Augen sehen.

Als wir durch die Haustür gehen, ist sie im Begriff, allein in ihr Zimmer zu gehen, aber ich nehme ihre Hand in die meine und führe sie die Treppe hinauf und den Flur entlang.

»Was machst du da?«, fragt sie.

Ihr Körper ist müde. Ich habe sie heute grob genommen, und sie ist wahrscheinlich wund, aber ich vermute, dass ihr im Moment einfach alles egal ist.

»Du wirst heute Nacht in meinem Zimmer bleiben«, sage ich ihr.

»Warum?«

Ich strecke mich aus, um ihr Gesicht zu berühren. Das Gesicht einer Zauberin mit den Augen eines Engels. Ich habe noch nie eine Schönheit wie sie gesehen. Ihre Augen schließen sich, als meine Finger die Linie ihres Kiefers entlangfahren, und als mein Daumen über ihre Lippen streicht, atmet sie aus.

»Wenn du meine Frau wärst, würde ich dich jeden Tag anbeten.«

»Aber ich bin nicht deine Frau«, sagt sie. »Und ich werde es nie sein.«

»Lass uns für heute Abend vergessen, dass das so ist.« Ich schließe sie in meine Arme, und sie widerspricht mir nicht.

Ihr Widerstand lässt im Laufe der Minuten nach, und ich küsse sie, einfach um des Küssens willen. Als meine Finger sich auf ihrem Nacken zu dem Knoten aus Seide bewegen, erzittert sie. Wir haben das heute Abend schon gemacht, aber diesmal ist es anders.

Ich löse die Bänder und dann ihren Reißverschluss. Die Seide fällt um ihre Füße, und ich könnte dieses Bild nicht mit allen Farben der Welt nachbilden. Sie sieht wunderschön aus in Rot, aber wenn sie nackt ist, ist sie eine Göttin.

Ihre Brüste sind klein und fest, und wegen ihres Balletttrainings hat sie nie BHs getragen, was mir sehr gefällt. Eine Frau sollte ihrem Mann zur Verfügung stehen, und meine Nakya ist immer für mich da. Ihre Beine sind lang und schlank, stark genug, um das Leben aus mir herauszudrücken, wenn ich sie ficke. Sie ist ein Gemälde, wie ich noch nie eines gesehen habe, und es schmerzt, dass sie ihren Wert nicht kennt. Es kommt vor, dass große Kunstwerke verkannt werden, aber das ist bei ihr nicht der Fall. Ich habe in meinem Leben viele unbezahlbare Dinge gestohlen, aber nichts so Unbezahlbares wie sie.

»Komm.« Ich schiebe ihre Finger durch meine und führe sie zum Bett.

Ich ziehe die Überdecke zurück und mache eine Geste, die ihr sagt, hineinzukommen, aber sie zögert und fragt sich, was das bedeuten soll. Ich würde es ihr sagen, wenn ich es wüsste.

»Bleib heute Abend bei mir«, flehe ich sie an.

Sie gibt nicht so leicht nach. Ihre Augen sind scharf, und ihre Rüstung ist noch intakt.

»Wie viele Frauen hast du schon hierhergebracht?«, fragt sie.

Ihre Eifersucht erweckt meinen Schwanz zum Leben, obwohl ich zu kaputt bin, um sie noch einmal zu nehmen. »Du wirst die erste sein.«

Sie spitzt ihre Lippen, und ich weiß, dass sie mir nicht glaubt.

»Ich bringe keine Frauen in diesen Raum, Nakya. Die einzigen Frauen, die jemals in diesem Raum waren, sind jetzt insgesamt zwei. Du und Nonna. Aber ich muss leider gestehen, dass sie mein Bett nicht wärmt, sie macht es nur.«

Für ein paar lange Atemzüge ist sie völlig still. Als sie endlich in mein Bett kriecht, bin ich versucht, sie zu fesseln und für immer hierzubehalten. Aber im Moment muss die heutige Nacht reichen.

Sie sieht mir dabei zu, wie ich mich ausziehe, und hat ihr Gesicht dabei auf ihre Hand gestützt und das Laken bis knapp über ihre Brustwarzen gezogen. Ich ziehe alles außer meinem Slip aus und lege mich neben sie.

Für einen Moment berühren wir uns nicht. Wir bewegen uns nicht. Ich bin mir nicht einmal sicher, ob sie atmet, aber ich weiß, dass ich es nicht tue. Es ist intimer, eine Frau ohne die Absicht in mein Bett zu bringen, Sex zu haben. Ich bin mir nicht einmal sicher, ob ich weiß, was ich tun soll.

»Ich denke, es ist gut, was du deinem Bruder heute Abend gesagt hast.« Ihre Worte füllen den höhlenartigen Raum aus, und obwohl es nicht das ist, was ich besprechen will, nehme ich an, dass es besser ist, als wie eine Leiche neben ihr zu liegen.

»Wir haben eine angespannte Beziehung. Ich bezweifele, dass es eine Rolle spielen wird, was ich gesagt habe.«

»Ich glaube, er wird dir verzeihen.«

Ich antworte nicht, weil ich nicht so viele Hoffnungen habe.

»Wovor wolltest du Talia warnen?«, fragt sie.

Ich sehe sie an. Sie ist meine Gefangene, und eigentlich muss sie diese Dinge deshalb nicht wissen. Aber mir fällt kein guter Grund ein, sie von ihr fernzuhalten.

»Du verstehst diese Welt. Du weißt, dass Ehre über allem anderen steht, ja?«

»Ja.«

»Der *Pakhan* hat nicht geglaubt, dass mein Vater ein ehrbarer Mann war. Er verlangte, dass ich ihm das Ohr abschneide, und das tat ich. Aber mein Vater ist in seinem Zorn fehlgeleitet, und anstatt sich selbst oder mir die Schuld zu geben, schiebt er alles Alexei in die Schuhe.«

»Oh.« Nakya runzelt die Stirn. »Würde er Talia jemals wehtun?«

»Sergei?«

Sie nickt.

»Ich würde gerne Nein sagen, aber ich weiß es nicht. Er ist ein begabter Lügner, und ich habe oft seinen wahren Charakter in Frage gestellt.«

»Er versteckt ihn vor dir?«

»Manchmal ist das schwer zu sagen.«

Das Eingeständnis ist ehrlich, und mehr als ich ihr geben sollte. Ich kann mir nicht sicher sein, dass sie nicht nur nach Informationen fischt, die sie später gegen mich verwenden kann, aber ich möchte glauben, dass Nakya mehr Ehre hat als das.

»Und was ist mit Katya?«

»Was ist mit ihr?«

»Es war dir wichtig, Talia vor ihr zu warnen.«

»Nur weil sie Alexei im Visier hat. Sie will unbedingt einen hochrangigen Vor zum Ehemann, und sie ist wahnsinnig genug, zu glauben, dass sie ihre Ehe zerstören und ihn für sich nehmen kann.«

»Es sah so aus, als wäre er nicht der Einzige, hinter dem sie heute Abend her war.«

In ihren Worten höre ich einen Hauch von Besitzanspruch, und das ermutigt mich, mich hinüberzulehnen und sie erneut zu küssen.

»Sie will mich nur wegen meines Ranges«, murmele ich an ihre Lippen. »Aber das macht jetzt keinen Unterschied mehr.«

Ihre Augen fallen zu, offensichtlich habe ich etwas Falsches gesagt.

»Nein, ich nehme an, das tut es nicht. Viktor lässt

nicht zu, dass du sie heiratest, wenn Ana zum Angebot steht.«

Das Gespräch ist abrupt vorbei, und im Zimmer ist es wieder ruhig. Meine Augen sind schwer, und mir fällt nichts weiter ein. Also ziehe ich sie in meine Arme, vergrabe mein Gesicht an ihrem Hals und atme sie ein.

»Schlaf, *Zvezda*. Morgen ist ein neuer Tag.«

25

Tanaka

Ich wache in Nikolais Armen auf. Der einzig logische Grund, den ich für seinen Wunsch, zu kuscheln, finden kann, ist, dass sein Urteilsvermögen durch zu viele Getränke auf der Party gestern Abend beeinträchtigt wurde. Aber als ich mich zu ihm drehe, um ihn anzuschauen, schläft er nicht, und er macht sich keine Illusionen darüber, was passiert ist.

Seine Augen sind sanft und liebevoll und wandern über mein Gesicht, während seine Finger über meinen Arm fahren.

»Guten Morgen, *Zvezda*.«

Ich rieche nach ihm. Nelken, Rauch und Aftershave. Unsere Körper fühlen sich wohl zusammen, sind in Wärme gehüllt, und ich denke, ich habe noch nie so gut geschlafen wie in dieser Nacht.

»Warum nennst du mich so?«, frage ich.

»*Zvezda?*«

Ich nicke.

»Warum sollte ich nicht? Du bist mein Stern. Meine tanzende Ballerina. Mein Nordlicht. Ich denke, du hast mich dazu gebracht, Gutes zu tun.«

Mein Herz setzt einen Schlag aus. Das ist wahrscheinlich das Schönste, was er je gesagt hat, und er macht auf echte Nikolai-Manier weiter, indem er meine Hand um seinen harten Schwanz legt. Er führt meine Finger auf und ab, und seine meerblauen Augen rollen zurück wie die Flut.

»Ich will dich«, sagt er. »Reite mich. Erlaube mir, dich zu sehen.«

Panik lähmt meine Hand, und alles verstummt zwischen uns.

»Bitte, Nakya.« Er nimmt mein Gesicht in seine Handfläche. »Geh nicht zu diesem Ort in deinem Kopf. Du musst der Logik manchmal erlauben, zu gewinnen. Ich würde das nicht von dir verlangen, wenn ich nicht glauben würde, dass du in jeder Hinsicht perfekt bist.«

Seine Worte ergeben Sinn, aber ich habe Angst. Mein Geständnis ist kaum hörbar, und ich kann seine Reaktion nicht sehen, weil meine Augen geschlossen sind. Aber ich spüre seinen Atem auf meinen Lippen. Sein Körper bewegt sich näher an den meinen heran.

Manchmal ist es besser, wenn er Forderungen stellt und ich nicht denken muss. Ein freier Wille ist für jemanden, der nur die Gefangenschaft gekannt hat, das Furchtbarste von allem. Und vielleicht versteht Nikolai das. Er zieht mich mühelos auf sich, spreizt meine Beine über seine Hüften und legt meinen Kopf an seine Schulter.

»Behalte deine Hand hier.« Er legt sie auf seine Brust, auf den Käfig, in dem sein Herz lebt. Und ich weiß jetzt, dass er eines hat, weil ich es fühlen kann.

»Nicht bewegen«, sagt er. »Das Herz lügt nicht. Wenn du meinen Worten nicht glauben kannst, dann glaube dem hier.«

Stark und ruhig schlägt sein Puls gegen meine Haut.

Sogar sein Herz ist ein Lügner.

Er packt meine Pobacken und zieht mich gegen seinen Schwanz. Wir müssen es nicht hinauszögern, denn alles, was wir tun, ist ein Vorspiel. Mein Körper ist schon nass für ihn. Und als er eine Handvoll meiner Haare packt und meine Lippen auf die seinen zwingt, dringt er ohne Schnickschnack in mich ein. Dies ist das Vorspiel, der Hauptakt und die Zugabe in einem.

Meine Geräusche werden von seinen Lippen gedämpft, und das ist nicht die Art von Sex, die ich mir jemals vorgestellt habe. Er ist unheilig, aber rechtmäßig. Korrupt, aber gesegnet. Schändlich unzüchtig, aber sündhaft süß. Und jetzt gerade glaube ich nicht an Himmel und Hölle. Es gibt nur das Fegefeuer.

Er stößt sich in mich hinein und schiebt mich auf seinen Schwanz, während er meinen Arsch mit seinen Händen lenkt. Seine Geräusche dringen in mich ein, und ich atme sie wie Crack ein. Es erregt mich, ihn zu erregen. Aber Nikolai will mich bis an meine Grenzen bringen, und noch weiter. Er lässt mich kommen. Einmal. Zweimal. Und ein drittes Mal, weil aller guten Dinge drei sind.

Er markiert mich mit den Zähnen und stöhnt Unverständliches. Unser letzter Fick war schnell und schmutzig, aber heute dauert er ewig. Jeder Teil von mir tut weh, und ich denke, das ist es, was er am liebsten mag.

Und vielleicht mag ich es auch.

»Noch einmal für mich«, beharrt er. »Komm noch einmal auf meinem Schwanz.«

»Ich habe nichts mehr übrig.«

Ich bin erschöpft. Ich bin auf ihm zusammengebrochen, während er mich von unten fickt. Er verwöhnt meine Haut mit seinen Händen und seinem Mund, fleht mich an, nur noch einmal zu kommen. Ich bin überempfindlich, habe keine Energie mehr. Meine Brüste sind empfindlich, und ich bin wund von seinem großen Schwanz.

Aber zwangsläufig bekommt Nikolai immer, was er will. Der Orgasmus ist so schwach, wie ich mich fühle, aber ich komme für ihn. Kurz bevor er sich so tief, wie ich ihn aufnehmen kann, in mich schiebt und eine lange, quälende Entladung in mich spritzt.

MEINE GEFANGENSCHAFT HAT MICH GEZWUNGEN, NEUE

Beschäftigungen für all meine Freizeit zu finden. Früher verbrachte ich die Tage im Studio, formte meinen Körper und perfektionierte meine Abläufe. Mein Kalender drehte sich um den Zeitplan des Ensembles und die gelegentliche Teilnahme an gesellschaftlichen Veranstaltungen, zu denen mein Vater mich zwang.

Aber wenn ich mir heute den Kalender ansehe, bin ich überrascht, dass ganze Monate vergangen sind, und ich erinnere mich nur schwer an das genaue Datum meiner Ankunft. Das weiße Viereck trägt wenig dazu bei, mir zu helfen, meine Gefühle zu verarbeiten. Obwohl Gianni es bereits angedeutet hatte, bin ich mittlerweile sicher, dass mein Name aus dem Ensemble entfernt wurde, als ob ich nie existiert hätte. Das Ballett wartet auf keinen Mann und keine Frau. Jede dieser Positionen ist begehrt. Geschätzt.

Und einmal war sie es auch von mir.

Aber mein Training ist auf kaum mehr als eine Stunde pro Tag zurückgegangen, und ich bin nicht mehr so stark wie früher. Es wäre leicht, Nikolai für meinen Mangel an Motivation verantwortlich zu machen, aber die Wahrheit ist, dass er zu einer willkommenen Ablenkung von der Wahrheit geworden ist, der ich mich noch stellen muss.

Der Alarmton signalisiert die Ankunft meiner Therapeutin, und innerhalb weniger Augenblicke ist Sarah in meinem Zimmer. Sie sagt etwas, als sie hereinkommt, aber meine Augen fixieren immer noch den Kalender, und meine Gedanken sind zu laut, als dass ich mich auf sie konzentrieren könnte.

»Tanaka?«

Ich zähle die Tage bis zum Ende des Monats und frage mich, wie viele Stunden Tanz ich hineinquetschen kann. Es muss einen Weg geben, um wieder auf Kurs zu kommen. Ich zähle, füge hinzu und plane, aber es ist alles umsonst. Irgendwann löst sich mein Finger von den symmetrischen Feldern. Den Feldern, die mein Leben beherrschten.

»Du siehst verärgert aus«, beobachtet Sarah. »Was hast du auf dem Herzen?«

Ich entferne mich nicht von meinem Platz am Schreibtisch und blicke auch nicht in ihre Richtung. Sie verdient es nicht, jeden meiner Gedanken zu kennen, aber vielleicht ist es an der Zeit, dass ich es endlich laut sage.

»Ich glaube nicht, dass ich jemals wieder tanzen will.«

Es gibt einen Moment der Stille, und er fühlt sich an wie ein Tod. Die Trauer hat mich ganz verschlungen, und in einer Zeit der Trauer ist Stille nur angemessen. Vielleicht ist Sarah deshalb eine so gute Therapeutin. Ich spreche mit ihr, nicht weil ich es sollte, sondern weil sie weiß, wann sie Fragen stellen und wann sie schweigen muss.

Jede Woche kommt sie hierher, investiert ihre Zeit in mich. Sie sagt mir, dass sie an mich glaubt und versucht, meine Gesundheit zu erhalten. Wir sprechen über Körperbild und Tanz und was sonst noch aus meinem Mund kommt. Aber ich mache mir keine Illusionen, dass sie deshalb kommt, weil sie sich Sorgen macht. Nikolai bezahlt sie, um mich zu heilen.

Als ob sie das könnte.

»Bei unseren letzten Besuchen hatte ich den Eindruck, dass sich dein Training ziemlich konstant verbessert«, sagt sie.

»Ich habe gelogen.«

Ein weiterer Anfall von Stille folgt auf mein Geständnis, und ich presse die Augen zu, um nicht zu weinen. Ich fühle mich wieder wie ein Kind. Dieser Verlust ist für mich genauso groß wie der meiner Mutter. Ich bin zerbrechlich und ich bin gebrochen, aber das war ich schon immer. Vielleicht ist das für mich okay, auch wenn es das für Sarah nicht ist.

»Du hast schon in jungen Jahren mit dem Ballett angefangen«, sagt sie. »Ich weiß, dass Studien gezeigt haben, dass es nicht ungewöhnlich ist, dass Tänzer in solchen Umständen wie deinen schwere Verletzungen erleiden.«

»Es ist mir egal, was die Studien sagen«, erkläre ich ihr. »Es ist das Einzige, was ich je tun wollte, und jetzt kann ich es nicht mehr.«

»Vielleicht solltest du dich nicht auf den Verlust deiner beruflichen Karriere konzentrieren, sondern deine Erwartungen anpassen. Du kannst diese Leidenschaft immer noch für etwas Gutes nutzen. Du könntest unterrichten …«

Sie hält mitten im Satz inne, weil sie ihren Fehler erkennt. Ich bin eine Gefangene der Mafia, und das

Unterrichten oder eine anderweitige Anwendungsmöglichkeit für Ballett kommt nicht in Frage.

»Manchmal konzentrieren wir uns so sehr auf das, was wir nicht können, dass wir vergessen, wozu wir überhaupt fähig sind«, ergänzt sie.

Ich antworte ihr nicht. Die Kraft ihrer Positivität wird heute nicht funktionieren. Meine Trauer ist ein Prozess, und letztendlich werde ich wieder auf die Beine kommen, aber ich werde es zu meiner Zeit tun.

»Wie hast du diese Woche gegessen?«, fragt sie.

»Gut.«

»Nikolai hat mir etwas anderes gesagt.«

Verrat brennt sich durch meine Adern, und ich drehe mich um, um sie anzusehen. Ich war gut. Ich war meistens gut. Aber ich weiß, dass er sich auf die Weihnachtsfeier bezieht. Es ist nicht fair, das gegen mich zu verwenden.

»Das war nur einmal, und zwar nur, weil ich mich in einer unangenehmen Situation befand.«

»Nonna sagt auch, dass du deine Teller nicht aufgegessen hast, obwohl es kleine Portionen waren. Das ist eine wackelige Strategie, Tanaka. Sie haben es nur erwähnt, weil wir alle wollen, dass du mit deinem Programm erfolgreich bist.«

»Es geht mir gut«, wiederhole ich. »Wenn überhaupt, habe ich zu viel gegessen. Ich musste meine Kleidung zwei Nummern größer kaufen, und das mag ich nicht.«

»Du hast ein absolut vernünftiges Gewicht«, sagt

sie. »Die Ärztin hat erwähnt, dass du endlich einen gesunden Body-Mass-Index erreicht hast. Erinnerst du dich daran, wie wir darüber gesprochen haben, dass du die Art und Weise ändern musst, dich selbst zu sehen, anstatt deine Lebensmittel zu kontrollieren, um in deiner Komfortzone zu bleiben? Sollen wir es noch einmal durchgehen?«

»Nein«, antworte ich.

»Wie fühlst du dich gerade?«, fragt sie. »Fühlst du dich gesund? Hast du mehr Energie? Erzähl mir etwas Positives über deinen neuen Essensplan.«

Ich klopfe mit den Fingern auf den Schreibtisch. Ich habe das Gefühl, dass ich mehr Energie habe, aber ich will es ihr nicht eingestehen, denn im Moment fühlt sie sich wie der Feind an. Es fühlt sich an, als ob sie sich mit Nikolai und Nonna verschwört, um mich unglücklich zu machen, und ich bin wütend auf sie alle, egal wie unlogisch das sein mag. Also beschließe ich, dass, wenn ich weder meine Nahrung, noch meinen Körper oder meinen Tanz kontrollieren kann, es eine andere Sache geben muss, über die ich entscheiden kann.

»Ich bin mit der Therapie fertig«, sage ich ihr. »Ich möchte, dass du jetzt gehst.«

Sie antwortet nicht. Ich erwarte, dass sie mir widerspricht und bereite mich im Geiste auf einen Kampf vor. Ich werde gegen sie in den Krieg ziehen, wenn sie mich dazu zwingt. Aber ich bin damit fertig, meine Geheimnisse wie Süßigkeiten zu verteilen. Sie muss nur eine Sache sagen. Einen Protest. Einen Widerspruch. Und ich werde kämpfen.

Aber sie fällt nicht auf meine Taktik herein.

Stattdessen enttäuscht sie mich, indem sie den Raum ohne ein weiteres Wort verlässt.

26

Nikolai

Ich finde Nakya im Fitnessraum, als sie ihr Bein auf der Stange dehnt, die ich ihr zur Verfügung gestellt habe. Sie trägt heute nur ein rosafarbenes Trikot und Beinwärmer. Seit ich ihr meine Kreditkarte zur freien Verfügung überlassen habe, hat sich ihre Garderobe komplett verändert. In letzter Zeit habe ich es genossen, sie in den hoch taillierten Jeans und Bodys zu sehen, die sie gekauft hat. Sie ist ein anderes Mädchen als die prüde kleine Tänzerin, die sie war, als ich sie das erste Mal sah. Sie ist irgendwie wilder.

Aber sie ist sich auch ihres gesünderen neuen Körpers bewusst. Ich genieße es, wie sich ihr volleres Fleisch an meinem Körper anfühlt. Es gibt nichts Besseres, als sich in der Weichheit einer Frau zu verlieren. Es beruhigt mich, und ich verliere mich sooft ich kann in Nakya.

Es ist mir wichtig, sie gesund zu sehen, und solange sie in meiner Obhut ist, werde ich alles Notwendige tun, damit das so bleibt.

»Sarah sagt mir, dass du denkst, du könntest sie feuern.«

Sie erwidert meinen Blick im Spiegel. »Ich brauche keine Therapie mehr. Es geht mir jetzt besser.«

»So weit würde ich nicht gehen.«

Sie löst ihr Bein, dreht sich zu mir um und sieht mich mit einem herausfordernden Blick an. »Ich habe ihr nichts mehr zu sagen. Sie verschwendet meine Zeit.«

»Das ist meine Entscheidung. Und außerdem, was hast du sonst noch zu tun?«

»Du meinst, außer dein Fickspielzeug zu sein?«

Es ist das Vulgärste, was sie je gesagt hat, und es macht meinen Schwanz hart. Aber ich werde sie nicht damit davonkommen lassen.

»Pass auf, was du sagst, *Zvezda.*«

»Warum sollte ich?«, fragt sie. »Du wolltest, dass ich schmutzig bin, nicht wahr? Deine dreckige kleine Puppe. Also werde ich es so oft sagen, wie ich will. Fickspielzeug, Fickspielzeug, Fickspielzeug, Fick…«

Ich unterbreche die letzte ihrer Wiederholungen, indem ich ganz nah an sie herantrete und ihr Haar ergreife. Ein schwaches Protestgeräusch entweicht ihren Lippen, aber sie kommt, wie sie es sollte, an meine Seite.

Ich lehne mich nahe an sie heran, um sie zu inhalieren, bevor meine Lippen auf ihrem Ohr ruhen.

»Wenn du wirklich mein Fickspielzeug sein willst, werde ich dich für drei Tage ans Bett binden und jede deiner Körperöffnungen zu meinem eigenen Vergnügen benutzen. Also sei vorsichtig, was du dir wünschst, Prinzessin.«

Ihre Brust hebt sich, und ihre bernsteinfarbenen Augen spucken Feuer. Sie brennt danach, heute einen Kampf anzufangen, und ich bin mir nicht sicher, warum. Sarah hat mich gewarnt, gelegentlich mit diesen Wutausbrüchen zu rechnen. Mit dem Fortschritt gibt es immer auch einen gewissen Rückschritt.

»Warum lässt du mich nicht einfach gehen?«, fragt sie. »Schick mich zurück zu meinem Vater.«

Und wieder sind wir bei diesem Thema. Ich habe ihre Mätzchen satt, und ich will es ihr sagen. Meine Handfläche sucht ihre Brust und spielt mit der Brustwarze unter dem dünnen Stoff.

»Du bist keine sehr gute Lügnerin«, sage ich ihr. »Wir wissen beide, dass du nicht zurückkehren willst.«

Sie versucht, meine Hand von ihrer Brust wegzuschlagen, daher kneife ich in ihre Brustwarze, und sie schreit auf.

»Hör auf!«, brüllt sie. »Ich will dich nicht. Ich habe es satt, deine Hure zu sein, während du Pläne schmiedest, deine kostbare Ana zu heiraten.«

»Ist es das, worum es hier geht?«

Es scheint, dass, egal wie weit wir kommen, es

immer wieder auf das Eine hinausläuft. Sie kann das Thema nicht fallenlassen, und ich kann ihr nicht die Antworten geben, die sie will.

»Ich will nur nach Hause«, sagt sie. »Ich will nach Hause gehen und … Dante heiraten.«

Sie hätte alles sagen können. Alles andere als das. Ich lasse es sie spüren, indem ich sie umdrehe und auf den Boden zwinge.

»Was machst du da?«, schreit sie, als ich die Druckknöpfe zwischen ihren Beinen löse und ihre Muschi für mich freilege.

Trotz ihrer Behauptung, Dante heiraten zu wollen, ist die schändliche Lügnerin nass für mich, und ich denke, dass es sie erregt, mich dazu zu bringen, genau das hier zu tun. Sie will, dass ich sie wie ein Tier ficke, aber ihr prüder kleiner Mund will es nicht zugeben.

Ich öffne meine Jeans, und sie versucht, sich aus meinem Griff zu winden. Im Kampf ziehe ich ihr Trikot herunter und schlage gegen ihre Titten. Sie steht immer noch unter Schock und schnappt nach Luft, als sie ihren Hals verbiegt, um mich anzusehen.

»Du bist ein Monster.«

»Und du bist meine Hure.«

Ich betone diese Tatsache, indem ich sie auf meinen Schwanz ziehe, bis ich bis zum Anschlag in ihr bin. Sie schreit, klammert sich an die Matte unter sich und unternimmt immer noch alle Anstrengungen, um mir zwischen ihren Atemzügen zu sagen, wie sehr sie mich hasst.

Ich ficke sie wie ein Barbar und lasse meine Stöße

von den Beleidigungen begleiten, die sie unbedingt hören will. Ich sage ihr, dass sie meine Schlampe ist. Meine dreckige Puppe. Und dass sie kommt, obwohl sie es nicht verdient hat.

Nach dem Versprechen, sie dafür zu bestrafen, ziehe ich mich zurück und entleere mich auf ihren roten, geschwollenen Titten. Und als ich zurücktrete, um mein Meisterwerk zu betrachten, bin ich zufrieden mit dem Anblick meines wild gefickten kleinen Spielzeugs, das atemlos, kaputt und mit meinem Sperma bedeckt ist.

Ich helfe ihr nicht dabei, sich zu säubern. Ich habe nur noch einen Ratschlag für sie, bevor ich gehe.

»Du wirst an ihn denken«, sage ich ihr. »Wenn du Dante heiratest, wirst du an den Schwanz denken, der dich zuerst gefickt hat. Der Schwanz, von dem du dir wünschen wirst, dass du ihn in dir hättest, während du Dante etwas vortäuschst.«

»WAS HAST DU FÜR MICH?«

Ausnahmsweise scheint Mischa nicht zu bemerken, dass die Stripperin am anderen Ende des Raums versucht, seine Aufmerksamkeit auf sich zu ziehen. Ich hasse es, ihn hier zu treffen, aber es ist besser, als ihn bei mir zu haben. Ich will nicht, dass er Nakya dort sieht und sich daran erinnert, dass er sie fast genommen hätte.

»Du bist mein Bruder«, sagt Mischa. »Wir tragen

die Sterne der Vory, und solange ich mich erinnern kann, haben wir aufeinander aufgepasst. Einander vertraut. Und wir haben nie etwas zwischen uns kommen lassen, egal ob klein oder groß.«

Ich höre mir seine leidenschaftliche Rede misstrauisch an. Was auch immer danach kommt, ich weiß, dass es nicht gut sein kann.

»Ich bitte dich, auch jetzt nichts zwischen uns kommen zu lassen, Kolyan. Nicht das Mädchen. Nicht diese Neuigkeiten, die ich dir überbringen muss. Ich gebe dir das, worum du mich gebeten hast, aber mit wenig Hoffnung, dass es dir Frieden bringen wird. Ich fürchte, das wird dich auf einen Kurs bringen, von dem du nicht zurückkehren kannst, und ich bitte um dein Wort, dass du mir erlaubst, dich als Freund und Verbündeter auf dem von dir gewählten Weg zu beraten.«

Die braune Papiermappe in seinen Händen erregt meine Aufmerksamkeit, und ich weiß, was sie bedeutet. Er hat die Antworten, die ich ein Leben lang gesucht habe. Und doch kann ich mich nicht dazu durchringen, sie jetzt zu öffnen.

»Sie ist tot, nicht wahr?«

Mischa zögert, dann nickt er. »Ich nehme nicht an, dass du das als Abschluss betrachten wirst.«

»Nein.«

»Dann fordere ich dich auf, jetzt zu handeln, Kolyan. Bevor die Dinge komplizierter werden, als sie es bereits sind. Ich denke, du solltest es nicht auf einen anderen Tag verschieben.«

»Woher hast du diese Informationen?«, frage ich.

Seine Augen wandern von meinen weg. »Ich hatte Hilfe von Alexei.«

Ich bin versucht, ihm direkt ins Gesicht zu schlagen, und Mischa weiß das.

»Er wusste es bereits«, sagt Mischa. »Und er war derjenige, der auf mich zukam. Tatsächlich war er derjenige, der die meiste Arbeit geleistet hat. Ich bin nur der Bote, weil er lieber nicht selbst mit dir zu tun haben will.«

Ich schnappe mir die Akte vom Tisch und stehe auf. Es gibt nichts mehr zu sagen. Mischa kann mein Wort so oft verlangen, wie er will, aber ich werde es ihm nicht geben. Erst wenn ich weiß, was das für mich bedeutet.

Oder Nakya.

27

Tanaka

Was ich über Nikolai gelernt habe, ist, dass er eine Beleidigung nicht so schnell vergisst. Wir haben seit über zwei Wochen kaum ein Wort gesprochen, und ich weiß, dass es an meinem Kommentar über Dante liegt.

Es sollte mich nicht stören, wenn man bedenkt, dass er mich wie einen Hund markiert und einen sprichwörtlichen Pfeil in meinem Herzen hinterlassen hat. Ich will Dante nicht, aber ich mag es, ihn in Nikolais Gesicht zu schleudern, weil es die einzige Waffe ist, die sein unsichtbares Kraftfeld zu durchdringen scheint.

Ich hatte wirklich keinen guten Grund, es zu tun, aber ich war wütend. Alles in meinem Leben gerät außer Kontrolle, und ich kann mein Gleichgewicht nicht finden. Je länger ich hierbleibe und die Rolle spiele, die er für richtig hält, desto schwieriger wird es, mich selbst in einer anderen Realität zu sehen. Ich bin ihm ausgeliefert, und er wird mir nicht die Lügen geben, die ich hören muss.

Ich will, dass er mir sagt, dass er Ana nicht heiraten wird. Ich will, dass er sagt, dass ich nicht mehr gebrochen bin und alles gut werden wird. Aber seine Wahrheit ist bitter, und die Liebe zu ihm auch. Der Dieb stahl mein Herz, nur um es in seiner Handfläche zu halten und meine Zuneigung zu erpressen, wann immer es ihm passt.

Zu oft habe ich mich dabei erwischt, wie ich nachts durch das Haus wandere und auf seine Rückkehr warte. Meine unruhige Seele wird mich nicht schlafen lassen, und mein Verstand wird nicht aufgeben, sich zu fragen, wo er ist. Heute Abend ist es nicht anders. Es quält mich, während ich aus dem Fenster starre und die Sternbilder mit dem Finger nachzeichne. Er hat mich seit zwei Wochen nicht mehr genommen. Ich wäre ein Narr, zu glauben, dass er mit niemand anderem zusammen war. Das ist der Weg der Mafia, und das ist das Schicksal, das ich zu leben verflucht bin, sei es mit Nikolai oder mit Dante.

Ich schließe die Augen und will schlafen, aber der Schlaf will nicht kommen. So wie der Mond nicht zur Sonne kommt. Es ist entweder dunkel oder hell, und es gibt keine Sonnenfinsternis am Horizont.

Ich gehe wieder durch das Haus. Nikolais Zimmer ist leer, und ich gehe in Ruhe meiner Angewohnheit nach, seine Sachen zu berühren. Seine Kleidung, seine

Jacke, seine Mütze. Sie riechen nach ihm, und sein Bett auch. Süßer Tabak und Nelken. Ich kuschele mich in sein Kissen und atme ihn ein. Ich frage mich, ob er sich jemals so gequält gefühlt hat wie ich. Ich frage mich, ob er jemals nachts hier liegt und darüber nachdenkt, in mein Zimmer zu kommen, um mich wieder zu stehlen.

Als Antwort darauf ertönt von oben eine melancholische Melodie, wie ein Soundtrack zu meinem Wahnsinn.

Zuerst denke ich, dass ich es mir einbilde. Aber die Melodie spielt weiter, und als ich an die Decke schaue, kann ich fast spüren, wie mich seine Energie dorthin lockt.

Ich war noch nie im dritten Stock. Nonna sagte mir, er sei tabu, und ich wollte nicht herausfinden, warum. Aber zu dieser späten Stunde fällt mir kein einziger Grund ein, zu gehorchen. Ich schlüpfe aus dem Bett und gehe leise zum Treppenhaus. Ich bin bis jetzt immer nur die Treppe hinuntergegangen, und es fühlt sich gefährlich an, stattdessen hochzusteigen.

Als ich auf eine Tür an der Spitze stoße, endet mein Abenteuer abrupt. Es ist eine solide Tür. Anders als die anderen im Haus. Sie sieht schwer und sicher aus, und ich weiß, dass ich auf keinen Fall weiterkommen werde, aber ich weiß auch, dass Nikolai hier seine Geheimnisse aufbewahrt. Ich möchte seine Geheimnisse sammeln, so wie er meine Tränen gesammelt hat. Ich möchte die intimen Details des Mannes, der mich Tag und Nacht verfolgt, sezieren. Aber es gibt ein Hindernis, das mir im Weg steht.

Meine Schultern hängen herab, und ich bin bereit, enttäuscht Abschied zu nehmen, als ich den kleinen Lichtstrahl sehe, der vom Boden reflektiert wird.

Die Tür ist offen, zwar kaum zu sehen, aber sie ist offen.

Ich drücke meine Fingerspitzen gegen die Tür, aber sie bewegt sich nicht, bis ich meinen ganzen Körper dagegendrücke und eine Lücke schaffe, die groß genug ist, um hindurchzuschlüpfen. Mein Puls rast, während sich meine Füße vorwärtsbewegen. Es könnte die letzte schlechte Entscheidung sein, die ich jemals getroffen habe, aber Verzweiflung macht mich gierig nach Antworten. Als ich die Schwelle dessen erreiche, was man nur als Tresor beschreiben kann, habe ich sie endlich.

Plötzlich entdecke ich zwei Dinge. Die verwirrende Erkenntnis und die anschließende Erleichterung, dass Nikolai nicht mit Ana oder jemand anderem zusammen ist, sondern tatsächlich hier ist. Oberkörperfrei und mit Farbe bespritzt in nichts anderem als in einer alten Jeans, die lose an seinen Hüften hängt.

Es gibt einen kurzen Augenblick, in dem ich in Ruhe alles aufnehmen kann. Er summt zur Musik mit, tiefe Vibrationen grollen aus seiner Brust, während sich seine Hand schnell und geschickt über die Leinwand vor ihm bewegt. Er ist von mindestens einem Dutzend anderer umgeben, und ich fühle mich wie in einem Traum, als ich sie sehe.

Tänzerinnen. Sie sind alle Tänzerinnen.

Und sie sind alle ich.

Es ist zu viel für meinen Verstand, um es zu verarbeiten. Was ich gerade sehe, ist nicht das, was ich von ihm weiß. Er ist Mafia. Ein Dieb. Kein Künstler. Aber meine Vorurteile passen nicht zur Realität. Ich habe ihn in meinem Kopf in eine Schublade gesteckt, und er ist nicht nur aus ihr herausgesprungen, er hat sie völlig zerfetzt.

Er hat diese Stücke geschaffen. Er hat diese Werke konzipiert, entworfen und hergestellt.

Ich hatte hier so viele andere Dinge erwartet. Tod. Folterkammern. Gewalt. Geld und Waffen. Aber nicht die Kunst. Ich kann es nicht begreifen, und in diesem Moment will ich das auch nicht. Ich möchte so tun, als hätte ich es nie gesehen. Das ist der einzige Weg, mich zu schützen. Aber diese Hoffnung geht verloren, als Nikolai sich umdreht und mich dabei erwischt, wie ich ihn beobachte.

Ich bin bereit zu fliehen, aber ein Befehl von ihm hält mich auf.

»Bleib stehen.«

Ich erstarre.

Seine Augen halten mich als Geisel. »Warum schleichst du hier herum?«

»Es tut mir leid.«

»Das ist keine Antwort.« Er wirft den Pinsel in der Hand gegen die Staffelei. »Sag mir, wonach du gesucht hast.«

Sein Gesicht und sein Herz sind verschlossen. Abgeschirmt. Er vertraut mir nicht. Ich traue ihm auch nicht, aber wir brauchen kein Vertrauen, um uns selbst zu zerstören.

»Ich habe nach dir gesucht.« Ich klopfe mit den Zehen gegen den kalten Boden und wünsche mir, ich könnte ein Erdloch schaffen, um seiner Befragung zu entgehen.

Die Musik spielt weiter, der einzige Klang zwischen uns. Die Melodie ist klassisch und schön und nichts, was ich von Nikolai erwarten würde. Aber andererseits hat er bewiesen, dass ich ein Narr bin, was meine Erwartungen betrifft.

Er macht den ersten Schritt und kommt auf mich zu wie eine Dschungelkatze.

»Warum solltest du nach mir suchen?« Er zwingt mein Kinn mit seiner Hand nach oben. »Bist du gekommen, um eine weitere Erklärung deiner Liebe zu Dante abzugeben? Oder vielleicht eine wertlose Bitte, zu deinem liebenden Vater nach Hause zurückzukehren?«

Seine Worte sind von unverhohlener Bitterkeit durchzogen, und ein Hoffnungsschimmer leuchtet in mir auf.

»Ich bin nicht gekommen, um irgendetwas davon zu tun«, erkläre ich ihm. »Ich bin gekommen, weil …«

Ich kann die Worte nicht sagen. Ich bin nicht bereit zuzugeben, wie verarmt ich mich ohne ihn fühle. Ich bin definitiv nicht bereit, zu gestehen, dass ich meine verkommenen Bedürfnisse befriedigt habe, indem ich an ihn dachte, während ich mich selbst berührte.

Ich höre in mich hinein und schaue zu ihm auf. Meine Werte haben mich gelehrt, dass es mir nicht zusteht, direkt zu einem Mann zu sein. Aber im Moment ist es das Einzige, was ich tun will. Als ich mit einer zittrigen Hand nach oben greife, bewegt er sich nicht. Er ist starr und nicht ansprechbar, aber der Kalte Krieg endet, als meine Fingerspitzen sein Gesicht berühren.

Seine Augen fallen zu, und er entfernt das letzte bisschen Abstand zwischen uns, indem er mich an seinen Körper zieht. Sein harter Schwanz liegt schwer an meinem Bauch, ist schon reif vor Verlangen. Meine Lippen finden seine, und ich bin bereit, mich in seiner Haut zu verlieren. Aber es gibt immer noch einen Gedanken, der meinen Verstand plagt.

»Warst du mit anderen zusammen?«

Nikolai hält mich fest in seinen Armen, um zu verhindern, dass ich mich zurückziehe. Seine Augen sind weicher als noch vor einer Minute, aber nicht weniger schön.

»Wäre das wichtig?« Er spielt mit dem Träger meines Seidennachthemds. »Ich dachte, du wartest nur die Zeit bis zu deiner Rückkehr nach Hause ab.«

»Es ist wichtig.« Mein Herz pulsiert wild. »Ich will dich ganz und gar, solange ich dich habe. Warte, bis ich weg bin, und dann kannst du …«

»Nakya.« Er saugt meine Unterlippe zwischen seine Zähne und zwingt meinen Mund auf. Der anschließende Kuss ist gewalttätig und besitzergreifend, aber viel zu kurz.

»Ich will niemanden mehr«, atmet er. »Warum sollte ich, wenn ich dich habe?«

Seine Worte sind echt, aber ich habe immer noch meine Zweifel. Und ich bin mir sicher, dass er es leid ist, mir Zusicherungen zu geben, die er nicht geben muss. Er könnte mich so oder so nehmen. Er könnte tun, was immer er will. Er muss mir nicht treu sein. Aber trotzdem ist es genau das, was ich in seinen Augen sehe, als er seine nächsten Worte flüstert.

»Du hast dich mir hingegeben, meine Süße. Und es ist nicht schwer, dir dafür treu zu sein. Ich habe keinen Grund, zu lügen, wenn ich dir sage, dass du mich für jede andere Frau verdorben hast.«

»Also behalte mich«, flehe ich. »Behalte mich und mache mich zu der deinen, Nika. Schnitz deinen Stern in meine Haut und lass mich nie wieder gehen.«

Er küsst mich, aber es ist kein Versprechen, sondern ein Eingeständnis. Er will mich behalten, aber er wird kein Versprechen geben, das er gezwungen sein wird zu brechen. So sehr ich diese Worte auch brauche, im Moment brauche ich ihn mehr.

Wir verbrennen langsam. Wir ziehen uns gegenseitig mit heißen, klebrigen Händen aus und erkunden gegenseitig unsere Körper. Er küsst mich zwischen meinen Beinen, und er küsst meinen Hals. »Wessen Muschi ist das?«

»Deine.«

Er stöhnt, taucht seine Finger in mich hinein und spielt mit mir, während er am Fleisch über meinem Schlüsselbein saugt. »Sag mir, dass du mir gehörst.«

Er will es. Braucht es. Er hat darum gebettelt. Und ich bin fertig mit den Spielchen.

»Ich gehöre dir.«

Unsere nackten Körper kollidieren und fallen auf den Boden. Er dringt mit einem Seufzer in mich ein, und ich ziehe mich um ihn herum zusammen. Er ist auf mir und in mir, fickt mich betrunken, während er darum kämpft, die Verbindung zwischen unseren Augen aufrechtzuerhalten. Aber diesmal fickt er mich nicht nur.

Er macht Liebe.

Ich erwidere seine Gefühle und überschütte ihn mit Küssen, flüstere Worte, die nur für seine Ohren bestimmt sind. Ich bitte ihn, nie wieder aufzuhören. Ich flehe ihn immer wieder an, mich zu behalten. Er fleht mich immer wieder an, ihm zu sagen, dass ich die seine bin.

Wir explodieren und wir schlafen und wir wachen auf, nur um es wieder zu tun.

MEINE FINGER SCHWEBEN ZENTIMETER VON DEM BILD entfernt, und mir fehlt die Luft zum Atmen. Es ist wunderschön und schrecklich. Ein Verstoß. Eine Besessenheit. Ein offenes Fenster zu meiner Psyche. Und ich kann nicht wegschauen.

Nikolai wischt eine Träne weg, von der ich nicht einmal wusste, dass ich sie vergossen habe, bevor er mein Haar über meine Schulter legt und meinen Nacken küsst. »Sag mir, was du denkst, *Zvezda.*«

»Warum?«, flüstere ich.

Warum hat er sich entschieden, den schlimmsten Moment meines Lebens zu malen? Und wie ist er in meinen Kopf gekommen? Wie konnte er mich in diesem Moment so intim kennen? Der erschütternde Verlust, der mich bewegungsunfähig machte. Die tiefe, gewaltige Verzweiflung. Jedes Gefühl ist so greifbar, dass es sich eher wie eine Erinnerung als ein Bild anfühlt. *Der Fall* hat er es genannt.

»Wie könnte ich nicht?«, antwortet er. »Es kommt nicht jeden Tag vor, dass man den Fall eines Engels miterlebt.«

Ich schluchze, und er hält mich fest. Es ist lächerlich, dass ich wegen eines Kunstwerks so emotional bin, aber es ist so viel mehr als das. Es ist die Erkenntnis, dass er mich von Anfang an gesehen hat. Er hat mich verstanden.

Die Wahrheit ist auf so viele Leinwände gemalt, wie ich sehen kann. Jede einzelne ist anders, aber in vielerlei Hinsicht sind sie gleich. Sie sind alle ich.

»Ich kann nicht glauben, dass du die gemacht hast«, sage ich. »Ich kann nicht glauben, wie talentiert du bist.«

»Es ist nicht so schwierig, wenn man eine wunderschöne Muse hat.«

Er lässt mir Zeit, jedes Stück zu betrachten, bis jedes Detail in mein Gehirn eingedrungen und ein Teil von mir geworden ist. Und dann liegen wir wieder auf dem Boden, berühren und küssen uns, sind aber zu kaputt, um mehr zu machen.

Seite an Seite starren wir an die Decke, und seine Handfläche streicht über meine Hüfte, während er sich eine Zigarette anzündet.

»Du solltest aufhören, zu rauchen«, sage ich ihm.

»Das werde ich.« Er atmet aus. »Irgendwann.«

Ich lächele und schüttele den Kopf. »Ist das nicht schlecht für die Kunst?«

»Sehr«, antwortet er. »Aber jetzt wird ein kleiner Teil von mir auf deinen Bildern sein. Eine Unterschrift, wenn du so willst.«

Meine Bilder. Er sagt es, als ob sie mir gehören, aber ich weiß, dass sie nicht mit mir kommen werden, wenn ich gehe. Ich stelle sie mir in hundert Jahren vor, wie sie irgendwo in einer Sammlung verstauben. Was werden die Leute denken, wenn sie sie anschauen? Werden sie wissen, dass es dieses Mädchen wirklich gab, oder werden sie glauben, dass sie ein Produkt der Phantasie des Künstlers ist?

»Was malst du noch?«, frage ich.

»Meistens Fälschungen«, antwortet Nikolai beiläufig. »Aber es sind nicht alles Gemälde. Einige sind andere Medien.«

»Deshalb ist dieser Raum so stark gesichert?«

Er lächelt. »Ich bin ein Dieb, *Zvezda*. Als solcher bin ich bekannt dafür, ab und an ein paar wertvolle Stücke zu stehlen.«

Ich bin überrascht, wie wenig mich sein Eingeständnis stört. Er ist zumindest ehrlich zu mir.

Und ich mag die Idee, mit ihm ein böses Mädchen zu sein. Ich greife nach der Zigarette und nehme sie ihm aus der Hand. Er dreht sich neugierig zu mir um und beobachtet, wie ich sie zu meinen Lippen führe.

Seine Mundwinkel zucken, als ich nur ein kleines bisschen inhaliere und anfange zu husten. »Das ist wirklich gut«, sage ich zwischen zwei Anfällen.

Er lacht, und seine Augen sind heller als jemals zuvor, als sie über mein Gesicht wandern. »Meine kleine Puppe will wild sein?«

Ich nicke.

»Erstens, du hältst sie wie einen Joint.« Er richtet die Zigarette zwischen meinen Fingern. »Jetzt atme ein, aber nur ein wenig. Lass es abkühlen, bevor du inhalierst.«

Ich tue, was er sagt, und diesmal läuft es etwas besser.

»Wir werden das nicht zur Gewohnheit werden lassen«, sagt er warnend. »Aber im Moment bleibst du einfach so.«

Ich beobachte ihn neugierig, als er aufsteht und zu einer anderen leeren Leinwand geht, die er neu positioniert, so dass er mich sehen kann. Als ich seine Absichten verstehe, werde ich nervös.

»Tu so, als wäre ich nicht hier«, sagt er.

Es ist eine unmögliche Aufgabe, wenn man bedenkt, dass er nackt ist. Aber ich finde es einfacher, ihn zu beobachten, als mir Sorgen um meine Ängste zu machen. So wie sich seine Oberschenkel anspannen, während er einen Pinsel zwischen seine Finger steckt.

Als sein Arm über die Leinwand fegt, spannt sich auch sein Po an. Ich atme noch einmal ein, und er hält inne, um das Laken neu zu richten, das mich halb bedeckt. Er zieht mein Bein heraus, um die Rundungen meiner Hüfte freizulegen, und drapiert den Stoff direkt unter meinen Brüsten. Jetzt ist dieser fast wie eine Toga über mich gelegt, und er ist wieder an seiner Leinwand.

Er taucht seinen Pinsel in die Farbe, vermischt sie und verwendet, während er arbeitet, Techniken, die eine geschickte Hand zeigen. Es ist eine neue Besessenheit, ihn so zu sehen. Die Konzentration auf seinem Gesicht. Der Künstler bei der Arbeit. Ich kann nicht wegschauen, und ich will, dass es nie endet. Aber das tut es zwangsläufig.

Er tritt einen Schritt zurück und betrachtet sein Werk, bevor er mich ansieht.

»Wirst du es mir zeigen?«

Er kommt zurück zu unserem Behelfsbett und legt sich mit einem harten Schwanz auf mich, der in meinen Bauch stößt. Wir küssen uns, und er nimmt mich wieder.

Als er kommt, fällt sein Gesicht auf meine Brüste, und ich streichele sein Haar.

»Wie wirst du es nennen?«, frage ich schläfrig.

»Innamorata«, sagt er.

28

Nikolai

»Ich sehe, dass du das Valentini-Mädchen heute Abend mitgebracht hast.«

Viktor hat mich bei meiner Rückkehr aus dem Bad abgefangen, und seine Stimmung ist gesunken, jetzt, da die Feierlichkeiten zu Ende gehen.

»Alexei bat mich, sie mitzubringen. Es scheint, dass seine Frau sie sehr mag, und er denkt, dass es gut wäre, wenn sie sich anfreunden würden.«

»Dann sollte sie mit Mischa hier sein«, sagt Viktor. »Es wirkt nicht korrekt, dass du sie einfach mitgebracht hast. Ehrlich gesagt habe ich diese ganze Scharade satt. Meine Ana wartet auf deinen Antrag, und ich bin bereit, eure Verlobung bekanntzugeben.«

»Es tut mir leid«, sage ich ihm. »Es war nicht meine Absicht, euch nicht den nötigen Respekt entgegenzubringen. Ich dachte, wir hätten eine Abmachung …«

»Die Zeit ist um«, knurrt Viktor. »Willst du meine Tochter heiraten oder nicht?«

Ich brauche eine Zigarette. Oder zehn. Jede Antwort, die ich ihm geben kann, wird nicht befriedigend sein. So oder so, als Konsequenz werde ich mit meinem Leben bezahlen. Ich sterbe, wenn ich mich weigere, und ich sterbe, wenn ich nachgebe. Ein Leben ohne Nakya ist kein Leben, das ich mir vorstellen kann. Ich bin nicht bereit, sie gehen zu lassen, weshalb die Akte meiner Mutter immer noch ungelesen in meinem Tresor zu Hause liegt.

»Ich möchte mehr Zeit, um Ana kennenzulernen«, sage ich. »Damit wir beide sicher sind, dass es die richtige Entscheidung ist.«

Viktor lacht spöttisch. »Was gibt es da noch zu wissen? Sie ist wunderschön, und sie wurde für dieses Leben erzogen. Sie wird loyal und treu sein. Und vor allem ist sie Russin.«

Seine Worte dienen einem Zweck. Er will, dass ich weiß, dass Ana alles ist, von dem er denkt, dass Tanaka es nicht ist. Die Worte eines Heuchlers, wenn man bedenkt, dass wir hier sind, um die Schwangerschaft von Alexeis Frau zu feiern. Sie ist weder eine Russin noch hat sie auch nur eine der Eigenschaften, die Viktor von einer Frau erwartet. Aber er hat Alexei seinen Segen gegeben. Es scheint, dass sein guter Wille doch nicht gleichmäßig verteilt ist.

»Ana ist noch sehr jung«, bemerke ich. »Ich fürchte

nur, dass sie das alles überstürzen und es später bereuen wird. Ich will mir ihrer Entscheidung sicher sein.«

Viktor antwortet nicht. Alexei hat uns im Flur entdeckt und kommt auf uns zu.

»Sind die Feierlichkeiten so schnell vorbei?«, fragt er.

Viktor zwingt sich, für ihn zu lächeln. »Natürlich nicht. Wir haben gerade über ein Geschäft gesprochen, aber ich versichere dir, wir werden gleich weiterfeiern.«

Alexei nickt, und Viktor schlägt ihm auf die Schulter. »Du wirst ein ausgezeichneter Vater sein. Lasst uns eine Zigarre rauchen.«

Bevor sie gehen, stellt Viktor sein letztes Ultimatum. »Einen Monat. Nicht mehr, Kol'ka. Du wirst deine Antworten haben, oder auch nicht. Aber so oder so, du wirst meine Tochter heiraten.«

»Es war eine schöne Party«, sagt Nakya, als wir durch die Tür gehen.

Sie hat bereits mehrere Smalltalk-Versuche unternommen, weil sie spürt, dass etwas nicht stimmt. Nach meinem Gespräch mit Viktor sank meine Stimmung, und für mich waren die Feierlichkeiten vorbei. Ich trank einfach um des Trinkens willen, und jetzt kann ich nicht mehr klar sehen.

Ich schicke den *Bratok* weg, der uns nach Hause gefahren hat, und schließe das Haus ab.

»Du solltest ins Bett gehen, *Zvezda*.«

Sie rückt näher und versucht, mich mit ihren honigsüßen Lippen anzulocken. Seit einer Woche verbringen wir jede Nacht zusammen. Ich habe mich nicht um meine Vory-Aufgaben gekümmert und alles, was wichtig ist, ihretwegen aufgegeben. Und doch ist es nicht genug.

»Du kommst nicht mit mir mit?«

»Nein.«

Sie lässt die Schultern hängen, und Haarsträhnen fallen um ihr Gesicht, während sie ihren Blick senkt. Ich glaube, ich mochte sie lieber, als sie sich weigerte, ihre Gefühle zu zeigen.

»Habe ich etwas falsch gemacht?«

»Du hättest nicht dort sein sollen.« Diese Worte klingen wie ein Peitschenhieb, und sie zuckt zusammen. »Du kannst deine Gefühle nicht kontrollieren. Sie stehen dir komplett ins Gesicht geschrieben, so dass die Welt sie sehen kann … Viktor sie sehen kann.«

»Ich habe nicht gedacht …«

»Das ist genau das Problem«, höre ich mich sagen. »Du denkst nicht nach. Und ich bin es leid.«

Ihr Kinn zittert, und sie klammert sich an mein Hemd. »Bitte tu das nicht, Nika. Ich weiß, dass du Gefühle für mich hast. Das bist nicht du, der da redet.«

»Du irrst dich, Süße. Jetzt gerade redet mein

wahres Ich. Du langweilst mich, also tu dir selbst einen Gefallen und verschwinde aus meinen Augen.«

Sie bricht zusammen, wie ich es erwartet hatte, und eilt mit einem abgehackten Schluchzen von mir fort. Trotzdem ist es nicht genug. Ich will, dass sie geht. Aus den Augen und dem Sinn. Sie verkompliziert mein Leben und macht es zur Hölle.

Aber es ändert nichts.

Denn selbst wenn sie geht, bin ich leer.

29

Nikolai

Im Laufe einer Woche habe ich mich durch den Schnapsschrank getrunken. Im Moment mag ich Old Crow Whiskey gar nicht so gern, aber er wirkt trotzdem, wie er soll.

Neben Kettenrauchen und Trinken habe ich nicht viel erreicht. Die braune Akte liegt immer noch ungelesen in meiner Schublade, und Viktor ruft oft zum Einchecken an und fragt nach meinem Fortschritt. Die Lügen kommen leicht von meinen Lippen, wenn ich betrunken bin, und wenn er mein unberechenbares Verhalten bemerkt, sagt er nichts.

Zweimal in dieser Woche war ich gezwungen, ein Abendessen mit Ana zu überstehen. Der *Pakhan* ist besessen von der zukünftigen Verlobung am Horizont und ermutigt mich bei jeder Gelegenheit, die sich ergibt, Zeit mit ihr zu verbringen. Ich spreche während unserer Begegnungen sehr wenig und stelle ihr nur Fragen, die sie gerne beantwortet.

Im Gegensatz zu Nakya wird sie nicht bewacht. Ana ist offen und kindlich und redet oft über Promi-Klatsch oder andere seichte Themen. Sie ist mädchenhaft, kichert oft und viel zu naiv, um mit jemandem wie mir zusammen zu sein. Aber das hält sie nicht davon ab, jedes Mal zu erröten, wenn sich unsere Wege kreuzen. Das Schlimmste daran ist, dass sie glaubt, dass sie in mich verliebt ist, weil ihr Vater diese Idee unterstützt.

Mein Schicksal ist besiegelt. Viktor wird sehen, wie ich sie heirate, und ich muss die Dinge loslassen, die ich nicht ändern kann. Ich war ein Feigling und ein Lügner, und Alexei hatte recht, als er mir gesagt hat, dass ich die Sterne, die ich trage, nicht verdiene. Ich habe meine Vory-Brüder im Stich gelassen, und es ist an der Zeit, diese Scharade zu beenden.

Das Haus ist ruhig, und alle schlafen, als ich in mein Büro gehe. Nakya ist in ihr eigenes Zimmer zurückgekehrt, und ich habe es mir zur Aufgabe gemacht, sie während ihrer wachen Stunden nicht zu sehen. Aber jede Nacht schaue ich über die Kamera nach ihr. Ich beobachte ihren unruhigen Schlaf auf dem Bildschirm meines Telefons. Näher gehe ich nicht an sie heran.

Es ist besser so. Und unabhängig davon, was diese Akte enthält, ist meine Entscheidung gefallen. Wenn ich Anspruch auf mein Pfund Fleisch habe, wird es von

Manuel selbst kommen. Und dann wird Nakya in ihr Leben zurückkehren und frei sein, das zu tun, was ihr gefällt. Frei, sich zu Tode zu hungern oder zu tanzen – oder Dante zu heiraten, wenn sie das möchte.

Die Uhr an der Wand ist die einzige Musik, die meine manischen Gedanken untermalt, als ich auf das dicke braune Papier starre. *Tick, tick, tick.* Einen Moment lang beschließe ich, zu glauben, dass Mischa recht hatte. Wenn ich wollte, könnte ich das auf sich beruhen lassen, ohne die Details zu lesen. Welchen Unterschied macht es jetzt? Sie ist tot, und nichts wird sie zurückbringen.

Aber das ist nur eine weitere Lüge.

Sie war meine Mutter.

Ich leere mein Glas und rauche ein paar weitere Zigaretten, während ich in meinem Büro hin und her gehe. Es kann nicht so schlimm sein. Mischa ist immer zu dramatisch, denke ich. Es sind nur ein paar Blatt Papier, und ich bin ein erwachsener Mann. Ein Vor. Und ein Vor kneift niemals.

Ich lehne mich zurück und hole die Akte hervor, die ich so oft versucht habe zu öffnen. Es ist nur Papier. Nichts weiter.

Aber als ich sie aufschlage, stelle ich fest, dass ich mich irre. Es ist nicht nur Papier. Es gibt auch Fotos. Fotos, von denen ich dachte, dass ich sie sehen möchte – aber auch in dem Punkt lag ich falsch. Die körnigen Standbilder sind von einem Überwachungsvideo. Und bevor ich meinen Blick auf das Hauptmotiv richte, untersuche ich jedes Detail des

Raumes. Ein Keller. Ein schmutziges Sofa. Ein Eimer. Diese Lebensbedingungen sind nicht angemessen für ein Tier, geschweige denn für eine Frau.

Und doch ist sie da. Meine Mutter. Zugedröhnt und nackt.

Ich weiß, ich sollte es nicht, aber ich schaue in ihr Gesicht. Leere Augen und hohle Gesichtszüge sind alles, was geblieben ist. Ein leerer, schlaffer Sack voller Haut und Knochen, den die Seele längst verlassen hat. Als ich meine Hand ausstrecke, um sie zu berühren, spüre ich ihre Qualen in jedem höhlenartigen Zentimeter meines eigenen Körpers. Das war dieselbe Frau, die mich nachts zugedeckt und mich auf die Stirn geküsst hat. Die Mutter, die süße Schlaflieder sang und lebhafte Gutenachtgeschichten vorlas.

Diese Erinnerungen sind alles, was ich von ihr habe, und ich verabscheue mich, weil ich zu jung war, um das zu stoppen. Ich möchte zurückgehen und es in Ordnung bringen. Ich will zurückgehen und jeden Mann töten, der sie je berührt hat. Es ist zu spät, um sie zu retten. Das Einzige, was ich jetzt für sie tun kann, ist, Blut und Feuer auf die Tiere regnen zu lassen, die ihr das angetan haben.

Der von Alexei erstellte Bericht ist detaillierter, als ich es mir hätte vorstellen können. Alles ist kategorisiert, und die Arbeit ist bereits für mich erledigt. Daten, Zeiten und die Namen aller Beteiligten.

Aber es ist der erste Name auf der Liste, der eine

dauerhafte Narbe auf meiner Seele hinterlässt. Die Bestätigung dessen, was ich immer vermutet habe.

Sergei.

Mein eigener Vater ist dafür verantwortlich.

Sein Ego war schon immer das Feigste an ihm. Und wie der Bericht sagt, bot er meine Mutter Manuel Valentini als Geschenk an, als er vermutete, dass sie ihn mit einem seiner eigenen Männer betrogen hatte. Aber sie war kein Geschenk. Sie war ein Menschenopfer. Ein Bonus, um einen Waffenhandel zwischen Manuel und meinem Vater zu versüßen.

Er gab sie weg, als wäre sie ein Stück Dreck gewesen. Er wusste, welchem Schicksal er sie ausgeliefert hatte, und er ließ es zu, dass sie jahrelang von Manuel und seinen Männern geschlagen und benutzt wurde. Und doch kam er jede Nacht in mein Zimmer, um mich wegen ihres Verlustes weinen zu sehen, und bestand darauf, dass sie mich verlassen hatte.

Ich gieße mir noch einen Drink ein und schließe die Augen. Die Bilder verfolgen mich, und ich weiß, dass sie nie verschwinden werden. Ich war ein Narr. Ich ließ mich von meinem Schwanz führen und ignorierte die Sache, an die ich am meisten glaubte. Seit Monaten schlagen ihre Herzen weiter. Sie haben die Luft dieser Erde weiter geatmet, als sie schon im Boden hätten verrotten müssen.

Das war noch nicht einmal das Schlimmste. Diesen Teil habe ich noch nicht gelesen. Und Alexei hat kein einziges grausames Detail weggelassen.

Meine Mutter verließ diese Welt kämpfend. Sie kämpfte, um zu fliehen. Sie schnitt mit der Scherbe eines zerbrochenen Spiegels in Manuel Valentinis Schwanz.

Und dann löste er sie in einem Säurebad auf.

30

Tanaka

Absturz.

Ich schrecke aus dem Schlaf und sitze aufrecht im Bett. Mein Blick ist noch verschwommen, und ich blinzele schnell, während ich mich im Raum umsehe. Meine Haut ist feucht, und mein Herz rast. Etwas stimmt nicht, und mein erster Instinkt ist, mich zu verstecken.

Ich klettere aus dem Bett, aber ein scharfer Schmerz schießt durch meine Wade und lähmt mein Bein. Ich bin das Opfer eines Krampfes, und ich habe keine andere Wahl, als ihn abzuwarten.

Explosive Geräusche schallen den Flur hinunter. Glas zerbricht. Holz zersplittert. Das eher tierische als menschliche Grunzen kann nur von Nikolai kommen.

Eine neue Angst blüht in mir auf. Jemand ist hier. Jemand greift ihn an.

Er braucht mich.

Ich stolpere den Flur hinunter und schleife mein Bein halb nutzlos hinter mir her. Ich habe nur ein Nachthemd an, und ich weiß nicht, wie ich ihn retten soll, aber ich weiß, dass ich es versuchen muss.

Aus der offenen Tür ertönen gequälte Schreie. Auf kurze Distanz beschwört mein Verstand viele verschiedene Szenarien, aber keines bereitet mich auf den Anblick vor, der sich mir bietet, als ich die Schwelle erreiche.

Er trägt kein Hemd. Ist blutüberströmt. Seine Brust hebt und senkt sich schwer, während er sich durch eine offene Kiste arbeitet. Eine Zigarette hängt ihm aus dem Mund, und neben ihm steht eine leere Flasche Whiskey. Er nimmt ein glasgerahmtes Foto nach dem anderen heraus, nur um sie einen Moment später in Stücke zu schlagen.

Gemurmelte Worte entweichen aus seiner Brust, als er die Gesichter auf den Bildern betrachtet. Zuneigung in einer Minute und Hass in der nächsten. Und ich denke, dass ein Eindringling einfacher zu handhaben gewesen wäre.

Es gibt kein Handbuch für eine solche Situation. Er ist verletzt, und ich will ihm helfen. Ich weiß nur nicht, wie. Da ich es besser weiß, als mich einem verwundeten Tier zu nähern, rufe ich ihm von der Tür aus zu.

»Nika.«

Er erstarrt, und ein Schauer überkommt mich. Sein

Kopf dreht sich so langsam in meine Richtung, dass es wie in einem Horrorfilm wirkt.

»Du«, schnaubt er.

Kalte, blaue Augen schneiden sich in mein Gesicht und betäuben mein Herz.

So viel Hass. Ich habe noch nie so viel Hass erlebt. Und jedes Fragment ist auf mich gerichtet. Ich habe Nikolai als viele Dinge erlebt, aber nie so. Niemals dieses Monster, das im Moment so sehr wie mein eigener Vater aussieht.

Ich weiß bereits, dass es zu spät ist, aber ich renne trotzdem.

Die Schritte hinter mir sind beständig und donnernd, und bevor ich wirklich Abstand zwischen uns bringen kann, ergreift er mich an den Haaren. Er zieht mich zurück, drückt mich an die Wand, und ich kauere mich vor ihm hin und mache mich ganz klein. Wenn in ihm jemals irgendeine Liebe für mich existierte, ist sie jetzt fort.

»Bitte, Nika …«

Er streckt seine Hand blitzschnell aus, um sie um meine Kehle zu legen. »Du verdienst es nicht, zu leben.«

Er ist betrunken. Ich kann den Whiskey in seinem Atem riechen. Ich kann ihn in seinen blutunterlaufenen Augen sehen. Aber es mildert den Schlag seiner Worte nicht. Es gibt mir nicht das Gefühl, dass ich mich innerlich weniger tot fühle. Er hat mich dazu gebracht, mich in ihn zu verlieben, nur um mich dann zu zerstören.

Er tut mir nicht mehr leid. Ich will ihn aus den Augen haben. Aus meinem Leben.

»Lass mich los!«, schreie ich. »Du bist ein Höhlenmensch. Ich hasse dich!«

Er unterbricht meine Luftzufuhr, und ich kralle mich an seine Hände. Als das nicht funktioniert, zerkratze ich sein Gesicht. Meine Nägel graben sich in all das Fleisch, das ich erreichen kann, und das macht ihn nur noch wütender. Er lässt meine Kehle los, nur um nach der Zigarette in seinem Mund zu greifen.

Ich sehe entsetzt dabei zu, wie er sie mir eine Haaresbreite vor die Kehle hält. Rauch steigt zwischen uns auf, und die Hitze strahlt vom feuerroten Stängel ab, während ich darum kämpfe, bewegungslos zu bleiben. Das kann er nicht tun. Er würde mich nicht brandmarken, wie mein Vater es mit meiner Mutter tat.

Ich möchte so verzweifelt glauben, dass es etwas Gutes in ihm gibt. Ich habe mich nicht in einen Sadisten verliebt. Emotionen strömen aus meinen Augen, zeichnen Flüsse über meine Wangen und verraten meine Schwäche.

Diese Schwäche ist auch meine Rettung. Meine Tränen sind das Einzige, was ihn aus seinem Wahn reißt. Sein Griff löst sich, aber seine Lippen drücken seinen Ekel mit einem letzten Satz zum Abschied aus.

»Es wäre das Mindeste, was du verdienst.«

31

Tanaka

»Was denkst du?«

Talia übergibt mir einen Katalog und deutet auf ein Foto einer Krippe.

Ich lächele sie sanft an. »Sie sieht so aus, als würde sie zum Thema passen.«

Sie nickt und schließt den Katalog mit einem Seufzer. »Ich weiß nicht, was ich tue, ehrlich gesagt. Es gibt so viele Entscheidungen zu treffen, und einfach so viele Dinge zur Auswahl. Ich weiß nicht, was notwendig ist und was nicht, und ich habe keine Ahnung, ob es sicher ist. Ich denke, ich werde eine schreckliche Mutter sein.«

»Du wirst keine schlechte Mutter sein. Du wirst es im Laufe der Zeit lernen. Das ist es, was Mütter tun.«

Sie zuckt mit den Schultern. »Ich schätze schon.«

»Du bist aufgeregt, nicht wahr?«

Sie klopft mit den Fingern auf das Sofa neben ihr. »Ich hätte nie gedacht, dass ich Mutter werden will. Ich bin besorgt, und ich weiß nicht, ob mich das zu einem schrecklichen Menschen macht.«

»Das tut es nicht.«

Ich weiß, dass das nicht einfach für sie ist. Diese Kultur ist für sie völlig neu. Aber selbst für einen Veteranen wie mich wird es nicht einfacher.

»Geht es dir gut?«, fragt Talia.

Ich blinzele ihr zu und nicke automatisch. Ich war nicht auf diese Frage vorbereitet. Wir haben in den letzten zwei Wochen Zeit miteinander verbracht, aber wir sind nicht in dem Stadium, in dem ich erwägen würde, ihr alle meine Geheimnisse zu erzählen. Ich hatte noch nie eine Freundin, und ich weiß kaum, was angemessen ist.

»Du scheinst anders zu sein.« Ihre Stimme ist leise, und ich verstehe, dass dies auch für sie Neuland ist. Sie hat das letzte Jahr ihres Lebens damit verbracht, ums Überleben zu kämpfen, und ich bin sicher, dass es kein einfacher Übergang in ihr neues Leben war.

»Ich glaube, ich bin müde«, sage ich.

In Wahrheit ist es nicht nur Erschöpfung. Ich bin schon mit einem Fuß im Grab. Wenn ich in den Spiegel schaue, sehe ich einen gequälten Gesichtsausdruck, der mich so sehr an meine Mutter erinnert, dass es mir Angst macht. Es ist zwei Wochen her seit Nikolais Ausbruch, und wenn ich den Atem anhalten und auf eine Entschuldigung warten würde, wäre ich inzwischen an Sauerstoffmangel gestorben. Soweit ich das beurteilen kann, war er immer erst sehr spät zu Hause und er hat es sich zur Aufgabe gemacht, mich zu meiden.

Es geht ihm vielleicht gut, aber mir nicht. Im Inneren verwelke ich. Ein langsamer Tod ist Folter, und ich kann spüren, wie es passiert. Jeden Abend wiederhole ich seine Worte. Ich kann sie nicht vergessen. Und ich kann nicht mehr so weiterleben.

Ich werde nicht meine Mutter werden.

Mischa hatte recht, und ich hätte schon längst auf ihn hören sollen. Wenn ich jetzt nicht hier herauskomme, bin ich dazu verdammt, ihr Schicksal zu teilen.

Was Talia nicht weiß, ist, dass diese Besuche bei ihr das Einzige sind, was mir das Leben rettet. Heute wird das letzte Mal sein, dass ich sie sehe, und das ist nicht fair. Ich will sie nicht ohne Freundin in dieser Welt hinterlassen, aber ich habe keine Wahl.

Die Wahrheit sehnt sich danach, über meine Lippen zu kommen. Sie verdient es. Aber ich bin nicht naiv genug, zu glauben, dass nicht jeder unserer Schritte aufgezeichnet wird. Talia hat bei unserem ersten Besuch schnell darauf hingewiesen. Ich denke, die Kameras stören sie, aber ich denke auch, dass sie versucht hat, mich zu warnen, damit ich nichts sage, was ich später bereuen könnte. Unsere Freundschaft kann nur so tief sein wie die Worte, die wir laut zugeben können.

»Solnyschko.« Alexei betritt den Raum und bringt

seiner Frau persönlich einen Tee. »Magda hat das für dich geschickt.«

»Danke.« Sie lächelt ihn an, und ihre Liebe zu ihm ist aufrichtig. Sie hat Gefühle für ihn. Sie sieht ihn als ihren Retter an. Und so glücklich ich auch für sie bin, es tut mir gleichzeitig weh.

»Wie behandelt Nika dich?« Alexei wendet sich mir zu, und seine blauen Augen streifen mit offensichtlicher Sorge über mein Gesicht.

Es gibt einen Teil von mir, der sich anfühlt, als könnte ich ehrlich zu ihm sein. Als könnte ich ihm die Wahrheit sagen und er würde sie nicht gegen mich benutzen oder mich verraten. Aber es wäre ein Verrat an Nikolai, wenn man bedenkt, wie angespannt die Beziehung zu seinem Bruder bereits ist. So schrecklich er auch zu mir war, ich kann mich nicht dazu bringen, ihm das anzutun.

Also lächele ich und gebe eine Standardantwort. »Er ist beschäftigt. Ehrlich gesagt habe ich ihn seit Wochen kaum gesehen. Aber es ist alles in Ordnung.«

Alexei sieht nicht so aus, als ob er mir glaubt, aber Talia erspart mir weitere Fragen, indem sie sagt: »Tanaka ist sehr müde. Würdest du bitte das Auto holen?«

»Natürlich.« Er nickt. »Ich begleite sie raus.«

Wir erheben uns alle, und Talia und ich tauschen Umarmungen aus. Sie mag sie nicht, aber ich denke, irgendwie spürt sie die dunklen Wolken, die über uns hängen, denn als ich sie eine Sekunde länger als nötig umarme, unterbricht sie mich nicht. Ich danke ihr für die Einladung, und sie drängt mich, nächste Woche wiederzukommen, wenn ich kann.

»Das Auto steht bereit«, informiert mich Alexei, als er sein Handy einsteckt.

Er folgt mir aus dem Raum und geht wie versprochen mit mir nach unten. Als wir die Vordertür erreichen, hält er inne.

»Ich weiß, dass Nikolai schwierig sein kann. Wenn du etwas brauchst, zögere nicht, zu fragen. Du bist jetzt die Freundin meiner Frau, und es gibt hier immer einen sicheren Ort für dich.«

Meine Kehle brennt, als ich ihm danke. Das ist ein nettes Angebot, aber die Wahrheit ist, dass es keinen sicheren Ort für mich auf dieser Welt gibt.

Franco wartet wie versprochen draußen, aber ich halte inne, als Mischa dort steht. Ich habe ihn seit der Weihnachtsfeier nicht mehr gesehen, und er sollte jetzt nicht hier sein.

»Was machst du hier?«, frage ich.

Er öffnet die Tür und macht eine Geste, damit ich einsteige. Ich schaue zu Franco. Er ist derjenige, der mich immer nach Hause fährt, aber heute nickt er einfach und geht zurück ins Haus.

»Steig ein«, sagt Mischa.

Ich zögere nur eine Sekunde, bevor ich die Dringlichkeit in seinen Augen sehe. Er sollte nicht hier sein, aber was auch immer passiert, ich vertraue ihm. Ich steige in das Auto und lege meinen Sicherheitsgurt an, während er zur Fahrerseite geht. Er startet die Zündung, und das Auto rollt die kurvenreiche Straße von Alexeis Privatanwesen hinunter.

Ich warte darauf, dass er mir sagt, was los ist, aber er tut es nicht. Seine Knöchel sind vor Anspannung weiß auf dem Lenkrad, und sein ganzer Körper ist steif.

»Mischa«?

Er blickt mich an, und wenn ich es nicht besser wüsste, würde ich denken, dass er mich gerade ein wenig hasst.

»Ich sollte das nicht tun«, sagt er.

»Warum hast du mich abgeholt?«

»Nikolai weiß nicht, dass ich hier bin«, gibt er zu. »Wenn er es herausfindet, wird er mich umbringen. Du hast eine Chance, Nakya. Nur diese eine. Wenn du heute nicht rauskommst, dann hast du deinen eigenen Totenschein unterschrieben. Hast du verstanden?«

Es scheint fast zu einfach zu sein, wenn man bedenkt, wie viel Zeit ich in die Planung meiner eigenen Flucht investiert habe. Franco sollte mich heute fahren. Ich hätte ihn gebeten, an der Tankstelle anzuhalten, und darauf bestanden, dass ich die Toilette benutzen muss. Franco hat meinen Wünschen immer entsprochen, und ich wusste, dass es diesmal nicht anders sein würde. Aber ich wollte nicht auf die Toilette gehen. Ich wollte weglaufen.

Das war mein Plan. Es gab keine nächsten Schritte, weil ich keine hatte. Ich wusste nur, dass ich aussteigen musste. Aber jetzt bietet mir Mischa eine Flucht auf dem Silbertablett an, und ich versuche immer noch, herauszufinden, ob er wirklich so vertrauenswürdig ist, wie ich denke.

»Du hast keine Wahl«, sagt er und liest meine Gedanken. »Ich bin die einzige Möglichkeit, die du hast.«

»Warum tust du das?«

»Weil es Nikolai zerstören wird, wenn dir seinetwegen etwas passiert.«

Das glaube ich nicht, aber es hat keinen Sinn, zu streiten. Mein Fokus liegt auf der Zukunft. Mein Fokus liegt auf der Flucht.

»Wie sollen wir das machen?«, frage ich.

»Im Kofferraum ist ein Rucksack.« Er neigt seinen Kopf nach hinten. »Etwas Essen, Geld und ein Mantel. Ich werde in Pittsfield anhalten und dich am Busbahnhof absetzen. Du kaufst ein Ticket. Was auch immer der erste Bus ist, du nimmst ihn. Und dann steigst du immer wieder in Busse oder Bahnen, um dorthin zu gelangen, wo du hinwillst, vorzugsweise auf die andere Seite des Landes.«

»Das ist alles?«

Er blickt mich böse an. »Was zum Teufel willst du denn noch? Ich bin kein Reisebüro.«

»Ich weiß. Es tut mir leid. Es ist nur … Ich drehe gerade durch.«

»Sei einfach klug«, sagt er. »Sobald du die Ostküste verlassen hast, wird es dir gut gehen.«

Ich wünschte, ich hätte so viel Selbstvertrauen, aber ich nicke nur.

Die Fahrt ist angespannt und still, und als Mischa

an einem Bordstein anhält, glaube ich wirklich nicht, dass ich das schaffen kann. Ich bin noch nie allein irgendwo hingegangen. Ich weiß nicht einmal, wie man ein Busticket kauft, die Fahrpläne liest oder einen Ort aussucht, an den man gehen will.

»Nakya.« Mischa schüttelt mich aus meinen Gedanken. »Das Busdepot befindet sich auf der linken Seite. Ich kann dich nicht näher heranfahren. Du musst jetzt gehen.«

Er öffnet den Kofferraum und lässt den Motor laufen. Das war es. Er steigt nicht aus, und ich bin von hier an auf mich allein gestellt. Ich weiß, wie viel er riskiert, indem er das für mich tut. Er hat schon genug getan, und meine Panik ist nicht der richtige Weg, um es ihm zu danken.

Ich schnalle mich ab, steige aus dem Auto und halte inne, um ihn noch einmal anzusehen. »Danke, Mischa.«

Er schluckt und nickt. »Vergiss deine Sachen nicht.«

Ich schließe die Tür und nehme den Rucksack aus dem Kofferraum. Mischa ist im nächsten Augenblick verschwunden, und ich stehe auf dem Bürgersteig und fühle mich so verloren wie nie zuvor.

Ich schaue die Straße hinauf. Das Busdepot ist nicht weit, aber ich muss zum Zebrastreifen. Es ist eine belebte Kreuzung mit viel Verkehr mitten am Tag. Ich versuche, mich anzupassen, und schließe mich den anderen Fußgängern an, die darauf warten, die Straße zu überqueren. Mein Herz rast, aber ich tue so, als würde ich etwas Alltägliches tun.

Die Ampel springt um, und ich bewege mich mit der Menge. So weit, so gut. Auf der anderen Straßenseite zerstreuen wir uns. Ich bin frei, aber ich fühle mich verletzlicher, als ich allein die Straße entlanggehe. Der Verkehr ist zum Stillstand gekommen, also halte ich meinen Kopf gesenkt und versuche, keine Aufmerksamkeit auf mich zu ziehen, während ich an den Autos vorbeigehe.

Es fühlt sich wie eine Ewigkeit an, bis ich es in dieses seltsam geformte Gebäude schaffe, auch wenn es nur eine kurze Entfernung ist. Ich bin fast bis zur Glastür gekommen, als mir ein unheimliches Gefühl über die Haut kriecht. Etwas veranlasst mich, nach oben zu schauen, und als ich es tue, hört mein Herz auf zu schlagen.

Ein blauer Sportwagen steht im Leerlauf auf der Straße und wartet darauf, dass die Ampel umspringt. Und es ist nicht so sehr das Auto, sondern das Gesicht hinter dem Steuer, das ich erkenne. Ich habe es auf der Weihnachtsfeier gesehen, und ich erinnere mich daran, weil dieser Mann zu denjenigen gehört hat, die mich an der Tür angeglotzt haben. Er schaut genauer in meine Richtung, und ich weiß, dass er mich auch erkannt hat. Die Tattoos, die über seinem Hemdkragen hinausschauen, bestätigen nur meine Ängste. Er ist ein Vor.

Ich ziehe den Kopf ein, husche durch das Gebäude und gehe, so schnell ich kann. Alle paar Meter halte ich inne, um über die Schulter zu schauen. Er ist nicht da. Aber er hat mich gesehen, und ich bin mir sicher, dass er mich erkannt hat. *Oder etwa nicht?*

Ich weiß nicht, was ich tun soll. In jeder dieser Kleinstädte wäre es immer ein Risiko gewesen. Die Berkshires wimmeln von Vory, und ich hätte es besser wissen sollen. Ich hätte schneller laufen sollen. Es gab viele Dinge, von denen ich mir wünschte, ich hätte sie anders gemacht, aber im Moment bin ich ratlos.

Adrenalin, nicht Vernunft, lässt mich zum Ticketschalter gehen und auf die Busfahrpläne blicken. Es ist spät am Nachmittag, und es gibt nicht mehr viel für heute, aber ich muss einen Bus auswählen. Die Entscheidung überfordert mich, also wähle ich den ersten, den ich sehe. Es gibt einen Bus nach Boston, und er fährt in 30 Minuten. Von dort aus kann ich einen anderen nehmen.

Ich stelle mich in die Schlange, um mein Ticket zu kaufen, wobei ich meinen Rucksack fest in den Händen halte. Alle paar Sekunden schaue ich mich um, und ich bin mir sicher, dass das wahrscheinlich nur noch mehr Aufmerksamkeit erregt. Ich versuche, meine Nerven zu beruhigen, und warte jetzt immer dreißig Sekunden, bevor ich meinen Kopf erneut bewege. Die Leute vor mir brauchen ewig.

Ein weiterer Blick aus dem Fenster. Er ist schnell, und ich denke, alles ist gut. Aber dann sehe ich ihn. Er spricht in sein Telefon, hält die Hand an das Glas, und er blinzelt, während er die Gesichter in der Menge durchsucht.

Ich bin verloren.

Ich bin so was von verloren.

Ich verlasse die Schlange und zwinge mich, normal zur gegenüberliegenden Seite der Station zu gehen. Ich bewege mich mit dem Strom der anderen Reisenden und bete, dass er mich nicht sieht.

Ich muss hier heraus, also nehme ich den ersten Ausgang, den ich finden kann. Zurück auf dem Bürgersteig, gehe ich in die Richtung, aus der ich kam, und biege rechts in die erste verfügbare Querstraße ein. Ich muss ruhig bleiben. Laufen wird nur Aufmerksamkeit erregen, also gehe ich. Und während ich das tue, hole ich den Mantel heraus, den Mischa für mich eingepackt hat, ziehe ihn über und setze meinen Rucksack wieder auf.

Ich weiß nicht, wohin ich will. Es gibt verschiedene öffentliche Gebäude auf dem Weg. Einkaufszentren, Kaffeehäuser und sogar ein Ärztezentrum. Aber keines von ihnen fühlt sich sicher an. Ich muss irgendwo hin, wo ich mich verstecken kann. Und nach fünfzehn Minuten habe ich es endlich geschafft.

Es ist ein Baseballpark, und er ist von Bäumen umgeben. Genug, damit ich verschwinden und mich orientieren kann, während ich einen anderen Plan ausarbeite. Das Gras ist kalt und hart unter meinen Füßen, aber jetzt, da ich von der Hauptstraße weg bin, beschließe ich, zu laufen. Mein Knöchel schmerzt bei jedem Aufkommen, und ich fürchte, dass ich stolpern könnte, aber ich fürchte auch, dass ich, wenn ich nicht laufe, nirgendwohin komme.

Hinter dem Feld finde ich eine Gruppe von Bäumen, die schwer und dicht sind. Sie sind die beste Deckung, die ich im Moment sehen kann, also wähle ich den dichtesten von ihnen aus. Ich drücke meinen Körper gegen den Boden und krieche unter ihm hindurch. Das ist unangenehm, und eine Sache ist offensichtlich, nachdem ich meinen Plan ausgeführt habe: Selbst wenn ich es schaffe, unentdeckt zu bleiben, werde ich das Wetter mit der Kleidung, die ich anhabe, nicht lange überleben. Meine einzige Hoffnung ist, dass ich noch vor Tagesanbruch aus diesem Gebiet herauskomme. Ich werde zu einem der Geschäfte zurückkehren, an denen ich auf dem Weg hierher vorbeikam, mir andere Kleidung kaufen und dann wieder zum Bahnhof gehen und den ersten Bus von hier weg nehmen.

Aber zuerst muss ich die Nacht überleben, und mit jeder Sekunde erfüllen mich neue Zweifel. Es ist keine Baseball-Saison, aber im Park sind immer noch gelegentlich ein Hund und sein Besitzer unterwegs. Jeder Schritt lässt mich einen Atemzug aussetzen, und das geht stundenlang so weiter, bis schließlich die Dunkelheit einsetzt.

Ich ruhe meine Augen aus und frage mich, was auf Nikolais Anwesen vor sich geht. Er wird wissen, dass ich noch nicht zurückgekehrt bin, und hat bestimmt schon Alexei kontaktiert. Mir fällt ein, dass sein Bruder davon gewusst haben muss. Franco ließ mich einfach mit Mischa gehen. Sie müssen eine Art Plan für das gehabt haben, was sie Nikolai erzählen würden. Er erwartete, dass Franco mich nach Hause fährt, also nehme ich an, dass sie sagen werden, dass ich es geschafft habe, aus dem Auto zu entkommen, genau wie ich es geplant hatte. Nikolai wird nicht erfahren, dass sein bester Freund mir geholfen hat, und Alexei und seiner Wache wird die Schuld dafür gegeben werden.

Es ist das bestmögliche Szenario für uns alle. Nikolai kann in sein Leben zurückkehren und hoffentlich ohne mich Frieden finden. Aber ich muss mich zwingen, nicht darüber nachzudenken, wen dieses Leben beinhalten wird.

Es ist besser so.

Irgendwann schlafe ich ein. Ich werde von einem weiteren Geräusch von Schritten aus dem Schlaf gerissen. Zu spät für einen Hundespaziergang, denke ich. Es ist dunkel, und es ist eisig kalt. Mein ganzer Körper fühlt sich an, als sei er erfroren, und das wird nur noch schlimmer.

Ich warte darauf, dass die Person wie alle anderen vor ihr verschwindet, aber das tut sie nicht. Die Schritte kommen näher. So nah, dass ich einmal Schuhe unter dem Baum sehen kann. Ich halte den Atem an und bin mir ganz sicher, dass ich entdeckt worden bin, als eine Taschenlampe durch die Blätter leuchtet.

Eine Stimme ruft nach jemand anderem auf Russisch, und ich schlucke. Sie haben meine Schritte verfolgt, das ist die logischste Schlussfolgerung. Ich habe keine Verbindungen, kein Auto, keine Ahnung, was ich tun soll. Also, wohin sollte ich sonst gehen?

Ich warte darauf, dass die Wache sagt, dass er mich gefunden hat. Es ist die längste Minute meines Lebens, als er dort steht und darüber diskutiert, was er tun soll. Aber dann wird mir klar, dass er keine Ahnung hat, dass ich hier bin, und dass ich im Moment noch in Sicherheit bin.

Ich atme so lange nicht tief durch, bis er sich wieder bewegt, und dann nehme ich einen tiefen Zug der kalten Nachtluft. Die Schritte entfernen sich, und schließlich verschwinden sie.

Kälte sickert in meine Knochen, aber ich habe zu viel Angst, meine Gliedmaßen zu bewegen, auch wenn es ruhig geworden ist. Ich warte, bis ich mir sicher bin, dass niemand zurückkommt. Und dann warte ich noch etwas länger. Für gefühlte zwei Stunden liege ich so still wie möglich, bis ich weiß, dass ich keine andere Wahl habe.

Es geht um jetzt oder nie.

Ich muss mich bewegen. Ich muss mich in Sicherheit bringen. Ich brauche einen warmen Raum, ein Telefon und jedes Gebet auf der Welt.

Die Lichter in der Ferne fühlen sich nah an, aber ich weiß, dass sie weit weg sind. In dieser Stadt wimmelt es wahrscheinlich schon von Nikolais Männern. Meine einzige Hoffnung ist, ein schönes

Hotel zu finden, in dem ich mich für die Nacht im Badezimmer verstecken kann. Wenigstens bin ich dort vor den Elementen sicher.

Aber meine Nerven sind angeschlagen, und meine Gliedmaßen sind steif, als ich durch den Park gehe. Ich glaube, ich höre einen Zweig hinter mir knacken, und erstarre. Drei Sekunden vergehen, und dann vier weitere. Ich möchte glauben, dass es meine Phantasie ist. Ich möchte glauben, dass ich es nicht umsonst so weit gebracht habe.

Ich setze meinen Weg fort, ohne dass ein weiteres Geräusch ertönt. Nicht ein einziges. Aber diejenigen, die in der Nacht Geräusche von sich geben, sind nicht die gefährlichsten Raubtiere. Es sind diejenigen, die lautlos sind. Es sind die Diebe, die kommen, um dich ohne Vorwarnung wegzuschnappen.

Und es gibt keinen Dieb, der geschickter ist als Nikolai Kozlov.

Ich verstehe das, als er seine Arme um mich legt und sein Atem heiß in meinem Ohr ist.

»Und was glaubst du, wo du hingehst, Süße?«

32

Nikolai

Ihr Puls schlägt gegen ihren Hals, als ich sie die Treppe hinauf in mein Schlafzimmer schleppe. Dreckige kleine Lügnerin. Bedeckt mit Schmutz und Kratzern, so verzweifelt danach, von mir wegzukommen. Sie nennt mich einen Sadisten, und ich lache ihr ins Gesicht.

»Du hast keine Ahnung, *Zvezda*. Ich war zu nett zu dir. Aber wenn du willst, kann ich dir zeigen, was ein wirklicher Sadist ist.«

Ihre Unterlippe zittert, und sie weigert sich, mich anzusehen, während sie mich anfleht. »Lass mich einfach gehen.«

Meine Handfläche bedeckt das zarte Fleisch ihres Halses. Ich könnte sie jetzt erwürgen. Ich könnte ihr Leben und diesen Unsinn ein für alle Mal beenden. Stattdessen legen sich meine Finger um ihren Kiefer.

»Du darfst mich nicht verlassen«, murmele ich an ihren Lippen. »Der einzige Weg, wie du mich verlässt, Süße, ist durch den Tod.«

»Nein«, protestiert sie.

Ich zwinge sie auf das Bett und halte ihren Körper mit meinen Beinen fest. Sie keucht, als ich mein Schnappmesser hervorhole, und zuckt, als ich ihr Shirt in zwei Hälften schneide. Mit einem plötzlichen und sinnlosen Anfall von Keuschheit versucht die Prinzessin, ihre Brüste mit ihren Handflächen zu bedecken.

Ich entferne ihre Hände mit Gewalt, und mit den Resten ihres Shirts fessele ich sie an den Bettrahmen. Sie wehrt sich gegen mich, aber schon jetzt sind ihre Brustwarzen hart, und ihre Titten sind für mich geschwollen. Ich lege meine Hand flach auf ihren Bauch und halte sie an Ort und Stelle, während meine Zähne an ihrer Brustwarze zerren.

Sie schreit und jammert auch dann noch, als ich sie lecke und die Schmerzen lindere, die ich verursacht habe. Ihre Augen sind fest geschlossen, weil sie zu stolz ist, ihre Niederlage zuzugeben. Das ist aber auch nicht notwendig. Ich kann die Erregung riechen, die durch ihr Höschen sickert.

Sie verdient meine Freundlichkeit nicht. Sie verdient es nicht, zu kommen. Aber ich werde sie daran erinnern, zu wem sie gehört. Ich werde diese kleine Puppe so lange behalten, wie ich will, sie einsperren und sie zum Spielen herausholen, wie ich es für richtig halte.

»Nika«, bittet sie.

Ich schlage ihr auf die Titten. Sie schreit, und mein Schwanz rührt sich, was mich unruhig macht. Ich will verzweifelt in sie eintauchen. Ich muss sie immer wieder ficken, bis sie zugibt, dass sie mir gehört. Es ist das einzige Mittel gegen meine Krankheit. Sie ist die einzige Quelle der Ruhe, die ich habe. Ihre Wärme, ihr Duft und ihre zarten Berührungen.

Ich hasse sie, weil sie mich schwach gemacht hat. Ich hasse sie, weil sie alles versaut hat, was ich geplant hatte. Und vor allem hasse ich sie, weil sie die Tochter von Manuel Valentini ist. Ich schließe die Augen und versuche, das auszublenden, aber ich kann es nicht.

Meine Finger bewegen sich wieder zu ihrem Hals, und diesmal schaut sie mir in die Augen.

»Tu es«, flüstert sie. »Lass mich frei.«

Ich drücke sie und küsse sie so heftig, dass sie nicht mehr atmen kann. Meine Zähne prallen mit den ihren zusammen, und ich schmecke Blut. Ich lecke die bittere Süße auf und will verzweifelt mehr.

Sie wimmert, und ich drücke mein Becken gegen sie. Es gibt immer noch zu viele Barrieren zwischen uns. Ein Problem, das ich löse, indem ich ihr die Leggings ausziehe und meine Hose öffne.

»Du darfst mich nicht verlassen.«

Ich schiebe ihre Beine auseinander und schlage auf ihre Klitoris. Sie saugt einen Atemzug zwischen ihren Zähnen ein und zieht mit allem, was sie hat, an ihren Fesseln. Ich reibe meinen geschwollenen Schwanz an ihr und bedecke mich mit ihrer Nässe.

Sie schüttelt den Kopf in Verleugnung, und ich wandere ihren Körper hinauf und schmiere die feuchte Erregung meines Schwanzes gegen ihre Lippen. Sie sind so fest wie möglich versiegelt, und das macht mich nur noch härter. Meine kleine Puppe ist hartnäckig. Meine kleine Puppe ist wunderschön. Und meine kleine Puppe ist eine Wilde, weil sie mich ablehnt, wenn ich sie auf diese Weise brauche.

»Nimm meinen Schwanz«, verlange ich.

»Lass es deine kostbare Ana tun.«

Ich kneife ihre Brustwarze, und sie zuckt an mir. »Sprich nicht mehr von ihr.«

»Ana, Ana, Ana«, schreit sie.

Ich drücke ihren Kiefer mit meiner Handfläche zusammen. »Kümmere dich um meinen Schwanz, oder ich finde jemanden, der es tut.«

Ihre Augen zucken, und ihre Wangen färben sich purpurrot. Sie ist eifersüchtig. Sie ist besitzergreifend. Nakya will meinen Schwanz ganz für sich allein.

»Ich hasse dich«, sagt sie.

Ich streichele ihr Gesicht und reibe meinen Schwanz stöhnend über ihre Lippen. »Aber nicht so sehr, wie du mich liebst.«

Sie hört auf, sich zu bewegen, und trotz ihres Temperaments tropft ihr eine Träne aus dem Augenwinkel. »Warum musst du mich foltern? Warum kannst du mich nicht einfach gehen lassen?«

»Weil ich dich brauche.«

Es ist die brutalste Wahrheit, die ich ihr je gesagt habe, und ich hasse mich dafür. Aber egal, es ist das, was sie hören will. Sie will, dass ich auch schwach bin.

»Nika«, bittet sie. »Lass mich dich berühren.«

»Lutsch meinen Schwanz.«

Sie öffnet ihren Mund und lässt mich hinein. Er ist warm und nass und mein verdammter Himmel und meine Hölle, alles in einem. Sie versucht zu tun, was ihr gesagt wurde, aber es nützt wenig, als ich anfange, ihr Gesicht zu ficken und sie zu benutzen.

Es entspannt mich, ihr Würgen, ihr Spucken und ihr Nachluftringen an meinem Schwanz zu spüren. Salzige Tränen verschmieren die Wimperntusche um ihre Augen und liefern den Beweis, dass ich sie auf diese Weise genommen habe. Ich mag sie, wenn sie schmutzig ist – und meine.

»Das ist der einzige Schwanz, den du je schmecken wirst, *Zvezda.* Deine Lippen sind mein. Deine Muschi gehört mir. Und wenn du mich jemals wieder verleugnest, werde ich dich in den Arsch ficken, um zu beweisen, dass er auch mein ist.«

Sie stöhnt, und ich schiebe mich tiefer hinein. Ich könnte sofort kommen. Ich könnte mich in ihren Hals leeren und sie dazu bringen, alles zu schlucken. Aber es ist zu lange her, dass ich sie gefickt habe. Ich muss spüren, wie sich ihre Muschi um mich legt. Ich muss fühlen, wie sie feucht ist, vor Lust auf mich. Meine Eier sind schwer, und ich will sie in ihrem Schoß leeren.

Als ich mich zurückziehe, jammert sie. Ich streichele ihre Wange, und obwohl ich es nicht sollte, beuge ich mich nach unten, um sie wieder zu küssen.

Sie wölbt sich gegen meine Brust, und ihre Brustwarzen stehen gegen den Stoff meines Hemdes. Ich wickele ihre Beine um meine Hüften.

»Lass mich dich berühren«, fleht sie.

»Du bist vor mir davongelaufen, Süße. Böse Mädchen dürfen nicht anfassen. Sie dürfen nicht spielen.«

Ich stoße in sie hinein und seufze. Ihre Pussy ist eng und perfekt, und die selbstgefällige kleine Göre weiß es. Ich ficke sie, als wäre ich halb betrunken, und sie beobachtet mich zu genau, stolz auf sich selbst für das, was sie mir antut. Ich bin halb versucht, ihr Gesicht mit einem Kissen zu bedecken, damit ich es nicht ansehen muss. Oder noch wichtiger, damit sie meines nicht sehen kann.

Ich will sie wie eine Hure ficken. Ich möchte sie in die Schranken verweisen, aber mir sind gerade die Ideen ausgegangen. Also kneife und schlage ich ihr ein paarmal auf die Titten, weil ich es kann. Ich beiße ihr in den Hals und ruiniere ihr Haar, und dann versuche ich das mit dem Kissen, aber es ist nicht dasselbe.

Ich muss ihr Gesicht sehen.

»Das ist alles, wofür du gut bist«, knurre ich. »Eine kleine Puppe, die ich ficken und mit Sperma füllen kann. Du solltest bestraft werden, weil du um unmögliche Dinge bittest.«

»Du hast mich bereits bestraft«, schreit sie. »Es gibt nichts, was du tun könntest, was schlimmer ist als das, was du bereits getan hast.«

Das Zittern in ihrer Stimme macht mich an, auch

wenn es das nicht sollte. Meine Berührung wird weicher, und meine Finger streifen über ihr Gesicht, als ich in ihren Körper eindringe. Anstatt sie schmutzig zu ficken, ficke ich sie am Ende liebevoll. Meine Lippen finden ihre, und sie seufzt, als ich ihr gebe, was sie braucht. Meine Zuneigung. Meine Aufmerksamkeit. Mein Sperma. All die Dinge, die ich ihr nicht geben will.

»Du bist Gift«, sage ich ihr. »Du wirst mich ruinieren.«

»Also lass mich dich ruinieren«, flüstert sie. »Es ist der einzige Weg.«

33

Nikolai

Es ist Zeit für unser monatliches Vory-Meeting, und heute wird Viktor seine Antworten verlangen.

Er wird einen Antrag für Ana erwarten, und er wird das Schicksal meiner Gefangenen erfahren wollen. Wenn ich ihm die Wahrheit über meine Mutter sage, wird er darauf bestehen, dass Nakya bezahlt. Aber zu lügen würde bedeuten, Manuel vor der Rache zu verschonen, die ich zu Recht verdiene. Schon jetzt habe ich zu lange gewartet. Er hätte schon vor Wochen tot sein sollen, und wenn die Dinge nicht so kompliziert wären, wäre er es.

Ich würde gerne glauben, dass Nakya mir mit der Zeit verzeihen wird, dass ich ihren Vater ermordet habe. Ihre Beziehung hat ihre eigenen Probleme. Sie liebt ihn, und sie hasst ihn, vielleicht gleichermaßen. Es wäre anfangs schwierig, aber sie würde meine Begründungen akzeptieren. Nicht nur für meine eigene Mutter, sondern auch für ihre.

Unabhängig davon sollte das die geringste meiner Sorgen sein. Im Moment muss ich die Sache mit Viktor aus der Welt schaffen. Er wird mir keine weitere Verlängerung geben. Meine Zeit ist abgelaufen, und ich habe mich immer noch nicht entschieden, was ich ihm sagen soll.

In letzter Sekunde in das Meeting zu schlüpfen ist nicht mein bester Auftritt, aber er verschafft mir den Vorteil, dass ich mehr Zeit für meine Entscheidung habe. Viktor schaut genau hin, als ich ankomme und mich als der letzte Vor hinsetze. Es wird sicherlich eine Diskussion folgen, aber im Moment schickt er einen der *Boeviks* nach vorne, um die Präsentation zu leiten, die Alexei vorbereitet hat. Die heutige Agenda wird nicht anders sein als in jedem anderen Monat. Glücksspielbetriebe, Waffenlieferungen und mit was auch immer sonst die Bruderschaft ihr Geld verdient.

Aber als die Präsentation geladen ist, sind es nicht die üblichen Berichte, die den Bildschirm ausfüllen. Es ist ein Überwachungsvideo aus Alexeis Haus. Ein Video, das er seinem Gesichtsausdruck nach zu urteilen noch nie zuvor gesehen hat. Seine Haushälterin Magda ist auf der Treppe, und neben ihr steht Talia. Seine Frau ruft ihn von hinten, aber er dreht sich nicht um, also versucht sie es erneut.

Verwirrendes Flüstern beginnt sich im Raum auszubreiten, aber es dauert nur einen Moment, bis

Alexei verstanden hat, was passiert. Jemand hat sein Geheimnis verraten und seine Hörschwäche für alle Vory-Brüder sichtbar gemacht.

»Schalt es aus«, fordert er.

Der *Boevik* fummelt am Computer herum, aber selbst als er den USB-Stick entfernt, hört das Video nicht auf. Alexei blickt durch den Raum, und seine Augen landen vorwurfsvoll auf Sergei. Es wäre auch meine erste Vermutung, angesichts des bösen Blutes zwischen ihnen. Aber die Peinlichkeit endet damit noch lange nicht.

Was als Nächstes passiert, ist schlimmer. Viel schlimmer.

Aus dem Nichts taucht eine schmutzige Abfolge von Bildern auf dem Bildschirm auf. Bilder von Alexeis Frau. Voller Drogen. Ausgemergelt. Leblos. Und in jedem Standbild wird sie von einem anderen Mann gefickt. Sie stammen aus einer Zeit, bevor Alexei sie in seinen Besitz nahm und sie noch eine Sklavin war. Logischerweise gibt es nur zwei Personen, die Zugang zu diesen Bildern haben sollten. Talia und ihre ehemaligen Entführer.

Es ist schwierig, diese Beleidigung meines Bruders mitzuerleben. Er ist ein Mann, der seine Frau mehr als jeder andere liebt, und er ist ein Mann, der gerade verraten wurde. Eine letzte Folie erscheint, und sie ist der Todesstoß, den alle sehen sollen.

Wie fühlt es sich, an zu wissen, dass euer geliebter Sowietnik taub und mit einer Hure verheiratet ist?

Blinder Zorn treibt Alexei dazu, den Computer zu

zerstören, und es wird kein einziges Wort unter uns gesprochen. Viktor ist derjenige, der den Raum räumen lässt und uns alle anweist, an der Bar zu warten. Ich bin der letzte Mann, der seinen Platz verlässt, und würde gerne helfen, aber ich verstehe, dass Alexei es in seinem gegenwärtigen Gemütszustand nicht so sehen wird.

Viktor hält mich an der Tür fest. »Niemand darf dieses Gebäude verlassen.«

Ich nicke, und die Tür schließt sich hinter ihm. Meine Vory-Brüder trinken und sprechen leise untereinander, während wir darauf warten, was als Nächstes geschieht. Meine Augen sind auf Sergei gerichtet und erkennen den selbstgefälligen Ausdruck in seinem Gesicht. Bald wird dieser selbstgefällige Ausdruck von einen leblosen ersetzt werden.

Wenn er seine Finger da drin hatte, hat er seine Spuren gut verwischt. Ich habe die echte Liebe zwischen Alexei und seiner Frau erlebt, und es ist schwer, zu verstehen, dass sie das jemals tun würde, aber genau danach sieht es aus.

Ich kenne meinen Bruder. Wie ich glaubt er schnell an das Schlechte in anderen. Und ich weiß, dass, als er mit Viktor aus dem Kontrollraum kommt, er das Schlechteste von seiner schwangeren Frau denkt

Viktor geht mit Alexei im Schlepptau zur Vorderseite des Raumes und muss uns nicht erklären, was als Nächstes kommt. Der Vory-Weg ist einfach, aber brutal. Indem Alexei sein Geheimnis vor seinen Vory-Brüdern verheimlicht hat, hat er einen Verrat begangen. Die Bruderschaft toleriert keine Geheimnisse, aber Alexei hat die seinen aus gutem Grund für sich behalten. Er betrachtet seine Taubheit als Schwäche.

Das wird ihn trotzdem nicht vor der Strafe bewahren. Das ist der Weg der Vory. Er zieht sein Hemd aus, nimmt den Drink, den Viktor ihm anbietet, und leert ihn in einem Zug. Mit einem Nicken signalisiert er, dass er bereit ist, die Konsequenzen zu akzeptieren, und Viktor hat die Ehre, ihn als Erster zu schlagen.

Er schlägt Alexei in den Bauch und dann macht er eine Geste, damit der Rest seiner Vory-Brüder dem Beispiel folgen kann. Jeder Mann ist an der Reihe. Sergei genießt die Show und schlägt Alexei zweimal. Als ich an der Reihe bin, entschuldige ich mich im Voraus und schlage ihn dann dort, wo ich hoffe, dass es am wenigsten wehtut. Er nimmt es wie ein Mann, und als die Tortur vorbei ist, hat er sich ein weiteres Tattoo verdient. Ein Symbol, dass er sich den Weg zurück in die Bruderschaft mit Ehre verdient hat.

Aber es gibt keine Ehre in dem, was mit ihm passiert ist. Ich bin in seinem Namen mörderisch wütend, aber ich weiß nicht, was ich tun kann, um ihm zu helfen. Viktor ruft nach Franco und schickt Alexei nach Hause, damit er sich ausruhen kann.

Erst als er fort ist, fällt mir ein, dass ich noch meine eigenen Probleme habe, und Viktor jetzt nicht in einer angenehmen Stimmung ist. Als er sich mir nähert, bin ich mir fast sicher, dass er bis Mitternacht entweder

Nakyas Tod oder meinen Antrag für Anas Hand fordern wird.

Stattdessen schlägt er mir auf die Schulter. »Wir werden die Ehe später besprechen. Im Moment musst du alles tun, was du kannst, um Alexei dabei zu helfen, das durchzustehen. Das wird nicht gerade einfach werden.«

Ich nicke, aber Viktor erinnert mich schnell daran, dass es noch nicht vorbei ist.

»Bald. Du wirst bald deinen Antrag machen.«

Viktors Befehle haben mir einen neuen Sinn gegeben. Es ist einfacher, sich auf Probleme zu konzentrieren, die nicht die eigenen sind, und ich habe es mir zum Ziel gesetzt, Alexei zu beweisen, dass seine Frau ihn nicht verraten hat. Mein Bruder hat sich jedoch als hartnäckiger erwiesen, als ich ihm zunächst zugestanden habe.

Er ist zu blind vor Wut, um auf die Vernunft zu hören, und ich habe wenig Chancen, Talia ohne einen Beweis ihrer Unschuld zu erlösen. Mischa geht gerade die Einzelheiten aller Aufzeichnungen durch und analysiert die Videos vom Club an diesem Tag, aber seine Arbeit braucht Zeit. Zeit ist kein Luxus, den ich habe, wenn Alexei von einem Tag auf den anderen kälter und widerstandsfähiger wird.

Er verbringt Stunden damit, in seinem Büro eingesperrt zu sein, und ist von jedem Beweisstück besessen. Cognac ist sein einziger Verbündeter geworden, weil er niemandem vertraut. Der natürliche und logische Verlauf dieser Situation ist einfach. Alexei wird das nicht auf sich beruhen lassen. Er wird sein eigenes Leben riskieren, sobald er versteht, dass die Antworten bei Talias ehemaligem Entführer zu finden sind, da ein solcher Besuch nur blutig und im Chaos enden kann.

In vielerlei Hinsicht spiegelt seine Situation meine eigene wider. Unmöglich und zum Scheitern verurteilt.

Heute Morgen werde ich an unerledigte Geschäfte erinnert, als ich die noch in meinem Tresorraum wartenden Stücke betrachte. Es ist zu lange her, dass ich gemalt habe, und es ist, als ob die Zeit stehengeblieben wäre, um die Erinnerung an diesen Tag für alle Ewigkeit zu bewahren. Ihr Bild ruht immer noch auf der Staffelei, unberührt, und ich denke, dass ich es in meinem Schlafzimmer aufhängen würde, wenn ich könnte.

Sie ertappt mich in diesem verwundbaren Moment, als sie den Raum betritt und ihre Augen sich erst zu dem Bild und dann zu mir bewegen. Ich wende meinen Blick ab, um das Unbehagen dieser Situation zu vermeiden.

»Alles in Ordnung?« Ich räume ein paar Kleinigkeiten weg, um meine Hände zu beschäftigen.

»Du warst nicht mehr hier.« Ihre Worte sind eine Anschuldigung, und sie ist über den Punkt hinaus, das zu verbergen.

»Ich war mit niemand anderem zusammen, *Zvezda*. Ich habe Alexei geholfen.«

»Geht es Talia gut?«, fragt sie.

»Sie ist gesund, sagt Alexei. Aber ich denke, unter diesen Umständen könnte es ihr viel besser gehen.«

»Ich habe besser von ihm gedacht«, antwortet sie leise.

»Es ist einfacher, an das Schlimmste in jemanden zu glauben, nicht wahr?«

Als sie nicht antwortet, bleibt mir keine andere Wahl, als zu ihr zu schauen. Sie war immer leichtfüßig gewesen, aber heute scheint sie das Gewicht der Welt auf ihren Schultern zu tragen.

»Was wird mit uns passieren, Nika?«

Ich atme die Luft aus, von der ich nicht wusste, dass ich sie angehalten hatte. Sie verdient es, die Wahrheit zu erfahren. Sie hat so lange darauf gewartet. Nakya ist nicht unwissend über die Wege unserer Welt, aber das bedeutet nicht, dass sie es verstehen wird. Ich kann die einzigen vernichtenden Worte nicht versüßen, die ich für sie habe.

»Ich habe nur zwei Möglichkeiten, meine Süße. Und du wirst keine der beiden Möglichkeiten mögen.«

»Sag es mir«, gibt sie sich beharrlich. »Ich kann damit umgehen. Ich will es wissen.«

Ich habe versucht, mich von ihr fernzuhalten, aber wenn sie nah genug bei mir ist und ich ihre berauschende Süße rieche, kann ich mich nicht erinnern, warum ich sie überhaupt meiden muss. Als ich ihr bedeute, zu mir zu kommen, tut sie das umgehend, und das macht es nur noch schlimmer.

»Die Wahrheit ist, *Zvezda,* es war nie unser Schicksal, zusammen zu enden. Die Sterne stehen nicht zu unseren Gunsten, und der einzige Weg, wie das enden kann, ist eine Tragödie.«

»Das glaube ich nicht.« Sie schüttelt den Kopf, und ihre Haare fallen locker um ihr hübsches Gesicht.

»Du kennst diese Welt. Nichts ist jemals einfach, und Entscheidungen müssen getroffen werden. Ich kann dich entweder verlassen und Ana heiraten, oder ich kann dich gehen lassen.«

»Und dich selbst aufgeben«, beendet sie für mich.

Ich spiele mit ihrem Haar und küsse sie sanft auf die Lippen. Ihre Augen fallen zu und sie lehnt ihre Stirn gegen meine, weich und traurig.

»Warum können wir unser Schicksal nicht ändern? Lass uns unsere Sterne neu ausrichten, Nika. Wir können es zusammen machen. Du kannst deine Talente zu deinem eigenen Vorteil einsetzen. Du kannst malen, und ich kann tanzen, und …«

»Du sprichst von unmöglichen Träumen.« Ich schließe meine eigenen Augen, atme sie ein, und ertrinke in ihrer Unschuld. »So funktionieren unsere Welten nicht, Süße.«

»Das kann sein. Was auch immer wir tun müssen …«

»Ich werde deinen Vater töten, Nakya. Ich werde ihn langsam foltern, und ich werde ihm sein Leben nehmen. Also sag mir jetzt, dass wir zusammen sein können.«

Ihr Körper versteift in meinen Armen, und wie ich vermutet habe, zieht sie sich zurück. Ich spüre ihren Verlust überall, aber ich zwinge sie nicht, zurückzukommen. Ich möchte, dass sie weiß, dass, wenn ihr Vater stirbt, es von meiner Hand sein wird.

Der Mann hat sie missbraucht, und allein dafür verdient er es, zu sterben. Aber er ist ihr Fleisch und Blut. Und so sehr ich versuche, Frieden damit zu schließen, meinen eigenen Vater zu töten, wird sie mit meiner Entscheidung nicht leicht umgehen können.

»Warum?«, will sie wissen. »Die Schulden?«

»Es ging nie um die Schulden.«

Sie geht durch den Raum, sammelt ihre Gedanken und schüttelt den Kopf. »Ich wusste, dass es nicht nur um die Schulden gehen kann. Du wusstest zu viel über mein Leben. Du warst so wütend auf mich, und … sag mir, warum. Ich verdiene, es zu wissen.«

»Er hat meine Mutter ermordet.«

Sie hört auf, und ihre Süße verwandelt sich in Gift. »Seine Geliebte?«

»Seine Sklavin«, antworte ich. »Eine Zwangshure.«

Sie erblasst, reibt abwesend ihre Arme und wählt offensichtlich die Verleugnung. Es ist einfacher für sie, zu glauben, dass die vielen Frauen, die die Aufmerksamkeit ihres Vaters von ihrer kranken Mutter genommen haben, freiwillig bei ihm waren. Sie hat es sich zu einem Vollzeitjob gemacht, sie zu hassen. Ihre Kindheit schenkte ihr einen Platz in der ersten

Reihe für die Schäden der Untreue und sorgte dafür, dass sie standhaft in ihrer Entschlossenheit bleiben würde, dass sie nie eine Geliebte sein wird. Aber sie sah nie die andere Seite der Medaille.

»Ich wähle die zweite Option.« Sie legt ihre Arme um sich selbst. »Lass mich gehen. Hab Erbarmen, Nika. Lass mich gehen, solange ich noch eine Chance habe.«

»Nakya.« Ich gehe auf sie zu, aber sie zieht sich zurück.

»Nein«, sagt sie. »Ich denke, das sollte hier aufhören. Bitte, lass es hier aufhören. Ich kann das nicht mehr machen.«

34

Tanaka

»Wohin geht er?«

Mischa fummelt an der zwischen seinen Fingern steckenden Zigarette herum, klopft sie gegen das Ende seines Daumens, dreht sie um und wiederholt die Aktion noch einmal. Er antwortet nur ungern, und das macht mich unruhig.

»Er wird seinem Bruder helfen.«

»Er hilft seinem Bruder seit Wochen. Was ist dieses Mal anders?«

Mischa stopft die Zigarette wieder in die Packung und setzt sich auf das Sofa. Er sagt, dass er gekommen ist, um nach mir zu sehen, aber in Wirklichkeit ist er gekommen, um mir die Botschaft zu überbringen, die Nikolai mir nicht selbst geben wollte.

»Bitte sag es mir«, beharre ich. »Was ist los? Geht es ihm gut?«

Mischa lehnt sich auf dem Sofa zurück, legt sein Bein hoch und klopft mit dem Fuß gegen den Couchtisch. »Gegen meinen Rat wird Nikolai seinem Bruder helfen, den ehemaligen Entführer Talias aufzuspüren. Es ist ein gefährlicher Ort, an den sie gehen, und sie gehen alleine. Es besteht die Möglichkeit, dass er nicht zurückkommt.«

Ich bemühe mich, zu antworten, aber nichts kommt aus meinem Mund.

Mischa nickt. Wir schweigen beide, während ich die Nachricht verarbeite. Ich habe Nikolai seit Wochen nicht mehr angesehen, aber der Gedanke, ihn zu verlieren, entzieht meinem Körper jedes bisschen Wärme.

»Er hätte sich verabschieden können.« Ich wische die wütenden Tränen weg, die aus meinen Augen laufen.

Mischa bellt ein Lachen heraus. »Um dir die Chance geben, ihn wieder wegzustoßen? Das ist nicht sein Stil, Nakya.«

»Ich habe ihn nicht weggestoßen«, widerspreche ich. »Er ist es. Er ist derjenige, der keine Wahl treffen wird. Er hätte das vermeiden können.«

Mischa schüttelt den Kopf. »Es war nie seine Entscheidung. Und wenn du das bis jetzt nicht weißt, wirst du nie in dieser Welt überleben.«

»Wenn man jemanden liebt, dann findet man einen Weg. Es ist vielleicht nicht einfach, aber man kann es, wenn man will. Und es ist mir klar geworden, dass Nikolai das nicht will.«

»Das ist genau das, was ein Heuchler sagen würde«, stellt Mischa fest.

»Ich bin keine Heuchlerin. Du hast mir selbst gesagt, dass ich wegmuss.«

»Verrate es mir, Prinzessin.« Er lehnt sich mit unverhohlener Feindseligkeit nach vorne. »Wie glaubst du, würde deine Phantasiebeziehung funktionieren? Du würdest wieder Tänzerin werden, und Nikolai könnte Bilder von Blumen und Ponys malen, während er mit dir um die Welt reist?«

»Natürlich nicht. Ich weiß, es wäre nicht so …«

»Es gibt diese Kleinigkeit eines Kopfgeldes auf euch beide, die du nicht vergessen darfst. Abgesehen davon, dass du, egal wo auf der Welt du hingehst, nicht sicher bist. Aber in deiner Phantasie denkst du nicht an diese Dinge, oder?«

»Ich bin nicht ignorant«, sage ich mit erstickter Stimme. »Ich weiß, dass es nicht so einfach ist.«

Mischa wird weicher, so wie er es schließlich immer wird. »Das bedeutet nicht, dass es ihm egal ist.«

Ich falle auf die Couch neben ihm und versuche, eine Welt zu betrachten, in der Nikolai nicht existiert, aber es gelingt mir nicht. Und ich weiß nicht, wie es passiert ist. In der einen Minute stahl er mir mein Leben, und in der nächsten hatte ich mich in ihn verliebt. Es gibt so viele Schwierigkeiten zwischen uns, die wir nie überwinden können. Seine bevorstehende Hochzeit. Mein bevorstehender Tod. Sein Wunsch, meinen Vater zu ermorden. Alle Fakten sprechen gegen uns, aber trotzdem würde ich dafür kämpfen, wenn er es auch täte.

»Du weißt, wie es ist, seine Mutter zu verlieren«, unterbricht Mischa meine Gedanken.

»Was hat das mit alldem zu tun?«

»Er hat auch seine Mutter verloren, weißt du? Sein ganzes Leben lang wurde ihm gesagt, dass sie ihn verlassen hat. Nikolai ist gut darin, an den Dingen festzuhalten. Er ist gut darin, Leute wegzustoßen, bevor sie ihn wieder so verletzen können. Deshalb glaubt er so schnell an das Schlechte in Menschen. Deshalb wird er sich gegen dich wenden, wenn du es am wenigsten erwartest.«

»Wenn du versuchst, mich davon zu überzeugen, dass er nicht gut für mich ist, kannst du dir den Atem sparen. Ich weiß diese Dinge bereits.«

»Ich versuche nicht, dich von irgendetwas zu überzeugen«, sagt er. »Ich sage dir nur, dass er keine Beziehungen mit Frauen hatte, bis du kamst. Du warst die erste Frau, die ihn wirklich berührt hat, und du solltest wissen, dass es etwas bedeutet.«

Ich schenke ihm ein schwaches Lächeln, aber dadurch fühle ich mich nicht besser.

»Ich weiß, dass ich gehen muss«, sage ich ihm. »Ich nehme nicht an, dass du bereit wärst, mir dabei wieder zu helfen?«

»Nach dem, was letztes Mal passiert ist?« Er schüttelt den Kopf. »Auf gar keinen Fall. Außerdem würde er diesmal definitiv wissen, dass ich es war.«

Ich zucke mit den Schultern. »In Ordnung, nehme ich an.«

Er wirft mir einen Blick von der Seite zu. »Du wirst dir etwas überlegen. Da bin ich mir sicher.«

WÄHREND NIKOLAIS ABWESENHEIT IST MIR aufgefallen, dass es im Laufe des ganzen Tages eine zweistündige Lücke gibt, in der ich mit Nonna allein bin. Zu allen anderen Zeiten gibt es eine von den Vory gestellte Wache, die durch das Haus streift. Eine, die nicht spricht und es nicht wagt, mich anzusehen.

Mischa kommt normalerweise jeden zweiten Tag vorbei, aber seine Besuche sind unvorhersehbar. Mein Zeitfenster ist klein. Da Nonna das Haus sicherer als sonst verschlossen hat, kann ich nicht ins Büro gehen, um das Telefon zu benutzen, also habe ich zwei Möglichkeiten: Entweder die Wache oder Mischa. Ich habe jede ihrer Bewegungen studiert und versucht, den günstigsten Moment vorherzusagen, aber als er sich endlich bietet, bin ich überhaupt nicht vorbereitet.

Es passiert an einem Sonntag, am Morgen, als ich meine Zeit im Fitnessstudio verkürzt habe, weil mein Knöchel schmerzt. Nonna kommt immer, um abzuschließen, wenn ihr Timer losgeht, also mache ich mir nicht die Mühe, ihr Bescheid zu geben. Aber als ich den Raum verlasse, stoße ich auf den Wächter, der ins Badezimmer rast.

Der Mann sieht übel aus, und es ist offensichtlich,

dass er gestern Nacht keine Rücksicht auf seine Pflichten heute Morgen genommen hat, weil er immer noch nach Alkohol stinkt. Die Badezimmertür knallt hinter ihm zu, und seine Würgegeräusche folgen mir durch den Flur.

Ich gehe einfach weiter, bis ich merke, dass er seine Sachen auf dem Sofa zurückgelassen hat. Um genau zu sein seine Zigaretten, etwas Kleingeld und ein Telefon.

Ich blicke zurück auf die Tür am Ende des Flurs. Er könnte für eine Weile da drin sein. Das könnte meine einzige Chance sein. Oder es könnte spektakulär nach hinten losgehen. So oder so, ich weiß, dass ich es versuchen muss.

Ich schnappe mir sein Telefon und gehe in den Schrank, kauere mich in die Ecke zwischen die Mäntel und hoffe, dass ich ruhig genug sein kann. Meine Finger zittern, als ich Giannis Nummer wähle, und es scheint für eine Ewigkeit zu klingeln, bevor er drangeht.

»Hallo?«

»Ich bin es«, flüstere ich. »Ich brauche deine Hilfe. Kannst du mich hier rausholen?«

Er schweigt einen Moment lang, und dann höre ich ein Schlurfen, als er sich irgendwo hinbewegt, damit er reden kann. »Tanaka?«

»Ja. Bitte, Gianni, ich habe nicht viel Zeit. Ich brauche deine Hilfe.«

»Ich kann nicht zu seinem Haus kommen. Ich habe versucht, dich auf andere Weise zu erreichen, aber du musst zuerst alleine rauskommen.«

»Wie?«, zische ich. »Das wird nicht passieren. Ich habe es bereits versucht.«

»Du musst, Tanaka«, fleht er. »Ich komme da nicht rein. Es ist zu riskant. Zu viel Überwachung. Du musst zuerst raus. Geh einfach so weit wie möglich vom Haus weg, und ich komme dich holen.«

Ich möchte meine Frustration herausschreien, aber am Ende des Flurs wird die Toilettenspülung betätigt. »Wann, Gianni?«

»Morgen«, antwortet er. »Da Nikolai weg ist, glaube ich nicht, dass du noch viel länger Zeit hast.«

Ich bin mir nicht sicher, woher er weiß, dass Nikolai weg ist, aber er hat recht. Ich vertraue nicht mehr darauf, dass ich hier sicher bin, und ich weiß, dass dies der einzige Weg ist, uns beide zu retten.

»Du musst in der Nähe sein«, sage ich ihm. »Das ist der einzige Weg.«

»Ich werde ganz nah sein«, versichert er mir. »Verschwinde einfach aus dem Haus, und ich komme dich holen.«

Am Ende des Flurs geht der Wasserhahn aus.

»Ich muss los«, flüstere ich. »Morgen.«

»Morgen«, stimmt Gianni zu.

Ich lege schnell auf und beeile mich, den Anruf zu löschen, aber es ist zu spät, um das Telefon zurückzubringen. Die Badezimmertür öffnet sich, und als er den Flur entlanggeht, wandert sein Schatten über den Spalt in der Schranktür.

Ich höre ein Rascheln und einen leisen Fluch auf Russisch, bevor er wieder den Flur hinunter zum

Badezimmer geht. Ich verschwinde so leise wie möglich aus dem Schrank, laufe zum Sofa und stecke das Telefon in den Spalt zwischen die Kissen.

Ich werde keine Zeit haben, es wieder die Treppe hochzuschaffen, also laufe ich zurück ins Fitnessstudio. Es gelingt mir kaum, das Bein auf die Stange zu schwingen, bevor die Wache an der Tür stehen bleibt und hineinschaut. Die Augen des Mannes sind zusammengezogen und voller Argwohn, aber er sagt nichts. Ich erwidere seinen Blick und hoffe verzweifelt, dass ich mich nicht verrate. Nach den zwei längsten Sekunden meines Lebens geht er zurück ins Wohnzimmer. Ich warte fünf Atemzüge, bevor ich um die Ecke schaue, um ihn von der Tür aus zu beobachten.

Nach einigem Suchen findet er sein Handy zwischen den Kissen, schüttelt den Kopf und fällt auf das Sofa. Ich lehne mich gegen die Wand und atme tief ein.

Morgen.

Ich muss es nur bis morgen schaffen.

35

Tanaka

»Taschetschka.«

Die Hand auf meinem Arm ist hartnäckig, und ich bin verwirrt, als ich aufwache und sehe, dass Nonna mich schüttelt. Ich sitze aufrecht im Bett und stelle wegen der Dunkelheit draußen fest, dass es noch nicht dämmert.

»Was ist los?«, frage ich.

»Nikolai hat nach dir gefragt.«

»Er ist hier?« Ich reibe mir den Schlaf aus den Augen und schlage die Decke zur Seite.

Nonna antwortet nicht, aber sie führt mich zum Schrank und weist mich an, mich anzuziehen.

»Wo ist er?«

»Er wartet auf dich, aber du musst dich beeilen.«

Ich verstehe nicht, was los ist, aber ich ziehe die Kleidung an, die Nonna mir gibt, und als ich fertig bin, führt sie mich die Treppe hinunter und nickt der Wache zu.

»Sie ist bereit.«

Er öffnet die Haustür und gestikuliert, dass ich nach draußen gehen soll, aber ich zögere. Ich sollte heute verschwinden. Gianni wird auf mich warten, und ich werde ihn nicht treffen können, weil ich nicht weiß, wohin wir gehen.

»Wo ist Nikolai?«, wiederhole ich.

Die Wache schaut Nonna an, und diese zuckt mit den Achseln, als ob sie ihr eine Erlaubnis erteilen würde. Als ich zurückblicke, ist der Mann näher gekommen. Ich versuche, von ihm wegzugehen, aber er streckt seine Hand aus und greift nach meinem Arm.

»Nonna?« Ich erwarte, dass sie mir etwas Beruhigendes sagt, aber es kommt nichts. »Es ist Zeit für dich, zu gehen«, sagt sie. »Mach es dir nicht noch schwerer. Nikolai will, dass du gehst.«

»Nein.« Ich ramme meinen Ellenbogen in den Wächter, aber er grunzt nur, und sein Griff wird fester. Die Tür ist offen, und wenn ich mich an ihm vorbeischieben könnte, würde es mir gut gehen. Ich könnte rennen und mich bis zum Tageslicht verstecken, wenn Gianni kommt, um mich zu retten.

Es ist die einzige Hoffnung, an der ich mich festhalten kann, und sie wird mir entrissen, bevor sie eine Chance hat, sich zu entfalten. Der Wächter schlägt mich auf den Boden, drückt mich mit seinem Knie nieder und zwingt meine Handgelenke hinter meinem Rücken zusammen. Er deutet auf Nonna, die ein Seil und Klebeband hervorholt, mit denen er mich fesselt, bevor er mich hinstellt.

»Warum tust du das, Nonna?«

Diese Frau hat sich um mich gekümmert. Sie hat mich mit Essen versorgt, mein Bett gemacht und war besorgt, als ich nicht gegessen habe. Ich kann es nicht verstehen.

»Das ist nicht meine Entscheidung«, sagt sie. »Es ist Nikolais. Ich tue nur, was er mir sagt. Er will dich nicht mehr. Wenn du das akzeptierst, wird es einfacher sein. Kämpfe nicht dagegen an.«

Ich will ihr nicht glauben, aber wie könnte ich das nicht? Nikolai ist gegangen und hat mich meinem Schicksal überlassen. Dem Schicksal, das, wie er mich gewarnt hatte, unweigerlich in einer Tragödie enden würde. Und bevor die Wache überhaupt das Klebeband über meinen Mund legt, weiß ich, dass es das war. Sie führen mich in den Tod.

Schotter knirscht unter den Reifen, als das Auto vom Haus wegfährt. Um uns herum gibt es nichts als Wildnis. Selbst wenn ich es schaffte, herauszukommen, bezweifele ich, dass ich in meinem derzeitigen Zustand der Wache davonlaufen könnte. Aber ich weiß, dass ich nicht aufgeben darf. Ich darf die Hoffnung nicht aufgeben, bis ich alle Möglichkeiten ausgeschöpft habe. Ich wackele mit den Armen hin und her, um das Seil zu lösen, aber es macht zu viel Lärm.

»Hör auf damit«, befiehlt die Wache. »Oder ich werde es schlimmer machen.«

Ich begegne seinem Blick im Rückspiegel. Er ist kaum mehr als ein Soldat, und sein Rang innerhalb der Vory ist unbedeutend. Und trotzdem ist das der Mann, den Nikolai geschickt hat, um mich zu töten.

Vielleicht hat er sich deshalb entschieden, mir nicht auf Wiedersehen zu sagen. Es gibt kein Wiedersehen, wenn es für immer ist. Er wusste, dass ich weg sein würde, wenn er zurückkommt. Dann wäre er frei, Ana zu heiraten und seine Pflichten als treuer Vor zu erfüllen. Es ist die einzige Lösung für ihn, weil er mich einfach nicht mit dem Gedanken gehen lassen kann, dass ich ohne ihn ein eigenes Leben führen könnte.

Ein Schluchzer entweicht meiner Brust, und ich schlage weiterhin gegen meine Fesseln, ungeachtet der Drohungen der Wache. Wenn ich sterben muss, dann werde ich kämpfend untergehen.

»Ich habe gesagt, du sollst damit aufhören«, brüllt der Wachmann.

Er hält an, und ich rutsche auf die andere Seite des Autos und ziehe meine Knie an die Brust. Ich bin bereit, ihn mit so viel Kraft wie möglich zu treten, sobald er die Tür aufmacht und zu mir kommt. Meine Beine fliegen auf ihn zu und prallen auf festes Fleisch. Ich muss mich blind wehren, da mein Haar völlig durcheinander ist und ich nicht hindurchsehen kann. Meine Ohren sind jedoch noch intakt.

Ein explosives Geräusch vibriert durch meinen Schädel, und etwas Nasses spritzt über meine Haut. Ich weiche nach hinten zurück, aber ich kann nirgendwo hin, und jetzt ist das Gewicht auf meinen Beinen zu schwer, als dass ich mich bewegen könnte.

»Tanaka.«

Eine gedämpfte Stimme durchbricht das Chaos, und ich schüttele den Kopf und versuche verzweifelt, durch das Gewirr der Haare zu sehen.

»Gianni?«

Die Tür hinter mir öffnet sich, und starke Arme ziehen mich hinaus. Ich bin mir immer noch nicht sicher, ob das der Feind oder meine Rettung ist, bis das Messer die Fesseln an meinen Handgelenken durchtrennt und mich befreit.

Ich streiche mir die Haare aus dem Gesicht und schniefe, als ich sein Gesicht sehe.

Gianni.

Er ist mich holen gekommen. Er kam, wie er es gesagt hatte. Und ich werde heute nicht sterben.

»Schnell.« Er packt mich am Arm und führt mich durch die Büsche zu einem wartenden Jeep.

Bevor ich ihm überhaupt danken kann, hebt er mich hinein, nimmt seinen Platz auf dem Fahrersitz ein, und startet den Motor. Die Fahrt ist holprig, und ich entferne das Klebeband von meinem Gesicht, das sich auch teilweise in meinem Haar verheddert hat. Es tut weh, aber im Vergleich zu dem, was hätte passieren können, ist es nichts.

»Wie viele andere Wachen sind noch im Haus?«, fragt Gianni, als er den unbefestigten Weg hinunter und auf den Highway fährt.

»Das war alles. Nur er.«

Er nickt.

»Ist er tot?«

Gianni blickt mich an und dann zurück auf die Straße. »Ja.«

Ich nehme mir einen Moment Zeit, um das zu verarbeiten. »Woher wusstest du es?«

»Ich war früh in der Nähe des Hauses«, sagt er. »Ich habe die ganze Nacht gezeltet und es beobachtet. Ich habe mir wegen der Panik in deiner Stimme gestern Sorgen gemacht. Ich dachte nicht, dass noch viel Zeit bleibt.«

»Es blieb gar keine.« Ich schlucke und schaue aus dem Fenster. »Sie wollten mich umbringen. Nikolai hat mich in den Tod geschickt.«

Gianni schaut mich ungläubig an. »Sag mir, dass du dich nicht in ihn verliebt hast, Tanaka.«

»Natürlich nicht.«

Es ist nicht zu glauben. Gianni schüttelt den Kopf, aber spricht nicht weiter darüber. Es gibt wichtigere Dinge zu besprechen, wie zum Beispiel meine Zukunft.

»Wohin fahren wir?«

»Das hängt von dir ab«, antwortet er. »Deine Möglichkeiten sind begrenzt, Tanaka.«

»Ich weiß.«

»Heißt das, dass du bereit bist?«

Die Realität hat sich wie ein Mantel über mich gelegt, und sie ist schwer. Was er verlangt, wird alles verändern. Es bedeutet, mein altes Leben loszulassen.

Die Erinnerungen an Nikolai und jede Liebe, die in meinem Herzen lebt, loszulassen.

Ich schließe die Augen und lehne mich im Sitz zurück. Die Worte fallen mir nicht leicht, aber sie kommen. »Ich bin bereit.«

36

Nikolai

»Kol'ka.«

Viktor steigt aus seinem SUV aus und ich aus meinem Auto. Nach dieser Woche ist das das Letzte, was ich tun will, aber ich weiß, warum er hier bei mir zu Hause wartet.

»Wie geht es Alexei?«, fragt er.

Ich lehne mich gegen das Auto und überschlage die Beine. »So gut, wie es zu erwarten ist. Er will jetzt nicht reden.«

»Das kann ich mir vorstellen«, sagt Viktor. »Das ändert alles.«

Die Unsicherheit lastet schwer auf seinem Gesicht. Als *Pakhan* liegt es an ihm, zu entscheiden, wann wir in den Krieg ziehen, und wenn eine solche Sünde begangen wurde, bleibt uns nichts anderes übrig, als in den Krieg zu ziehen. Nach unserer Rückkehr in die

Staaten erhielten wir die Nachricht, dass Alexeis schwangere Frau in unserer Abwesenheit ermordet worden war. Das ist ein Verbrechen, das zu schrecklich ist, um es sich vorzustellen, und ich habe keinen Zweifel daran, dass Alexei die Stadt im Handumdrehen mit dem Blut unserer Feinde bedecken wird.

»Bist du sicher, dass sie tot ist?«

Viktor seufzt. »Ich weiß es nicht. Es könnte Monate dauern, bis wir es sicher wissen. Es gibt nichts mehr zu identifizieren, aber das wird Alexei nicht aufhalten. Er muss in Schach gehalten werden.«

Er glaubt, dass ich in der Lage bin, Alexei in Schach zu halten, aber er irrt sich. Ich werde nicht derjenige sein, der seiner Rache im Weg steht. Ich werde derjenige sein, der ihm die Waffe reicht.

»Du musst ein Auge auf ihn haben«, sagt Viktor. »Hilf ihm einfach, damit klarzukommen. Lass ihn töten, wen er will, in einem angemessenen Rahmen. Ich brauche keinen Krieg, bis wir genau wissen, wer dafür verantwortlich ist.«

»Ich werde tun, was ich kann.«

Viktor nickt, aber er ist noch nicht fertig. »Was Ana betrifft …«

Ich bin diese Diskussion leid, und noch mehr diese dunkle Wolke, die über mir auftaucht. Ich hatte eine sehr lange Reise und schlechte Nachrichten, und ich bin nicht in der Stimmung, ihm noch mehr Lügen zu erzählen. Wenn ich etwas aus Alexeis Schmerz gelernt habe, dann ist es, dass das Leben zu kurz ist. Es muss jetzt oder nie sein.

Viktor will die Wahrheit, und das Ehrbare ist, sie ihm zu geben. Ich werde mich allen Konsequenzen stellen, die er für notwendig hält, aber ich werde keinen Tag länger mit diesem Druck leben.

»Viktor, ich kann deine Tochter nicht heiraten.«

Sein Gesicht wird rot. »Was meinst du damit, du kannst meine Tochter nicht heiraten?«

»Es wäre ihr gegenüber nicht fair. Sie verdient mehr, als ich ihr geben kann. Sie verdient einen Mann, der sie liebt.«

»Willst du mir sagen, dass meine Tochter deiner nicht würdig ist?«, schnaubt er.

»Überhaupt nicht. Ich sage dir sogar, dass ich ihrer unwürdig bin. Du hattest von Anfang an deinen Verdacht über das Valentini-Mädchen, und ich muss leider zugeben, dass du recht hattest. Sie ist keine Russin, aber sie gehört mir.«

Es gibt einen Moment, in dem ich denke, dass Viktor mir hier und jetzt eine Kugel zwischen die Augen jagen könnte. Ich wäre nicht überrascht, wenn er es tun würde.

»Ich sollte dir deine Sterne rausschneiden, weil du meine Familie auf diese Weise entehrst«, sagt er.

»Wenn es das ist, was du tun musst, dann akzeptiere ich es. Ich werde freiwillig in den Tod gehen, solange du versprichst, Tanaka nichts zu tun.«

Er lacht. »Und warum sollte ich das versprechen? Die Hure hat dich verführt. Sie hat dich geblendet. Und jetzt willst du meine Tochter beiseiteschieben und das

Leben der Frau verschonen, die ihren Platz einnehmen wird?«

»Du hast Alexeis Entscheidung akzeptiert, und jetzt bitte ich dich, meine zu akzeptieren.«

»Ana ist in dich verliebt.«

»Ana kennt mich nicht. Sie ist jung, Viktor. Zu jung, um jemanden wie mich zu heiraten. Sie sollte mit jemandem in ihrem Alter zusammen sein. Jemand, der ihr alles geben kann, was sie braucht. Es tut mir leid, dass ich sie verletzt habe. Es tut mir leid, dass ich es ihr nicht eher gesagt habe, aber ich wollte dich nicht enttäuschen. Ich wollte die Ehre, die du mir erwiesen hast, nicht beleidigen.«

Er zündet sich eine Zigarette an und raucht sie schweigend. Vielleicht war das nicht der ideale Zeitpunkt, um es anzusprechen, aber ich bereue es nicht. Auch wenn es bedeutet, dass ich keinen Tag mehr auf dieser Erde atme, werde ich es nicht bereuen.

»Was ist mit Manuel?«, fragt er. »Hast du die Antworten gefunden, die du suchst?«

»Ja.« Ich verreibe den Dreck auf dem Boden mit meinen Schuhen. Das ist der Teil, den er nicht mögen wird. »Ich hatte recht. Er schlug, folterte und tötete meine Mutter, und Sergei hat es ihm ermöglicht.«

Viktor schüttelt offensichtlich angeekelt den Kopf. »Und doch bittest du mich, das Leben seiner Tochter zu verschonen? Wo bleibt da die Gerechtigkeit? Was ist mit deiner Mutter? Wird sie umsonst gestorben sein, damit du deinem Schwanz eine Freude machen kannst?«

»Nein«, zwinge ich heraus. »Ich bitte um deinen Segen, Manuel selbst und jeden seiner Männer zu töten, der sie berührt hat.«

»Und deinen Vater«, fügt Viktor hinzu.

»Und meinen Vater«, stimme ich bedrückt zu.

Viktor wirft den Rest seiner Zigarette auf den Boden und tritt ihn mit seinem Schuh aus. »Es wäre eine vernünftige Bitte, wenn es nicht eine Kleinigkeit gäbe, Kol'ka.«

»Was ist es?«

»Nonna hat mich angerufen, um mir zu sagen, dass einige von Manuels Männern in das Haus eingebrochen sind, während du weg warst.«

Das ist nicht möglich. Das ergibt nicht einmal Sinn. Ich schaue mir das Haus an, aber Viktor fährt fort.

»Sie haben das Valentini-Mädchen entführt und dein Sicherheitssystem zerstört. Das ist es, was ich dir sagen wollte.«

Ich lasse Viktor stehen und gehe zur Treppe, um selbst nachzusehen, aber der *Pakhan* ist noch nicht fertig mit seinen schlechten Nachrichten.

»Bevor du darüber nachdenkst, Manuels Anwesen zu stürmen, solltest du wissen, dass das FBI ihn erwischt hat. Alles ist abgesperrt. Du wirst da nicht reinkommen und auch nicht in seine Nähe gelangen. Sie ist weg, Nika.«

37

Nikolai

Manuel zieht das Telefon näher an seinen Mund und atmet schwer auf der anderen Seite der Leitung. »Weißt du, wo meine Tochter ist?«

Was für ein verdammter Witz. Er ist eine abscheuliche Fotze, und wenn es nicht zentimeterdickes Glas zwischen uns gäbe, würde ich dieses Telefon durch seinen Schädel schieben, bis sein Gehirn den Boden dekoriert.

Er will sich dumm stellen, also werde ich erst einmal mitspielen.

»Sag du es mir, Manuel.«

Er schließt die Augen und seufzt. »Ich kann nicht glauben, dass sie mir das antun würde. Das ist deine Schuld. Du hast sie gegen mich aufgebracht.«

Ich nehme schweigend seine Worte auseinander

und versuche, ihren Sinn zu verstehen. Aber ich weiß, dass es nicht wahr sein kann. Er kann nicht gerade das andeuten, was ich denke.

»Eine verdammte Ratte. Meine eigene Tochter.« Seine Stimmung schwankt innerhalb von zwei Sekunden von gewalttätig zu hysterisch.

»Versuchst du mir zu sagen, dass Tanaka gegen dich ausgesagt hat?«

Er bringt mich mit leeren Augen zum Schweigen. »Es ist der verdammte Gianni. Mein eigener Mann. Ich habe ihm vertraut, aber er war ein verdammter FBI-Agent. Er hat mich die ganze Zeit verarscht. Das haben sie beide.«

Die Knöchel meiner Finger, die den Hörer umfassen, werden weiß, als Manuel auf der anderen Seite der Barriere ausrastet. Er verliert den Verstand, aber das, was er mir sagt, hat trotzdem noch Substanz. Ich will es nur nicht glauben.

Ich klopfe auf das Glas. »Reiß dich zusammen. Ich muss wissen, wo sie ist, Manuel. Wer hat sie entführt?«

»Verdammter Gianni«, brüllt er. »Er muss es sein.«

Ich schüttele den Kopf. Das kann nicht richtig sein. Er ist verrückt. Er hat Wahnvorstellungen.

»Du bist der Nächste«, sagt er. »Sie wird auch gegen dich aussagen.«

»Das wird nicht passieren.« Tanaka würde nicht gegen mich aussagen. Oder vielleicht ist es nur das, was ich glauben will.

»Du weißt, was du zu tun hast«, sagt Manuel zu mir. »Ich kann die Schulden nicht bezahlen. Das FBI hat alles mitgenommen, also musst du sie nehmen. Ich flehe dich nur an, sei gnädig.«

Ich lächele ihn mit knirschenden Zähnen an. »So barmherzig wie du zu meiner Mutter warst? Du erinnerst dich an sie, nicht wahr?«

Er blinzelt verwirrt, und ich kann sehen, wie sich die Zahnräder in seinem Kopf drehen. Er versucht, darauf zu kommen, welche von ihnen sie war, aber ich helfe ihm gerne, sich daran zu erinnern.

»Irina Lemeza.«

Die Farbe verlässt sein Gesicht, und seine Handfläche legt sich klebrig und verzweifelt auf das Glas. »Nein.«

»Doch, Manuel.« Ich beuge mich nach vorne. »Du weißt, die Russen mögen Auge um Auge. Ich weiß, dass du dir Sorgen um deine Tochter machst, aber das ist nicht nötig. Sie wird nicht diejenige sein, die die Schulden bezahlt. Ich denke, dass es ausnahmsweise einmal in deinem Leben an der Zeit ist, eine ehrenhafte Sache zu tun, nicht wahr?«

»Nikolai ist hier, um dich zu sehen«, sagt Magda.

Alexei fällt auf seinen Schreibtisch und ist wieder betrunken. Und obwohl ich die letzten vier Wochen damit verbracht habe, ihm zu helfen, jeden Mann abzuschlachten, den er für den Tod seiner Frau verantwortlich macht, hat es nicht ausgereicht, um seinen Schmerz zu lindern.

Es hat sich jedoch als willkommene Ablenkung erwiesen, während ich Nakya suche.

»Schick ihn weg«, murmelt Alexei.

»Zu spät.« Ich gehe in sein Büro, damit er mich sehen kann. »Und ich habe etwas, von dem ich glaube, dass du es sehen willst.«

Seine Augen bewegen sich auf die CD in meiner Hand, und zum ersten Mal seit Wochen ist in ihm ein Funke von Leben. Er nimmt mein Angebot an, erweckt den Computer aus seinem Schlaf und bringt unzählige Bilder von seiner Frau auf die Monitore an den Wänden.

Alexei blickt auf die Bilder, gequält, und bricht wieder zusammen. Ich übernehme es selbst, das Überwachungsvideo aus dem Club aufzurufen. Das gleiche Video jenen Tages, an dem er vor seinen Vory-Brüdern gedemütigt wurde. Als ich es abspiele, bemüht er sich, hinzusehen.

»Ich habe Mischa einen Blick darauf werfen lassen.« Ich bringe den Cursor auf einen Zeitstempel auf dem Bildschirm und klicke ihn an. »Es ist in einer Zeitschleife. Wer auch immer es war, wusste, was er tat. Und sie waren schnell. Sie kamen vorbereitet.«

»Wie lange?«, fragt er.

»Dreißig Sekunden, maximal. Du hättest es nicht bemerken können, Ljoschka. Es war sehr gut bearbeitet.«

Er fällt auf seinen Bürostuhl zurück, als sich die Realität in ihm ausbreitet. Jemand wollte, dass er glaubt, dass es Talia war, die ihn verraten hat, aber in Wahrheit war es einer seiner eigenen Vory.

Ich setze mich ihm gegenüber an seinen Schreibtisch. »Da ist noch etwas anderes.«

»Was ist es?«

»Katyas Wache erwähnte, dass sie vor einigen Monaten in einem Geschäft für Sicherheitssysteme war. Er wusste nicht, was sie gekauft hatte, aber er fand es eigenartig für sie.«

»Dann müssen wir mit ihr reden.« Alexei stolpert fast über sich selbst, als er versucht, aufzustehen.

Ich signalisiere ihm, sich wieder hinzusetzen. »Ich habe es bereits versucht. Aber sie wurde heute Morgen tot aufgefunden, *Ljoschka*. Sie hing vom Dachbalken ihrer Decke.«

Alexei fällt zurück in seinen Sitz und greift nach der Flasche Cognac, nur um zu bemerken, dass sie leer ist.

»Sie hat nicht allein gearbeitet«, sage ich ihm. »Jemand räumt gerade auf. Katya ist nicht klug genug, um diese Diashow zu organisieren, und sie war an diesem Tag nicht im Haus.«

Meine Worte legen sich wie eine dunkle Wolke über Alexei, und es dauert nicht lange, bis er die gleiche Schlussfolgerung gezogen hat wie ich. Er sinkt zurück, und Augen verdunkeln sich, als er den Namen ausspricht, den wir beide zu hassen gelernt haben.

»Sergei.«

38

Tanaka

»Niki.«

Gianni setzt sich auf die Parkbank neben mich und schreibt eine Nachricht auf seinem Telefon, bevor er seine Aufmerksamkeit auf mich richtet. Ich schnappe mir eine weitere Handvoll Haferflocken aus dem Plastikbeutel auf meinem Schoß und verteile sie gleichmäßig, während ich sie werfe, unter den Enten.

»Es ist ein schöner Tag«, sagt er.

Ich schaue zum Himmel hinauf, der klar und blau ist. Die Sonne erwärmt mein Gesicht, und ich denke, dass es in Florida immer gutes Wetter gibt. Es ist jedoch eine andere Art von Hitze. Schwül und dick. Es ist schwer für mich, mich daran zu gewöhnen, genau wie an alles andere in meinem neuen Leben.

»Wie geht es dir?«, fragt Gianni. »Gibt es etwas Neues?«

»Es geht mir gut.« Ich zucke mit den Schultern. »Es gibt nichts Neues. Die Tage vergehen alle gleich.«

Und das ist auch so. Ich gehe zur Arbeit und rede mit niemandem, der älter ist als acht Jahre. Als ich fertig bin, gehe ich direkt zurück in meine Wohnung und schalte den Fernseher oder das Radio ein, um die betäubende Stille zu vermeiden. Mein Leben im Zeugenschutzprogramm ist nicht viel anders als früher. Es ist immer noch ein Gefängnis, nur ein anderes.

»Das ist die Anpassungsphase«, beharrt Gianni. »Es braucht Zeit, aber die Dinge werden besser werden.«

»Ich dachte, es wäre anders.« Ich zerknittere den leeren Beutel in meiner Hand und werfe ihn in den Behälter neben uns.

»Jeder hat eine Vorstellung davon, wie es sein wird, aber es ist wichtig, die Regeln einzuhalten. Es gibt sie aus einem bestimmten Grund, und sie beschützen dich.«

»Ich rede nicht über das Programm«, murmele ich. »Ich spreche nur von der Welt.«

Gianni nimmt einen Schluck aus seinem Kaffeebecher. Schwarzer Kaffee, genau so, wie er ihn immer trinkt. Das weiß ich mittlerweile über ihn. In letzter Zeit habe ich eine Menge Dinge über ihn erfahren. Zum Beispiel kaut er mit offenem Mund. Und er trägt immer noch eine goldene Kette, auch wenn er nicht vorgibt, ein Gangster zu sein. Aber das

Offensichtlichste, was ich gelernt habe, ist, dass er wirklich nur ein Held sein will.

Er seufzt, lehnt sich zurück und trommelt mit den Fingern auf der Parkbank. »Ich nehme an, es ist das alte Problem, dass das Gras auf der anderen Seite grüner ist. In deinem Fall ist das Gras jedoch wirklich grüner. Aber du wirst Zeit brauchen, um das zu erkennen.«

Ich weiß nicht, ob ich das glauben kann. Meine neue Welt ist alles, was ich mir immer vorgestellt habe. Ich habe die Freiheit, zu kommen und zu gehen, wie es mir gefällt, in angemessenem Rahmen. Ich kann mir meine Mahlzeiten selbst aussuchen. Ich kann tanzen, wann immer ich will. Ich habe einen Job und eine Aufgabe. Aber ich musste meinen Vater verkaufen, um das zu erreichen. Etwas, was mir, als ich zu Hause war und durch seine Hände litt, wie eine gute Idee erschien. Gianni kam auf mich zu, als er wusste, dass ich am Tiefpunkt angelangt war. Er sah meine Verletzlichkeit, schlug wie eine Python zu und würgte mich, bis ich zusammenbrach.

Verdient mein Vater es, ins Gefängnis zu gehen? Zweifellos. Aber will ich diejenige sein, die aufsteht und gegen ihn aussagt? Auf keinen Fall.

Ich bin innerlich leer, und das Schlimmste daran ist, dass ich das Gefühl habe, dass jeder, den ich jemals geliebt habe, mich verraten hat.

»Wir müssen unter vier Augen reden«, sagt Gianni.

Das wusste ich bereits. Deshalb ist er ja auch hier. Aber er ist ungeduldig und entschlossen, also gehen wir zurück zu meiner Wohnung, um ihn zu beruhigen.

Nachdem ich die sechs Riegel an meiner Tür entriegelt und den Alarmcode eingegeben habe, sind wir drin, einfach so. Gianni ist mit dem Raum vertraut und fühlt sich auf dem Ikea-Sofa wohl, während ich mich für die Küche entscheide.

In Wahrheit habe ich aus diesem Raum sehr wenig gemacht. Ich sehe keinen Grund dafür, wenn er sagt, dass ich nach dem Prozess vielleicht wieder umziehen muss. Ich muss vielleicht für den Rest meines Lebens immer wieder umziehen, sagen sie. So funktioniert es. Ich bin ein Baum ohne Wurzeln. Eine Blume, die nicht blühen kann, wo sie gepflanzt wird.

»Möchtest du etwas Tee?« Ich greife nach dem Wasserkocher.

Er lehnt mit einem Kopfschütteln ab.

Ich beschäftige meine Hände mit der Zubereitung, damit ich etwas zu tun habe, während er spricht. Ich erwarte jedes Mal, wenn er hierherkommt, das Schlimmste. Ich erwarte, dass er mitten in der Nacht auftaucht und sagt, dass sie mich holen kommen.

»Ich bin bereit, wann immer du willst«, sage ich ihm.

»Bist du sicher, dass du dich nicht setzen willst?«

»Nein. Ich bleibe da, wo ich bin.«

Er seufzt, stimmt aber widerstrebend zu. »Tanaka, ich weiß nicht, wie ich dir das sagen soll. Es geht um deinen Vater.«

»Ist er tot?«

»Vielleicht«, antwortet er vorsichtig. »Aber wahrscheinlich nicht. Der Richter hat ihn auf Kaution entlassen, und er ist weg.«

»Wie konnte das passieren?«, frage ich. »Du hast mir gesagt, dass sie ihn nicht gegen Kaution frei lassen würden.«

»Ich weiß es nicht«, gibt er frustriert zu. »Aber meine Vermutung ist, dass jemand den Richter bestochen hat. Oder bedroht. Unabhängig davon ist es nun einmal so. Ich habe die Pflicht, es dir mitzuteilen.«

»Das ist alles?« Ich starre ihn an. »Nur eine Verpflichtung, es mich wissen zu lassen?«

»Es ist nicht nur er«, fügt Gianni hinzu. »Die Hälfte seiner Crew wurde im Gefängnis getötet. Die anderen sind untergetaucht. Etwas geht vor sich, und ich vermute, es sind die Russen.«

Der Wasserkocher kocht, und ich nehme ihn vom Herd, gieße das Wasser über meinen Teebeutel und beobachte, wie der Tee zieht.

»Ich nehme nicht an, dass du etwas darüber weißt, oder?«

Sein Ton ist anklagend und leicht feindselig, und das kotzt mich an. Er hat versucht, mich dazu zu bringen, gegen Nikolai auszusagen, seit er mich ins Zeugenschutzprogramm gesteckt hat.

»Wie könnte ich?«, antworte ich. »Ich bin nicht dort, oder?«

»Das ändert die Dinge«, sagt er. »Du wirst jetzt offensichtlich nicht vor Gericht gehen. Und die Justiz wird wahrscheinlich feststellen, dass du unter diesen

Umständen nicht mehr gefährdet bist. Du wirst für dich selbst sorgen müssen.«

Ich lasse den Teebeutel in den Müll fallen und unterdrücke den Drang, Gianni zu schlagen. In Wahrheit bin ich ihm sehr viel schuldig. Mein Leben sogar. Aber er hat nichts davon zu meinem Vorteil getan. Es geht um seinen Namen. Es geht für ihn um seine Karriere und darum, ein Held zu sein.

»Du kannst dir den Atem sparen«, sage ich ihm. »Ich weiß nichts über die Vory. Das habe ich dir schon gesagt. Ich weiß nicht, wie oft ich dir das schon gesagt habe.«

»Tanaka, du hast monatelang mit ihm gelebt. Du musst etwas wissen. Ich weiß nicht, was für eine fehlgeleitete Loyalität du Nikolai Kozlov gegenüber hast, aber ich kann dir versichern, dass er keine für dich hat. Wenn er dich findet, wird er dich töten. Verstehst du das?«

»Das tue ich«, antworte ich ihm. »Ich verstehe es besser, als du es je könntest.«

Er kommt in die Küche, um seine Antworten zu verlangen. »Warum beschützt du ihn dann?«

»War das alles, was du mir sagen wolltest?«, frage ich. »Dass ich aus dem Zeugenschutz geworfen werden könnte?«

»Tanaka.« Er streckt die Hand aus, um mich zu erweichen, indem er meine Hand berührt. »Wenn du das nicht tust, werden sie dich töten.«

»Dann werde ich vielleicht endlich Frieden finden.«

Er spitzt seine Lippen, und ich weiß, dass er es mir

übelnimmt, dass ich das nicht für ihn tue. Er ist ein Bundesbeamter, aber ich fange ehrlich an, mich zu fragen, ob ich ihm wirklich vertrauen kann. Dann merke ich, dass auch das nicht wirklich wichtig ist.

Ich bin fertig mit dem Wegrennen.

Wenn einer der Männer meines Vaters mich holen will, wird er es tun. Und wenn Nikolai oder Viktor mich tot sehen wollen, dann gibt es keinen Ort auf dieser Erde, an dem ich mich verstecken kann.

Ich bin es leid, ein Leben zu führen, in dem ich mir jeden Tag Sorgen ums Überleben machen muss. Und wenn es in dieser Welt keinen sicheren Ort dafür gibt, dann ist es vielleicht nicht meine Welt.

39

Nikolai

»Talias Tod war schnell«, murmelt Alexei. »Aber ich kann dir versichern, dass deiner es nicht sein wird.«

Sergeis Lippen zucken an den Mundwinkeln und verziehen sich für seinen erstgeborenen Sohn zu einem blutigen, grausamen Lächeln. Selbst am Rande des Todes hat er ein großes Ego.

Alexei macht zum irischen Reaper eine Geste, und Ronan übergibt ihm das kleine schwarze Kästchen, das Sergeis Terrorherrschaft unweigerlich beenden wird. Bereits jetzt wurde er mehrmals gewaterboardet, erstickt und per Defibrillator wieder zum Leben erweckt. Seine Augen sind trüb, und sein Gesicht ist blass, aber er will keine Niederlage zugeben.

Falls einer von uns eine Entschuldigung erwartet

hat, kommt sie nicht. Aber ich will Sergeis unnütze Worte nicht. Ich will nur seinen Tod.

Alexeis Finger umklammern das schwarze Gehäuse, und ich weiß, dass er sich wünscht, dass er derjenige sein könnte, der das Leben unseres Vaters beendet. Und rechtmäßig sollte er das wahrscheinlich auch tun. Obwohl Sergei für den Tod meiner Mutter verantwortlich ist, hat er viel mehr von meinem Bruder genommen.

Letztendlich reicht er mir das Kästchen. »Du darfst die Ehre haben.«

Es ist überhaupt keine Ehre, das Leben eines unehrenhaften Mannes zu beenden. Aber alles hat einen Sinn, und der Sinn hiervon ist, dass es Sergei am meisten wehtut. Er mag Alexei nicht, und das hat er nie getan, aber er mag mich, zumindest auf einer gewissen Ebene. Ich bin der Sohn, auf den er stolz war. Derjenige, den er anerkannte.

Und ich bin der Sohn, der ihn auf die brutale Weise zur Ruhe bringen wird, die er verdient.

Es gibt keinen Grund, es herauszuzögern, wenn ich einen vollen Zeitplan habe. Ich nehme die Spritze ohne Umschweife aus dem Koffer, und für einen Bruchteil einer Sekunde steht Angst in Sergeis Augen. Nicht die gleiche Angst, die meine Mutter als Folge seiner Handlungen empfand. Und nicht so, wie es die Frau von Alexei vor ihrem Tod empfunden haben muss. Aber sie ist da, und das ist genug.

Ronan unterstützt mich und weist mich an, wo ich das Schlangengift in Sergeis Arm injizieren soll. Es passiert zu schnell, und es ist nicht so intim, wie es gewesen wäre, ihn mit einer Klinge in zwei Hälften zu schneiden, aber es wird ein langer, schmerzhafter Tod sein.

Als die Neurotoxine Sergeis Körper überfluten, beginnt er zu krampfen und Schaum vor dem Mund zu haben. Als die Lähmung einsetzt, lehnt sich Alexei über ihn, um ihm ins Ohr zu flüstern. »Das ist nur der Anfang.«

Wir sitzen da und sehen stundenlang dabei zu, wie unser Vater stirbt. Der Raum ist ruhig, abgesehen von den Schlägen von Sergeis Körper auf dem Tisch. Viktor ist an Alexeis Seite, und Ronan ist an meiner. Der Tod kommt viel zu schnell, und es bringt meinem Bruder keinen Frieden, als Sergei endlich seinen letzten Atemzug macht.

Mir auch nicht, ehrlich gesagt.

Ich verlasse Alexei, damit er trauern kann, und Viktor folgt mir in den Saal und schließt die Tür hinter uns.

»Es tut mir leid für deinen Verlust, Kol'ka.«

»Es ist kein Verlust.«

»Aber es bringt dir nicht die Erleichterung, die du dir erhofft hast, oder?«

»Das bringt meine Mutter nicht zurück«, sage ich ihm. »Es bringt auch nicht Alexeis Frau zurück.«

»Nein, tut es nicht«, stimmt er zu. »Sollen wir dann mit dem Nächsten fortfahren?«

Ich nicke, und wir gehen zusammen nach oben. Alexeis Haus ist riesig und gut gesichert, aber für diesen besonderen Anlass findet die Veranstaltung in einem abgelegenen Dickicht auf der hinteren Hälfte des Anwesens statt.

Der Weg ist nicht kurz, aber die Luft ist erfrischend, und trotz der Grausamkeit, die auf uns wartet, ist es ein schöner Tag. Ronan hat bereits alles vorbereitet und wartet auf einer Bank auf uns, während Manuel sich vor ihm auf dem Boden windet. Dies ist nur ein weiterer Tag für den irischen Reaper, und es gibt keinen, der mehr Erfahrung in der Kunst der menschlichen Folter hat als er. Deshalb habe ich um seine Unterstützung gebeten, und wegen unserer Allianz hat er sie mir gewährt.

Bevor ich Manuel einen zweiten Blick schenke, wird meine Aufmerksamkeit auf das 200-Liter-Fass in der Mitte der Lichtung gelenkt. In unmittelbarer Nähe brennt auch ein Feuer unter einem gusseisernen Kessel, der direkt aus den Geschichtsbüchern stammen könnte. Diese Gegenstände sind Manuels Zukunft, und nicht weit entfernt ist seine Vergangenheit – eine Plastikplane, die mit blutigen Elektrowerkzeugen übersät ist. Eigentlich habe ich nicht den Magen fürs Foltern, aber in den letzten vierundzwanzig Stunden habe ich mich oft eingeklinkt, um Ronans Arbeit zu betrachten.

Wie ich bei meinen Leinwänden, geht er bei jedem Fall anders vor. Während er sich bei Sergei an die bewährten Foltermethoden hielt, wurde er bei Manuel etwas kreativer. Er griff zu einer speziellen Bohrmaschine, mit der er anscheinend Spaß hatte. Ich sah zu, wie er in Manuels Knie bohrte, was mir reichte, und ich glaubte ihm, dass er auch einige neue Löcher in seine Hüften und Ellbogen bohren würde.

Das war allerdings nicht alles. Ein Sandstrahler machte schnelle Arbeit bei einer Hälfte seines Gesichts, und eine Klammerpistole wurde für die fleischigeren Teile seines Körpers eingesetzt. Aber ich konnte meine Nakya bei all dem nicht vergessen. Ich konnte die Art und Weise nicht vergessen, wie er sie leiden ließ. Deshalb war ich derjenige, der seine Knöchel mit einem Hammer zertrümmerte.

Manuel hat geerntet, was er in diesem Leben gesät hat, und deshalb bereue ich es nicht. Ich kann meine Mutter nicht zurückbringen, aber ich kann ihre Peiniger in die Hölle schicken.

»Bist du bereit?«, fragt Ronan.

Ich nicke in Richtung des großen, schwarzen Kessels. »Wofür ist der Kessel?«

»Ich war mir nicht sicher, wie du es am liebsten machen willst«, sagt er. »Wir könnten ihn kochen oder anzünden. Deine Entscheidung.«

Ich schaue Manuel an, gefesselt, schmutzig, verschwitzt und mit Blut bedeckt. Schon jetzt ist er nicht mehr zu erkennen. Wenn Nakya das Ausmaß dessen wüsste, was ich ihm angetan habe, würde sie mir nie verzeihen.

»Was tut am meisten weh?«, fragt Viktor.

Ronan kratzt sich am Kinn. »Ich würde sagen, es ist ungefähr gleichwertig. Das Kochen dauert natürlich länger, aber Feuer ist genauso effektiv, was die Schmerzen betrifft.«

Viktor schaut zu mir. Es ist meine Entscheidung, und es ist eine einfache. Ich bin fertig mit diesem Schwein, und es ist Zeit, ihn zu begraben. »Dann machen wir einen Eintopf.«

Ronan nickt und winkt nach Hilfe. Zu dritt heben wir Manuels zerfleischten Körper problemlos an. Er kann sich nicht bewegen. Er kann nicht kämpfen. Aber er kann mich mit seinem einen guten Augapfel ansehen, und das tut er.

»Sie wird dich auch verraten«, sagt er. »Warte es nur ab.«

Ich bin versucht, seinen Kopf in das kochende Öl zu tauchen und ihn dort für ein paar Sekunden festzuhalten, als Viktor mich aufhält.

»Das ist es, was er will.«

Er hat natürlich recht. Manuel würde an dieser Stelle alles tun, um sein Leiden möglichst schnell zu beenden, selbst wenn er dafür seine Tochter mit hineinziehen muss.

»Ganz ruhig«, sagt Ronan, als wir Manuel in den Kessel senken, die Beine zuerst. »Wir wollen nicht spritzen, das könnte ein bisschen wehtun.«

Er sieht aus, als sei er mit dieser Methode sehr zufrieden, und ich bin mir fast sicher, dass das nicht der erste Mann ist, den er lebend gekocht hat. Auf Ronans Anweisung ziehen wir uns alle gleichzeitig zurück, und das natürliche Gewicht von Manuels Körper lässt ihn im Kessel versinken.

Sein Gesicht wackelt im Öl auf und ab, und sein Mund formt einen stillen Schrei. Es ist ein Bild, das ich nie vergessen werde, und ein Geruch, der mich auch für alle Ewigkeit verfolgen wird. Ein Preis, den ich gern bereit bin für meine Rache zu zahlen.

Im Gegensatz zu Sergeis ist Manuels Tod sehr schnell. Es fühlt sich an, als ob kaum Zeit vergeht, bis sein Kopf vollständig in der kochenden Flüssigkeit verschwindet und uns nichts anderes übrig bleibt, als zuzusehen, wie die Flammen darunter lodern.

Nachdem genügend Zeit vergangen ist, um sie als angemessen zu betrachten, räuspert sich Viktor.

»Du hast deine Rache gehabt, weil ich ein Mann meines Wortes bin. Bist du bereit, zu beweisen, dass du ein Mann des deinen bist?«

»Ja«, antworte ich.

Ich wusste, dass es kommen würde, und ich bin bereit, mich der Strafe zu stellen, die Viktor für richtig hält. Heute wird er mich als würdig für meine Sterne oder für das Grab erachten. Das ist der Weg der Vory.

Viktor nickt. »In Ordnung. Es war schon ein langer Tag. Lass uns in den Club gehen. Die Brüder warten.«

40

Nikolai

Viktor nimmt seinen Platz an der Vorderseite des Raumes ein und schaut mit ernstem Gesicht meine versammelten Vory-Brüder an. Meine Straftaten wurden bereits offengelegt, und in den letzten fünf Minuten hat uns das Schweigen begraben, als sie jede mögliche Strafe in Betracht gezogen haben. Einige davon beinhalten das Entfernen meiner Zunge, Finger, Hände oder anderer Anhängsel. Andere Möglichkeiten sind das Herausschnitzen der Sterne aus meiner Haut, Auspeitschen, Schlagen, Brandwunden, Branding, und als ob das nicht schon genug wäre, ist der Raum immer offen für Vorschläge.

Das ist aber nur der Anfang, denn selbst nachdem meine Strafe verhängt worden sein wird, könnte ich noch zum Tode verurteilt werden. Letztendlich ist es der *Pakhan*, den ich beleidigt habe, und er ist es, dem ich Rechenschaft ablegen muss.

»Gibt es jemanden, der im Namen Nikas sprechen möchte?«, fragt Viktor.

Es überrascht mich nicht, dass Mischa der Erste ist, der aufsteht. Seine Augen blicken in meine, als er meinen Charakter bezeugt und sowohl meine Fehler als auch meine positiven Eigenschaften und die Loyalität, die er mir als Bruder entgegenbringt, offenlegt. Er erzählt mehrere Geschichten, die mich in einem positiven Licht darstellen, und ich bin mir nicht sicher, ob ich seine freundlichen Worte verdiene, aber ich bin ihm trotzdem dankbar dafür.

»Danke, Mischa.« Viktor macht eine Geste, damit er sich hinsetzen kann.

Das Verfahren wird mit den Aussagen von mehreren meiner Vory-Brüder fortgesetzt, die ich erstaunlicherweise im Laufe der Zeit nicht verärgert habe. Als sie fertig sind, lenkt Viktor die Aufmerksamkeit wieder auf die Vorderseite des Raumes.

»Gibt es jemanden, der gegen Nika sprechen möchte?«

Der Raum ist ruhig, und ich erwarte fast, dass einige der Männer ihre Abneigung gegen mich zum Ausdruck bringen möchten, aber keiner tut es.

»Nun gut, dann.« Viktor rückt seine Uhr zurecht, lockert seinen Kragen und bereitet sich bereits auf den nächsten Schritt vor. »Ihr habt die Gesetze gehört, die Nika gebrochen hat. Er hat unseren Kodex verspottet, und deshalb müssen wir ihn bestrafen. Jeder Vor muss seine Stimme abgeben. Also, fangen wir mit Boris an.«

Boris kippt sein Kinn in meine Richtung, ein Zeichen des Respekts. »Ich bin für Auspeitschen.«

Auch der Mann neben ihm, ein *Avtoritet*, nickt in meine Richtung. »Auspeitschen.«

Die Abstimmung wird rund um den Tisch fortgesetzt, und die Entscheidung ist einstimmig.

Viktor gibt einem *Bratok* ein Zeichen und erteilt ihm damit den Befehl, das für solche Fälle reservierte Holzgerät herauszuholen. »Die erste Strafe wird das Auspeitschen sein«, sagt er. »Irgendwelche Vorschläge für eine zweite?«

Wieder ist es ruhig im Raum. Nachdem genug Zeit vergangen ist, nickt Viktor, und ich atme auf. Auspeitschen ist kein Honiglecken, aber es könnte viel schlimmer sein.

Der *Bratok* eilt zur Auspeitschstation, und ich nehme meinen Platz vorne im Raum ein. Ich ziehe mein Hemd aus, werfe es zur Seite und stelle mich mit dem Gesicht Richtung Holzkreuz auf. Der *Bratok* ist derjenige, der meine Handgelenke an beiden Seiten befestigt und mein Gesicht flach gegen das Holz legt, während Viktor die Peitsche in die Hand nimmt. Er wird der Erste und wahrscheinlich auch der Schlimmste sein.

Da er niemand ist, der die Dinge hinauszögert, tritt er hinter mich und knallt die Peitsche zweimal in die Luft, testet die Distanz und lockert sein Handgelenk. Der dritte Schlag ist der, der mich erwischt, und er fühlt sich wie der Zweig eines Baumes an, der auf meinem Rücken zerbricht. Mein Körper ruckt beim Aufprall nach vorne, aber das Holz verhindert, dass ich dem Schlag entkomme. Das Einzige, was ich tun kann, ist, die Zähne zusammenzubeißen und sie zu entblößen, im Bewusstsein, dass auch das ein Test ist. Sollte ich irgendwelche Emotionen oder Schwäche zeigen, werde ich ohne weiteres zum Tode verurteilt.

Zweimal mehr kommt die Peitsche auf meinem Rücken auf, lässt meine Haut platzen und Feuer in die Wunde regnen. Als Viktor mit seiner Arbeit zufrieden ist, ruft er den nächsten Mann, damit dieser seinen Platz einnimmt.

Es erfordert eine geschickte Hand, um eine Bullenpeitsche zu beherrschen, und aus diesem Grund wählt der nächste Vor den Bambusrohrstock für seine Runde. Auch wenn der Klang nicht so beeindruckend ist wie der einer Bullenpeitsche, fühlt sich der Stock immer noch wie ein Schlag auf die Nieren an.

Der Schweregrad ist bei jedem Mann, der nach vorne tritt, um seinen Schlag abzugeben, unterschiedlich, und ich bin mir sicher, dass es nicht länger als ein paar Minuten dauert, aber es fühlt sich wie eine Ewigkeit an. Als ich schließlich vom Kreuz gehoben werde, habe ich Schmerzen beim Atmen. Mehrere meiner Vory-Brüder ziehen mich auf die Füße und helfen mir auf einen Stuhl, und alles, was ich tun kann, ist, mich nach vorne zu lehnen und mein Gewicht auf den Knien abzulegen.

Es gibt keine Zeit für Erholung. Viktor kommt, um

sich vor mich zu stellen, begierig darauf, den Tag zu beenden.

»Du hast mich beleidigt, Kol'ka«, sagt er. »Aber schlimmer noch, du hast meine Tochter beleidigt. Und aus diesem Grund überlasse ich es Ana, ob du lebst oder stirbst.«

Das ist eine faire Entscheidung, aber sie weckt keine Hoffnung, dass ich noch an einem weiteren Tag atmen werde. Ana ist jung, und sie glaubt, dass sie in mich verliebt ist. Sie wird mich wahrscheinlich wegen meiner Ablehnung verachten, und ich kann nichts anderes tun, als ihre Entscheidung abzuwarten.

Viktor ruft den *Bratok,* um sie zu holen, und dieser öffnet die Tür, vor der sie gewartet haben muss. Ich bekämpfe den Drang, von den Qualen in meinem Rücken ohnmächtig zu werden, und schaue auf, als Ana in den Raum kommt. Ihr Gesicht ist blass, ihre Wangen sind rosa, und sie fühlt sich unwohl mit so vielen Vory-Augen auf ihr. Aber als ihre Augen die meinen finden, verwandelt sich das Unbehagen in Wut.

Ihre Lippen spitzen sich vor Verachtung, als sie sich mir nähert, und Viktor wiederholt, was er uns gerade gesagt hat. Es liegt an ihr, mein Schicksal zu bestimmen.

Eine lange Zeit starrt sie mich nur an. Ich bin mir nicht sicher, was ihr durch den Kopf geht, und es wäre unangebracht, zu sprechen, wenn sie mich nicht darum bittet. Also warte ich mit allen meinen Brüdern, um zu hören, was sie zu sagen hat.

»Warum hast du so getan, als ob?«, fragt sie.

»Warum bist du mit mir zum Abendessen gekommen und hast mich denken lassen …«

Ihre Kehle bewegt sich, und sie schluckt die Gefühle hinunter.

»Es tut mir leid, Ana.« Ich lasse meinen Kopf vor Schamgefühl hängen. »Es war nie meine Absicht, dich zu verletzen. Ich wollte nur das Richtige tun, aber ich hätte von Anfang an ehrlich zu dir sein sollen.«

Ihr Kinn zittert. »Mein Vater hat mir gesagt, dass du eine andere liebst.«

Das ist eine explosive Frage, aber ich beantworte sie trotzdem. Die Wahrheit ist alles, was ich ihr noch bieten kann. »Das tue ich. Es tut mir leid, dass du es nicht bist.«

Sie kaut auf ihrer Lippe und stemmt ihre Hände in die Hüften. »Ich hasse dich für das, was du getan hast. Du hast mich gedemütigt. Du hättest mir diesen Schmerz ersparen können, indem du dich ehrenhaft verhalten hättest«

»Ich weiß«, stimme ich zu.

Sie schaut auf ihren Vater. »Ich will ihn nie wiedersehen. Aber es ist nicht meine Aufgabe, sein Leben zu nehmen. Bitte töte ihn nicht, Papa.«

Viktors Augen richten sich auf mich, als er antwortet: »Nun gut. Nika wird einen weiteren Tag erleben. Ich hoffe nur, dass du dieses Geschenk zu schätzen weißt, das dir meine Ana gegeben hat.«

Viktor reicht mir ein Glas Whiskey und setzt sich mir gegenüber hin, während der *Bratok* meine Wunden reinigt.

Der Raum ist leer, und jetzt steht nur noch ein letzter Punkt auf unserer Tagesordnung. Den wichtigsten Punkt müssen wir noch besprechen. Ich kippe meinen Drink hinunter und greife nach der Flasche, um mir noch einen zu nehmen.

Viktor zündet sich eine Zigarre an und lehnt sich zurück, um mich zu betrachten. »Dein Valentini-Mädchen ist ein Spitzel, und ich will sie tot sehen.«

Ich würde lügen, wenn mir der Gedanke nicht selbst schon gekommen wäre. Jeden Tag habe ich darauf gewartet, dass das FBI vor meiner Tür auftaucht und mich verhaftet. Sie hatte jede Gelegenheit, ihnen die Munition zu geben, die sie brauchten. Ich war während unserer gemeinsamen Zeit nachlässig gewesen und hatte zu viel von mir und den Dingen, die ich tue, enthüllt. Ich habe meine Bruderschaft gefährdet, aber ich habe an ihre Loyalität geglaubt. Vielleicht war das ein Fehler oder vielleicht ist es das, was ich verdiene.

»Ich verstehe, dass das ein Problem für dich darstellen könnte.« Viktor schnippt Asche auf den Boden. »In Anbetracht deines liebeskranken Zustandes.«

»Ich kann nicht zulassen, dass du sie tötest.« Es ist eine mutige Aussage, wenn man die Umstände bedenkt, aber Viktor spielt trotzdem mit.

»Sie hat dich im Stich gelassen. Sie hat dich

verraten, und doch würdest du sie trotzdem beschützen?«

»Sie hat Manuel verpfiffen«, antworte ich. »Nicht mich«

»Es spricht für ihren Charakter«, sagt er. »Eine Ratte ist eine Ratte. Und ich würde den Tag nicht vor dem Abend loben. Du weißt nicht, was sie ihnen erzählt hat.«

Das ist wahr, aber ich glaube immer noch nicht, dass sie mich verraten hat. Nicht so.

»Ich kenne ihren Charakter. Sie ist loyal zu denen, die es verdienen. Manuel gehört nicht dazu.«

Viktor ist still, und ich fürchte, ich bin zu spät dran. Ich kann nicht sagen, ob er ihren Aufenthaltsort kennt. Ob er sie bereits von seinen Männern beobachten lässt. Seine Möglichkeiten sind riesig, und meine nicht. Ich habe nichts unversucht gelassen, aber es hat mir nicht geholfen, dass sie im Zeugenschutzprogramm ist. Sie hat einen neuen Namen, ein neues Leben, und das nicht mit mir.

Viktor seufzt, drückt seine Zigarre aus und stützt sich nach vorne auf die Ellbogen. »Ich glaube nicht, dass du eine solche Freundlichkeit von mir verdienst, Kol'ka, aber wenn du entschlossen bist, ihr Leben zu retten, gibt es eine andere Möglichkeit.«

Ich nicke und habe Angst vor der Antwort. »Was ist es?«

»Es ist der letzte Ausweg«, sagt er. »Und du musst bereit sein, zu akzeptieren, dass sie es nicht mögen wird.«

41

Nikolai

»Hast du etwas herausgefunden?«

Mischa grunzt eine nutzlose Antwort vor dem Computer. »Ich kann nichts finden, wenn du mich ständig unterbrichst. Die Antwort ist Nein. Sie haben dein gesamtes Überwachungssystem versaut. Alles ist zerstört worden.«

Ich schlucke noch zwei weitere Schmerzmittel und spüle sie mit Wodka herunter. Das alles ergibt immer noch keinen Sinn. »Wie lange, denkst du, würde ein Anfänger dafür brauchen?«

Er schnaubt. »Das waren keine Anfänger. Sie wussten, was sie taten.«

»Nonna hat gesagt, dass sie sie innerhalb weniger Minuten mitgenommen haben.«

Mischa schaut vom Computer auf und blickt auf den Flur.

»Sie ist nicht hier«, sage ich ihm. »Sie ist ihre Schwester besuchen gefahren.«

»Warum hast du mir das nicht vorher gesagt?«

»Was?«

»Wann ist Nonna ihre Schwester besuchen gefahren?«, fragt er.

Ich versuche, mich zu erinnern, aber in letzter Zeit war alles verschwommen. »Ich weiß es nicht. Vor einer Weile.«

»Etwa zu der Zeit, als du Sergei getötet hast?«

Mein Magen zieht sich bei dieser Beobachtung zusammen, aber es gibt nur einen Weg, um Gewissheit zu erlangen. Ich rufe den Kalender auf und suche nach der letzten Nachricht von Nonna. Sie ist von vor zwei Wochen. *Vom Tag nach Sergeis Tod.*

Ich möchte glauben, dass es ein Zufall ist, aber jetzt, da Mischa darauf hingewiesen hat, kann ich es nicht.

»Was sie dir gesagt hat, ist praktisch unmöglich«, sagt er. »Das hätte sie eine Stunde gekostet, um alles zu vernichten, mindestens. Wie kannst du sicher sein, dass sie nicht für Sergei gearbeitet hat? Und die Wache auch? Es ist schwer, zu wissen, wer alles für ihn gearbeitet hat. Wenn er Katya dazu bringen konnte, Kameras in Alexeis Haus zu platzieren, kann man nicht sagen, was er sonst noch getan hat.«

»Verdammt.« Ich trete gegen den Boden des Schreibtisches und falle zurück in den Stuhl. Er hat recht. Alles, was er sagte, war richtig, und ich war zu blind, um es selbst zu sehen. »Wenn das wahr ist, wird sie sich inzwischen in Luft aufgelöst haben.«

Mischa zuckt mit den Achseln. »Es kann trotzdem nicht schaden, nach ihr zu suchen.«

Mein Telefon klingelt mit einer eingehenden Textnachricht von Alexei. Mischa redet weiterhin über Nonna, aber ich höre nicht zu. Meine Augen sind auf die Nachricht gerichtet. Ich habe sie dreimal gelesen, um sicherzustellen, dass ich mich nicht irre.

»Was ist los?«, fragt Mischa.

Ich gebe ihm das Telefon. »Was sagt er?«

Er liest sie leise, bevor er mit blassem Gesicht aufblickt. »Hier steht, dass Talia am Leben ist.«

MISCHA TRIFFT MICH VOR DEM KRANKENHAUSZIMMER, und seine Augen wandern nach unten. »Was ist das?«

»Was?« Ich schaue auf das Geschenk in meinen Händen.

»Du hast einen Aston-Martin-Kinderwagen dabei?«

»Er ist ein Vor.« Ich zucke mit den Schultern. »Er sollte mit Stil fahren.«

Mischa wackelt mit dem Teddybären in seinen eigenen Händen. »Du lässt mein Geschenk erbärmlich aussehen.«

»Das liegt daran, dass es erbärmlich ist.« Ich schlage ihm auf die Schulter.

»Ich besorge ihm eine Stripperin und etwas Wodka zu seinem achtzehnten Geburtstag, um das auszugleichen«, sagt er.

»Viel Glück dabei«, murmele ich.

Wir gehen in den Raum. Schon jetzt ist Talia von anderen Vory-Besuchern umgeben, und neben ihr hält Alexei seinen Sohn. Ich halte inne und fühle mich fast so, als würde ich in diesem Moment stören, als die neuen Eltern in gedämpftem Flüstern miteinander sprechen und ihre Blicke nicht von ihrem erstgeborenen Kind abwenden können.

Die natürliche Gedankenkette führt mich zu Nakya. Ich denke darüber nach, wie sie hier neben mir aussehen würde, mit meinen Babys in ihren Armen. Es ist eine hohle Phantasie, und ich bin dankbar, als Alexei den Zauber bricht und mich weiter hineinwinkt.

Viktor pfeift, als er den Kinderwagen sieht. »Sehr schön, Kol'ka.«

»Limitierte Auflage«, sage ich. »Nur das Beste für unseren neuesten Vor.«

Alexei steht auf, um mich zu begrüßen, und zu meiner Überraschung streckt er die Hand aus, um die meine zu schütteln. »Danke, dass du gekommen bist, *Bratan*. Und danke für das Geschenk.«

»Gern geschehen.«

Es gibt einen unangenehmen Moment der Stille zwischen uns, aber es ist ein Moment voller Verständnis. Alexei dankt mir nicht nur für das Geschenk, er dankt mir auch für meine Hilfe im letzten Monat. Aber was noch wichtiger ist, er vergibt mir.

42

Tanaka

»Bist du bereit, Niki? Du bist in fünf Minuten dran.«

Ich stehe en pointe auf, um meine Schuhe zu testen. Eine hart gelernte Lektion. »Ich bin bereit. Nochmals vielen Dank für diese Gelegenheit.«

Louis nickt, und seine Augen blicken zu meinem Knöchel. Ich weiß, dass er besorgt ist, dass dieser das nicht aushalten wird, und um ehrlich zu sein, wird er das vielleicht auch nicht. Aber ich bin dankbar, dass er mir eine Chance gegeben hat, auch wenn es nur eine kleine ist. Meine Tage als Solistin sind vorbei, aber für heute Abend habe ich ein Gastspiel bei der lokalen Ballettkompanie und trete in *Ein Sommernachtstraum* auf.

Ein letzter Tanz.

Obwohl es mir Spaß macht, meine Tage damit zu

verbringen, Kinder zu unterrichten, ist es nicht dasselbe, und es wird nie dasselbe sein. Meine Liebe zum Ballett kann nicht durch Unterricht erfüllt werden. Ein Tänzer, der nicht tanzen kann, ist so gut wie ein Künstler, der nicht kreieren kann. Ich weiß nicht, was meine Zukunft bringt, aber ich weiß, dass ich bereit bin, mich von diesem Kapitel meines Lebens zu verabschieden.

»Niki?« Eine der Bühnenhelferinnen winkt, um meine Aufmerksamkeit zu erregen.

»Ja?«

»Jemand hat das für dich abgegeben.«

Meine Hand zittert, als sie mir die einsame weiße Lilie reicht. Sie lächelt, und ich glaube, ich lächele auch, aber mein Verstand ist gerade überfordert, und ich glaube, dass ich mich gleich übergeben muss. Als sie wieder den Flur hinunter verschwindet, öffne ich die beigefügte Nachricht und lese die Worte mit Bedacht durch.

Leuchte hell, kleiner Stern, bevor du für immer erlischst.

Ein prickelndes Gefühl breitet sich von meinem Herzen und durch meine Glieder aus. Eine Lilie. Alexei erwähnte mir gegenüber einmal, dass es in der russischen Kultur als schlechtes Omen gilt, keine ungerade Anzahl von Blumen zu verschenken. Die Nachricht ist kryptisch, und sie könnte von jedem Vory stammen. Aber die Blume selbst hat eine Bedeutung, die nicht ignoriert werden kann.

In Ballettaufführungen bedeuten weiße Lilien Reinheit. Sie kann nur von *ihm* sein.

»Eine Minute«, sagt mir jemand.

Es gibt so viele Dinge, über die ich nachdenken muss, aber es bleibt keine Zeit. Ich lege das Geschenk beiseite und atme durch. Ich bin an der Reihe, und zu sagen, dass ich nervös bin, als ich die Bühne betrete, wäre eine Untertreibung. Das letzte Mal, als ich das tat, endete es schrecklich. Aber ich kann nicht zulassen, dass jene Nacht diese Erinnerung befleckt. Bevor ich meine Schuhe für immer an den Nagel hänge, möchte ich alles würdigen, was mir das Ballett gegeben hat. Und wenn diese Notiz ein Hinweis ist, könnte es das Letzte sein, was ich jemals auf dieser Erde tue.

Ich werfe alles, was ich habe, in den Auftritt, meinen Körper, mein Herz und meine Seele. Die Magie ist real, und sie existiert auf der Bühne. Um mich herum wirbeln Schmetterlinge und Feen. Kesselflicker, Schneider und Weber treten in den Kampf ein, und Haare peitschen und Arme schlagen, während sie ihre Aufgaben erfüllen. Liebende streiten sich, und ein Wald wird geboren. Sterne kreuzen sich, und Chaos entsteht. Könige und Damen fallen, und ich lerne, wieder zu fliegen. Mit schneidenden Jetés springe ich durch die Luft und mit der Leichtigkeit einer Feder bewege ich mich über die Bühne. Es ist die schmerzhafteste Aufführung, die ich je gegeben habe, aber es ist auch meine beste.

Weil ich frei bin.

Tränen befeuchten meine Wangen, als der letzte Vorhang fällt, und als ich die Bühne verlasse, humpele ich, aber in Frieden. Ich kollabiere auf dem nächsten

Stuhl, den ich finden kann, und genieße meinen Adrenalinspiegel. Einige der Tänzer gratulieren mir zu dem guten Auftritt, als sie die Bühne hinter mir verlassen, und alle strahlen vor Begeisterung über unsere Vorführung.

»Es scheint, dass der Engel seine Flügel wiedergefunden hat.«

Meeresblaue Augen prallen auf meine, und sein Name entweicht meinem Mund, bevor ich ihn stoppen kann.

»Nika.«

Er lächelt, und es fühlt sich an wie Sonnenschein nach einem ewigen Winter. Alles andere fällt weg, und es gibt nur noch das Chaos in meinem Herzen, als ich zu ihm aufblicke.

»Komm.« Er streckt seine Hand nach mir aus.

Meine Erleichterung schwächt sich ab. Er kann es nicht sein. Ich kann nicht in diese Augen sehen, während er mir das Leben aussaugt. Er hätte Viktor schicken sollen. Er hätte jemand anderen schicken sollen.

»Vertraust du mir nicht mehr?«, fragt er.

»Sollte ich dir vertrauen?«

»Ist das jetzt wichtig?«

Ich schüttele den Kopf. Das ist es nicht. Er ist hier. Er hat mich gefunden. Und was auch immer er entscheidet, mein Schicksal ist besiegelt.

»Komm, *Zvezda*«, drängt er. »Es ist Zeit.«

»Was ist, wenn ich sage, dass ich nicht will?«

Seine Hand bewegt sich, aber er zieht sich nicht zurück. »Dann würde es mir das Herz brechen.«

»Ich wusste nicht, dass du ein Herz zum Brechen hast«, flüstere ich.

»Sogar Monster haben Herzen, meine Süße.«

Ich weiß, dass es stimmt, denn es gibt ein Monster, das auch in mir lebt. Es nimmt seine Hand, und seine Finger schließen sich um meine.

»Hast du Schmerzen?«

Ich nicke, und Nikolai legt seinen freien Arm um meine Taille. Wir gehen zusammen, und er bringt mich in den Raum, in dem die Bühnenrequisiten aufbewahrt werden. Hinter den überlebensgroßen Bäumen und einseitigen Gebäudekulissen drängt er mich in eine Ecke.

Als er mein Gesicht berührt, fallen meine Augen zu, und meine Brust bebt. Er wird mich wahrscheinlich erwürgen. Es ist eine intime Art, zu sterben, und Nikolai ist sehr intim. Er wird mein Gesicht sehen wollen. Meine Haut mit seinen Fingern verbrennen wollen. Das letzte dumpfe Klopfen meines schlagenden Herzens unter seinen Händen spüren wollen. Sein Duft wird das Letzte sein, was ich atme, seine Lippen das Letzte, was ich schmecke. Und seine Haut das Letzte, was ich fühle.

Eine frische Träne fließt mir aus dem Augenwinkel, aber sie ist bittersüß. Ich fürchte, dass er auch im Tod einen Weg finden wird, mich zu verfolgen.

»Weine nicht, Süße.« Er wischt die salzigen Gefühle mit dem Daumen ab und verschmiert die Beweise.

»Wirst du es schnell und schmerzlos machen?«, frage ich.

Sein Körper hält mich gefangen, und seine Lippen schweben über meinen. »Es wird schmerzlos sein«, murmelt er. »Aber es wird nicht schnell gehen.«

Mein Herz springt in meinen Hals, als er mich herumdreht, mein Gesicht gegen die Wand drückt und seine Hände über meinen Körper wandern, während seine Lippen sich an meinem Hals entlangbewegen.

»Nakya.« Er reibt seine Erektion gegen meinen Arsch, während seine Finger zwischen meine Beine gleiten und sich auf mein Trikot legen.

»Sag mir, dass du mir gehörst.«

»Du weißt bereits, dass ich das tue«, rattere ich heraus.

Sein Daumen streicht über meine Klitoris, während seine Zähne an meinen Schultern knabbern. »Ich werde diese hübsche kleine Ballerina ficken. Und du bist besser still, wenn du nicht willst, dass es jemand hört.«

Der Gedanke, dass uns jemand erwischt, lässt mich keuchen. Abgehackte Atemzüge entweichen aus meiner Brust, als er mein Trikot beiseitezieht und ein Loch in die Strumpfhosen reißt. Ich habe Angst, und ich bin so geschwollen für ihn, dass es wehtut. Nikolai dreht mich wie eine Puppe herum, zieht meine Hüften zurück und wölbt meine Wirbelsäule nach vorne.

Die Position lässt meine Brustwarzen gegen den Stoff meines Trikots reiben, als er mich nach vorne zieht und seinen Schwanz gegen das Loch in meiner Strumpfhose drückt.

»Bist du noch rein für mich?«, fragt er. »Bist du noch meine?«

»Ich war mit niemand anderem zusammen.«

»Braves Mädchen, *Zvezda*.« Er streichelt mein Gesicht, wickelt seine Hand um meine Kehle und zwingt meinen Kopf, sich zurückzubiegen, bis meine Augen auf seine treffen.

Wir bleiben so, während er seinen Schwanz in mich schiebt, und ich wimmere, als sich mein Körper an seine Größe anpasst. Er ist ungeduldig, und meine Nervenenden schreien, als er sich herauszieht, nur um erneut einzudringen.

»Bitte, Nika«, flehe ich, unsicher, was ich brauche.

»Sag nicht ›bitte‹«, knurrt er. »Weine nicht, bettle nicht und sage mir nicht, dass das falsch ist. Sei einfach lieb und komm auf meinem Schwanz.«

Ich habe keine andere Wahl, als er mich mit den Fingern berührt. Ich komme für ihn, und es ist gnadenlos. Der Orgasmus hinterlässt mich in einem Zustand der totalen Verwüstung, und ich halte seine Unterarme fest, um aufrecht zu bleiben, während er immer wieder in mich hineinfährt.

»Meine Muschi. Meine Titten. Meine Ballerina.« Er unterstreicht jede Aussage mit einem Stoß. »Sag mir ›ja‹.«

»Ja«, schreie ich.

Er stöhnt, vergräbt sich in mir, so weit ich ihn aufnehmen kann, und sein Schwanz pulsiert, während er seine heißen Strahlen tief in meinen Schoß spritzt. Seine Hände legen sich um meine Taille, und er fickt mich weiter, lange nachdem er gekommen ist, bis sein Schwanz weich geworden ist und er auch.

Seine Hände sind sanft, und seine Lippen sind voller Anbetung. Ich halte immer noch den Atem an und habe Angst vor dem, was als Nächstes passiert. Er wird mir wahrscheinlich sagen, dass es ihm leidtut, bevor er mein Leben beendet. Er wird es wahrscheinlich auch so meinen.

»Nakya.« Er küsst mein Ohr. »Bist du glücklich mit diesem Leben? Bist du glücklich mit der Freiheit, die du dir immer gewünscht hast?«

Seine Fragen bringen mich aus dem Gleichgewicht, und ich greife auf meine natürlichen Schutzinstinkte zurück. »Ja, ich bin glücklich.«

»Du hast nicht auf dich selbst aufgepasst«, murmelt er.

»Mir … Mir geht es gut.«

Er zieht sich aus mir heraus und rückt unsere Kleidung zurecht, bis sie wieder präsentierbar aussieht, bevor er mich in seine Arme nimmt. Es gibt kein Verstecken mehr vor ihm. Nicht, als ich in seine Augen sehe.

»Lüg mich noch einmal an«, fordert er mich heraus.

»Was willst du von mir?«, frage ich. »Warum bist du hierhergekommen, Nika? Reicht es nicht, mich zu töten? Musst du mich auch foltern?«

Er küsst mich, als würde er eine Bombe entschärfen, und es funktioniert.

»Du hast mich nicht verraten«, sagt er.

»Nur dein Ego würde es dir erlauben, das zu sagen.«

»Spiel nicht mit mir, Nakya. Du konntest mich nicht verraten, also gib es einfach zu.«

»Und schau, was es mir gebracht hat. Du hast mich trotzdem gefunden. Du bist gekommen, um dir dein Pfund Fleisch zu nehmen.«

»Ich bin nicht hier, um dich zu töten.« Er greift nach meiner Hand und drückt sie gegen sein Herz. »Ich bin hier, um dich zu behalten.«

»Was bedeutet das?«, krächze ich. »Was ist mit Ana?«

»Sag mir die Wahrheit, *Zvezda*«, sagt er. »Es ist das einzige Mal, dass ich dich fragen werde, bevor ich für immer aus deinem Leben verschwinde. Wenn du mich liebst, sag es jetzt.«

Meine Kehle brennt. Meine Augen brennen. Alles brennt, und ich fürchte, dass das, was er sagt, die Wahrheit ist. Er wird für immer weggehen und mich dieser Existenz ohne ihn überlassen. Aber was er verlangt, ist nicht fair.

»Sag du es mir zuerst«, verlange ich.

Er packt mich an der Taille. »So hartnäckig, Süße. Willst du hören, wie ich es zuerst zugebe?«

Ich nicke.

»Also gut. Ich liebe dich, meine Süße. Ich liebe dich mehr als die Sterne am Himmel den Mond lieben. Ich liebe dich mehr als ich meine Vory-Brüder liebe, und ich würde sterben, um es zu beweisen. Ist es das, was du hören willst?«

Ich klammere mich an sein Hemd, verzweifelt nach seinen Zusicherungen. »Du sagtest, es war nicht vorbestimmt. Die Sterne stünden nicht zu unseren Gunsten.«

»Vielleicht habe ich unsere Sterne neu platziert.«

»Spiel keine Spielchen mit mir.« Meine Stimme zittert. »Ich kann das nicht ertragen, Nika. Bist du wirklich hier, um mich zu holen?«

»Du solltest wissen, dass wir viele Bräuche haben.« Er lässt meine Arme los und tritt einen Schritt zurück. »Die Sterne auf meinen Knien bestimmen, dass ich mich vor niemandem verbeugen sollte.«

Nikolai geht auf sein Knie und nimmt meine Hand in seine. »Aber ich werde mich vor dir verbeugen, Nakya, wenn das bedeutet, dass du zustimmst, meine Frau zu werden.«

Gefühle nehmen mir die Stimme, rauben mir die Fähigkeit, zu atmen oder zu denken. Was er fragt, scheint unmöglich zu sein. Das ist das Leben, von dem ich schwor, dass ich alles tun würde, um es zu verlassen. Ich habe mir geschworen, keine Mafiagattin zu sein und dass ich lieber sterben würde, als so zu leben.

Aber als ich in Nikas meeresblaue Augen sehe, ist er nicht nur Mafia. Er ist nicht Dante oder mein Vater oder irgendein Mann, den ich jemals zuvor gekannt habe. Er ist mein Künstler. Die Farbe in meinem Leben. Mein Dieb und der Dieb meines Herzens. Ich weiß nicht, wie ich in diesem Leben ohne die andere Hälfte meiner Seele weitermachen soll.

Ich gehe auf die Knie, um auf seiner Augenhöhe zu sein, und nehme sein Gesicht in meine Hände. »Versprichst du, mir gegenüber loyal zu sein? Versprichst du, dass ich deine einzige Wärme sein werde? Die einzige Frau in deinem Leben?«

»Du bist die einzige Frau in meinem Bett, meinem Herzen und meinem Leben«, versichert er mir. »Meine Loyalität gilt dir, jetzt und für immer.«

Seine Augen flehen mich an. Blau zu meinem Bernstein. Bis jetzt wusste ich nicht, dass ich an einem Durst litt, von dem ich nie wusste, dass ich ihn hatte, und er war das blaueste Wasser, das ich je probiert habe. Für alle Ewigkeit könnte ich ihn trinken, und für die Ewigkeit würde ich nie zufrieden sein.

»Sag mir, dass du mir gehörst«, flüstere ich.

Er zieht mich zu sich und hebt mein Kinn an, damit er meine Lippen schmecken kann. »Ich gehöre dir, Nakya.«

»Und ich gehöre dir«, versichere ich ihm.

43

Nikolai

»Wie hast du mich gefunden?«, fragt Nakya.

Ich drücke ihr Knie und greife nach ihren Fingern. Sie war nicht mehr ruhig, seit wir ihre Wohnung verlassen haben. Sie wird Zeit brauchen, bis sie darauf vertraut, dass es echt ist, aber ich werde ihr die Zeit geben.

»Gianni hat mir gesagt, wo du bist.«

»Hat er das?« Aus ihrer Stimme höre ich Verrat.

»Ich dachte, du wüsstest es besser, als jemals einem Bundesbeamten zu vertrauen.«

Sie blickt aus dem Autofenster und beobachtet, wie die Landschaft aus ihrem Blickfeld verschwindet, während der Highway sich kilometerweit hinter uns hindurchfrisst.

»Er war die einzige Möglichkeit, die ich bei

meinem Vater hatte. Und dann bist du gekommen und hast den Plan ruiniert.«

»Zum Glück für dich.«

Sie schaut zu mir zurück, und ich denke, dass es zu früh ist für Witze. »Du hast mich zum Sterben geschickt. Was hast du von mir erwartet, Nika? Er hat mir das Leben gerettet.«

Mischa blickt mich im Rückspiegel an. Und obwohl ich es vorziehen würde, dass er nicht für dieses Gespräch hier wäre, bin ich dankbar, dass er gerade fährt.

»Hat Nonna dir das gesagt?«

Nakyas Fuß schlägt in einem ängstlichen Rhythmus gegen den Boden. »Sie sagte, du seist fertig mit mir, und dann nahm mich die Wache mit.«

Ich drücke ihre Hand, wahrscheinlich zu hart. »Und du hast ihnen geglaubt?«

»Warum hätte ich das nicht sollen?«, fragt sie. »Du hast mir keine andere Wahl gelassen, als ihnen zu glauben. Und wenn Gianni nicht gekommen wäre …«

Ich küsse sie, weil ich nicht zulassen kann, dass sie das sagt. Ich kann und werde wahrscheinlich nie akzeptieren können, dass ich sie auf diese Weise enttäuscht habe. Sie hat recht mit Gianni, denn er war nicht völlig unnütz. Wenn er nicht dort gewesen wäre, hätte Sergei sie mir weggenommen.

»Es tut mir leid«, sage ich ihr. »Ich hätte mehr tun sollen, um dich zu beschützen, aber *Zvezda*, du solltest wissen, dass ich dich nie gehen lassen würde.«

Sie kuschelt sich an meine Brust und atmet mich ein. »Was ist mit Nonna passiert?«

»Sie ist weg«, antworte ich. »Und sie wird nicht zurückkommen. Sie hat mich für Sergei verraten, und die Wache auch. Aber jetzt sind sie alle weg.«

Sie schaut mit trüben Augen zu mir auf. »Sergei ist tot?«

Ich nicke. Eines Tages werden wir darüber sprechen, aber es wird nicht heute sein. Ich habe nicht die Absicht, diese Dunkelheit in das neue Kapitel unseres Lebens einzuladen. Aber Tanaka erinnert mich schnell daran, dass es zwischen uns noch mehr Dunkelheit gibt.

»Mein Vater ist tot«, sagt sie. »Nicht wahr?«

Sie anzulügen wäre einfach, aber es ist nicht das, was ich will. Ich will, dass sie die dunkelsten Teile von mir liebt. Sie muss mich lieben, wenn ich am schlimmsten bin.

»Ja, meine Süße. Es tut mir leid, aber er ist auch tot.«

»Das dachte ich mir«, sagt sie. »Und du hast ihn getötet?«

»Ja.«

Ich erwarte, dass noch mehr Fragen kommen, aber stattdessen legt sie ihren Kopf auf meine Brust und schläft ein.

44

Tanaka

Ich finde Nika auf dem Dock, mit dem Gesicht zum Himmel. Er beobachtet die Sterne, und ich würde alles geben, um zu wissen, was er in diesem Moment denkt. Die Welt steht still, und mir fällt auf, dass ich wieder atmen kann, als sich meine Augen über den Mann bewegen, der wie eine Abrissbirne in mein Leben kam.

Er trägt ein weißes Hemd, graue Hosen und seine Motorradstiefel. Ein leises Lachen erschüttert meine Brust, wenn ich daran denke, wie sehr ich diese Stiefel gehasst habe, als ich ihn zum ersten Mal sah. Jetzt weiß ich, dass es einfach Nika ist. Ich liebe seine dickköpfige, rüpelhafte Art, und ich bin wahrscheinlich verrückt danach.

Ich atme durch und spreche die wichtigsten Worte meines Lebens. »Ich bin bereit.«

Er dreht sich um, um mich anzusehen, wobei die Nasenlöcher beben. Die Wärme breitet sich in mir aus, und ich lege meine Hände auf den hauchdünnen weißen Stoff.

»Es ist ein wunderschönes Kleid.« Ich schwinge hin und her.

»Das Kleid ist schön«, stimmt er zu. »Aber ich sehe dich, Nakya. Nur dich.«

Er bestand darauf, dass ich Weiß trage, und ich bestand darauf, dass ich kein Aufhebens machen wollte. Dieses Kleid war unser Kompromiss. Leicht und luftig, ist es perfekt für unsere Strandhochzeit.

»Ich bedaure, dass ich der Einzige bin, der es sehen wird«, sagt er.

»Der Pfarrer wird es sehen. Und Mischa auch.«

Nika bewegt sich zu mir und kippt mein Kinn mit den Fingern nach oben. »Versuchst du, mich eifersüchtig zu machen?«

»Worauf sollte man eifersüchtig sein?«, frage ich. »Du wirst heute Abend mein Mann sein. Ich werde deinen Stern an meiner Hand haben. Wir werden zusammen sein, und alle anderen sind nur weißes Rauschen.«

Er knurrt in meinen Mund. Nikolai liebt die Idee, mein Mann zu sein, aber ich denke, er bedauert es immer noch. Der Weg der Vory wäre, mich vorzuführen. Eine große, extravagante Hochzeit vor all seinen Brüdern. Aber als er mir anvertraute, dass wir vor unserer Rückkehr nach Massachusetts verheiratet sein müssten, war ich erleichtert, ihm zu sagen, dass ich keine große Hochzeit haben wollte. Das ist nicht für jemand anderen. Nur für uns. Und es gibt nichts Privateres, als unseren eigenen Strand in den Florida Keys zu haben. Für die nächsten fünf Tage werden wir nichts anderes tun, als zu schlafen, zu essen und uns in unserem Überwasser-Bungalow zu lieben. Es ist perfekt, und es ist wichtig, dass er weiß, dass ich es nicht anders haben will. Es spielt keine Rolle, wo wir heiraten. Es spielt keine Rolle, wie. Alles, was zählt, ist, dass wir es tun. Wenn wir nach Hause zurückkehren, wird Viktor uns seine Zustimmung geben, und unser Leben kann weitergehen.

Ich weiß, worauf ich mich einlasse. Das Leben mit Nikolai wird nicht immer ein Märchen sein, und wenn ich drin bin, gibt es kein Zurück. Aber wenn ich eine schwere Zeit haben will, dann mit ihm.

»Ich bin bereit«, sage ich noch einmal.

Nikolai nimmt sich die Zeit, mich anzustarren, bevor er schließlich Mischa und dem Pfarrer bedeutet, an den Strand zu kommen.

Vor dem Wasser und unter allen Sternen am Himmel sprechen wir unsere Gelübde. Sie sind einfach, und sie sind traditionell von der Mafia.

Nikolai schwört, mich zu beschützen, zu schätzen, zu versorgen und mir für alle Tage seines Lebens treu zu bleiben. Er schwört, keine andere Frau zwischen uns kommen zu lassen, und fügt auch hinzu, dass er meine Gesundheit bewahren wird, auch wenn es mir vielleicht nicht gefällt. Wenn wir kämpfen, und wir werden kämpfen, erklärt er, dass wir unsere Worte und nicht unsere Ängste benutzen werden, um die Dinge zu regeln.

Im Gegenzug schwöre ich ihm meine ungeteilte Loyalität, meinen Respekt und meine Ehre. Ich sage ihm, dass ich immer ihm gehören werde und dass ich stolz seinen Stern auf meiner Hand und in meinem Herzen tragen werde.

Die Zeremonie wird mit der offiziellen Besiegelung des Pfarrers abgeschlossen, gefolgt von meinem neuen Tattoo, was mir Mischa sticht. Es ist seltsam, wie sehr ich es mag, die Buchstaben seines Namens, die in meine Haut eingeätzt sind, nachzufahren.

»Danke.« Nikolai entlässt den Pfarrer und wendet sich dann an Mischa. »Du kannst jetzt auch gehen.«

Ich lache, als er mich in seine Arme nimmt und anfängt, über das Dock zu unserem Bungalow zu schreiten, aber sein Gesicht war noch nie so ernst.

»Es ist Zeit, diese Ehe zu vollziehen.«

EPILOG

Tanaka

»Auf starke Frauen.« Sasha hält ihr Schnapsglas in der Luft und prostet uns allen, die heute um sie herum versammelt sind, zu.

»Die Stärksten«, stimmt Mack zu. »Wir müssen es sein, um sie zu ertragen.«

Unsere Blicke bewegen sich gemeinsam über den Rasen, wo unsere Männer mit kleinen Kindern versammelt sind, die wie Hunde an ihren Füßen scharren und um ihre Aufmerksamkeit buhlen. Zwei der Männer, Nikolai und Mischa, sind gerade über Macks neuestes Mitglied des irischen Konsortiums gebeugt.

»Und wenn man bedenkt, dass sie immer noch nicht wissen, wie man eine verdammte Windel wechselt«, ruft sie lachend.

Alle Frauen brechen in Gelächter aus, und Talia

lehnt sich herüber, um mich zu beruhigen. »Keine Sorge, sie finden es irgendwann heraus.«

Meine Hand ruht auf meinem Kugelbauch, und ich schenke ihr ein entspanntes Lächeln. »Ich mache mir keine Sorgen. Ich weiß bereits, dass Nikolai ein guter Vater sein wird.«

»Pfft.« Mack gießt sich noch einen Drink ein. »Du bist immer noch in der Flitterwochenphase. Entlasse ihn nicht aus seinen Vaterpflichten, nur weil du jetzt die rosarote Brille aufhast. Vertrau mir, du wirst mir später dafür danken. Du musst dich durchsetzen. Lass ihn mitten in der Nacht aufstehen. Lass ihn ein paar Windeln wechseln. Und vor allem, gib ihm keinen Sex, bis er ihn sich verdient hat.«

»Lass dich nicht von ihr einschüchtern«, sagt Sasha. »Sie ist nicht so hart, wie sie klingt. Ein Blick von Lachlan, und sie schmilzt dahin.«

Ich habe keine Angst. Aber ich bin dankbar, wenn ich mich umsehe. Mein Leben hat sich innerhalb kürzester Zeit stark verändert. Die Sache, vor der ich am meisten Angst hatte, hat sich als die beste Sache herausgestellt, die mir je passiert ist. Das ist nicht nur eine Gruppe von Frauen und ihren Männern. Das ist meine Familie. Die Familie, von der ich nie gedacht hätte, dass ich sie jemals haben würde.

Wir passen aufeinander auf. Wir lachen, und wir weinen, und wir ziehen uns gegenseitig auf. Und obwohl ich noch relativ neu bin, haben sie mich mit offenen Armen aufgenommen.

Ronan, der irische Reaper, kommt, um seine Frau

Sasha abzuholen, und die anderen Männer folgen schnell seinem Beispiel. Das Mittagessen ist fertig, und es gibt eine Feier zum Geburtstag von Baby Franco. Aber während die anderen auf Wunsch Alexeis in den Garten gehen, hält Nikolai mich zurück, nimmt meine Hand und schleicht mit mir ins Haus.

»Was machen wir hier?«, flüstere ich, als er die Badezimmertür hinter uns schließt.

Er setzt mich auf den Waschtisch, und seine Hände fahren über meinen Körper. Er hat sich sehr verändert, und ich habe immer noch Mühe, es zu akzeptieren. Jeden Tag wächst mein Bauch, und nicht nur das, sondern auch meine Brüste und meine Hüften.

»Du bist wunderschön«, murmelt Nikolai, als er meine Brüste berührt. »Und diese sind großartig.«

»Wir werden erwischt werden«, lache ich.

»Also, lassen wir sie uns erwischen.« Er umfasst die Beule in seiner Jeans und zeigt sie stolz. »Ich will meine Frau ficken.«

»Mmmm.« Ich will ihm widerstehen, aber das ist schwer, wenn er alle meine Schwächen kennt. Besonders, wenn er mir den Hals küsst. Und bevor ich mich versehe, hat er das Oberteil meines Kleides heruntergezogen und reibt sein Gesicht über meine Brüste.

»Du bist besessen.«

»Groß oder klein, ich werde nie genug von ihnen bekommen, Nakya. Gewöhn dich dran.«

»Bald wirst du teilen müssen.«

Er stöhnt und legt seine Hand auf meinen Bauch, in

dem sein Sohn wächst. »In diesem Fall macht es mir nichts aus. Es wird gut für mich sein, zu lernen, mich zu beherrschen.«

Er hat recht, aber ich sage es nicht, denn jetzt ist ihm aufgefallen, dass seine Möglichkeiten begrenzt sind, und deshalb beschäftigt er sich bereits wieder mit meinen Brüsten. Lutscht sie, knetet sie und leckt sie, während er an seinem Reißverschluss herumfummelt.

Er nimmt mich so oft, seit ich ihm gesagt habe, dass ich schwanger bin, dass ich schon als Scherz gesagt habe, dass er weitere Babys hinzufügen wird, wenn er nicht aufhört. Aber er hat nicht die Absicht, aufzuhören. Das sagt er mir, als er meine Beine um seine Taille legt und in mich eindringt.

»*Zvezda*«, sagt er wie ein Gebet. »Du bekommst mein Baby.«

»Ich weiß.« Ich küsse seinen Hals.

»Ich kann es immer noch nicht glauben«, stöhnt er.

Er sagt es jeden Tag. Und jeden Tag stimme ich ihm zu. Es war eine Umstellung, zu lernen, meinen Körper zu lieben, während er sich für die Mutterschaft verändert. Nikolai achtet darauf, dass ich nicht in alte Muster zurückfalle, aber er ist auch schnell dabei, alles, was er an mir liebt, oft und leidenschaftlich zu zeigen.

»Komm für mich, meine Süße«, bettelt er.

Ich komme zweimal. Meine Nervenenden sind lebendiger als je zuvor. Nikolai liebt es, und ich auch.

Jemand klopft an die Badezimmertür, und Nikolai stöhnt. »Ich bin in einer Minute draußen.«

»Du solltest besser nicht mein Haus entweihen«, ruft Alexei durch die Tür.

Ich lächele Nikolai an, und er erschaudert, während er sich entlädt. Etwas, was mir aufgefallen ist, ist, dass er den Nervenkitzel mag, erwischt zu werden. Er nutzt jede Gelegenheit, mich an öffentlichen Orten zu nehmen, auch im Haus seines eigenen Bruders.

»Ich kümmere mich nur um meine schwangere Frau«, sagt Nika, auch wenn Alexei ihn nicht hören kann. »Stimmt's, Süße?«

»Anscheinend bin ich sehr bedürftig.«

Er führt meine Hand zu seinen Lippen und küsst die Stelle, an der sein Stern prangt. »Bist du glücklich, *Zvezda*? Habe ich dir ein lebenswertes Leben gegeben?«

»Du hast mir ein Leben gegeben, das es wert ist, geliebt zu werden«, antworte ich. »Immer, Nika. Weil ich dir gehöre.«

Am Ende habe ich mich von ihm zerstören lassen. Es war der einzige Weg.

LESEPROBEN

Danke, dass Sie *Thief – Der Dieb* gelesen haben! Wenn Ihnen dieses Buch gefallen hat, vergessen Sie bitte nicht, eine ehrliche Rezension zu hinterlassen. Wenn Ihnen Nikolais und Tanakas Geschichte gefallen hat, würden Sie vielleicht gerne in den folgenden Romanen mehr über sie und ihre Freunde lesen:

- *Crow – Die Krähe* - Lachlans und Mackenzies Geschichte
- *Reaper – Der Sensenmann* - Ronans und Sashas Geschichte
- *Ghost – Der Geist* - Alexeis und Talias Geschichte
- *Saint – Der Heilige* - Rorys und Scarletts Geschichte
- *Conor – Der Rächer* - Conors und Ivys Geschichte

Diese Bücher enthalten alle bekannte Charaktere, spielen in Bostons Unterwelt und können alle unabhängig voneinander einzeln gelesen werden. Wenn Sie sie alle lesen möchten, ist das hier die empfohlene Reihenfolge.

Möchten Sie benachrichtigt werden, wenn unser nächstes Buch voller knisternder Leidenschaft erscheint? Besuchen Sie greyeaglepublications.com/de/ und melden Sie sich für unseren Newsletter an.

Wenn Ihnen dieses Buch gefallen hat, werden Sie auch diese beiden dunklen Liebesromane lieben: *Verschleppt* von Anna Zaires und *Neun Jahre lang (Der Kredithai, Buch 1)* von Charmaine Pauls. Blättern Sie um, um einen spannenden Auszug aus jedem Buch zu entdecken!

AUSZUG AUS VERSCHLEPPT VON ANNA ZAIRES

Entführt und auf eine einsame Insel verschleppt.

Ich hätte niemals gedacht, dass mir so etwas passiert. Ich hätte mir niemals vorstellen können, dass eine zufällige Begegnung kurz vor meinem achtzehnten Geburtstag mein Leben völlig umkrempeln würde.

Jetzt gehöre ich ihm. Julian. Dem Mann, der genauso rücksichtslos wie gutaussehend ist – dem Mann, dessen Berührungen mich brennen lassen. Ein Mann, dessen Zärtlichkeit ich verstörender finde, als seine Grausamkeit.

Mein Entführer ist ein Rätsel für mich. Ich weiß nicht, wer er ist, oder warum er mich verschleppt hat. In ihm ist eine Dunkelheit – eine Dunkelheit, die mir genauso Angst macht, wie sie mich anzieht.

Mein Name ist Nora Leston und das ist meine Geschichte.

Jetzt ist schon Abend. Mit jeder Minute, die vergeht, werde ich ängstlicher bei dem Gedanken daran, meinen Peiniger wiederzusehen.

Ich kann mich nicht länger auf den Roman konzentrieren, den ich gerade gelesen habe. Ich lege ihn weg und drehe Runden in dem Zimmer.

Ich habe die Sachen an, die Beth mir vorhin gegeben hat. Es ist keine Kleidung, die ich mir selbst ausgesucht hätte, aber sie ist besser als ein Bademantel. Ein sexy Spitzenhöschen und ein dazu passender BH als Unterwäsche. Ein hübsches blaues Sommerkleid zum Vornezuknöpfen. Alles passt mir verdächtig gut. Hat er mich schon eine ganze Weile verfolgt? Hat er alles über mich herausgefunden, einschließlich meiner Kleidergröße?

Mir wird schlecht bei dem Gedanken daran.

Ich versuche, nicht darüber nachzudenken, was noch alles passieren kann, aber das ist unmöglich. Ich weiß nicht, warum ich mir so sicher bin, dass er heute Nacht zu mir kommen wird. Es ist natürlich möglich, dass er einen ganzen Harem voller Frauen hier auf dieser Insel festhält und jede nur einmal die Woche besucht, wie das die Sultane damals taten.

Und trotzdem weiß ich irgendwie, dass er bald hier sein wird. Die letzte Nacht hat lediglich seinen Appetit angeregt. Ich weiß, dass er noch nicht mit mir fertig ist, noch lange nicht.

Schließlich geht die Tür auf.

Er kommt herein, als ob ihm das alles hier gehört. Was es natürlich auch tut.

Und wieder bin ich von seiner männlichen Schönheit beeindruckt. Mit so einem Gesicht hätte er ein Model oder ein Filmstar sein können. Wenn es auf dieser Welt Gerechtigkeit gäbe, wäre er klein oder hätte einen anderen Makel, der von seinem Gesicht ablenken würde.

Hat er aber nicht. Sein Körper ist groß und muskulös, mit perfekten Proportionen. Ich erinnere mich daran, wie es ist, ihn in mir zu haben, und fühle ein unwillkommenes Aufflackern von Erregung.

Er trägt wieder Jeans und T-Shirt. Diesmal ein graues. Er scheint eine Vorliebe für schlichte Kleidung zu haben, und das ist clever von ihm. So kommt sein Aussehen am besten zur Geltung.

Er lächelt mich an. Mit diesem Lächeln, das ihn wie einen gefallenen Engel aussehen lässt – dunkel und verführerisch. »Hallo Nora.«

Ich weiß nicht, was ich sagen soll, also platze ich mit dem Ersten heraus, was mir in den Sinn kommt: »Wie lange wirst du mich hier festhalten?«

Er legt seinen Kopf leicht zur Seite. »Hier in diesem Raum? Oder auf der Insel?«

»Beides.«

»Beth wird dir morgen die Umgebung zeigen und mit dir schwimmen gehen, falls du Lust dazu hast«, sagt er und kommt dabei immer näher. »Du wirst nicht mehr eingesperrt sein, außer du machst Dummheiten.«

»Wie zum Beispiel?«, frage ich, und mein Herz klopft, als er neben mir stehen bleibt und seine Hand hebt, um mein Haar zu berühren.

»Versuchen, dir oder Beth etwas anzutun.« Seine Stimme ist sanft und sein Blick hypnotisierend, als er zu mir heruntersieht. Die Art und Weise, wie er mein Haar berührt, ist sonderbar entspannend.

Ich zwinkere, um seinen Zauber zu brechen. »Und was ist mit der Insel? Wie lange wirst du mich hier festhalten?«

Seine Hand streichelt jetzt mein Gesicht und fährt an meiner Wange entlang. Ich erwische mich dabei, wie ich mich seiner Berührung hingebe wie eine Katze, die gekrault wird, und versteife mich augenblicklich.

Seine Lippen verziehen sich zu einem wissenden Lächeln. Dieser Bastard weiß genau, welche Wirkung er auf mich hat. »Eine lange Zeit, hoffe ich«, sagt er.

Aus irgendeinem Grund bin ich nicht überrascht. Er würde sich nicht die Umstände gemacht haben, mich bis hierher zu bringen, wenn er mich nur einige Male ficken wollte. Ich habe Angst, aber bin nicht wirklich entsetzt.

Ich nehme all meinen Mut zusammen und stelle die nächste logische Frage: »Warum hast du mich entführt?«

Das Lächeln verschwindet aus seinem Gesicht. Er antwortet nicht, sondern schaut mich nur mit einem undurchschaubaren melancholischen Blick an.

Ich fange an zu zittern. »Wirst du mich töten?«

»Nein, Nora, ich werde dich nicht töten.«

Seine Verneinung beruhigt mich, auch wenn er mich gerade anlügen könnte.

»Wirst du mich verkaufen?« Ich bekomme die Worte kaum heraus. »Um eine Nutte zu sein oder so etwas?«

»Nein«, sagt er sanft. »Niemals. Du gehörst mir, und nur mir.«

Ich beruhige mich ein wenig, aber es gibt da noch eine weitere Sache, die ich unbedingt wissen muss. »Wirst du mir wehtun?«

Einen Moment lang antwortet er wieder nicht. Etwas Dunkles flackert kurz in seinen Augen auf. »Wahrscheinlich«, antwortet er ruhig.

Und dann beugt er sich herunter und küsst mich mit seinen warmen Lippen weich und zärtlich auf meine.

Eine Sekunde lang stehe ich stocksteif da, ohne irgendeine Reaktion. Ich glaube ihm. Ich weiß, dass er mir die Wahrheit sagt, wenn er behauptet, dass er mir wehtun wird. Er hat etwas an sich, das mir Angst macht – das mir schon von Anfang an Angst gemacht hat.

Er ist überhaupt nicht wie die Jungen, mit denen ich Verabredungen hatte. Er ist zu allem fähig.

Und ich bin ihm vollkommen ausgeliefert.

Ich denke darüber nach, mich zu wehren. Das wäre das Normale, was man in meiner Situation machen würde. Das wäre mutig.

Und trotzdem mache ich es nicht.

Ich kann die dunklen Abgründe in ihm fühlen. Irgendetwas stimmt mit ihm nicht. Seine äußere Schönheit verbirgt etwas Grauenvolles im Inneren.

Ich möchte diese Dunkelheit nicht entfesseln. Ich weiß nicht, was passieren wird, wenn ich es tue.

Also stehe ich bewegungslos in seiner Umarmung und lasse mich von ihm küssen. Und als er mich aufhebt und zum Bett trägt, versuche ich überhaupt nicht, etwas dagegen zu unternehmen.

Stattdessen schließe ich die Augen und gebe mich den Empfindungen hin.

AUSZUG AUS NEUN JAHRE LANG VON CHARMAINE PAULS

Ich bin ein Kredithai. Leuten Knochen zu brechen, liegt mir im Blut. Die Haynes sollten ein einfacher Job sein. Reingehen und zweimal abdrücken. Eine Kugel für Charlie, eine für seine Schwester. Aber als ich Valentina sah, wollte ich sie. Aber in unserer Welt bekommen diejenigen, die uns etwas schulden, keine zweite Chance. Meine Mutter wird sie auf keinen Fall am Leben lassen. Also habe ich mir einen Plan ausgedacht, um sie zu behalten.

Er ist verdorben.
Er ist unmoralisch.
Er ist zweifelhaft.

Er ist perfekt.
Genau wie sie.

Gabriel

Leck mich am Arsch. Ich besitze sie.

Sie gehört mir.

Von dem Gedanken wird mir schwindelig. Sie ist so klein, dass sie aussieht wie die Puppe, mit der ich laut Magda spielen will. Stehend geht mir Valentina kaum bis zur Brust. Ihre Knochen sind zerbrechlich genug, um unter dem leichtesten Druck nachzugeben. Wenn ich sie zu fest umarme, könnten ihre Rippen brechen. Ich kann eine Hand um ihren schlanken Hals legen. Es entscheidet über Leben und Tod, wie fest ich meine Finger schließe. Dennoch hat sie mich angegriffen, als Rhett ihren Hund erschossen hat. Sie gab *mir* einen Befehl, als sie mir sagte, ich solle Charlie Haynes gehen lassen. Sie ist stark und loyal.

Ich bin fasziniert und eifersüchtig auf ihre Liebe zu ihrem Bruder. Niemand hat je so für mich gekämpft, und ich bezweifle, dass es jemals jemand tun wird. Ihr das *alles, was ich für richtig halte* hinzuwerfen war ein Test. Ich wollte sehen, wie weit sie für Charlie zu gehen bereit war – nicht, dass ihre Entscheidung etwas verändert hätte. Ich habe sie in dem Moment in Besitz genommen, als ich sie sah. Gestern Abend wusste ich bereits, dass ich sie mir nehmen würde. Egal, was passiert.

Als der Clubmanager vom Napoli's anrief, um mich wissen zu lassen, dass die Zielperson meiner Mutter, Charlie, da war, war mein Plan gewesen, hinzugehen, Charlie auszuschalten, und danach seine Schwester, die allein zu Hause sein sollte. Exempel an Leuten zu statuieren, die nicht zahlen, ist eine Standardprozedur. Manche Menschen fürchten nicht um sich selbst, aber sie fürchten immer um ihre Familien. Bei Magdas Plan wäre Valentina das Opfer gewesen, um unsere Schuldner daran zu erinnern, dass ihre Familien nicht sicher sind, solange sie uns etwas schulden.

Dann trat ich aus dem Büro, und da stand sie in ihrer vollen Pracht. Keine Frau, außer den Prostituierten, geht freiwillig ins Napoli's. Ein Nerv zuckt zwischen meinen Schulterblättern, als ich daran denke, was hätte passieren können, wenn ich nicht da gewesen wäre. Sie ist entweder extrem naiv oder idiotisch mutig. Nach diesem Morgen vermute ich letzteres.

Wenn ich darüber nachdenke, verstehe ich auch nicht, wie sie hier so lange überlebt hat. Jerry zufolge wohnt sie seit sechs Jahren in Berea. Das Drecksloch, in dem sie lebte, liegt im Drug Valley. Es ist eine Überraschung, dass die Drogen- und Sex-Lords sie nicht entführt und verkauft haben oder eine Straßengang sie noch nicht vergewaltigt und getötet hat. Es gibt unendlich viele dunkle Dinge, die einem ungeschützten schönen Mädchen in dieser Gegend passieren können.

Ich beobachte sie aus dem Augenwinkel. In den zwanzig Minuten, die wir fahren, hat sie kein Wort gesagt. Ihr braunes Haar ist lang und wellig und fällt in Locken über ihre Schultern. An ihr haftet ein sauberer Geruch, wie der von Shampoo oder Bodylotion. Ich mag ihn. Von schweren Parfüms bekomme ich Kopfschmerzen. In den weißen Shorts und dem gelben Tanktop sind ihre getönten Beine und ihre gerundeten Brüste deutlich zu sehen. Genauso wie die Vene, die unter der goldenen Haut an ihrem Hals pulsiert. Ihre Angst erregt mich. Ihr Mut fasziniert mich. Lange, dunkle Wimpern verstecken den Ausdruck in ihren braunen Augen vor mir. Sie tut so, als würde sie aus dem Fenster schauen, aber ich weiß, dass sie sich meiner Person und der Waffe, die auf meinem Schoß liegt, bewusst ist.

Die Waffe liegt kühl in meiner Hand. Ich bin längst über die Phase hinaus, in der meine Handflächen vor einem Job verschwitzt werden. Mir macht das Töten nichts aus. Ich lebe in einer gewalttätigen Stadt. Nur die Härtesten überleben, und ich bin ein Survivor. Ich würde nicht zögern, den Abzug zu betätigen, wenn jemand meine Familie bedroht oder ihr Schaden zufügt. Leg einen Finger auf meinen Besitz, und ich breche ihn ab. Ich war die Art von Kind, das Freude daran hatte, das Spielzeug anderer Jungen zu zertrümmern. Ich zerbreche immer noch Dinge. Heutzutage sind es vor allem Knochen. Wenn es um Herzen geht, breche ich nur das, was bereits gebrochen ist. Auf diese Weise muss ich keine Verantwortung für die Gefühle von jemandem übernehmen. Jetzt habe ich die Verantwortung für eine Person auf einer ganz anderen Ebene übernommen. Wenigstens besteht kein Risiko, Valentinas Herz zu brechen. Sie hasst mich bereits, und durch das, was ich mit ihrem Körper vorhabe, wird sie mich nur noch mehr hassen, aber sie wird mich genauso intensiv brauchen. Dafür werde ich sorgen.

Möchten Sie mehr erfahren? Besuchen Sie greyeaglepublications.com/de/ um Ihr Exemplar noch heute zu bestellen!

GLOSSAR

Avtoritet - Autorität, Hauptmann
Boevik – Krieger, Soldat, Kämpfer, Kampftruppe
Pakhan – Anführer, Chef
Nika, Nikolasha, Kol'ka, Kolyan – Verkleinerungsformen des Namens Nikolai
Nakya, Taschetschka – Verkleinerungsformen des Namens Tanaka
Zvezda – Stern
Bratan – Bruder
Sowietnik – Ratsherr, Berater des Pakhan.
Vory v Zakone – Diebe vor dem Gesetz

ÜBER DIE AUTORIN

A. Zavarelli ist eine Bestsellerautorin von *USA Today*.

Sie mag alles, was aus Schokolade ist, Bücher, die mit Warnungen versehen sind, und ihre Charaktere durch die Hölle zu schicken. Ihre Geschichten sind bekannt dafür, mit der Dunkelheit zu flirten und sie manchmal ungeniert zu umwerben. Rache und gequälte Seelen sind die Lieblingsthemen für ihre Bücher, denn das gibt ihr eine Ausrede, um in ihrer Freizeit bizarre und verdrehte Dokumentationen zu sehen.

Sie lebt derzeit im Nordwesten der USA mit ihrem Holzfäller und einer ganzen Brut von pelzigen Babys.

Originaler Titel : *Thief (Boston Underworld, #5)*

Covergestaltung : Najla Qamber
najlaqamberdesigns.com

Aus dem Amerikanischen von Grit Schellenberg

ISBN: 978-1-64366-037-0
Print ISBN: 978-1-64366-038-7

44575172R00251

Printed in Poland
by Amazon Fulfillment
Poland Sp. z o.o., Wrocław